Nina MacKay
Dämonennächte

PIPER

Zu diesem Buch

Die Dämonentage sind vorüber, das jedenfalls glaubt die ganze Welt. Nur Adriana und ihre Freunde befürchten, dass Luzifer einen Weg gefunden hat, die Höllenpforten jede Nacht zu öffnen. Natürlich wollen weder Behörden noch das Militär davon etwas hören. Stattdessen werden abendliche Festlichkeiten für die Bevölkerung Portlands vorbereitet. Können Adriana und Cruz Luzifer stoppen und das Unausweichliche verhindern? Bleibt zunächst die Frage, ob und zu welchem Preis Adriana Cruz aus der Hölle befreien kann. Wird sie Luzifer als letzten Ausweg um einen Pakt bitten, wie er es vorhergesagt hat? Und schafft sie es rechtzeitig alle Halbdämonen und Engel aufzutreiben, um die Weissagung des Höllenfeuerlieds zu erfüllen?

Nina MacKay, in den ausgeflippten 80er-Jahren geboren, arbeitet als Marketingmanagerin, wurde aber auch schon im Wonderwoman-Kostüm im Südwesten Deutschlands gesichtet. Außerhalb ihrer Arbeitszeiten erträumt sie sich eigene Welten und führt imaginäre Interviews mit ihren Romanfiguren. Gerüchten zufolge hat sie früher als Model gearbeitet und einige Misswahlen auf der ganzen Welt gewonnen. Schreiben bleibt ihre größte Leidenschaft.

Nina MacKay

DÄMONEN NÄCHTE

Nur in tiefster Dunkelheit kann man Sterne sehen

PIPER

Entdecke die Welt der Piper Fantasy:

Piper Fantasy.de

Von Nina MacKay liegen im Piper Verlag vor:
Plötzlich Banshee
Teenie Voodoo Queen
Black Forest High (Serie)
Dämonentage. Dämonentage 1
Dämonennächte. Dämonentage 2

MIX
Papier aus verantwortungsvollen Quellen
FSC® C083411
FSC
www.fsc.org

Originalausgabe
ISBN 978-3-492-28207-9
Oktober 2019

Umschlaggestaltung: zero-media.net, München
Umschlagabbildungen: arcangel/Marie Carr; FinePic®, München
Satz: Satz für Satz, Wangen im Allgäu
Gesetzt aus der Dante MT
Druck und Bindung: CPI books GmbH, Leck
Printed in the EU

Für Gerd, den besten Chef der Welt.
Danke, dass du immer Verständnis für
meine Autorenkarriere hast!

Only in the darkness can you see the stars
Martin Luther King jr.

1

Der Morgen des 1. Januar 2020 erhob sich wie nach einem Krieg aus den Trümmern der letzten Nacht. Portland schien sich den Staub von den Mauern zu klopfen und einer Zukunft voller Hoffnung entgegenzusehen. Dabei war Hoffnung an diesem Tag in etwa so angebracht wie eine lustige Flötenmelodie auf einer Beerdigung, aber das wusste nur eine Person: Adriana Astara.

Die Lippen fest aufeinandergepresst folgte sie der Straße in Richtung des Washington Park, in dem die Höhle verborgen lag. Sie begegnete einigen Menschen, die sich bereits aus der Sicherheit der Kirchen und Häuser getraut hatten. Die meisten lächelten sie im Vorbeigehen an mit diesem speziellen Ausdruck der Erleichterung. So wie man es jedes Jahr tat, nachdem alles vorüber war. Aber Adriana erwiderte das Lächeln nicht, konnte es nicht. Fast wünschte sie sich, für ein paar Stunden so unwissend und vertrauensselig wie diese Menschen sein zu dürfen. Für ein paar Stunden zu vergessen, dass die Gefahr immer noch da war. Aber das durfte sie nicht. Zu viel, wenn nicht alles, hing davon ab, dass sie nicht vergaß.

Ihr Blick war starr geradeaus gerichtet. So viele Gedanken stolperten in diesem Moment durch ihren Kopf, doch immer wieder flüsterten Adrianas Gehirnwindungen nur einen Namen: *Cruz*.

Eine seltsame Ruhe hatte von ihr Besitz ergriffen, während sie mitten durch den Unrat auf den Wegen stapfte. Von Dämonen geleerte Mülleimer, Zeitungen, Flugblätter mit Dämonenwarnungen. Zwar hoffte Adriana immer noch, ihre Theorie würde sich als falsch herausstellen, aber sie hatte es im Gefühl, dass sich die Höllentore in diesem Jahr keineswegs wie sonst üblich wieder geschlossen hatten. Luzifer hatte mit der Umsetzung seines Plans begonnen, jede Nacht zur Dämonennacht zu machen. Ganz wie es die Dämonen versprochen hatten. Gefahr lag in der Luft und ein Knistern der Spannung zwischen den Welten. Erde und Hölle. Und wenn sie sich nicht täuschte, würde alles hier in Portland seinen Anfang nehmen. Deshalb konzentrierte sich Luzifer dermaßen auf diese Region. Weshalb sonst lungerten er, Ahel und Ivan ständig an diesem Höllentor herum, auf das sich Adriana in diesem Moment zubewegte? Warum ausgerechnet hier? Eine dunkle Vorahnung grub sich in ihre Magengegend.

Streng genommen wusste sie warum.

Damit blieb ihr nicht viel Zeit, um die Menschen zu warnen. Bis zur Darkness Hour hatten sie nur noch knapp neun Stunden. Und alle Menschen der Welt nahmen heute am Neujahrstag irrtümlich an, sie hätten soeben die letzte Dämonennacht diesen Jahres hinter sich gebracht! Adrianas Finger verkrampften sich.

Andererseits, wenn Luzifer es geschafft hatte, die Barriere zwischen den Welten auf irgendeine Weise offen zu halten, konnte sie durch ein unverschlossenes Höllentor leichter zu Cruz gelangen. Ob die anderen, ihre Halbdämonenfreunde, es schon bemerkt hatten? Drym und Savannah mussten mittlerweile in die Hölle zurückgekehrt sein. Vielleicht hatten sie Pryatt Hershley vorher in der Kapelle abgesetzt. Eigentlich hätte sie bei ihm vorbeischauen sollen, aber das wollte sie lieber ihrem Freund Rico überlassen. Nachdem Cruz seinen zweiten Pakt eingegangen war und sie selbst erkannt hatte, wer sie wirklich war, fühlte sie, dass ihre wichtigste Aufgabe jetzt sein musste, Cruz zu retten, der ihretwegen in der Hölle festgehalten wurde. Als Sklave Luzifers. Im Gegensatz zu ihren menschlichen und halbdämonischen Freunden konnte sie als Einzige sowohl die Höllentore passieren als auch auf der Erdoberfläche im Tageslicht überleben. Zumindest nahm sie an, dass ihr Halbengelblut ihr Ersteres ermöglichte.

Adriana schmeckte eine bittere Note in ihrem Rachen. Vor ein paar Tagen noch hätte sie, das schüchterne Waisenkind, nicht im Traum daran gedacht, freiwillig die Hölle zu betreten. Aber jetzt war alles anders. Sie wischte ihre Handflächen an den Hosenbeinen des Neoprenanzugs ab, über den sie ihre Sweatjacke gezogen hatte. Hinter sich meinte sie immer noch das Winseln ihres Hundes Tequila zu hören, den sie hatte zurücklassen müssen. Leider ging es nicht anders. Immerhin wusste sie, dass Rico den schwarzen Labrador gleich dort abholen würde, wo sie ihn angebunden hatte. Eilig versuchte Adriana, die Gedanken an Tequila fortzuwischen. Sie musste sich darauf konzentrieren, einen genauen Plan zu entwickeln, um Cruz aus seiner Gefangenschaft in der Hölle zu befreien. Der Pakt mit Luzifer würde ihn sonst zwingen, für fünfzig Jahre ein Leben als Diener des Teufels zu fristen. Und bei Luzifer konnte man nie wissen. Womöglich würde er Cruz aus Spaß foltern. Adrianas Nasenflügel bebten. Wenn sie nicht gewesen wäre, hätte Cruz nicht diesen Pakt eingehen müssen, um sie vor Luzifers Enkel Ivan zu retten. Und auch nicht den zweiten Pakt mit Ivan, der ihn zwang, früher als abgemacht in die Hölle hinabzusteigen und sie, Adriana, im Anschluss zu sich zu rufen. Unwillkürlich rieb sie über die Stelle an ihrem Arm, wo sich die Markierung unter dem Neoprenstoff verbarg. Bisher war die Ballonnarbe ruhig geblieben. Noch hatte Cruz die Verbindung nicht aktiviert. Nicht so, wie Ivan es bei Dakota getan hatte.

Zeit, aus eigener Kraft die Hölle zu betreten. Adriana reckte ihr Kinn. Um sich selbst machte sie sich keine Sorgen. Luzifer brauchte sie lebend, hatte verboten, dass ein Dämon Hand an sie legte, und das wussten die anderen Dämonenclans nur zu gut. Oder sie musste es beiläufig erwähnen, falls sie anderen Dämonen begegnete. Was in der Hölle zweifellos passieren würde.

Auf einmal ertönten Sirenen um sie herum. Ein Rettungswagen bretterte nur einen Block entfernt über den Asphalt.

Menschen weinten, trauerten offenbar um einen Angehörigen, der letzte Nacht von Dämonen zerfleischt worden war …

Es gab eben doch nicht nur lächelnde Gesichter heute Morgen in Portland.

Adriana fröstelte es. Diese Menschen mussten dringend gewarnt werden. Jedenfalls wenn sich Adrianas Theorie bewahrheiten sollte und heute Nacht Dämonen im Schutz der Dunkelheit erneut über die Stadt herfallen würden. Genau wie über alle anderen menschlichen Siedlungen der Welt auch. Nur, dass es in ihrer Stadt beginnen würde. Sie beschleunigte ihre Schritte, bog rechts ab, sobald sie den Park betrat.

Hinter einer weiteren Weggabelung kam endlich der versteckte Eingang zur Felsenhöhle in Sicht. Gut, bisher hatte sie noch nicht wirklich viel Zeit verloren. Cruz würde es den Umständen entsprechend gut gehen. Noch.

Die Höhle im Park fügte sich so perfekt in die Landschaft ein wie ein unschuldiger Felsbrocken unter den herabhängenden Wurzeln der Bäume, die auf ihm wuchsen. Der Spalt, durch den man sie betrat, wirkte für menschliche Augen viel zu eng, um hindurchzupassen. Doch wenn man über eine Wurzel stieg und es dann seitlich versuchte, war es kein Problem. Cruz hatte ihr das gezeigt. Bei dem Gedanken, dass sie jetzt ohne ihn den Durchgang betreten musste, schnürte es ihr die Kehle zu. Wieso hatte es nur so kommen müssen? Ihre Gedanken verweilten bei Cruz' stets lächelndem Gesicht. Obwohl nicht ganz menschlich, sondern mit einem Hauch Violett im Hautton, konnte sie sich kein schöneres vorstellen. Adriana atmete schwer aus, wobei ihre Fingerspitzen mit dem Ärmel der Kapuzenjacke spielten, die sie über dem Neoprenanzug trug.

Sobald sie ihren Fuß in die schwarze Höhle setzte, krallten sich ihre Finger automatisch in die Ärmel ihrer Jacke. Gleichzeitig zog sie den Kopf ein, um nirgends anzustoßen. Eine Wurzel streifte ihre Stirn, als sie einen weiteren Schritt wagte. Der modrige Geruch und die Enge des Gangs wurden ihr heute besonders bewusst.

Der bläuliche Schein der Höllenpforte glühte ihr entgegen,

warf unruhige Schatten auf die Wände. Und jeder dieser Schatten schien Teufelshörner auf dem Kopf zu tragen. Die Erkenntnis sickerte mit einer bitteren Note im Abgang in Adrianas Bewusstsein. Verdammt, das hieß, es hatte sich tatsächlich nicht geschlossen! Die Dämonen würden in weniger als neun Stunden zurück auf die Erde strömen. Mordend, plündernd!

Dadurch konnte sie einerseits zu Cruz gelangen, aber gleichzeitig brachte das die Welt in große Gefahr. Auf einmal wurde Adriana übel. Hin- und hergerissen taumelte sie rückwärts aus der Höhle. In ihrem Kopf rauschte es. Wie konnte sie ein Engel sein, wenn ein kleiner Teil von ihr sich freute, das offene Tor in der Höhle zu sehen? Das war falsch. So falsch! Innerlich schalt sie sich für ihre Gefühle für den Dämon. Denn Cruz, so menschlich er sich auch gab, war ein Alpha-Dämon. Und sie ein Engel.

Ihr Handy vibrierte. Schnell angelte sie danach. Ricos Nummer. Adrianas Finger zitterten, obwohl sie sich gleichzeitig mehr als bewusst war, dass dafür keine Zeit blieb. Nicht mal für eine Spur Zauderei.

Sie musste sich zusammenreißen. Zurück zu ihrer harten Entschlossenheit finden, die sie kurz zuvor noch verspürt hatte. Was nicht zu einfach war, wenn man sich zwischen der Menschheit und seiner großen Liebe entscheiden musste.

»Adri?«, meldete sich Rico. »Bist du eigentlich total wahnsinnig? Wo zum Teufel steckst du?«

Sie schloss die Augen. Was hatte sie auch erwartet?

Er klang aufgebracht und gleichzeitig enttäuscht, befürchtete sicher das Schlimmste.

»Hi«, flüsterte sie ins Telefon. »Bist du schon bei Tequila?«

»Nein, ich habe per Telepathie erfahren, dass du nicht wie angenommen bei deinem Hund auf mich wartest. Natürlich bin ich bei ihm!«

Oh. Sie schluckte. Also hatte er die Nachricht an Tequilas Halsband gefunden. Nun gut, sie konnte die Situation nicht mehr retten, höchstens ihre Beweggründe erklären.

»Die Tore haben sich nicht geschlossen. Ich hatte keine Wahl.«

Ihr Blick streifte ruhelos über die Baumstämme vor der Höhle. »Heute Nacht werden die Dämonen erneut kommen und niemand außer uns weiß Bescheid.«

»Wie? Noch mal von vorn. Adri, stehst du etwa vor dem Höllentor? Nein, oder? Das willst du nicht wirklich tun. Warte, ich komme dich holen. Beweg dort keinen Fuß rein, hörst du? Es könnte dich umbringen!«

Einen Engel wohl eher nicht, aber darüber würde sie ihn später aufklären. Und was, wenn Ivan falschlag und Halbdämonen den Übertritt zur Hölle eben doch überleben würden? Sie hatten es nie ausprobiert. Aber das war nun nebensächlich.

»Nein, Rico, hörst du nicht zu? Die Höllenpforten stehen offen. Ganz, wie wir vermutet haben! Ich schicke dir ein Foto davon. Geh zurück zu Major Dwight und General Whittaker. Zeig ihnen das Foto, sag ihnen, dass heute Abend nach der Darkness Hour wieder Dämonen kommen werden. Dann müssen sie dir einfach glauben. Und dann streust du die Info bei Social Media. Du musst das überall verbreiten.« Einen Moment überlegte sie, Rico ihren Standort zu senden, um es der BKOD so einfach wie möglich zu machen, den Sachverhalt zu prüfen. Aber was, wenn normale Menschen das Portal sowieso nicht sehen konnten? Das war überaus wahrscheinlich und der Gedanke fühlte sich richtig in ihrem Kopf an. Portale waren nur etwas für übernatürliche Wesen. Oder Halbmenschen.

»Ach, verdammt, am Ende ist das Portal für menschliche Augen gar nicht sichtbar.«

»Hm«, brummte Rico, »womöglich werden sie es erst glauben, wenn sie es mit eigenen Augen sehen. Aber mit etwas Glück kann ich sie überreden, zur Vorsicht die Sicherheitsmaßnahmen zu erhöhen. Trotzdem: Dein Alleingang gefällt mir nicht.«

Adriana beschloss, nicht auf seinen letzten Satz einzugehen. »Mach das. Jedes Leben, das wir dadurch retten, ist es wert. Vielleicht kannst du noch ein paar Reportern und Fernsehsendern schreiben? Und Social Media, vergiss das nicht!« Bloß was, wenn sie ihm nicht glaubten?

Ein anderer Gedanke kam ihr. »Rico, könntest du etwas für mich recherchieren? Die Tatsache, dass sich die Söhne und Enkel von Luzifer ausgerechnet um das Portal in Portland tummeln, bringt mich auf einen Gedanken.«

Sie erzählte ihm von ihrer Theorie und er versprach, das Internet dazu zu durchkämmen.

Daraufhin schwiegen beide einen Moment.

»Adri.« Ricos Stimme klang auf einmal forsch. »Du machst doch jetzt nichts Dummes? Erzähl mir bitte nicht, dass du vor dem Portal stehst, weil du auf dem Weg in die Hölle bist? Du drehst doch wieder um, oder?«

Sie schwieg. Konnte es ihm aus irgendeinem Grund nicht sagen und betrachtete stattdessen ihre Fingernägel. An ihrem kleinen Finger klebten Grasreste. Rasch streifte sie das Grünzeug mit ihrem Daumen ab. Natürlich war ihr selbst klar, auf was für eine schwachsinnige Mission sie sich einließ. Mit nicht mehr als einem Messer in der Hand die Hölle zu betreten, dafür gab es keine Worte. Allerdings hatte sie einen Trumpf im Ärmel und einen Plan. Und irgendwo hinter dem Höllentor wartete Cruz auf sie. In Gefangenschaft. Durch ihre Schuld.

»Ich muss Schluss machen, Rico. Cruz braucht mich. Wenn ich zurück bin, melde ich mich wieder bei dir. Falls du Dakota siehst: Halt sie irgendwo fest. Sie darf nicht in die Nähe von Ivan gelangen. Und wenn du noch Zeit hast: Mit etwas Glück haben Savannah und Drym diesen Pryatt Hershley in der kleinen Kapelle abgesetzt, von der ich dir erzählt habe. Unserem neuen Stützpunkt. Könntest du dort hinfahren und dich um ihn kümmern? Er wird total verunsichert sein.«

»Dieser Mistkerl, der auf Cruz geschossen hat? Ist das dein Ernst? Außerdem ist unsere Diskussion in Bezug auf das Betreten der Hölle noch nicht vorbei, meine Liebe!«, redete Rico sich in Rage. »Du wirst nicht durch das Portal gehen! Der cleverste Plan der Welt ist das nicht wert! Denk dran, wenn sie dich erledigen, hilfst du Cruz auch nicht mehr. Du wirst keine dreißig Schritte weit kommen, du …«

Doch Adriana hatte nicht die Absicht, sich Ricos Schimpftirade bis zum dramatischen Ende anzuhören. Ohne ein weiteres Wort legte sie auf, schaltete das Gerät auf Flugmodus, steckte dann das iPhone zurück in ihre Jackentasche, wobei ihre Hand kurz das Taschenmesser berührte. Damit hatte sie eigentlich Helen töten wollen, doch jetzt würde sie es eher nicht mehr brauchen, oder wenigstens nur, um die Dämonen abzuwehren.

Ihr Rettungsplan für Cruz musste einfach funktionieren! Nicht umsonst hatte doch jemand dieses Sprichwort: *Für seine große Liebe durch die Hölle gehen* erfunden.

Als sie letztendlich von dem blauschimmernden Portal ein Foto machte, dachte sie an Rico. Es lastete nicht gerade wenig Verantwortung auf seinen Schultern. Erstaunlich, wie er das alles meisterte. Im Gegensatz zu Eloy und Dakota hatte Rico immer zu ihr gestanden, hatte sie sogar nach dem Dämonenbiss humpelnd zur Militärbasis begleitet. Und dazu war er clever. Hoffentlich clever genug, um Major Dwight zu überzeugen und gleichzeitig am Leben zu bleiben. Allerdings waren diese Gedanken nicht viel mehr als ein dumpfes Rauschen ganz hinten in ihrem Kopf, währenddessen die Sorgen um Cruz direkt hinter ihren Schläfen pochten, ja geradezu ohrenbetäubend kreischten. Adrianas Blick glitt über das Portal mit den Seelengesichtern, das flüsternd um sich selbst rotierte. Seelen schwammen in den blau leuchtenden Wirbeln darin. Komischerweise verstand sie dieses Mal nicht, was die Toten sagten. Mehr noch: Die Seelen schienen rückwärtszusprechen. Merkwürdig, aber nichts, mit was sich Adriana nun aufhalten konnte.

Nachdem sie das Bild des Portals an Rico geschickt hatte, stellte sie fest, dass er ihr am Telefon gar nicht zum Geburtstag gratuliert hatte.

»Happy Birthday«, flüsterte Adriana leise, nachdem sie das Foto an Rico verschickt hatte und den Flugmodus erneut aktiviert hatte. Dann trat sie durch die Höllenpforte.

Brütende Hitze empfing sie auf der anderen Seite. Hitze, die den Neoprentaucheranzug wie eine zweite Haut an ihr kleben ließ. Aber was hatte sie erwartet? Das hier war schließlich die Hölle. Immerhin hatte sie es mit ihrem Engelsmischblut überhaupt lebend hierher geschafft. Ganz und gar lebendig. Sie betrachtete ihre Finger, die immer noch recht gut durchblutet und keineswegs tot aussahen. Also war es ganz und gar nicht so, wie Ivan behauptet hatte, dass nur Volldämonen die Hölle betreten konnten. Aber welchem Dämon konnte man schon trauen?

Blinzelnd sah Adriana sich um. Das hier musste der Vorhof der Hölle sein. Weit und breit kein Dämon zu sehen. Wahrscheinlich hatten sie sich nach der Dämonennacht zurückgezogen. Eine nicht sichtbare Lichtquelle tauchte alles um sie herum in ein orangefarbenes Schimmern. Sie schien auf einer Sanddüne zu stehen, unter der ein Wald aus Dornengestrüpp lag. Dahinter konnte man ein Feld erkennen und dahinter wiederum eine Art Festung. Das musste Luzifers Palast sein. Zwar hatte Cruz ihr erklärt, dass die sieben Zonen, in die die Hölle unterteilt war, ständig die Plätze wechselten, quasi rotierten, dennoch versuchte sie sich einzuprägen, wo in etwa die Pforte in Richtung Council Crest Park lag. Eine Nische mit Steinen, die wie das Gesicht einer Kuh angeordnet waren. Mit viel Fantasie jedenfalls. Auch von dieser Seite glühte das Kraftfeld blau. Seelenplasma wirbelte um sich selbst. Adriana zog ihr Messer und ritzte ein X genau zwischen die Augen der Kuh.

Nachdem sie sich so gut wie möglich die Umgebung eingeprägt und zur Sicherheit einmal mit dem Handy in die Runde gefilmt hatte, ging sie los, schlug den Weg direkt hinunter zum Dornenwald ein. Auf dem Weg dorthin versuchte sie sich zu erinnern, was Cruz über die sieben Bereiche der Hölle erzählt hatte. Zwischen Vorhof und Luzifers Palast befanden sich die Felder des Wahnsinns, die Schmiede, die Folterkammern, die Dämonenbrutstätte und die heiligen Hallen der sieben Völker der Hölle.

Als sie näher kam, wurde ihr erst bewusst, dass es sich bei

dem Wald um die Dämonenbrutstätte handeln musste. Statt Dornen baumelten schon bald überall Kokons wie Haifischeier an Ranken über Adrianas Kopf. Die Dornenranken verdichteten sich dort zu einer tunnelartigen Höhle. Schleim bedeckte die Wände und es roch nach verwesenden Hühnereiern. Aber das Schlimmste an dieser Brutstätte war, dass die Dämonenembryonen sie zu beobachten schienen. Sobald Adriana an einem der Eier vorbeilief, glaubte sie, im Inneren etwas blubbern zu hören. Etwas regte sich, spitzte geradezu die Ohren nach ihr.

Nein, das ist Quatsch. Zur Sicherheit beschleunigte sie ihre Schritte, umklammerte dabei das Taschenmesser in ihrer Jackentasche fester. Doch nur bis sie die Gestalt bemerkte, die am Ausgang der Höhle stand.

Mit einem flauen Gefühl im Magen blieb sie stehen. Sollte sie zurücklaufen? Nein, die Alpha-Dämonin hatte sie längst gesehen, starrte sie aus zusammengekniffenen Augen an. Und Adriana musste an ihr vorbei, wenn sie schnellstmöglich in Luzifers Schloss gelangen wollte. Also lockerte sie bewusst ihre Gesichtsmuskulatur, versuchte sich nichts anmerken zu lassen.

Die Alpha-Dämonin, die sich offenbar gerade um die Embryonen gekümmert hatte, zog fauchend ein Messer aus ihrem Gürtel. Mit ihrem dunklen Zopf sah sie Gesa recht ähnlich, doch diese Dämonin war kleiner und ihr Haar durchzogen von silbernen Strähnen.

»Was willst du hier, du Schmutziges Blut? Wie kommst du überhaupt hier rein?«

Schmutziges Blut. Sie roch es also noch, ordnete Adrianas Duft aber wie alle anderen Dämonen falsch ein. Ruhe bewahren, sie musste Ruhe bewahren. Ganz gefasst ihren Plan umsetzen. Das würde funktionieren. Sie musste nur selbst daran glauben. Im Gehen zwang sie sich, von sieben an rückwärtszuzählen, bis sich ihr Puls beruhigt hatte. Einige Schritte vor der Dämonin blieb sie stehen.

»Ich bin Adriana Astara. Sicher hast du schon von mir gehört. Cruz Darkknight hat mich markiert und hierher gerufen. Luzifer braucht mich zur Vollendung seines Plans, worüber du sicher informiert bist.« Sie gönnte sich eine Sekunde, um ein sanftes Lächeln anzudeuten, bevor sie hinzufügte: »Alle wissen davon.«

Tatsächlich schienen ihre Worte die Dämonin überrumpelt zu haben.

Zur Sicherheit schob Adriana sowohl ihren Hoodie als auch den Ärmel ihres Neoprenanzugs eine Spur nach oben, was nur unter gewaltiger Anstrengung möglich war. Irgendwie schaffte sie es, die Ballonnarbe auf ihrem Arm zum Vorschein zu bringen. Als der Blick der Dämonin darauf fiel, wurden ihre Augen groß, glühten noch etwas dunkler in dem typischen lila Farbton der Alphas. Ihr Messer hielt sie immer noch auf Adriana gerichtet. Doch Adriana machte sich nichts vor: Auch ohne das Erntemesser würde die Dämonin sie innerhalb von Sekundenbruchteilen töten können. Von ihr würde nur ein zerfleischter Haufen Halbengel zurückbleiben. Jedenfalls wenn sie weiterhin so schwach war wie ein normalsterblicher Mensch. Aber … war sie das wirklich? Bei Helen hatte sie zwar diese übernatürliche Segnung durchgeführt, nur konnte sie das vor einer Dämonin schlecht wiederholen, die ja weiter an das halbdämonische Mischblut glauben sollte.

»Das Messer würde ich an deiner Stelle besser runternehmen, wenn du keine Strafe von Luzifer riskieren willst.« So gut es ging, bemühte sich Adriana, ein Zittern in ihrer Stimme zu vermeiden.

Die Augen der Dämonin huschten nach links, dann nach rechts und wieder nach links. Schließlich bebten ihre violetten Nasenflügel.

»Geh. Aber glaub nicht, dass du diesen Kampf zwischen uns entschieden hast. Ich behalte dich im Auge.«

Da war sich Adriana sicher. Obwohl sie diese Begegnung nicht als Kampf einstufte. Andererseits war sie mit den Gepflogenheiten in der Hölle auch noch nicht allzu vertraut.

Auch jetzt machte die Dämonin keine Anstalten, beiseitezutreten. Dennoch nahm Adriana ihre Aussage als Einladung, ungehindert passieren zu können. Also schob sie sich an ihr vorbei, immer sorgsam darauf bedacht, weder die Dämonin noch die schleimigen Wände zu berühren. In diesem Augenblick galten ihre Gedanken ausschließlich Cruz. Cruz, der sie brauchte, der wahrscheinlich gerade irgendwo in Luzifers Palast in Ketten lag oder noch schlimmer: gefoltert wurde. Diese entsetzliche Vorstellung trieb Adriana dazu an, ihre Schritte zu beschleunigen, jedoch nicht, ohne die nötige Vorsicht außer Acht zu lassen.

Ihre Gedanken glitten zum Höllenfürsten. Luzifer glaubte, sie könnte ihm Informationen weitergeben, die sie von ihrer Mutter hatte. Irgendetwas Wichtiges musste es sein. Wertvoll für Luzifer, wenn er diese Informationen so dringend haben wollte. So weit hatte sie es sich schon zusammengereimt. Auch wenn sie keinerlei Kenntnis davon hatte, würde sie, sobald sie die Informationen in ihren Besitz gebracht hatte, diesen Trumpf gegen ihn ausspielen. Bei dem Gedanken an ihre Mutter tastete Adriana nach ihrer Halskette.

Du bist eine von ihnen, hallte die Stimme des kleinen blinden Mädchens in ihrem Kopf nach. Damit hatte die Kleine allerdings Engel gemeint und keine Dämonen. Genauer gesagt Halbengel wie Helens verstorbene Mutter. Mit zitternden Fingern drehte sie den Herzanhänger ihrer Kette hin und her. Das Mädchen glaubte an sie. Adriana musste es – nein: würde es schaffen! Mit Cruz gemeinsam Luzifer schlagen und damit die Weltbevölkerung vor der großen Verdunklung retten. Gemeinsam konnten Cruz und sie die Halbdämonen-Armee gegen Luzifer anführen. So wie es das Höllenfeuerlied vorausgesagt hatte. Und wie sie es in ihrer Vision gesehen hatte. Ein Halbdämon und ein Halbengel. Es musste so sein. Denn Dämonen fürchteten nur zwei Dinge auf dieser Welt: Halbdämonen und Engel. Cruz und Adriana …

Das Höllenfeuerlied. Mittlerweile konnte sie es auswendig aufsagen:

Und Luzifer zeugte der Kinder sieben,
Nur drei davon wird er für immer lieben.
Die anderen vier wenden sich ihm entgegen
Um Morgensterns Plan das Handwerk zu legen.
Sieben Halbblüter bestreiten die Schlacht
Um zu verhindern die ewige Nacht.
Werden zwei den Thron und die Macht ergreifen
Oder ewig in Schuld durch die Dunkelheit streifen.
Die Mächtigen, gezeugt durch die Übernatur
Zwei Mütter, die Kinder sind Halbblute nur
das Gute von ihnen gezeichnet vom Bösen,
wird sich am Ende von allem Guten lösen,
das andere, das zunächst böse erscheint,
wird nach Erlösung streben, mit dem Guten vereint
Gefährten aus lange vergangenen Jahren
Müssen im Kampf sich um sie scharen
Vergessen muss sein die Befangenheit
Die Vorurteile aus alter Zeit

Cruz, Cruz, Cruz, summte es in ihrem Kopf. Und mit diesen Gedanken trat Adriana aus der Brutstätte und landete direkt in einer Art Halle. Die hohen Marmorwände reflektierten dämonisches, orangefarbenes Licht, sodass sie zunächst eine Hand heben musste, um ihre Augen abzuschirmen. Ein wenig irritiert legte sie den Kopf in den Nacken. War das über ihr eine … Kuppel? Ja, eindeutig. Eine gewölbte Decke mit Fresken wie in der Sixtinischen Kapelle. Ungläubig blinzelte sie nach oben, wobei es in ihrem Nacken knackte. Nur wirkten diese Fresken im Gegensatz zu ihren Brüdern in Rom geradezu verstörend auf Adriana. Sie zeigten Dämonen, die Menschen verschlangen, Dämonen, die Männer und Frauen oder andere Dämonen folterten. Ganz in der Mitte entdeckte Adriana sogar die Abbildung eines rot leuchtenden Alpha-Dämons, der einen Engel mit einem Speer aufspießte. Die blutenden Flügel des Engels hingen dabei in einem seltsamen Winkel an seinem Körper herunter. Nicht nur sie schienen gebrochen zu sein … Dann verstand sie. Der komische rot leuchtende Alpha-Dämon musste dieser Volarion sein, Luzifers verschwundener Sohn, der den Erzengel Michael getötet hatte.

Adrianas Kiefer knirschte. Unbewusst hatten ihre Zähne wie Mahlsteine aufeinandergerieben. Das Bild übte mit all seiner Brutalität eine eigenartige Anziehung auf sie aus. Gut, dass sie noch nichts gefrühstückt hatte, ansonsten hätte sie nun würgen müssen.

Schnaubend sah sie sich weiter um. Ganz eindeutig war das hier die Ruhmeshalle der sieben Völker der Hölle. Überall waren Schriftzeichen in die Wände eingraviert mit leuchtenden grünen Siegeln, als hätte man statt Kerzenwachs Delta-Speichel in den Abdruck an der Wand geträufelt. Weiter hinten in der riesigen Halle standen mehrere goldene Statuen von Alphas oder von Luzifer höchstpersönlich. Nein, halt, das war kein richtiges Gold. Was für ein Material war das? Gesprenkeltes Gold? Dadurch sahen die Statuen aus, als wären sie in Gepardenfell gehüllt.

Adriana erinnerte sich daran, wie Cruz von dieser Ruhmeshalle berichtet hatte. Doch bevor sie den Gedanken weiterspinnen konnte, sprangen drei fauchende Schatten auf sie zu.

2

Nachdem er das Gespräch mit Adriana beendet hatte, wischte sich Rico müde über die Augen. Dabei versuchte er seine Gedanken zu sortieren. Tequila winselte neben ihm, schnüffelte dann an Ricos Hosenbeinen, auf Höhe der Stelle, wo vor fünf Nächten ein Delta-Dämon zugebissen hatte. Mit einer Hand knüllte Rico den Zettel mit Adrianas Nachricht zusammen und ließ ihn zu Boden fallen. Einen Moment später bückte er sich danach, um ihn wieder aufzunehmen. Nicht weit entfernt würde er sicher einen Mülleimer finden. Nur weil heute Nacht vermutlich Dämonen außer der Reihe auf Menschen losgehen würden, musste hier nicht alles in Anarchie und Chaos versinken. Gedankenverloren drehte Rico den Papierfetzen zwischen den Fingern. Sie konnten das immer noch hinbiegen, Lösungen finden, Menschen in Sicherheit bringen. Am wichtigsten war es jetzt, logisch vorzugehen, nicht in Panik ausbrechen und alle wichtigen Erledigungen der Reihe nach abzuarbeiten.

Tequila beobachtete aufmerksam das Spielzeug in Ricos Hand. Da der Hund schon mal da war und Rico Tequila nirgendwo abladen wollte, musste er ihn mitnehmen. Aber zuerst würde er die Nachricht auf Social Media verbreiten, dass die Menschen heute Nacht sicherheitshalber noch einmal Bunker oder geweihten Boden aufsuchen sollten. Danach stellte sich nur die Frage: Als Nächstes zum Militär? Oder doch zur Waldkapelle, um Pryatt Hershley abzuholen, der sich dort wahrscheinlich gerade fragte, warum niemand vorbeikam. Im Laufen wählte er die Nummer des Halbdämons. Kein Piepton ertönte. Also immer noch kein Netz … Seufzend tippte Rico eine E-Mail an den Feuerwehrmann aus Kalifornien und danach eine Warnung an seine Familie.

Eine leise Stimme in seinem Hinterkopf stellte die Forderung auf, dass er auch Dakota suchen könnte, die vermutlich irgendwo von den Dämonen eingesperrt worden war. Cruz, Savannah und dieser Drym mussten sich dagegen in der Hölle aufhalten. Ein Problem weniger, um das sich Rico kümmern musste. Tequila begann eindringlicher zu winseln. Mit der freien Hand wischte sich Rico über die Augen, hob seine Brille dabei an. Er konnte nur hoffen, dass die drei Halbdämonen in der Hölle selbst an einem guten Plan arbeiteten, um Luzifer aufzuhalten. Seufzend zog er sein Handy wieder heraus und öffnete die erste Social-Media-App.

Adriana zuckte zusammen, machte vor Schreck einen Satz rückwärts. Drei Delta-Dämonen sprangen zähnebleckend auf sie zu, hielten erst knapp vor ihr an. Grüner Geifer tropfte an ihren Lefzen zu Boden. Waren das die Wachhunde im Palast? Zumindest trugen alle grüne Halsbänder.

Sie schluckte, versuchte sich ihre Angst vor den rottweilerähnlichen Höllenhunden mit ihren Alligatorgebissen nicht anmerken zu lassen. Hunde, beziehungsweise Dämonen, die bellten und nicht sofort angriffen, würden es auch später nicht tun, richtig?

»Brave Deltas … Ich will nur mit Luzifer, eurem Boss, etwas besprechen. Er braucht mich lebend …« Der Delta ganz links schnappte nach ihrem Knöchel. Daraufhin setzten die anderen beiden zum Sprung an, wollten ihr ganz offensichtlich die Kehle durchbeißen.

Alarmiert tauchte Adriana hinter einer gold gesprenkelten Statue ab. Leider kein besonders sicheres Versteck. Blöderweise klemmte sie nun auch noch mit ihrem Rucksack zwischen Statue und Wand fest. Fantastisch. In Adrianas Ohren rauschte es, während sie in ihrem Kopf mehrere Fluchtoptionen durchging. Eine weniger vielversprechend als die andere.

Doch da tauchte wie aus dem Nichts eine Gestalt auf und schnellte mit unmenschlicher Geschwindigkeit nach vorn. Zwei rote Hände legten sich um die Halsbänder der Deltas und rissen sie zurück. Der dritte Delta-Dämon sah sich nach dem Neuankömmling um und winselte dann.

Immer noch rann Adriana ein eiskalter Hauch von Abscheu die Wirbelsäule entlang, als sie sich von der Statue losriss, den Kopf hob und Ahel direkt ins Gesicht sah. Ahel, der rote Dämon, Sohn von Luzifer. Einer der mächtigsten seiner direkten Nachkommen und sein Lieblingssohn, zumindest behauptete das Cruz gewöhnlich.

»Hallo Adriana, schön, dich wiederzusehen.« Der Dämon lächelte. Seine ungewöhnlich dünnen Lippen verzogen sich fast bis zu den Ohren und seine Wangen legten sich bei dieser Bewegung in Falten. »Unerwartet, aber ich beklage mich nicht.«

Wieder beschwor sich Adriana, nicht zurückzuweichen und keine Angst zu zeigen. Selbst vor Ahels scharfem Körpergeruch nicht. Am liebsten hätte sie jedoch das Atmen eingestellt, um das herb stinkende Odeur nicht inhalieren zu müssen. Sie fand es kein bisschen schön, den Dämon wiederzusehen. Merkte man ihr vermutlich auch an. Doch Luzifers Sohn lächelte ihr einfach nur entgegen. Kommentarlos.

»Fort mit euch!« Die Nasen der Höllenhunde zuckten. Gleichzeitig bewegten sich ihre Lefzen so heftig auf und ab, dass es aussah, als würden sie kauen.

Winselnd trollten sich letztlich zwei der Hunde davon. Lediglich der mittlere hielt den Blickkontakt mit Ahel, stieß sogar einen Schnaublaut aus.

Sobald Ahel jedoch die Zähne bleckte, stolzierte auch dieser Delta von dannen. Womöglich waren das Luzifers persönliche Schoßhündchen, wenn dieser Delta so viel Selbstbewusstsein besaß …

In einer übertrieben ausholenden Geste wandte sich Ahel Adriana zu. »Was führt dich hierher, in unser bescheidenes Heim?« Wieder dieses breite Lächeln, während seine Lippen fast ganz in seiner roten Gesichtshaut versanken. »Und an diesem ungewöhnlichen Datum?« Er schnüffelte, wobei ihm ein Faden Sabber aus dem Mundwinkel rann, wenn sie das richtig erkannte. »Erster Januar?«

»Nun ja«, antwortete Adriana leichthin, »das Höllentor stand offen und ich habe etwas mit deinem Vater zu klären. Halbdämonen wie ich können wohl doch die Grenze übertreten. Ihr müsst euch geirrt haben.« Bei ihren Worten zwang sie sich, dem Dämon fest in die Augen zu sehen. Hoffentlich bemerkte er ihre Gänsehaut nicht.

Ahel neigte den Kopf aufmerksam zur Seite. Bei jeder Bewegung schien seine rote Haut zu schimmern. Wo sie eben noch rot wirkte, konnte man genau denselben Fleck Haut plötzlich als violett bezeichnen. Besonders auf seinen ausgeprägten Armmuskeln.

»Interessant. Du bist interessant … Luzifer also …?« Kurz schien er innezuhalten, doch dann streckte er eine Hand nach ihr aus, fuhr mit seinen Fingern über ihr Kinn. »Du bist viel zu schade für seine Halbdämonen-Experimente.«

Nie hätte sie geglaubt, dass nicht zurückweichen sich als so schwierig erweisen könnte. Jede Faser ihres Körpers schrie bei Ahels Berührung. Und diesen selbstgefälligen Blick, mit dem er sie dauernd von Kopf bis Fuß musterte, ertrug sie keine Sekunde länger. Zwei dunkle Augen, deren Blick viel zu intensiv auf ihr ruhte.

Mit so viel Kraft, wie sie aufbringen konnte, schlug sie seine Hand weg, unterbrach den Blickkontakt dabei nicht.

»Experimente? Nein, ich bin hier wegen … des Verdunklungsplans.« Besser, er erfuhr erst mal nichts von Cruz. Wenn er die Verbindung durchschaute, könnte Ahel dieses Wissen am Ende zu seinem Vorteil nutzen. Nur … Adriana runzelte die Stirn. Von welchen Halbdämonen-Experimenten hatte Ahel gesprochen?

Doch bevor sie den Gedanken weiter ausführen konnte, hörte Adriana den Schrei. Cruz' Schrei. Eindeutig. Und es klang, als würde ihm jemand bei lebendigem Leib die Haut abziehen.

Eine dunkle Vorahnung legte sich wie ein eiskalter Handschuh um ihre Kehle.

»Ich muss los«, rief sie Ahel über ihre Schulter hinweg zu, dann rannte sie in die Richtung, aus der Cruz' anhaltende Schreie kamen, ohne sich noch einmal umzusehen.

Major Dwight starrte Rico aus zusammengekniffenen Augen an. Die Arme hatte er vor der Brust verschränkt, während er an seinem Schreibtisch lehnte, der die beiden voneinander trennte. Rico betrachtete die silberne Militärmarke, die an einer Kette um den Hals des Majors baumelte und das Sonnenlicht reflektierte. Es grenzte fast an ein Wunder, dass er ihn überhaupt empfangen hatte. Miss Twerbeed hatte sich für ihn eingesetzt. Die Sekretärin hatte etwas übrig für Kinder und erst recht für Tequila, der gerade bei ihr im Vorzimmer saß und sich die Keksdose vornahm.

»Du erwartest nicht wirklich, dass ich dir das glaube, Harry Potter?«

»Sehen Sie«, versuchte er es noch einmal mit Vernunft bei Major Dwight. »Die Dämonen sind unheimlich intelligente Wesen. Was glauben Sie? Dass sie sich für immer und ewig damit zufriedengeben, nur an fünf Tagen im Jahr auf der Erde zu jagen? Sie wollen die Tore dauerhaft öffnen. Es wird einen Krieg geben, wie damals!« Bloß ohne Engel. Außer, sie fanden sie rechtzeitig.

Immer noch wirkte der Major nicht überzeugt. Vielleicht wollte er es auch einfach nicht glauben.

»Wollen Sie etwa schuld daran sein, wenn heute Nacht Hunderttausende Menschen ihr Leben verlieren? Wenn nicht Millionen? Sie müssen General Whittaker davon in Kenntnis setzen und der muss die ganze BKOD, am besten auch gleich das Militär und die Presse informieren.«

Die Nasenflügel des Majors bebten. »Der General wird dir erst recht nicht glauben, wenn ich es schon nicht tue.«

»Aber das Foto …«

»So einen Effekt mache ich dir mit jedem drittklassigen Bildbearbeitungsprogramm«, unterbrach ihn der Major.

Langsam meldete sich ein Kopfschmerz wie graue Wolken in Ricos Kopf. Er betrachtete den Bildschirm seines Handys. Mehr als einen blauen Schimmer konnte man auf den Fotos, die Adriana geschickt hatte, wirklich nicht erkennen. Trotz mehrerer Versuche ihrerseits. Ob man als Mensch einfach nicht mehr von dieser dämonischen Magie erkennen konnte? Generell nie?

»Gut. Dann spreche ich mit der Presse. Dadurch wird zwar niemand Schutzmaßnahmen errichten, weil sie mich nicht ernst nehmen werden. Aber morgen nach dem Angriff wird dann jeder wissen, dass die BKOD mir nicht glauben wollte und deshalb viele Unschuldige ums Leben kamen. Auf Facebook und anderen Medien habe ich die Info bereits gestreut. Morgen werden sie alle über den Jungen berichten, der die Katastrophe vorhergesagt hatte, aber dem Sie nicht glauben wollten.« Rico sah seinem Gegenüber fest in die Augen. »Ihr Name wird fallen.«

Stöhnend löste der Major seine verschränkten Hände und legte sie auf die Stuhllehne. »Also gut, ich spreche mit General Whittaker und verbreite unter allen Militärs die Nachricht, dass wir zu erhöhter Vorsicht in der kommenden Nacht raten.«

»Und der Presse sagen Sie, dass heute Nacht zumindest eine Übung stattfindet. Dass die Menschen zu Hause bleiben sollen. Verhängen Sie eine Ausgangssperre mit der Begründung, dass Sie eine neue Waffe gegen die Dämonen testen wollen. Oder etwas in der Art. Weltweit.«

Der Major presste die Lippen aufeinander. Der Stuhl unter seinen Fingern knarrte, sobald er ihn ein paar Fingerbreit in Richtung Schreibtisch schob. Vier Stuhlbeine kratzten über den Boden, dass es in den Ohren wehtat. »Ist ja gut, Harry Schlotter. Mach dir nicht ins Hemd.«

Adriana nahm den Gang, der ganz rechts von der Ruhmeshalle abzweigte und aus dem auch Ahel gekommen sein musste. Während sie lief und Cruz schrie, rasten ihre Gedanken. Es klang so, als würde er gefoltert, womit ihre schlimmsten Befürchtungen wahr wurden. Hoffentlich kam sie nicht zu spät! Und was zum Teufel hatte Ahel damit gemeint, dass sie zu schade für Luzifers Halbdämonen-Experimente sei? Konnte das bedeuten, dass er in ebendiesem Moment ein grausiges Experiment an Cruz durchführte? Ihr Herz donnerte so heftig gegen ihre Rippen, dass Adriana glaubte, es würden Abdrücke auf dem Herzmuskel zurückbleiben. Ihr graute davor, was sie gleich zu sehen bekommen würde. Sollte das der Grund dafür sein, weshalb Luzifer nicht nur sie, sondern auch Cruz unbedingt in seinen Besitz bringen wollte? Er hatte wirklich alles darangesetzt, dass Cruz seinen Höllenpakt schloss. Nein, halt. Adriana dagegen brauchte er allem Anschein nach wegen der Informationen ihrer Mutter. Oder hing beides zusammen? Aus irgendeinem Grund schien das oberste Priorität für den Herrn über die Unterwelt zu haben. Doch Adriana machte sich nichts vor. Luzifer würde sie danach nicht laufen lassen. Nicht, wenn sie so ein wertvolles Studienobjekt für den Höllenfürsten darstellte. Und wie wertvoll, beziehungsweise speziell sie tatsächlich war, wusste er ja noch nicht einmal. Solange ihr nicht plötzlich Engelsflügel wuchsen, würde sie dieses Geheimnis hoffentlich verbergen können.

Auf einmal verstummten die Schreie, schienen zwei Sekunden danach aus einer völlig anderen Richtung zu kommen. Adrianas Kopf flog herum. Wie zum Teufel …? Bewegten sich die Zimmer im Schloss ebenso wie die Bereiche in der Hölle umher?

Ein schmerzerfüllter Schrei hinter ihr. Sie fuhr herum und lief zögernd in diese Richtung. Der Schrei riss ab und sie stand schwer atmend, lauschend da, drehte sich langsam um sich selbst. Da! Wieder schrie er. Sie hätte seine Stimme überall erkannt. Schlitternd gelangte sie an eine Abzweigung, in deren Mitte ein Springbrunnen stand, der mit Teer statt Wasser gefüllt war. Es stank erbärmlich, schien allen Sauerstoff aus diesem

Gang zu tilgen. Adriana hustete. Nach kurzem Zögern, während dem sie sich an der roten Marmorwand abstützte, um nach Luft zu schnappen, nahm sie auch hier den rechten Gang. Cruz' Schreie wurden lauter und Adriana zwang sich, noch schneller zu laufen. Sie musste ihn erreichen, bevor er wieder verschwand.

Schon beim nächsten Schrei, der ganz offensichtlich aus Cruz' Kehle stammte, schüttelte sie all ihre Erschöpfung ab. Rannte stattdessen schneller und schneller, sodass das Rauschen ihres eigenen Blutes ihre Ohren heiß pochen ließ.

Und dann bog sie in den Flur ein, aus dem die Schreie kamen. Hier irgendwo musste es sein. Der Ort, an dem Cruz festgehalten wurde. Bei ihrem Abbiegemanöver hätte sie beinahe den zierlichen Springbrunnen umgeworfen, der etwas wie zähen, vielleicht sogar ätzenden Schleim ausspuckte. Gelb leuchtend, sodass sie lieber einen großen Bogen darum machte. Sofort danach fand sie sich in einem dunklen Gang mit zahllosen Türen wieder, aber sie wusste sofort, welche es sein musste. Eine massive Stahltür, ziemlich angerostet, aber doppelt so breit wie die anderen Türen aus Holz. Kurz darauf fuhr ihr ein gequälter Schrei aus Cruz' Kehle durch den Leib. Diese Bestien! Das würden sie bereuen.

Ihre Hand zitterte, als sie sie auf die Türklinke legte. Mit aller Kraft drückte und zerrte sie daran, doch das Schloss wollte einfach nicht nachgeben. Kein bisschen. In einem Anflug von Wahnsinn überlegte sie, ob ihre Engelskräfte wohl etwas nützen konnten, doch sie hatte keine Ahnung, was genau sie imstande war zu tun, und wie man irgendwelche Kräfte einsetzen konnte, war ihr ungefähr so vertraut wie eine Straßenkehrmaschine in Taiwan.

Adriana sah sich in dem Gang um. Dann ging sie zurück zu dem kleinen Brunnen und versuchte ihn anzuheben. Das Ding wog weniger als gedacht und die kleine Schale ließ sich ohne Probleme von der Halterung brechen. Kurz darauf schmetterte sie das steinerne Gebilde samt dem hoffentlich säurelastigen

Schleim gegen die Tür. Es zischte und dampfte, als das widerliche gelbe Zeug sich in die Stahlplatten fraß.

Fast hätte sie einen wilden Jubelschrei ausgestoßen, aber es war wohl noch zu früh, um sich zu freuen, denn das Zischen ließ bereits wieder nach.

Als Nächstes nahm sich Adriana eine Tonfigur mit einem grinsenden Dämonengesicht von einem Sockel und warf es gegen die Tür. Die Figur zersplitterte und ein halber Grinsemund blieb vor Adrianas Füßen liegen.

»Aufmachen!«, schrie sie. »Macht sofort auf, ihr verdammten feigen Missgeburten!«

Das Schreien hinter der Tür ebbte ab.

»Da draußen ist wer«, sagte eine kratzige Stimme und Adriana war alles recht, Hauptsache, sie ließen endlich von Cruz ab.

»Ganz recht, hier draußen ist wer!«, rief sie zurück. »Sofort die Tür aufmachen oder ich zerschlage hier jeden einzelnen verblödeten Zimmerbrunnen und sämtlichen Kram in eurer großen Halle! Für eure dämlichen Deckengemälde könnt ihr schon mal den Restaurator bestellen!«

»Adriana? Bist du das wirklich?« Cruz' Stimme klang erstickt, rau, als hätte er seit Tagen nichts getrunken. »Bitte dreh sofort wieder um. Das ist kein Ort für dich.«

Bevor sie antworten konnte, zerriss ein Peitschenknall die Stille, dann ertönte ein elektrisches Knacken und Zischen. Ein Beta-Dämon gluckste, so wie es sich anhörte.

Als sie Cruz' Knurren vernahm, ein Knurren, das er sicher nur ausstieß, um nicht zu schreien, damit sie vor der Tür nicht allzu viel von der Folter mitbekam, bohrte sie ihre Fingernägel in ihre Handballen.

»Also gut, ihr wollt es anscheinend so!« Wild sah sie sich um. Sie brauchte eine Brechstange oder etwas Ähnliches. Vielleicht in der großen Halle? Voller Wut in ihrem Herzen drehte sie sich um und prallte gegen eine harte Brust, fühlte Haut von der Temperatur einer finnischen Sauna auf ihrer. Angewidert wich sie zurück und starrte in ein wohlbekanntes Gesicht.

»Einen wunderschönen guten Morgen, Adriana Astara. Schön, dass du doch noch meiner Einladung gefolgt bist.« Der Teufel persönlich.

Adriana musste sich zusammenreißen, um nicht wie Cruz zu knurren. Sie durfte nichts von ihren Gefühlen offenbaren, tief in sich drin wusste sie das. Und auch mit keiner Silbe erwähnen, wer sie wirklich war. Sich mit keiner unbedachten Äußerung verraten. Wenn er es nicht sowieso schon wusste.

Bitte, lass es ihn nicht wissen!

»Meine Diener sagten mir, dass du auf dem Weg zu mir bist. Um etwas mit mir zu besprechen? Mir vielleicht ein *attraktives* Angebot zu machen?« Bei dem Wort »attraktiv« glitt sein Blick von unten nach oben über sie und dann über den Scherbenhaufen am Boden. »Wie schön. Du bist in der Lage, dir die Zeit zu vertreiben, wenn es drauf ankommt. Wusstest du, dass sechsundsiebzig Prozent der Menschen sich in ihrem Leben regelmäßig langweilen? Also ich finde das bedenklich. Und ziemlich undankbar. Nicht wahr?«

»Ich wüsste nicht, was an einer frei erfundenen Statistik bedenklich sein sollte«, entgegnete Adriana.

In diesem Moment setzten Cruz' Schreie wieder ein und sie brauchte all ihre Selbstbeherrschung, um sich nichts anmerken zu lassen, zumal Luzifer ihr Gesicht studierte, offenbar gierig auf eine emotionale Regung oder ein Zeichen der Qual. Sein erwartungsfrohes Grinsen verflüchtigte sich, als Adriana seinem Blick weiter standhielt.

»Was ist jetzt?«, fragte sie. »Machst du hier Small Talk oder gehörst du zu den zweiundachtzig Prozent der Höllenkreaturen, die den ganzen Tag vor Langeweile andere quälen und sich kindische Statistiken ausdenken?«

Sie musste jetzt durch diese Tür, die Luzifer blockierte, und Cruz sehen. Sofort!

Über Luzifers Gesicht schien ein Schatten zu ziehen und Adriana glaubte, die Gefahr körperlich spüren zu können. Ihr war durchaus bewusst, dass sie nur noch unversehrt hier stand, weil er etwas von ihr wollte. Aber sie durfte den Bogen nicht überspannen.

»Wenn du einen Pakt mit mir schließen willst, hättest du dir wirklich nicht die Mühe machen müssen, den weiten Weg hierher zu reisen«, unterbrach Luzifers Stimme ihre Gedanken. »Ich hätte zu dir kommen können. Du weißt doch, wie diese Beschwörung funktioniert, nicht wahr? Du bist ein kluges Mädchen, du hast herausgefunden, wie Molly Svensson es getan hat.«

Bei der Erwähnung von Molly, Harrys Ehefrau, die an seinem Tod eine Mitschuld trug, wurde Adriana flau im Magen. Sie würde ihren ehemaligen Kinderheimleiter nie wiedersehen. Jedenfalls nicht lebendig und aus Fleisch und Blut.

»Der Drudenfuß?«, half Luzifer nach, als sie immer noch nichts darauf antwortete. Er streckte eine Hand nach ihr aus, zweifellos, um ihr ein umgedrehtes Pentagramm auf den Arm zu malen, doch sie schlug nach ihm.

»Finger weg!« Jetzt knurrte sie wahrhaftig. »Oder du gehörst zu den neunundneunzig Prozent der Dämonen, die nach einem Körperkontakt mit mir ihre Hand verlieren.«

Das Lächeln im Gesicht des Teufels leuchtete daraufhin noch intensiver. Sein ganzer Körper und ja – sogar seine Hörner schienen zu vibrieren. »Verstehe. Nun gut. Es ist nicht so, dass ich nicht erwarte, dass du einen Pakt schließen möchtest. Allerdings solltest du dazu deine Zunge benutzen anstelle deiner Retourkutschen.« Er verschränkte die Arme vor der Brust.

Adrianas Blick glitt über seine Handgelenke, die von ledernen Riemen bedeckt, praktisch zugeschnürt wurden. Ein Pakt. Luzifer hatte sie ja nicht mehr alle. Gut, aus seiner Sicht war das womöglich äußerst naheliegend.

»Du willst also nicht mit mir reden. Dann mache ich dir eben ein Angebot, das du nicht ablehnen kannst, Adriana Astara. Und ja, auf diesen Spruch besitze ich das Copyright und nicht ein gewisser Autor.« Er leckte sich über die Lippen. »Denn warum du hier bist, scheint mir doch recht offensichtlich.« Er kratzte sich über den Rand seiner Ohrmuschel, schien Cruz' Schreien zu lauschen. Dabei rieselten ein paar Ohrschuppen zu Boden. Widerwärtig. Beinahe so widerwärtig wie der Blick, mit dem er sie musterte. Seine Augen schienen jedes Detail in ihrem Gesicht nachzuzeichnen. »Ich gebe dir diesen Nichtsnutz mit. Sagen wir, ich schiebe seinen Pakt für ein Jahr auf. Dafür erwarte ich aber zuerst Antworten. Im Detail: Ich möchte alle Informationen zu den Forschungen deiner Mutter. Du bringst mir alle Aufzeichnungen, die du über Dämonenforschungen finden kannst. Sicher hat deine Mom sie gut versteckt.«

Zweimal holte Adriana Luft, bevor sie sich halbwegs sortiert hatte und bereit für eine Antwort war. Aufzeichnungen ihrer Mom? Über Dämonen? Ihr Gehirn schaltete blitzschnell.

»Welche Forschungen genau?«

Luzifer zögerte. »Ich will einfach alles. Bring mir alles, an was sie zuletzt gearbeitet hat.«

»Gut.« Adriana konnte nur hoffen, dass Luzifer das leichte Zittern in ihrer Stimme überhörte. »Wenn ich sämtliche Aufzeichnungen herschaffe, ist Cruz' Pakt damit aufgehoben.«

»Kommt darauf an.«

»Auf was?«

»Ob es das ist, was ich will.« Er neigte sich nach vorn, sodass er diesen letzten Satz in ihr Ohr flüstern konnte. Ganz der Psychopath.

Noch während Adriana scharf einatmete, presste der Dämonenfürst eine Hand gegen die Tür. Ganz sachte. Keine halbe Sekunde später ertönte ein sattes Schmatzen und die Tür zu Cruz' Folterkammer glitt einfach in den Boden, wie in einem Comic. Verwundert starrte Adriana ihr nach. In das schmale Loch, das nach unten führte.

»Upps. Eben war Cruz doch noch da?« Luzifer setzte ein betont überraschtes Gesicht auf. Als Adriana nicht reagierte, sanken seine Mundwinkel im Sekundentakt nach unten.

Diese teuflischen Spielchen … Adriana war es so leid. Stattdessen beschäftigte sie sich mit der Frage, wo Cruz gerade steckte. Wie schnell konnten sich die Räume hier drin verschieben? Und was konnte unter der Hölle noch existieren?

Luzifer schien ihre Gedanken zu erraten und malte mit dem Zeigefinger ein Oval in die Luft.

»Es ist ein Teufelskreis.«

Obwohl sie ihm gerne zehn weitere Zimmerbrunnen um die Ohren gehauen hätte, biss sich Adriana einfach stumm auf die Innenseiten ihrer Wangen. Auf keinen Fall wollte sie ihm irgendeine Form von Genugtuung liefern. Irgendwo, etwas weiter entfernt, konnte sie wieder Schreie hören. Und im Augenblick war Cruz' Rettung alles, was zählte.

»Also?«, hakte Luzifer nach. »Sind wir im Geschäft?«

»Das ist absolut noch kein Geschäft, nur ein ›Was wäre, wenn‹.«

Seltsamerweise schien ihre Antwort den Herrn über die Hölle zu belustigen. Er warf den Kopf in den Nacken und lachte dunkel auf. Das Geräusch hallte von den Wänden wider. Für einen Atemzug verstummten sogar Cruz' Schreie, als würde er lauschen.

»Ich will einen Vorschuss«, sagte Adriana, ohne sich nach außen hin von seiner Höllenlache beeindrucken zu lassen. Ihre Gedanken rasten. Bis sie die Informationen für Luzifer zusammenhatte, würde viel zu viel Zeit vergehen, in der Cruz leiden würde. »Du entlässt Cruz aus deiner Folterkammer und gibst mir achtundvierzig Stunden Vorsprung.«

Wieder lachte Luzifer auf. Plötzlich und laut.

»Wenn du wüsstest, was dieser Alpha schon alles in seinem Leben verbrochen hat, würdest du anders über ihn denken. Vergiss nicht, dass wir hier unten die Sünder bestrafen. Das ist mein Job.« Er spannte die Schultern an, als erwarte er von Adriana, in dieser Pose fotografiert zu werden. »Und wo kämen wir hin, wenn ich das nicht mehr tun würde?«

Sünder? Luzifer und seine Hintertüren. Weil Cruz die Gebote Gottes allesamt gebrochen hatte? Gut, dann waren eben neunzig Prozent der Menschen Sünder. Mindestens.

»Jetzt kommt die Stelle, an der du zustimmst und ich verspreche, mich umso mehr zu beeilen.« Sie sah ihn abwartend an. »So oder gar nicht.«

Dieses Mal lachte Luzifer nicht, senkte allerdings seinen Kopf so, dass er ihr auf geradem Wege in die Augen sehen konnte. Hinter seinen Pupillen schien ein Feuer zu lodern.

»Vorsicht, kleine Adriana. Es ist niedlich, wie du dich überschätzt. Ja, sehr amüsant. Aber wie du siehst, habe ich jetzt genug gelacht über deine Vorstellung. Bis zum heutigen Tage habe ich auf diese Informationen deiner Mutter gewartet, über dreizehn Jahre lang, und es macht mir wirklich gar nichts aus, noch länger zu warten … während Cruz hier unten gerade tausend Tode stirbt. Kannst du auch noch warten, süße Adriana? Willst du dir noch etwas Zeit lassen?« Ein Haifischgrinsen breitete sich langsam auf seinem Gesicht aus und Adriana starrte wie in Trance auf seine gelblich verfärbten Zähne. Cruz würde leiden, bis sie ihn auslösen konnte. Wie sollte sie mit diesem Gedanken im Hinterkopf die Nerven behalten?

Ihr Blick fiel auf das schwarze Loch und da begriff sie es. Nicht die Zimmer bewegten sich, sondern nur ein bestimmter Bereich der Hölle, der unterhalb des Palasts lag.

»Das da unten ist ein direkter Zugang zu den Folterkammern der Hölle?«

»Korrekt. Eine Abkürzung. Ansonsten wäre mein Leben viel zu umständlich.« Luzifer grinste und Adriana verstand, noch ehe er fortfuhr: »Ein Ort, der alle Sünder erwartet. Mein Arbeitsplatz.«

Jetzt übertrieb er mal wieder maßlos. Oder? Stille. Niemand schrie. Ob sie ihm gerade eine Pause gönnten oder hatte sich Cruz' Folterkammer einfach zu weit von ihr wegbewegt in den letzten Minuten?

»Wo wir gerade von Mord und Totschlag sprechen«, fuhr Luzifer fort. »Haben du und Cruz Brutus getötet?«

Wie? Kurz dachte Adriana an ein Missverständnis, doch dann wurde ihr bewusst, dass es tatsächlich so geschehen war, wie Luzifer sagte. Obwohl inzwischen Wochen vergangen zu sein schienen, war es noch keine vierundzwanzig Stunden her, dass sie Brutus die brennende Fackel gegeben hatte. Sie schluckte und fühlte ihre Glieder ganz steif werden. Brutus war gestorben, in Flammen aufgegangen, und im Grunde waren Cruz und sie schuld am Tod des Alpha-Dämons. Denn Adriana hatte den Ring aus Benzin um die Kapelle gegossen und Cruz hatte einen Feuerball in diese Region geschleudert, worauf zwei Dämonen, die zu nahe darangestanden hatten, mit Haut und Haar verbrannt waren.

»Was interessiert dich ein einfacher Alpha-Dämon?«, fragte sie leise zurück.

Als wäre ihre Frage absolut abwegig, schnaubte Luzifer, sah kurz nach links und dann nach rechts. »Er war viel mehr als das.«

Adriana starrte hinab in das schwarze Loch. Wo tote Dämonen wohl landeten? Konnte Luzifer Brutus' Seele nicht immer noch sehen?

»Die Dämonen, die hier in Portland herumstreifen, sind anders als andere, oder?«, versuchte sie ihm die Wahrheit zu entlocken. Oder zumindest einen Hinweis, den sie in ihr wahnwitzig umfangreiches Informationspuzzle einfügen konnte. Alles deutete auf ihre Theorie hin. Portland, Portland … Es lief auf ihre Heimat hinaus. Hier würde es beginnen … Wenn Rico mit seinen Rechercheergebnissen ihre Theorie belegen konnte.

»Sind sie«, erklärte Luzifer, wobei er Adriana genau beobachtete. »So besonders wie du.«

3

»Also haben wir einen Deal?« Luzifer baute sich übertrieben auffällig vor dem Zugang zu den Folterkammern auf, was nur eine Interpretation zuließ. Erst nach ihrem Pakt würde sie hindurchkommen.

»Ich werde jetzt gehen«, sagte Adriana und trat an dem Höllenfürsten vorbei. Er würde seine Informationen bekommen. Aber keinen Pakt. Niemals würde sie einen dämonischen Pakt mit dem Höllenfürsten eingehen. Nur diese lose Vereinbarung. Im Tausch dagegen musste er ihr Cruz geben, wenn ihm die Forschungen ihrer Mom so wichtig waren. Mit zügigen Schritten lief sie den Gang hinunter, so rasch wie möglich aus seinem Blickfeld.

»Gut, dann komm doch später wieder vorbei!«, rief ihr Luzifer hinterher. »Sagen wir kurz vor Sonnenuntergang?«

Sie ignorierte ihn, damit sie nicht losschrie. Die Hilflosigkeit machte sie wahnsinnig. Sie hatte nicht gewusst, wie schrecklich sich das anfühlen konnte, aber sie war sich sicher, dass Luzifer es wusste. Nur zu gut. Und dass er sie absichtlich in diese Situation brachte, sie zwang, ihm diese Informationen zu verschaffen, im vollen Bewusstsein, was er Cruz inzwischen antat. Sie wollte sich herumwerfen, zurückrennen und ihn mit vorgehaltenem Messer dazu bringen, Cruz sofort freizugeben. Dann bog sie um die Ecke und diese kurze Bildersequenz, die niemals Wirklichkeit werden würde, löschte sich aus ihrem Gehirn. Es gab jetzt nur eine sinnvolle Sache, die sie tun konnte: so schnell wie möglich ihren Teil dieser elenden Vereinbarung einlösen.

Nur, wo sollte sie anfangen? Wenn ihre Mutter … also falls, Adriana schluckte. Wenn ihre Mom tatsächlich hier unten in der Hölle festsaß, ihre Seele gewissermaßen, konnte sie sie zu Luzifers Anliegen befragen. Falls ihre Seele im Himmel gelandet war, konnte sie, Adriana, sie doch sicher auch irgendwie erreichen? Schließlich hatte sie auch dieses Mädchen gesegnet, dann würde sie als Nächstes eben herausfinden, wie man sich Engelsflügel wachsen ließ.

Direkt hinter ihrer Stirn begann es zu pochen. Immer stärker. Sie brauchte eine Kopfschmerztablette. Aber dafür hatte sie keine Zeit. Nicht mal, wenn sie eine dabeigehabt hätte. In einer Art Panikanfall beschleunigte sie ihre Schritte.

Tick Tack, Tick Tack, hörte sie dabei Luzifers Stimme in ihrem Kopf.

Gerade als sie in den nächsten Flur einbog und hoffte, dass sich die Gänge hier drin nicht auch verschoben und sie den Weg nach draußen finden würde, hörte sie einen besonders lauten Schrei von Cruz von irgendwoher, was sie zusätzlich zur Eile antrieb und ihr gleichzeitig das Herz zerriss.

Vielleicht deshalb oder weil sie sich wie im Wahn über Stirn und Augen rieb, rannte sie direkt in jemanden hinein. Schon wieder. Wurde langsam zur Gewohnheit.

Sie sah rot. Buchstäblich. War gegen einen feuerroten Oberkörper geprallt und wieder zurückgeschleudert worden. Ahel. Warum? Ihre Kopfschmerzen wurden lauter, Cruz' Schmerzensschreie dagegen im Hintergrund leiser. Warum zum zweiten Mal in einer Stunde Ahel? Typisch ihr Glück.

»Verlässt du uns schon wieder?« Luzifers Lieblingssohn packte sie am Unterarm, bevor sie sich ihm entziehen konnte.

Wirklich, sie musste sich angewöhnen, langsamer um die verdammten Palastecken zu biegen.

»Pfoten weg!« Sie trat nach seinem Schienbein, das Ahel eilig außerhalb ihrer Reichweite zu bringen versuchte.

»Ach bitte, wir sind doch inzwischen schon so etwas wie gute Freunde.«

Alles klar. Was wollte er von ihr? Vielleicht denselben Gefallen wie sein Vater?

»Ich kann dir nicht helfen«, zischte sie ihn an und riss an ihrem Arm. Bloß verstärkte die rote Hand dadurch ihren Griff nur noch mehr.

»Auf ein Wort. Danach kannst du gehen.«

Unter Ahels Worten verspürte Adriana einen Brechreiz, der langsam von ihrem Hals bis in ihren Unterkiefer kroch und selbst in ihren Ohren zu spüren war. Nichts lag ihr ferner, als eine weitere Sekunde so nah bei Ahel zu stehen.

Im nächsten Moment presste er sie gegen die Wand. Sie hatte keine Chance gegen diesen Muskelberg mit Hörnern.

Kurz glaubte Adriana, nun tatsächlich auf seine Brust spucken zu müssen, so heftig krachte sie mit dem Rücken gegen die Mauer. Heißer Stein drückte gegen ihren Neoprenanzug und zerquetschte fast ihren Rucksack.

»Statt dich zu wehren, könntest du mir einfach zehn Sekunden Zeit geben, um mich zu erklären«, gurrte Ahel nun mit seinen unnatürlich dünnen Lippen. Sie spürte seinen Atem an ihrer Stirn. Atem, der nach Schwefel stank. Seine freie Hand stützte er direkt neben ihrem Kopf ab.

Noch aufdringlicher ging es nicht. Das konnte er so was von vergessen. Als Antwort fletschte Adriana die Zähne, versuchte sich ihm zu entwinden. Reflexartig tasteten ihre Finger über die Wand, um eine Waffe oder irgendetwas Hilfreiches zu erreichen. Als sie mit der linken Hand einen Bilderrahmen ertastete, riss sie ihn vom Nagel und zog Ahel das Ding umgehend über den Kopf. Sämtliche ihrer Sinne schienen bei der Aktion zu jubeln.

Der Schlag ließ Ahel aufstöhnen und leicht in die Knie gehen. Nicht ganz die Reaktion, die sie sich erhofft hatte. Aber immerhin ließ er sie los, trat einen Schritt zurück. Das Bild, das vormals einen aus einem Feuerball schlüpfenden Dämon gezeigt hatte, baumelte nun an Ahels Schädel. Durchstoßen von seinem rechten Horn.

So als wäre es nichts weiter als ein Vogelkothaufen, wischte er es sich vom Kopf.

»Schluss mit dem Unsinn. Alles, was ich will, ist, dir einen Vorschlag zu unterbreiten, wie du sowohl Cruz retten als auch Luzifers Pläne sabotieren kannst. Habe ich jetzt deine Aufmerksamkeit?«

Wie? Für einen Moment erstarrte Adriana tatsächlich. Meinte er das ernst? Cruz wiederbekommen, ohne Luzifer die Forschungsergebnisse ihrer Mom auszuhändigen, mit denen er womöglich ... Sie schluckte ... nun ja, nichts Gutes anzustellen gedachte, so viel stand fest.

»Sehr schön.« Ahels Mundwinkel hoben sich, während er sie betrachtete. »Genau wie ich es mir erhofft hatte.«

Hatte er? Ganz leicht neigte Adriana den Kopf. »Komm zum Punkt. Jetzt.«

»Gut, wie du willst.« Ahel gluckste. »Was ich dir vorschlagen möchte, ist Folgendes: Du musst verstehen, mir liegt nichts daran, jede Nacht die Grenze zu überschreiten.«

Damit meinte er wohl, die Erde zu betreten.

»Aber was ich will, ist eine Braut und einen Thron.«

Sie musste sich verhört haben.

»Du willst was?«

»Eine Alphafrau und den Thron in diesem Schloss.«

Immer noch glaubte Adriana zu halluzinieren.

»Das hast du gerade nicht wirklich gesagt? Du als Luzifers kleiner Liebling. Selbst wenn: Warum solltest du mir das verraten? Ich könnte mit dieser Information zu deinem Vater gehen.«

Ahel rollte mit den Augen. »Wir alle wissen, dass unsere jeweiligen Kinder versuchen, uns von Zeit zu Zeit ein Messer in den Rücken zu rammen.«

So? Hatte Ahel etwa auch einen Sohn?

»Was glaubst du, warum Luzifer so dringend die Höllentore öffnen will? Weil er es leid ist, hier unten festzusitzen. Mein Vater, der gefallene Engel und erster Dämon, will so weit nach oben wie möglich.« Ahel richtete seinen Blick in Richtung Decke, bevor er zurück zu Adriana glitt. »Sicher wäre es ihm geradezu recht, wenn ich seinen Platz hier unten einnähme und er frei wäre.«

Eine merkwürdige Art der Argumentation. Aber Adriana beschloss, ihn einfach reden zu lassen. Das bedeutete dann wohl: Sowohl Luzifer als auch Ahel strebten nach mehr Macht. Nur auf unterschiedliche Art und Weise. Und für Ahel symbolisierte eine Ehefrau mehr Macht? Ernsthaft?

»Hier mein Vorschlag an dich, liebliche Adriana Astara: Du wirst meine Ehefrau, regierst fortan mit mir über die Hölle. Dafür wirst du wie eine Königin in diesem Schloss leben. Als meine Königin.«

»Aha. Und was springt für mich dabei heraus?« Eigentlich konnte Adriana absolut nicht fassen, dass er ernsthaft in Betracht zog, dass sie in diesen Vorschlag einwilligte. Aber Luzifer auszutricksen ... Sie musste die Details dazu von Ahel hören.

Ahels Nasenflügel zuckten, als hätte sie ihn beleidigt.

»Außer eine Königin zu werden und als solche bis in alle Ewigkeit behandelt zu werden?«

»Genau. Außer dieser Absurdität.«

Luzifers Sohn zog eine Schnute. Färbten sich seine Wangen gerade etwa dunkelrot?

»Darüber hinaus biete ich dir an, die Höllentore zu verschließen. Ob das auch für die Dämonentage gilt, kann ich dir nicht versprechen, aber ich werde die Bemühungen meines Vaters, die Tore an jedem Tag des Jahres zu öffnen, rückgängig machen. Zumindest werde ich alles daransetzen und dir bei dieser Mission helfen.«

Sie sah ihn abwartend an. Schließlich hatte er gerade eben noch mehr angekündigt.

»... und ich befreie Cruz aus den Folterkammern.«

Adriana blinzelte. Hob dann das Kinn.

»Das ist alles?« Immerhin würde sie erfahren, wie weit er gehen würde. Auch wenn sie nicht vorhatte, sein Angebot anzunehmen. Es für einen allerletzten Ausweg zu kennen schadete jedoch aus Adrianas Sicht nicht.

»Also gut«, seufzte Ahel. »Ich befreie Cruz aus der Hölle und löse seinen Pakt mit Luzifer.«

»Und heilst seine Wunden«, setzte sie noch einen drauf.

»Hm, wenn du mich dafür ehelichst und ihn nie wiedersiehst«, versprach Ahel.

Adriana schluckte, meinte im Hintergrund Cruz' wimmern zu hören. Bilder von einem lachenden und verliebt dreinschauenden Cruz zogen an ihrem inneren Auge vorbei. Sollte sie dieses Angebot tatsächlich irgendwann annehmen, wäre er am Boden zerstört.

Ein Schauer durchlief sie in der Region ihrer Wirbelsäule. Von oben bis unten. Wie eine dunkle Vorahnung, dass alles so kommen würde. Genau so.

Nein. Adriana presste die Zähne aufeinander. Sie würde ohne Ahels Hilfe seinen Vater stoppen und Cruz befreien! Niemals würde sie seine Frau werden.

»Ich denke darüber nach. Und jetzt Pfoten weg.«

Schmunzelnd trat Ahel einen Schritt zurück, ließ endlich von ihr ab.

Zum ersten Mal seit mehreren Minuten atmete Adriana nicht mehr flach, sondern wieder tief und lange ein. Danach massierte sie ihre Handgelenke, wich Ahels Blicken aus.

»Geht doch.«

»Überleg es dir einfach!«, rief er ihr hinterher, aber da hatte sie schon längst die Beine in die Hand genommen und war, so schnell sie konnte, zur nächsten Flurgabelung gesprintet.

Zwei Pakte, die sie niemals eingehen würde, so kurz hintereinander? Merkwürdig. Endlich, nach sicherlich einem Dutzend weiteren Flurgabelungen mit Springbrunnen, entdeckte Adriana eine Flügeltür am Ende eines Gangs, die wirkte, als würde sie den Ausgang aus Luzifers Schloss markieren. Jedenfalls einen der Ausgänge. Schließlich war sie durch die Ruhmeshalle und somit über einen anderen Eingang ins Schloss gelangt. Schweiß lief Adrianas Nacken entlang, ein Tropfen perlte von ihrer Augenbraue. Diese verdammte Hitze.

Nach ein paar weiteren Schritten bemerkte sie die Verzierungen in der Tür, konnte sie genauer in Augenschein nehmen. Waren das Gesichter? Ihre Atmung geriet ins Stocken. Das Portal mit den Schreiern! Genau wie Cruz es beschrieben hatte. Ein Gedanke wie eine Warnung durchzuckte sie, war im selben Moment allerdings schon wieder verflogen. Obwohl der bittere Nachgeschmack blieb, dass sie etwas übersehen hatte, konnte und wollte Adriana diesen Gedanken nicht weiterverfolgen. Alles, was sie hörte, war ihr eigener Herzschlag. Die Schreier hatten schon einmal geholfen. Ob sie ihr verraten würden, wo sie die Seele ihrer Mutter finden konnte? Allein die Vorstellung ließ Adrianas Füße vor Aufregung stolpern. Gerade so konnte sie sich noch abfangen, bevor sie gestürzt wäre.

Die Augen der Schreier schienen Adrianas Weg zu verfolgen. Arme Seelen mit aufgerissenen Mündern, gefangen in einer Art Kunstwerk wie einem Kupferstich. In Zeitlupe blinzelten sie ihr entgegen. Zwei Schreier ziemlich in der Mitte verschoben sich, als würden sie auf einem unsichtbaren Karussell sitzen. Dann bewegten sich noch mehr von ihnen nahe dem Türrahmen. Doch die in der Mitte schienen unablässig umeinander zu kreisen, während der Rest einem undurchschaubaren Bewegungsmuster folgte.

Noch ehe Adriana den Mund öffnen und überhaupt ihre Gedanken sortieren konnte, wonach sie fragen wollte, legten die Schreier schon los: »Blut öffnet und schließt. Blut öffnet und schließt!«

Wie?

Der Gesang ging weiter, ohne dass die Schreier Luft zu holen schienen. »Blut öffnet und schließt! Blut öffnet und schließt! Blut öffnet und schließt! Blut öffnet und schließt!«

»Wartet doch mal.« Nachdem sich Adriana den Schweiß von der Stirn gewischt hatte, stützte sie sich mit den Händen auf den Knien ab. »Wisst ihr, wer ich bin? Könnt ihr mir mehr zu den gefallenen Engeln erzählen? Zum Höllenfeuerlied und auch, wo ich meine Mutter finden kann? Ist sie hier unten?«

»Blut öffnet und schließt! Blut öffnet und schließt! Blut öffnet und schließt! Blut öffnet und schließt!«

»Finde ich meine Mom in den Feldern des Wahnsinns?« Das war schließlich die wahrscheinlichste Option, oder nicht?

»Blut öffnet und schließt!«

O Mann. War darüber hinaus nichts weiter aus den gefangenen Seelen herauszubekommen? Nichts mehr als dieser ewig gleiche Satz? Hatte Cruz nicht davon gesprochen, dass sie Prophezeiungen weitergaben? Die des Höllenfeuers? Hinter Adrianas Stirn pochte der Kopfschmerz so heftig, dass sie sich kaum konzentrieren konnte.

Dazu das Geschrei der Seelen im Hintergrund.

Sie musste raus hier. Sofort. Fast wie ferngesteuert drückte sie das Portal auf. Natürlich blinzelten ihr auf der anderen Seite der Tür ebenso viele Schreier entgegen. Dazu kam die mörderische Hitze außerhalb des Palasts. Wie Cruz es beschrieben hatte, befand sie sich plötzlich auf einer steinernen Brücke, die über einen Lavasee führte. Auf dem Brückengeländer saßen auf jeder Seite Dämonen aus Stein. Fünf auf der einen, fünf auf der anderen Seite.

»Adriana!«, rief jemand ganz in der Nähe ihren Namen. Adrianas Nacken begann zu glühen. Obwohl keine Sonne zu sehen war, fühlte es sich wie im Hochsommer hier unten an.

Was? Sie wandte den Kopf, wurde aber schon im nächsten Atemzug von jemandem außerhalb ihres Sichtfeldes gepackt. Eine Hand presste sich auf ihren Mund, während sie zur Seite gezogen wurde, in die Schatten neben dem Tor. Dort, wo es besonders schlimm nach Fäulnis stank.

»Ich wusste doch, dass ich sie gewittert habe!«, sagte eine zweite, weibliche Stimme mit einer Lkw-Ladung Stolz darin. »Trotz Neoprenhaut.«

Savannah?

Ganz sachte ließ die Hand sie los.

»Bitte sei ganz leise, Ahel ist hier irgendwo in der Nähe. Und Luzifer«, wisperte Drym an ihrem Ohr.

Ach wirklich?

Drym. Der Alpha mit den Dreadlocks, ehemaliger Elitesoldat in Ausbildung. Und genau wie sie und Savannah steckte er in seinem Taucheranzug, der es Dämonen schwer machte, ihre Witterung aufzunehmen.

»Ihr habt mich gefunden!« Obwohl sie weder Zeit dafür hatte noch normalerweise dazu tendierte, schossen Adriana mit einem Mal Tränen in die Augen. Sie warf sich in Dryms Arme. Um Savannah machte sie lieber einen Bogen nach der Sache mit Cruz. Den Kuss zwischen den beiden hatte sie nicht vergessen. Auch wenn Savannah Cruz nur benutzt zu haben schien, um das letzte Gebot Gottes zu brechen und selbst eine Alpha-Dämonin zu werden. Trotzdem … Der Stachel der Eifersucht saß immer noch tief in Adrianas Fleisch und sie kämpfte darum, die Bilder dieses Kusses nicht wieder an die Oberfläche ihres Bewusstseins aufsteigen zu lassen.

»Moment mal«, flüsterte Savannah, schob sich ein paar rote Strähnen aus dem violett schimmernden Gesicht. »Wie kommst du hier rein, wenn du die Wandlung zum Alpha noch gar nicht vollzogen hast? Der Übertritt in die Hölle hätte dich töten müssen.«

Ganz langsam drehte sich Adriana zu ihr um, bemerkte Savannahs leicht geöffneten Mund. Eigentlich wäre sie gern noch ein paar Sekunden länger in Dryms Armen verweilt. Aber es half ja nichts.

»Keine Ahnung. Ich bin wohl etwas Besonderes, das sagt jedenfalls Ahel.« Was im Grunde nicht gelogen war. Nur die Tatsachen leicht verdreht. Zu ihren Kopfschmerzen gesellte sich nun auch noch Übelkeit hinzu. Dass sie ein Engel war, behielt sie lieber für sich. Und wer wusste schon, wer sie belauschte? »Oder es hat vor uns einfach noch niemand getestet, ob Halbdämonen nicht doch die Tore passieren können. Nicht alles, was Ivan so von sich gibt, ist zwangsläufig auch wahr.« Dieser Logik konnte sich selbst Savannah nicht entziehen. Bloß weil Ivan behauptet hatte, nur Volldämonen würden es lebend durch die Portale schaffen …

Mit einem bitteren Geschmack im Mund lehnte sich Adriana gegen das Brückengeländer, nahe einer geflügelten Monsterstatue, die zwischen den Bögen des Geländers auf einem Sockel thronte. Ein ziemlich großer Wasserspeier aus Stein.

»Hm.« Savannahs Augen glitzerten, während sie sich eine ihrer roten Haarsträhnen um den Zeigefinger wickelte. »Es ist auf jeden Fall etwas Neues an deinem Körpergeruch. Was haftet da bloß an dir?« Die Dämonin schnüffelte an ihrem Hals, weshalb Adriana eilig einen Schritt zurück machte.

4

»Dafür haben wir keine Zeit. Hört mal, Cruz wird dort drinnen gefoltert und ich kann das nur stoppen, indem ich Informationen für Luzifer besorge.«

Hastig fasste sie die letzten Minuten für die beiden zusammen. Inklusive Ahels Angebot.

»Diese seelenlosen Dreckskerle«, knurrte Drym, dessen hellviolettes Gesicht vor Hitze glänzte. Noch mehr als Savannahs. »Wir haben uns das fast gedacht, wollten auf direktem Wege zu Cruz, sind allerdings aufgehalten worden. Wirklich, Adriana, lauf nie durch die Felder des Wahnsinns, nie!«

Oh. Aber das war exakt das, was sie vorhatte zu tun. Um sich nicht zu verraten, befahl sie sich selbst, nicht den kleinsten Gesichtsmuskel zu bewegen.

»Wahrscheinlich ist meine Mom dort«, murmelte sie. Okay, nun war es doch raus. Einfach so, ohne dass sie es hatte aufhalten können.

»Ach, verdammt.« Savannahs blanke Füße kickten einen Kiesel über den Boden. Irrte sich Adriana oder waren sie inzwischen so groß, dass sie ihre menschlichen Schuhe gesprengt hatten? Dämonenfüße. Ja, das musste es sein.

»Ja genau, und die Schreier sind auch überhaupt nicht hilfreich in der Sache.« Mit dem Daumen deutete Adriana in Richtung Tür, wo die Seelen in Endlosschleife den immer gleichen Satz herunterbeteten.

Daraufhin kräuselte sich Savannahs Stirn. »Was soll das mit dem Blut überhaupt bedeuten? Sollen wir Cruz' Wunden mit unserem Blut schließen, oder wie? Heilen wir dadurch seine Verletzungen?«

»Vielleicht hat das eher was mit dem vorherigen Teil des Höllenfeuerlieds zu tun?«, spekulierte Drym.

Wenn überhaupt. Nur, dass ihnen für Ratespiele grundsätzlich die Zeit fehlte.

»Wie auch immer. Wir müssen meine Mom finden. Schnellstmöglich. Draußen versucht Rico die Menschen zu warnen. Ich sage euch: Heute Nacht wird die erste sechste Dämonennacht der Geschichte stattfinden. Hunderttausende Menschen werden von Dämonen gefressen werden, ich spüre es!«

Drym strich sich über seine Dreadlocks. »Das, das … darf nicht passieren. Nicht nach all dem …« Er warf einen Blick in Richtung Savannah, die blassrosa angelaufen war. Vermutlich vor Schock. Sie hatte ein gewaltiges Opfer gebracht, um so weit zu kommen, beinahe so groß wie das von Cruz.

»Wir haben immer noch eine Chance«, flüsterte Adriana, wobei sie zu Boden sah. Obwohl es unmöglich war, meinte sie immer noch, Cruz' Schreie in ihren Ohren nachklingen zu hören. »Wir müssen die Weissagung des Höllenfeuerlieds erfüllen, aber im ersten Schritt Cruz befreien. Ohne Cruz ist nichts von all dem möglich. Kein Cruz, kein Sieg über Luzifer.« Okay, das musste inzwischen allen klar sein.

»Einverstanden. Suchen wir Angelina Astara«, ergriff Drym das Wort. Sobald wir diese ominösen Forschungsunterlagen deiner Mom oder zumindest deren essenziellen Inhalt mündlich haben, kannst du mit diesen Informationen Cruz freikaufen.« Seine Schultern strafften sich, doch der Optimismus in seiner Stimme schien nicht von Herzen zu kommen.

Das schien Savannah ebenfalls zu bemerken, die ihn schief ansah.

»Falls Luzifer fair spielt. Aber was, wenn Adris Mom im Himmel ist? O verdammt, warum haben wir immer noch keinen einzigen Engel aufgetrieben?« Sie trat gegen das Brückengeländer, wodurch Staub von den Flügeln des steinernen Wasserspeiers zu Boden rieselte. Die Statue schien sie vorwurfsvoll zu betrachten.

Aus heiterem Himmel begannen die Schreier ihren Singsang in doppelter Lautstärke zu kreischen.

»Blut öffnet und schließt! Blut …«

Doch Adriana, die beim Wort »Engel« zusammengezuckt war, konnte nur an eins denken, die Augen fest auf ihre Fußspitzen gerichtet. Sie war es. Ein Teil der Weissagung. Ein anderer, als sie geglaubt hatte. Dennoch fehlten mehr Engel. Erzengel. Die waren sicher die hilfreichsten, denn sie hatten schon einmal das Tor zur Hölle versiegelt.

Drym kratzte sich über seinen leichten Bartschatten am Kinn. »Sollte Adrianas Mutter im Himmel gelandet sein, haben wir kaum eine Möglichkeit, sie zu erreichen. Selbst mit Blut nicht.« Er schielte in Richtung des Schlossportals.

»Hier unten«, wisperten die Schreier. »Angelina Astara ist hier in der Hölle.« Sie klangen genervt. So, als hätten sie inzwischen doch alle Erklärungen geliefert. Ach, mit Drym sprachen sie also in normalen Sätzen? Noch nicht mal geschrien hatten sie.

Nach dieser Information wippte Savannah auf den Zehenspitzen auf und ab. Während sie ein breites Lächeln zur Schau stellte, raschelten ihre Dämonenflügel.

»Problem gelöst.«

»Nicht ganz«, warf Adriana ein. »In welchem Teil der Hölle?«

»Einige können wir ausschließen«, meinte Drym. »Die Brutstätte, die Hallen –«

»Sicherlich in den Feldern des Wahnsinns, oder, ihr zauberhaften Seelen?«, zwitscherte Savannah, wobei sie die Tür mit einem Augenaufschlag bedachte, als würde sie mit den Schreiern flirten.

Die Schreier blinzelten in Zeitlupe, blinzelten noch mal und noch mal.

»In den Feldern. Ganz tief. Blut öffnet und schließt.«

Mit mehr Schwung als nötig drehte sich Savannah zu Adriana um. Immer noch breit lächelnd.

»Keine weiteren Fragen.«

Das war schon merkwürdig, oder nicht?

»Savannah«, begann Adriana leise, die nun statt Hass etwas anderes der Exnovizin gegenüber verspürte. »Geht es dir wirklich gut? Stehst du unter Schock wegen deiner Verwandlung?« Was für eine blöde Frage, das würde ihr Savannah nicht beantworten können. Höchstwahrscheinlich merkte man das selbst nicht.

»Ach was.« Savannah vollführte eine ablehnende Handbewegung, als wolle sie eine Motte verscheuchen. »Ich habe ein Opfer gebracht, um die Menschheit zu retten. Endlich kann ich auch mal etwas Nützliches beitragen. Diesem Zweck habe ich mein Leben gewidmet, erinnerst du dich?«

Adriana neigte den Kopf, dachte an Savannahs Vergangenheit im Kloster. Und doch hatte sie Cruz geküsst … Aber dafür hatten sie nun keine Zeit. »Lasst uns den schnellsten Weg zu den Feldern des Wahnsinns ausfindig machen.«

Die anderen nickten und Adriana verspürte eine bittere Vorahnung in sich aufsteigen. Auf irgendeine Weise hatte sie es schon vor Tagen befürchtet. Ihre Mutter befand sich an einem der schlimmsten Orte in der Hölle. Von den Folterkammern einmal abgesehen.

Adriana starrte auf die Ballonnarbe auf ihrem Unterarm. Cruz hatte sie bisher nicht aktiviert. Ob er auch deswegen so heftig gefoltert wurde? Weil er sich weigerte, sie zu versklaven, so wie es Ivan mit Dakota getan hatte? In dem Fall hätte Luzifer viel leichteres Spiel, könnte ihr durch Cruz Befehle erteilen lassen. Bestimmt wollte es Luzifer genau so, doch Cruz verweigerte sich. Mit der freien Hand befühlte sie die beiden Digimonfiguren in ihrer Tasche. Patamon. Ihr Daumennagel fuhr über die niedlichen Fledermaus-Flügelohren. Patamon. Das Digimon, das sich in einen Engel verwandeln konnte …

»Die Verdunklung ist in vollem Gange. Was immer getan werden muss, ich werde es tun«, wisperte Adriana.

In dem Moment piepte ihr Handy in ihrer Jackentasche. Wie

ferngesteuert zog sie es daraus hervor. Die Melodie der Dämonentage-App hatte sie direkt erkannt. Ob das die ersehnte Warnung an die Bevölkerung sein konnte? Da sie in der Hölle eigentlich keinen Empfang hatte, musste die Nachricht kurz vor ihrem Eintritt ins Höllenportal eingegangen und erst jetzt vollständig geladen worden sein. Im unteren Teil schienen ein paar Zeilen zu fehlen, aber das aktuelle KI-Software-Programm ihres Handys schien entschieden zu haben, Adriana besser eine zu neunzig Prozent geladene Nachricht zu senden als gar keine. Und was für eine Nachricht sich da zu ihr durchgekämpft hatte!

Ihr Blick fiel auf die Push-Benachrichtigung der vom Militär ins Leben gerufenen Behörde zur Kontrolle von oberirdischen Dämonenaktivitäten. Kurz: BKOD.

»Wir wünschen Ihnen und Ihrer Familie ein gesegnetes neues Jahr. Die BKOD Portland, Oregon, lädt alle Stadtbewohner Portlands und Umgebung sowie alle momentanen Gäste in der Region zu einem spontanen Neujahrsfest auf dem Platz vor der BKOD-Zentrale ein, um Ihnen die neusten Entwicklungen in der Dämonenforschung zu präsentieren. Wir freuen uns auf Ihr Kommen …«

Den Rest überflog Adriana nur. Entgegen ihren Warnungen tat das Militär genau das, was sie befürchtet hatte. Entlang ihrer Wirbelsäule spürte Adriana einen eiskalten Schauer wie nach unten gleitende Eiswürfel. Diese Menschenversammlung würde in einem gigantischen Festmahl für Dämonen enden. Genau das mussten sie verhindern. In jedem Fall.

Savannah schlug sich die Hände vor den Mund. Sie hatte über Adrianas Schulter gebeugt mitgelesen.

»Nein, oder? Passiert das gerade wirklich?«

Aus Dryms Nasenspitze schien alles violette Blut gewichen zu sein.

»Ein Fest. Sie müssen es schon länger geplant haben. Für offizielle Gäste. Die Bevölkerung bitten sie nun nach diesen extrem kontrolliert abgelaufenen Dämonentagen hinzu. Sie wollen sich gebührend feiern lassen.«

Savannah warf ihm einen verblüfften Seitenblick zu. Doch Adriana ahnte, dass es genauso gelaufen war, wie Drym behauptete. Mit seiner militärischen Laufbahn konnte er die Abläufe beim Militär am besten nachvollziehen.

Entschlossen richtete Adriana sich auf.

»Zuerst gehen wir in die Felder. Schritt eins, um die Katastrophe zu verhindern. Dann holen wir uns Cruz zurück.«

Zwar warf ihr Drym einen skeptischen Blick zu, aber davon ließ sie sich nicht beirren, sondern stapfte los. Endlich.

Natürlich kam sie nicht weit, denn am anderen Ende der Brücke über den Lavasee hörte sie bereits das Gequake und Gejaule von Omega-Dämonen. Vor Schreck atmete sie viel zu heftig ein. Hitze strömte in ihre Lungen und verbrühte sie von innen. Heiß, viel zu heiß war die Luft hier unten.

Ein Clan, ein Dämonen-Clan!

»Bleib in unserer Mitte.« Mit ausgebreiteten Flügeln waren sowohl Drym als auch Savannah neben Adriana gesprungen, wobei es Adriana so vorkam, als versuchte Savannah jede Bewegung von Drym zu imitieren.

»Ivans Clan«, flüsterte Drym. »Ich kann ihn riechen.«

Ivan?

»Ist Dakota bei ihm?« Viel schlimmer hätte es wirklich nicht kommen können. Ivan war nicht nur Luzifers Enkel, sondern auch so ziemlich der einzige Alpha-Dämon, der sich über Luzifers Anweisung, dass er Adriana lebend brauchte, hinwegzusetzen versuchte. Und das seit der ersten Dämonennacht in Molly Svenssons Villa. Nicht nur einmal hatten er und seine rechte Hand Rhyon in den letzten fünf Nächten einen Anschlag auf Adrianas Leben zu verüben versucht. Und er hatte Adrianas ehemalige beste Freundin in seiner Gewalt … Kontrollierte sie über eine dämonische Markierung.

Wie eine Welle ergossen sich von links und rechts Dämonen auf die Brücke. Flogen, rannten über den Höllensand die leichte

Steigung empor oder kletterten über die Brüstung. Zwei Gammas kreisten wie Geier über dem Clan. War die Gruppe gewachsen? Sie erschien ihr viel größer als noch ein paar Stunden zuvor. Das letzte Mal hatte sie Ivan gesehen, als er und sein Clan Cruz in die Hölle geschleppt hatten. Hatte sich der Alpha etwa Brutus' alten Clan unter den Nagel gerissen? Vermutlich. Nur, wo steckte Ivan?

Ein Donnern verriet ihr, dass der irre Alpha hinter ihr auf der Brücke gelandet war. Vielleicht einen ambitionierten Steinwurf entfernt.

Nein, bitte nicht. Damit saßen sie in der Falle. Hastig warf Adriana einen Blick nach vorn, zurück und dann über das Brückengeländer.

»Adri, halt dich an mir fest«, befahl Drym, bereit zum Absprung.

»Adriana!« Dakotas Stimme hallte spitz zu ihr herüber. Wie von unsichtbaren Wänden zurückgeworfen. Dakota? Sprach sie zu ihr mit dieser festen Stimme, weil ihre ehemalige Freundin die Kontrolle über ihren Körper zurückerlangt hatte? Erst jetzt fand Adriana die Zeit und den Mut, sich umzudrehen.

In der Tat stand Dakota plötzlich direkt neben Ivan dem Schrecklichen, sobald der seine Flügel zusammengefaltet hatte. Gerade ließ er ihren Oberarm los und sie schwankte ein wenig.

Dakota, ihre ehemals beste Freundin, starrte sie aus blutunterlaufenen Augen an. Waren das Augenringe? Ihre blonden Haare standen ohne jeglichen Glanz oberhalb ihrer linken Schläfe ab, als hätte sie auf dieser Seite im Matsch geschlafen. Und sie sich danach verstrubbelt, statt sie zu kämmen. Vollkommen untypisch für Dakota. Ihre Strickjacke, die sie über ihrem weißen Shirt trug, war an mehreren Stellen durchlöchert und teilweise zerfetzt, als hätten Dämonenfingernägel über den Stoff gestrichen. Auch an einer Schulter prangte ein Riss ungefähr an der Stelle, an der auch Ivans Flügel einen Riss zeigte. Dort, wo Adriana ihn in Mollys Küche mit dem Messer verletzt hatte. Wie in Zeitlupe hob Adriana das Kinn. Damals in Mollys

Villa hatte sie geglaubt, das Weihwasser auf dem Messer hätte dazu geführt, dass sie einem Dämon hatte schaden können. Später hatte sie geglaubt, dass sie Dämonen verletzen konnte, weil sie selbst ein Halbdämon war. Doch heute kannte sie die ganze Wahrheit.

»Wie kann es sein, dass ein Mensch hier unten herumläuft?«, fragte Savannah in die Stille nach Dakis Ankunft.

Während ihre Augen brannten, zuckte Adriana mit den Schultern. Das durfte doch nicht wahr sein!

»Schmutziges Blut!«, kreischte ein Beta, den Adriana noch nie gesehen hatte. Er wirkte jung. Hinter ihm keuchte Rhyon den leichten Anstieg der Brücke empor. »Sie muss bezahlen! Für Brutus' Tod.«

So? Deshalb wirkte er so ungehalten? Dass die Dämonen sich umeinander scherten, hätte sie nicht geglaubt.

»Dafür *wird* sie bezahlen. Und für ihre Überheblichkeit«, erklärte Ivan in schneidendem Tonfall.

Neben Adriana stieß Drym einen Fluch aus.

»Wir hauen ab, los.«

Schon gruben sich Savannahs Nägel in Adrianas Neoprenanzug an ihrem Oberarm, bereit, sie gemeinsam mit Drym in die Luft zu ziehen.

»Nein!« Anstatt einzuwilligen und sich von den Alphas durch die Lüfte tragen zu lassen, tat Adriana ihr Bestes, um die beiden abzuschütteln.

»Dakota ist hier. Das ist die Chance, sie aus Ivans Griffeln zu befreien.«

»Ivans Griffeln?« Skeptisch wandte sich Savannah nach dem anderen Alpha um. »Nach allem, was du erzählt hast, hat sie das verdient.«

Adriana blinzelte, doch bevor sie etwas erwidern konnte, korrigierte sich Savannah. »Nein, du hast recht: Vergebung.«

Natürlich wusste Adriana, was Savannah meinte. Vergebung dafür, dass Dakota Adriana Eloy so überraschend weggeschnappt hatte. Obwohl sie von ihren Gefühlen für Eloy gewusst hatte.

Aber das war alles längst vorbei. So lange her wie ein ganzes Leben, so schien es.

»Könntest du etwas mehr Respekt gegenüber Luzifers Enkel, dem höchsten Alpha hier, zeigen, neuer Alpha-Dämon?«, knurrte Rhyon. Er konnte sich das wohl erlauben. Ob er Savannah gar nicht erkannte? Oder war es ihm schlichtweg egal, wer sie vor ihrer Wandlung gewesen war? Adrianas Mund fühlte sich wie ausgetrocknet an, doch sie wagte nicht, eine Flasche Wasser aus dem Rucksack zu ziehen.

»Hol sie dir«, kreischte Ivan plötzlich los. Sein ausgestreckter Arm samt Zeigefinger war auf Adriana gerichtet.

Zunächst dachte Adriana, er meinte Rhyon damit, befehligte ihn, doch zu ihrem Entsetzen musste sie feststellen, dass die Einzige, die sich in Bewegung setzte, Dakota war. Aus ihrem Ärmel zog sie ein Taschenmesser. Eloys gelbes Taschenmesser mit dem aufgeklebten Smiley auf dem Griff.

Adrianas Blick huschte zurück zu Ivans Gesicht, auf dem sich ein hinterhältiges Grinsen zeigte.

»Töte sie, Sklavin. Bring mir das Herz dieses Mischbluts.«

5

Als hätten sie sich abgesprochen, rasten in diesem Moment die Gamma-Dämonen zerfetzten Schattenwesen gleich im Sturzflug auf Savannah und Drym nieder. Wie in diesem Hitchcock-Film: *Die Vögel*. Obwohl Gammas Adriana mehr an Dementoren aus den Harry-Potter-Filmen erinnerten. Nur mit leuchtend orangefarbenen Augen. Aus einem Reflex heraus ließ sich Adriana auf die Knie fallen, tauchte unter den Monstern ab, womit sie außerhalb ihrer Reichweite gelangte. Doch das schien überflüssig. Die Gammas hatten es nicht auf sie abgesehen, wie es aussah. Nein.

Sie mussten sich tatsächlich abgesprochen haben, denn jeweils drei von ihnen hackten und zerrten an Savannah und drei an Drym herum, trieben sie mit jeder ihrer Bewegungen weg von Adriana. Wie ein organisiertes Einsatzkommando.

»Weg von mir!«, brüllte Savannah.

Im Gegensatz zu ihr bekämpfte Drym die Gammas schweigend. Ganz der Elitesoldat.

Kurz überlegte Adriana, warum die beiden nicht einfach fortflogen, sie mussten die Gammas lediglich abschütteln und dann mit ihren riesigen Fledermausflügeln davonsegeln. Aber dann entdeckte sie den Grund dafür: das schwarz glänzende Netz um Dryms Flügel. Ein schwarzer Faden verlief bis zu einem Gamma, zu einem Arm, wenn sie das richtig erkannte. War das ein Netz aus schwarzer Materie? O großer Gott. Dieser Clan war nicht nur organisiert, sondern auch vorbereitet und mit einem perfiden Plan zu Luzifers Schloss gekommen. Wahrscheinlich um sie genau auf dieser Brücke abzufangen.

Verfluchter Mist, wie naiv sie gewesen war zu glauben, vollkommen unbehelligt durch die verdammte Hölle spazieren zu können. Ihr war doch klar gewesen, dass sich Ivan nicht an Luzifers Vorgabe, Adriana kein Haar zu krümmen, zu halten gedachte. Adrianas Gedanken rasten, ihr Kopf flog herum. Sie konnte nirgendwohin, war eingekesselt. Am unteren Ende der Brücke johlten die Dämonen. Links und rechts konnte sie höchstens in den Lavasee springen und vom Tor her grinsten ihr sowohl Dakota als auch Ivan entgegen. Ein teuflisches Lächeln, das sie sich zweifellos von Luzifer höchstpersönlich abgeschaut haben mussten. Oder Dakota hatte es unter der Beeinflussung von Ivan übernommen. Ihre ehemals beste Freundin wirkte wie ferngesteuert, kam gemächlichen Schrittes auf sie zu. Adriana beobachtete sie aufmerksam. Wenn Cruz' Theorie stimmte und dadurch die Kontrolle durch Ivan enden würde, musste sie lediglich die Markierung auf Dakotas Haut finden und das Mal herausschneiden. Hoffentlich war es nicht allzu groß … Schließlich wollte sie nicht den halben Arm ihrer exbesten Freundin schälen. Sie dachte an ihre eigene Ballonnarbe auf ihrem Arm. Nein, Dakotas Arme schienen unversehrt. Wo hatte Ivan ihre Freundin bloß markiert?

»Autsch, lass das, du Missgeburt!« Savannahs Schrei ließ Adrianas Kopf zurückschnellen.

Rhyon hatte sich zu ihr gesellt und Savannah in die Seite getreten.

»Das ist für Brutus und all die anderen aus unseren Reihen, die ihr verletzt oder getötet habt.«

Was für eine absurde Situation. Revenge-Rhyon wirkte zorniger, aber gleichzeitig auch erwachsener als gewöhnlich. »Ich habe ihn geliebt!«

Rhyon war in Brutus verliebt gewesen? Konnten Dämonen wirklich so etwas wie Liebe empfinden?

Aber für Gedanken wir diese hatte sie nun keine Zeit. Zu ihrem Bedauern musste sie feststellen, dass sich Dakota ihr bis auf wenige Yards genähert hatte. Die Taschenmesserspitze glänzte im orangefarbenen Schein der unsichtbaren Höllensonne. Eloys gelbes Messer, mit dem er gern herumspielte, kleine Tiere aus Ästen schnitzte und nach eigener Aussage in die Pulte der Berufsschule Kurzgedichte ritzte.

Ganz langsam, wie um ein scheues Tier nicht zu verschrecken, erhob sich Adriana.

»Dakota. Wir können das auch ohne Waffen klären.« Sie würde alles geben, um Dakota aus Ivans Fängen zu befreien. Jetzt und hier. Es brauchte nichts weiter als einen cleveren Schachzug, um den Kopf ihrer Freundin aus der Schlinge zu ziehen.

Wie erwartet offenbarte Dakota keinerlei emotionale Regung, wobei sie sich in für sie ganz untypischer Weise auf Adriana zubewegte. Die normale Dakota wäre über diese Brücke stolziert wie über einen Laufsteg, wäre sich mit der Hand durch die Haare gefahren und hätte ihre blonde Mähne geschüttelt. Doch nichts davon zeigte sich heute.

Dakota würde sie gleich erreicht haben. Und sie konnte nirgendwohin fliehen. Außer, ihr wuchsen spontan Flügel. Obwohl Adriana Waffen in ihrem Rucksack hatte, holte sie sie nicht heraus. Warum auch? Sie wollte Dakota nicht töten, ihr nicht mal etwas tun. Aber langsam durchschaute sie dieses Spiel. Aus welchem Grund hätten die Dämonen Dakota sonst vorschicken sollen, wenn sie nicht gezwungen waren, Luzifers Befehl zu folgen und Adriana kein Haar zu krümmen. Dakota war ihre Hintertür, um sie, Adriana doch noch aus dem Weg zu räumen. Den aus ihrer Sicht so gefährlichen Halbdämon. Ein perfider Plan. Sie setzten auf Dakota und ihr Taschenmesser in dieser Sache. Dakota war die Einzige, die Adriana töten konnte. Adrianas Blick huschte von Rhyon zu Ivan. Niemand von ihnen würde eingreifen. Sie wollten lediglich dem Spektakel als Zuschauer beiwohnen.

Seufzend zog sich Adriana den schweren Rucksack mit den Digimonaufklebern von den Schultern und wog ihn wie ein Schlaggewicht in der rechten Hand.

»Dakota, du willst das nicht tun«, beschwor sie sie. »Wir beide sind Freunde. Es gibt keinen Grund, mich umzubringen. Denk an Eloy. Was würde er hierzu sagen? Wie würde er dich ansehen, sobald er erfährt, dass du mich getötet hast?«

Dakota schien durch sie hindurchzusehen. Wahrscheinlich gab es für sie keinen Eloy mehr.

»Ich warne dich genau ein einziges Mal, Ivan. Halte Dakota zurück, sofort! Ansonsten wird Luzifer hiervon erfahren.«

Als ob ihn das alles nichts anging, stieß sich Ivan vom Boden ab, flatterte über Dakota wie ein Puppenspieler. Ein wenig mit Schlagseite, bedingt durch den Riss in seinem Flügel.

»Sieh es mal so, kleine Adriana: Du kannst deiner Freundin noch mal persönlich Lebewohl sagen. Das ist doch auch was wert.« Es klang, als würde er grinsen, aber Adriana gönnte sich keinen Blick nach oben.

»Ganz, wie du meinst. Ich hatte dich gewarnt. Ahel!«, schrie Adriana los. Wenn er noch in der Nähe war … »Ahel, ich brauche deine Hilfe!« Noch im selben Moment holte sie mit dem Rucksack aus. Dakota hatte sich bis auf einen Schritt genähert. Adriana traf sie an der Schulter, woraufhin ihre Freundin schwankte. »Ahel!« Wenn er sie doch dieses Mal wirklich stalken würde.

Links und rechts von ihr stöhnten Drym und Savannah. Adriana traute sich nicht, zu ihnen hinüberzusehen, aber sie hatte das Gefühl, dass beide unter einem Berg von Dämonen begraben lagen. Da konnte man nur hoffen, dass der Clan vergangene Nacht ausreichend gefressen hatte und Dämonen nicht auf Kannibalismus unter ihresgleichen standen.

»Ahel, ich bin bereit anzunehmen!«, schrie sie ins Nichts. Ihr Herz hämmerte im selben Takt wie ihr Kopf. Obwohl die Kopfschmerzen unter all dem Adrenalin nur noch als Hintergrundrauschen zu erkennen waren. Sie konnte das, ihr Körper konnte das. Diese Situation ließ sich retten, sie würde es schaffen …

»Grrrrrr!« Wie ein Tier rappelte sich Dakota auf und stach noch im selben Moment zu. Adriana hatte es nicht kommen sehen.

Der Schmerz erwischte sie so heftig und unerwartet, dass sie nach hinten taumelte. Während ihre Augen aus den Höhlen zu quellen schienen, hielt sie sich die linke Hüfte. Dort, wo das Messer sie durchbohrt hatte. Ein warmes Rinnsal Blut sickerte aus dem Riss in ihrem Neoprenanzug, wurde jedoch sofort vom umliegenden Stoff aufgesogen.

Vielleicht war es der Schock, aber Adriana fühlte sich plötzlich fokussierter als zuvor. Als hätte jemand das Licht angeknipst, erschien ihr die Umgebung heller, gleißender. Ihre Schulterblätter vibrierten wie unter dem Einfluss einer Massageliege.

Ohne weiter nachzudenken, holte sie ein zweites Mal mit dem Rucksack aus. Jemand schrie. Nein, Adriana schrie, dann traf das Gewicht Dakota auf Höhe der linken Schläfe. Dort, wo ihre Haare dreckverkrustet an ihrer Kopfhaut lagen.

Die Bewegung ließ noch mehr Schmerz in ihre Hüfte schießen, aber das war es wert gewesen.

»Was ist hier los?« Das Portal wurde aufgestoßen. Während der erste Teil des Satzes noch dumpf geklungen hatte, hallte der zweite deutlich klarer zu ihr hinüber, sobald Ahel nach draußen getreten war. »Ivan! Finger weg von meiner Verlobten.«

O bitte, das hatte er nicht gesagt.

Adriana hielt sich die Seite. Sofort perlten warme Blutstropfen zwischen ihren Fingern hervor. Erstaunt über sich selbst begann sie zu taumeln. Halt, sie fühlte sich doch fit. So ein kleiner Kratzer … Um sicherzugehen, trat sie Eloys Messer aus der Reichweite von Dakota, die noch am Boden kauerte.

Daraufhin traf sie das Schwindelgefühl nur noch heftiger.

»Adriana Astara gehört mir! Niemand rührt sie an!«

Schneller als sie blinzeln konnte, hatte Ahel ein Schwert gezogen, war abgesprungen und hatte sich mit einem Schrei auf Ivan gestürzt. Im Gegensatz zu seinem Widersacher brauchte Ahel keine Flügel, um zu fliegen. Der Alpha hatte sich gerade erst in der Luft umdrehen können. Selbst die Dämonen waren verstummt und bis auf Ahels Schrei war abgesehen vom sanften Lavageblubber nichts zu hören.

Ivan, der sowieso schon reichlich instabil geflattert war, hatte keine Zeit mehr, um zu reagieren.

Schon schwang Ahel das Schwert über seinen Kopf und hieb ihm den gesunden Flügel ab. Einfach so.

Der Schrei, den Ivan danach ausstieß, bohrte sich in Adrianas Kopf, schickte einen unmenschlichen Schmerz bis in ihre Zahnwurzeln.

Der nun einflügelige Dämon krachte auf die Brücke, während seine abgetrennte Fledermausschwinge sachte auf die Steine hinter ihm niedersegelte. Dunkelviolettes Blut sprudelte aus der Wunde hervor.

Alle inklusive Dakota erstarrten bei diesem grausigen Anblick.

Niemand sagte etwas. Lediglich eine heiße Brise umwehte Adriana, die keuchend eine Hand auf die Wunde an ihrer Hüfte presste und versuchte, sich ihre schweißnassen Haarsträhnen aus der Stirn zu pusten.

»Ich hatte dich gewarnt«, presste Ahel kurz darauf hervor, der immer noch in der Luft schwebte, ein Bein angezogen und mit einem Schwert, von dem Dämonenblut tropfte. »Aber was tust du? Du hintergehst mich. Versuchst, deinen Schwur durch eine Hintertür zu umgehen. Ich sollte diese Sterbliche töten, bevor du sie zu weiteren zwielichtigen Spielchen nutzen kannst.«

»Nein!« Als könnte das den Sohn Luzifers aufhalten, streckte Adriana eine Hand aus. »Tu das nicht. Sie ist meine Freundin.«

Ihr flehender Tonfall schien Ahel kurz zu irritieren. Irgendwas schien anders an ihm als noch wenige Minuten zuvor, jedoch konnte sie nicht genau benennen, was es war.

In der Zwischenzeit robbte Ivan immer noch wimmernd auf seinen abgeschnittenen Flügel zu. Seine zuvor zu einer bösartigen Fratze verzogenen Gesichtszüge waren zu einer Maske des Schreckens erstarrt. Selbst seine Hörner schienen wie verwelkte Blumen nach unten zu hängen. Ob er Luzifer bitten würde, ihn zu heilen? So wie Cruz es in der zweiten Dämonennacht getan hatte?

Ahel grummelte etwas. Er hatte Ivan ebenfalls bemerkt, verfolgte mit den Augen seinen Weg. Wie ein Racheengel mit gezogenem Schwert schoss er in Richtung Boden, nur Sekunden, bevor Ivan den Flügel erreicht hätte, packte den abgetrennten Körperteil und warf ihn in hohem Bogen über die Brüstung in den Lavasee.

Die Hände zu Krallen geformt brüllte Ivan wie ein Tier. Sein verbliebener Flügel zuckte, als bereite ihm dieser Anblick noch mehr Schmerzen. Doch es war zu spät. Sein Flügel war fort. Unerreichbar für ihn.

Komischerweise wurde Adriana jetzt so richtig schlecht. Neben ihr bewegte sich Dakota keinen Fingerbreit, starrte wie ein Roboter ohne Batterien in die Ferne.

Ahel hatte Ivan bestraft. Auf ziemlich bestialische Weise. Eigentlich hätte das Adriana freuen sollen. Aber das Gegenteil war der Fall.

Als hätte er ihre Gedanken erraten, drehte sich Ahel nach ihr um, kam mit federnden Schritten auf sie zu. Noch im Laufen ließ er das Schwert fallen. Hatte er es aus den heiligen Hallen der sieben Völker der Hölle entwendet?

Genau in dem Augenblick, als er ihr Handgelenk packte, ging sie vollends in die Knie.

»Du bist verletzt«, stellte er fest. Etwa so, wie Cruz es getan hätte. Verwundert bemerkte Adriana, dass Ahel ebenso besorgt wie Cruz die Augenbrauen zusammenzog. Und seine Haare … Ahel hatte sich die Haare geschnitten und exakt wie Cruz frisiert. Wie, in Gottes Namen, hatte er das so schnell hinbekommen, und vor allem, warum? Da hinter ihm Ivan jammerte und kreischte, konnte sie ihre eigenen Gedanken kaum hören.

Die restlichen Dämonen standen und schwebten unschlüssig herum. Sicher waren sie es nicht gewohnt, dass Ivan Schwäche zeigte.

Adrianas Blick glitt zu Dakota. Was sollte sie nur mit ihr machen? Konnte sie es wagen, Drym und Savannah aus den Netzen zu schneiden? Momentan achtete kein Dämon auf die sich windenden Halbdämonen am Boden.

Doch ihr blieb keine Zeit, über Dakota oder Drym und Savannah nachzudenken. Übermenschlich warme Arme schlossen sich um ihre Schultern. »Bleib bei mir, ich heile dich, Adriana.«

So? Plötzlich wirkte alles sehr verschwommen um sie herum.

»Wenn du einwilligst, mich zu heiraten«, schob der rote Dämon hinterher. Seine Oberkörpermuskulatur spannte sich an wie bei einem Löwen, bereit zum Sprung.

Aha. Also war wirklich nur ein winzig kleiner Haken an dieser Sache. Instinktiv rollte sie mit den Augen. Jetzt war er also komplett übergeschnappt …

»Nein, ich brauche mehr Zeit«, murmelte sie mehr zu sich selbst, blubberte die Worte eher hervor. Und eigentlich meinte sie weniger Bedenkzeit, sondern Zeit, um Cruz zu retten.

Ihre Wunde würde sich doch bestimmt von selbst wieder schließen, oder etwa nicht? Dieser kleine Kratzer. Das grelle Licht war schon längst erloschen und nun drohte Dunkelheit sie einzulullen. Schmerz kroch wie Lava durch ihre Adern. Dunkelheit, mehr Dunkelheit. Adriana konnte es ganz deutlich spüren. Doch sie würde alles tun, um dem entgegenzuwirken.

»Nur ein klitzekleines *Ja* von dir und ich heile dich und Cruz ebenfalls«, erklang Ahels Stimme an ihrem Ohr. Schmeichelnd, lockend … ein wenig so wie Cruz, nur aufgesetzter.

»Ich würde dich zu meiner Königin machen, schöne Adriana. Eine Statue deiner Gestalt auf der Mitte dieser Brücke aufstellen lassen.«

Ahel wusste eben, wie er Frauen beeindrucken konnte. Dennoch wirkte er in diesem Moment erwachsener auf sie. Bedachter. Als wäre er seit ihrem ersten Treffen vor wenigen Nächten gereift.

»Sämtliche Dämonen würden sich vor dir verneigen und du wirst immer an meiner Seite sein.« Bei diesen Worten glänzten Ahels Augen.

Ja, das würde Cruz sicherlich gefallen. Schon jetzt konnte sie sich das Donnerwetter vorstellen, dass aus Cruz' Mund kommen würde, sollte sie so absolut dämlich sein und sich für ihre Freunde auf diese Weise opfern.

Vermutlich würde er etwas Dummes anstellen. Und Ahel, der sie in der Erwartung anstarrte, ihre Zustimmung zu erhalten, würde Cruz dafür ebenso hart bestrafen wie Ivan. Adriana schluckte. Cruz hatte Ahel ohnehin bereits einmal zu oft gereizt.

Etwas glitzerte in Ahels Blick, aber Adriana war nicht so verblendet, zu glauben, dass der Dämon in sie verliebt war. Sie war nichts weiter als ein Statussymbol in einer Welt, in der nur wenige weibliche Dämonen zur Verfügung standen, und außerdem ein Mittel für Ahel, den ihm so verhassten Cruz auszubooten. Ahel wollte einfach Cruz' Lieblingsspielzeug besitzen und ihm im Anschluss die Zunge herausstrecken. Moment. Ihr Blick glitt zu Ahels Haaren. Hatte er sich die Hörner abgesägt?

»Wenn du mich sterben lässt, wirst du mich nicht mehr heiraten können«, versuchte es Adriana mit einer List.

»Ach, Adriana.« Ahel strich ihr mit einer Hand über die Haare. »Dann werde ich mir einfach deine Seele holen und dich damit Cruz immer noch wegnehmen.«

Dieser Mistkerl.

Irgendwo wimmerte Ivan und Omegas jaulten, als könnten sie den Schmerz ihres Alphas spüren

Vor Adrianas Augen flimmerte es, dann meinte sie einen Alpha auf sich zufliegen zu sehen. Einen Alpha mit sehr heller Haut, der ihren Namen schrie. Cruz. Eine Illusion. Ja, das musste es sein.

»Cruz wird mich retten«, flüsterte sie dennoch, als ihre Augenlider bereits flatterten.

»Nein, ich!« Warum auch immer verengten sich jetzt Ahels Augen. Sobald er weitersprach, schüttelte er Adriana an den Schultern, so als könne er sie dadurch überzeugen. »Wenn, dann werde ich dich retten, hörst du? Nicht diese Missgeburt Cruz. Ich! Ich!«

Und da kam wieder Ahels kindische Seite an die Oberfläche

geschwommen wie eine eingeschlossene Luftblase unter Wasser.

Niemals hätte sie damit gerechnet, dass er sie daraufhin einfach losließ. Vollkommen unerwartet prallte sie mit der Hüfte auf dem Pflaster auf. Immerhin mit der unverletzten Seite. Trotzdem schoss scharfer Schmerz durch ihre Nervenbahnen, was sie wieder zur Besinnung brachte, raus aus ihrem Dämmerzustand.

Sie würde etwas unternehmen, nicht auf einen Helden warten, der die Sache regelte, sondern nur auf sich selbst setzen. Die Klarheit, die von ihr Besitz ergriffen hatte, fühlte sich an, wie von einer höheren Macht geschickt. Das war es!

Sie war ein Engel. Nur wie? Angestrengt versuchte sie sich an die Situation mit Helen zu erinnern, als sie das Kind kurz nach Sonnenaufgang gesegnet hatte. Diese automatische Bewegung, die lateinischen Verse … alles war wie von selbst aus ihr herausgekommen.

Sie würde sich heilen, um die Menschen vor den Dämonen zu retten. Urplötzlich fiel ihr ein, wie Cruz etwas getan hatte, etwas Selbstloses, und dafür belohnt worden war. Er hatte sie aufgefangen, als sie aus dem Kirchturm gestürzt war, obwohl er damit die Grenze zum heiligen Boden überqueren musste und infolgedessen in Flammen aufgegangen war. Dennoch. Danach war Cruz auf heiligem Boden willkommen gewesen.

Eine selbstlose Tat … Eigentlich kam dafür momentan nur eines infrage. Für ein paar Sekunden überlegte sie hin und her, gestattete sich, ein paar Hirngespinste und Schreckensszenarien zu durchdenken. Aber letzten Endes kam sie zu dem Schluss, dass es die beste Lösung war. Vielleicht die einzige. Obwohl es ihr schwerfiel, richtete sie das Wort an Ahel.

»Ich werde deinen Antrag annehmen. Wenn du meine Freunde und mich hier unten beschützt, Cruz heilst, seinen Pakt löst, die Verdunklung aufhältst und mir hilfst, meine Mutter zu finden.«

Ahel stockte. Ihm schienen sämtliche Gesichtsmuskeln zu entgleisen.

Gleichzeitig spürte Adriana das Glühen, das Ziepen und Kitzeln an ihrer Hüfte. Die Wunde hörte auf zu pulsieren und der Blutfluss stoppte. Sobald Adriana den letzten Rest Blut beiseitewischte, mit zwei Fingern den Neoprenstoff etwas dehnte, bemerkte sie nur noch eine zarte weiße Linie an der Stelle, an der die Wunde kurz zuvor noch geklafft hatte. Damit hatte sich ihre Theorie bestätigt. Sie hatte sich durch Engelsmagie heilen können und dafür war eine selbstlose Tat nötig gewesen. Genau wie bei Cruz.

»Einverstanden. Aber zuerst du und deine Mom, danach holen wir Cruz.«

Bevor sie antwortete, atmete Adriana tief ein. Das war zu erwarten gewesen. Sicherlich genoss Ahel es, dass Cruz in diesen Minuten gefoltert wurde.

Dennoch schlug sie ein, als er ihr die Hand hinhielt. Weil ihr einfach nichts anderes übrig blieb.

Und mit diesem Handschlag war es besiegelt. Ein Pakt mit einem Dämon. Ihr erster, vielleicht nicht der letzte in ihrem Leben.

»Lass mich dich jetzt heilen.« Ahel streckte seine Finger nach ihrer Hüfte aus.

»Nicht nötig, lass uns einfach meine Freunde abholen«, presste Adriana hervor, wobei sie versuchte, nicht an Ahels und ihre zukünftige Ehe zu denken. Und daran, wie die Hochzeit aussehen würde. Sicher gab es eine Hintertür? Eine Möglichkeit, diesem Schicksal zu entkommen?

»Nicht nötig?« Zwar schaute Ahel reichlich skeptisch drein, doch Adriana ignorierte ihn. Roch er nicht, dass sie sich selbst geheilt hatte?

Um keine Zeit zu verlieren, lief sie direkt auf Drym und Savannah zu. Ahel folgte ihr. Tatsächlich machte der komplette Clan Platz, wich vor Luzifers Sohn zurück.

Lediglich Ivan kauerte immer noch mit dem Rücken zu ihnen auf der Brücke und hielt sich die blutende Schulter.

Ohne ein Wort riss Ahel das Netz von Drym und danach auch

von Savannahs Rücken. Die Gammas wichen noch ein wenig weiter zurück.

Die natürliche Ordnung, ging es Adriana durch den Kopf. Außerdem Ahels Satz: *Sämtliche Dämonen werden sich vor dir verneigen.*

Wie benommen starrte sie einige Sekunden auf diese unwirkliche Szene, bevor sie sich wieder fing.

Währenddessen hatte Ahel die beiden Halbdämonen auf die Füße gezogen. So direkt neben Ahel sah man den Unterschied zwischen ihnen und Volldämonen noch einmal deutlicher. Gerade jetzt, mit ein wenig verängstigten Gesichtszügen, wirkten sie mehr menschlich als dämonisch.

»Reißt euch zusammen«, befahl Ahel ihnen. Er strich sich durch die Haare, verweilte kurz mit der Hand bei seinen abgesägten Hörnern und schüttelte sich. Dann warf er Adriana einen Blick zu. Selbst Ahel wirkte nun menschlicher als Ivan. Hatte er das etwa für sie getan? Diese Veränderung?

Aber bevor sie darüber nachdenken konnte, packte er sie schon an der Schulter. »Darf ich? Wir sollten keine Zeit verlieren und die Seele deiner Mutter ausfindig machen.«

»Halt, was ist mit Dakota?« Mit dem Kinn wies Adriana auf ihre ehemals beste Freundin, die unbeteiligt im Chaos herumstand und ins Leere starrte.

Ahel hob Adriana kurzerhand auf seine Arme und schwebte gleich darauf zwei Fuß über dem Boden. »Sie nicht. Dakota ist wohl kaum als deine Freundin zu bezeichnen.«

6

Dieser Mistkerl! Das tat er doch mit Absicht. Drehte die Worte ihrer Absprache so, wie er sie brauchte. Die erste Hintertür in seinem Pakt, stellte sie fest.

»Wenn du Dakota nicht rettest, wird es für dich keine einfache Ehe, verstanden?«

Ihre Worte schienen den Dämon zu amüsieren.

»Das sehen wir dann.« Er warf einen Blick zurück auf Drym und Savannah. »Folgt mir, wir haben eine Mission zu erledigen.« Grinsend fügte er in Richtung von Adriana hinzu. »Das wollte ich schon immer mal sagen.«

Wieder hatte Adriana das Gefühl zu verbrennen, als er sie fest an sich drückte. Außerdem machte sie das Durstgefühl halb wahnsinnig. Nur noch ein wenig durchhalten. Ihre Mom finden, Cruz retten, die Menschen vor den Dämonen schützen. Ihren Pakt mit Ahel lösen. Sie konnte das alles schaffen.

Fassungslos stand Rico mit Miss Twerbeed und Tequila am Rand des Festzelts. Bierbänke wurden aufgestellt und ein Piepsen hinter ihm verkündete, dass weiteres schweres Gerät im Anmarsch war. Die BKOD baute sämtliche neue Verteidigungswaffen in einer Reihe in ihrem Innenhof auf, damit die Bevölkerung Portlands sich ein Bild von den Prototypen machen konnte, mit denen sich das Militär im nächsten Jahr erhoffte, den entscheidenden Schlag gegen die Dämonen auszuführen. Direkt hinter dem Militärgebäude startete ein Flugzeug. Das Dröhnen schallte von der Start- und Landebahn bis zu ihnen herüber.

»Ich glaube dir«, sagte Miss Twerbeed unvermittelt. In Zeitlupe schob sich die ältere Dame ihre Brille auf die Nase. Die feingliedrige Kette daran baumelte und schlug ein paarmal gegen ihre Bluse. »Heute Nacht wird es Krieg geben.«

Immerhin eine, die ihm glaubte. Doch was nutzte es, wenn die Sekretärin die einzige Person im BKOD-Hauptquartier war, die das tat?

»Und der General wird dir auch glauben. Er liebt seine kleine Enkelin Evangelina abgöttisch. Nie würde er zulassen, dass sie in Gefahr gerät. Kein normal denkender Mensch würde das Leben seiner Liebsten aufs Spiel setzen. Sie werden auf dich hören.«

Nachdem er ihr ein dankbares Lächeln geschenkt hatte, schloss Rico für einen Moment die Augen, während sich seine Hände um Tequilas provisorische Leine krampften. Mit wem sollte er als Nächstes reden, um die Katastrophe abzuwenden, die sich in wenigen Stunden auf genau diesem Platz abspielen würde, auf dem sie jetzt standen? Rico sah sich um.

Die BKOD-Mitarbeiter als Spezialeinheit des Militärs erkannte man in diesen Minuten eindeutig an der geschwellten Brust. Dabei waren einige der zur Schau gestellten Waffen lediglich Attrappen. Ricos Blick streifte die Abwehrkanone, die wie ein kleines Raumschiff aussah und von der Major Dwight behauptet hatte, man würde sie in den nächsten zwei Monaten fertigstellen, aber das Gehäuse heute schon präsentieren. Genau wie es Hunderte andere Regierungen weltweit auch taten. Rico schielte auf sein Smartphone. Vor zwei Minuten hatte jemand das Bild einer ähnlichen Dämonenabwehrrakete in die Diskussion unter seinem Beitrag auf Facebook gepostet. Mit dem Hinweis, Rico solle sich mal lockermachen. Selbst wenn heute Nacht die Dämonen erneut kämen, sei die BKOD vorbereitet. Rico seufzte. Immerhin schienen ihm ein paar Leute auf Social Media zu glauben. Eine junge Mutter hatte ihm für die Warnung gedankt und angekündigt, zur Vorsicht mit ihren drei Kindern im sicheren Keller zur übernachten.

Rico hob den Kopf, beobachtete das Treiben der Militärs vor seiner Nase. Überall auf der Welt mochte es nun am ersten Tag des Jahres genauso zugehen. Das Militär hatte sich in den internationalen BKOD-Videokonferenzen abgesprochen und Forschungsergebnisse geteilt. Und an diesem Tag wollte man sich für noch nicht fertiggestellte Waffen und unausgeführte Heldentaten feiern lassen. Anscheinend litt das Militär unter einem fatalen Anerkennungsdefizit. Endlich einmal Applaus für ihre Dämonenbekämpfung ernten, das war ihr erklärtes Ziel. Gut, auf irgendeine Art konnte Rico das sogar nachvollziehen. Allerdings würden sie einen verdammt hohen Preis für diesen kurzen Bühnenmoment zahlen müssen. Heute würde die ganze Welt feiern und danach untergehen. Sowohl die hochrangigen Ehrengäste als auch die einfache Bevölkerung würden bei dem Fest heute Abend niedergemetzelt werden.

Wenn doch nur Major Dwight endlich Taten sprechen lassen würde! Wie oft hatte er in den vergangenen Nächten im Bunker versucht, ihm die Wahrheit vor Augen zu führen? Bisher leider vergebens.

Rico dachte an all die Puzzleteile aus seinen Büchern und den Onlineartikeln. Gedankenblitze zuckten durch sein Gehirn, während er halbherzig Major Kane Dwights Lobgesängen auf die Dämonenabfangjäger lauschte.

Was war, wenn es wirklich auf diesem Kontinent begann? Adriana glaubte so fest daran. Rico kramte erneut nach dem Handy in seiner Tasche und rief den Browser auf. In seinem Onlinespeicher hatte er alle Informationen gesammelt, in Notizen und roten Fäden aufbereitet und sortiert. Er scrollte durch ein paar Textschnipsel, die sich um die Entstehung der Dämonentage drehten. In einigen Foren sprach man davon, dass das originale Tor, das der Erzengel Michael mit seinem Blut stellvertretend geschlossen hatte, in Los Angeles stand. Als hätte der Name der Stadt es regelrecht provoziert. In dem Fall würden heute Nacht die Dämonenüberfälle in dieser Zeitzone beginnen. In der Zeitzone, in der auch Portland lag. Und sich danach über die ganze Welt ausbreiten. Zwar würde man in dem Fall die restlichen Länder warnen und vielleicht sogar rechtzeitig in Sicherheit bringen können, aber die Westküste Amerikas würde so ziemlich verloren sein. Abgeschlachtet von Dämonen.

»Platz für den General«, zischte ihm ein junger Kadett zu.

Rico wandte den Kopf. Aus dem Haupteingang zum BKOD-Gebäude traten mehrere hochrangige Offiziere sowie Major Dwight mit seinem selbstgefälligen Grinsen. Goldene Abzeichen glänzten an allen Aufschlägen ihrer Militärjacken. Als Letzter mit ein wenig Abstand zu seiner Vorhut folgte ein älterer Mann, der allein schon durch seine Haltung seiner Umgebung unweigerlich Respekt einflößte.

Inmitten dieser unwirklichen Festvorbereitungen erkannte Rico, dass es jetzt auf ihn ankam. Wenn es ihm gelang, mit dem General zu sprechen und ihn zu überzeugen, würde heute Abend nicht alles in einem Blutbad enden. Die Zeit war gekommen. Sobald der General mit seinen Begleitern nach links schwenkte, nahm Rico all seinen Mut zusammen. Unbemerkt von Miss Twerbeed tauchte er mit Tequila ab, zwischen Soldaten hindurch, die mehrere Grills in Richtung Zelt schleppten. Vermutlich würden heute Nacht die Dämonen mehr zu fressen bekommen als die Menschen auf diesem Fest.

»Wir vermuten sie in den Feldern«, brachte Adriana stockend hervor. Ahel hatte sie wie sonst Cruz an sich gedrückt und flog mit ihr über den Höllensand in Richtung der inneren Bereiche der Hölle. Sicherlich wusste er, auch ohne dass sie es aussprach, wen sie meinte.

»Natürlich.« Ganz selbstverständlich starrte er hinab auf ihr Gesicht. Seltsam, dass er sich ohne Flügel durch die Luft bewegen konnte. Und jetzt roch er auch noch irgendwie gut. Etwas herb, aber nicht mehr so intensiv wie sonst. Hatte sich der Dämon gewaschen?

»Ganz, wie Luzifer es geplant hat, ist Angelinas Seele am tiefsten Punkt der Felder verborgen. Dort, wo es am düstersten ist.

Er lässt sie jeden Tag befragen. Manchmal auch in den Folterkammern.«

Wie bitte? Zuerst glaubte Adriana, sich verhört zu haben, und tauschte einen Blick mit Drym, der direkt hinter ihnen flog. Aber der schien nichts von diesem Gespräch mitbekommen zu haben. Hatte Luzifer nicht behauptet, die Seele ihrer Mutter sei verschollen? Adriana presste die Lippen aufeinander. Dieser Mistkerl hatte sie angelogen, weil er sicherlich nicht wollte, dass sie mit ihrer Mom sprach.

Hinter Drym konnte sie deutlich erkennen, wie Savannah den Mund zu einem stummen *Oh* verzog. Ob sie etwas verstanden hatte?

»Natürlich hat deine Mutter in all den Jahren kein Sterbenswort über ihre Forschungen verlauten lassen. Aber wir wissen, dass sie an etwas Bedeutendem gearbeitet hat. Dämonenforschung.«

Das alles passte nicht zusammen. Ihre Mom? Obwohl Luzifer das ebenfalls behauptet hatte, konnte sie es kaum glauben. Ihre Mom und Dämonen? Adrianas Welt schien stehen zu bleiben. Statt in Orange kam ihr ihre Umwelt auf einmal wie in Schwarz-Weiß getaucht vor.

Ihre Mom hatte offiziell als Biologin gearbeitet. Gut, als sie starb, war Adriana noch jung gewesen, nicht mal eingeschult. Aber ihre Mutter hätte sie doch niemals darüber belogen, als was sie arbeitete, oder? Leise Zweifel keimten in ihr auf. Erzählte man einem kleinen Kind die Wahrheit über einen gefährlichen Job? Und die andere Frage: Konnte es sein, dass ihre Mutter seit dreizehn Jahren hier unten gefoltert wurde, aber nichts von ihren Forschungen preisgab? Welche Informationen waren das wert?

Auf der anderen Seite klopfte ihr Herz wie wild, wollte nichts hören, sondern sich nur freuen, gleich ihrer Mutter zu begegnen. Nach so langer Zeit die Seele ihrer Mom lächeln zu sehen. Sie überhaupt wiedersehen zu können.

Unter ihnen brüllten und johlten ein paar Dämonen.

Sobald sie über den Feldern des Wahnsinns waren, bemerkte

Adriana, dass sich das Schreien veränderte. Hier sah sie auch keine schlafenden Dämonen mehr. Nur verzweifelt kreischende Seelen.

»Auch wenn es so aussieht, als seien die Grenzen der Felder offen, kommt hier niemand raus, der seine Strafe noch nicht verbüßt hat«, erklärte Ahel ganz nah an ihrem Ohr. »Luzifer lässt keinen Sünder einfach so gehen.«

Hieß das, auch ihre Mom nicht? »Ich wüsste von keiner Sünde, die sie begangen hätte.«

Er bedachte sie mit einem müden Lächeln. »Du weißt eben nicht alles.«

Ihr Herz schien inzwischen vor Wut auf die doppelte Größe angeschwollen zu sein. Zugleich zerrte der warme Flugwind an ihren Strähnen und verdeckte ihr die Sicht. Dieser Mistkerl Ahel und dieser verfluchte Luzifer!

Das Flehen und Schreien der Seelen schwoll auf einen unerträglichen Pegel an. Bei dem Gedanken, dass unter den gequälten Toten auch ihre Mutter sein könnte, drehte es Adriana den Magen um.

»Du wirst ja ganz blass«, meinte Ahel mit einem Seitenblick auf sie. »Ist deine Wunde wieder aufgerissen?«

»Hilf mir einfach, meine Mom zu finden, und halt die Klappe, okay?« Sie ertrug Ahel und sein Gequatsche von Sündern keine Sekunde länger. Genauso wenig wie seine mitleidigen Blicke. Die konnte er sich für Ivan aufheben.

Mittlerweile waren sie so weit in die Felder hineingeflogen, beziehungsweise segelten über ihnen hinweg, dass Adriana keinen anderen Bereich der Hölle mehr ausmachen konnte. So groß waren die Felder? Wie konnte man sie dann durchqueren? Magie. Das musste alles Teufelsmagie sein. Ihre Ballonnarbe begann zu jucken.

Unauffällig kratzte sie über den Neoprenstoff an ihrem Arm auf Höhe der Narbe. Ob das etwas zu bedeuten hatte? Aber Cruz hatte geschworen, ihre Verbindung nie zu aktivieren. Sie niemals seinem Willen zu unterwerfen. Und seit Adriana Dakota gesehen hatte, wie sie unter Ivans Einfluss stand, war Adriana verdammt erleichtert darüber, dass Cruz sich an sein Wort gehalten hatte. Bisher jedenfalls. Auch wenn ein Teil von Adriana wollte, dass er es tat, um dieser Folter, die Luzifer ihm zukommen ließ, zu entkommen.

Immerhin konnte sie kein anderer Dämon markieren, solange sie Cruz' Mal trug. Das war doch schon mal was. Glück im Unglück … Was für absurde Gedanken. Innerlich schalt sich Adriana dafür. Sie brauchte nun einen klaren Verstand. Musste sich zusammenreißen und auf das wirklich Wesentliche konzentrieren. Vor allem in diesen Minuten, in denen es auf das Gespräch mit ihrer Mom ankam. Zur Hölle mit Luzifer und seinen Foltermethoden für Sünder. Was sollte das eigentlich mit dem ganzen Sündengequatsche? Machte Folter Luzifer nicht selbst zum größten Sünder von allen? Wie konnte die natürliche Ordnung hier unten überleben mit einem Anführer, der sich rühmte, alle Sünder zu strafen, dabei selbst ein gefallener Engel war und gleichzeitig unschuldige Menschen von seinen Dämonen fressen ließ? Zeit, dass diese Ära endete. Adriana ballte die Fäuste. Sie würde dafür sorgen, dass Luzifer und seine Dämonen untergingen.

7

»Dort unten«, sagte Ahel. Sein Atem streifte ihre Wange und unwillkürlich schüttelte es Adriana. Obwohl sie gern vor Abscheu die Augen geschlossen hätte, tat sie es nicht. Um keinen Preis wollte sie den ersten Anblick ihrer Mutter verpassen, der sich ihr bot. Wenn Ahel doch nur Cruz wäre! Aber das war er nicht. Sie hatte sich in diese unmögliche Situation mit Ahel manövriert und sie würde sich auch selbst daraus befreien. Sie war nicht länger das arme, kleine Waisenmädchen. Genau genommen war gestern ihr letzter Tag als Kind gewesen. Heute war sie achtzehn und für sich selbst verantwortlich.

Ungefähr im selben Moment wie Ahel begannen Drym und Savannah ebenfalls den Sinkflug. Nicht, dass der Dämon in irgendeiner Weise auf die beiden geachtet hätte. Wahrscheinlich betrachtete er die Halbdämonen eher als lästige Fliegen, die sich an seine Fersen geheftet hatten. Nur durch die Abmachung, die Adriana mit ihm getroffen hatte, würde er ihren Freunden immerhin nichts tun. Falls doch, könnte man den Pakt sicherlich als hinfällig betrachten. Das nahm Adriana jedenfalls an.

Sie ließ ihren Blick über die Landschaft schweifen. Wo sollte dieser Ort sein, von dem Ahel gesprochen hatte?

Mit einem leisen »Fumpf« ließ Ahel Adriana auf den sandigen Untergrund fallen, worauf sie nach vorn taumelte, sich mit einer Hand auf dem Boden abfangen musste, sich aber sofort wieder aufrichten konnte. Schon im Landeanflug und auch jetzt, sobald ihre Füße den Boden berührten, wandte Adriana den Kopf in alle Richtungen, stolperte ein weiteres Mal auf diesem unebenen Ackerboden mit dem kniehohen Gestrüpp. Das sollten Felder sein? Wohl eher brachliegendes Unkrautland. War das verdorrtes Gerstengras? Komischerweise raschelte es nicht, als Adriana die Halme beiseitewischte. Irgendwie unheimlich, geradezu gespenstisch, aber es gab im Augenblick Wichtigeres. Wo war ihre Mutter? Mussten sie jetzt stundenlang hier alles durchkämmen, während Cruz gequält wurde? Sie warf Ahel einen scharfen Blick zu, sodass ihre Haare über die Schulter flogen. Laut eigener Aussage wusste er, wo sie suchen mussten. Wozu waren sie sonst genau hier gelandet? Es ergab im anderen Fall mehr Sinn, die Felder von oben abzuscannen. Adriana bewegte sich zwei Schritte nach vorne. Gras, nichts als dieses garstige Gras. Wie konnte hier überhaupt etwas wachsen? Sie drehte sich zu Ahel um. Hier allein umherzustolpern war reine Zeitverschwendung. Im Versuch, Ahels Blick aufzufangen, spürte Adriana, wie sie in der Hüfte abknickte. Sie begriff es nicht sofort, doch es fühlte sich an, als wäre ihr Fuß in weiche Erde eingesunken. Treibsand?

Ein Ruck ging durch ihren Körper und sie riss den Fuß nach oben, versuchte es zumindest. Im nächsten Moment schlug sie lang hin, fiel einfach nach vorne. Ihr Fuß blieb, wo er war. Anscheinend steckte sie bereits bis über den Knöchel in dem nachgebenden Erdreich, denn sie spürte einen zunehmenden Druck auf ihrem Fußgelenk.

Sie keuchte und drehte den Kopf. Der Schrei blieb ihr in der Kehle stecken, sie brachte nur ein ersticktes Ächzen zustande. Dünne Finger, gallertartig, aber dennoch fest, hatten sich um ihren Knöchel gelegt und drückten zu. Die Hand schien einfach aus der Erde zu kommen, und sie wollte sich nicht vorstellen, wozu sie gehörte. Adriana wand sich, trat mit dem freien Fuß nach der geisterhaften Hand, die gar nicht daran dachte, ihre Beute freizugeben, sondern den Druck noch verstärkte. Schmerz schoss in Wellen durch Adrianas Knöchel.

»Weg von ihr, Sünder!« Ahel traf das Handgelenk mit einem gezielten Tritt. Ein Klagelaut durchdrang die Erde. Es klang seltsam dumpf, aber doch intensiv. »Diese drei hier stehen unter meinem Schutz.« Daraufhin lösten sich die Finger von Adrianas Fuß und verschwanden zwischen den aufgewühlten Erdbrocken, die sich noch einmal kurz aufwölbten. Adriana glaubte, das Wesen zu fühlen, wie es sich irgendwo unter ihr bewegte. So schnell sie konnte, kam sie wieder auf die Beine. Am liebsten wäre sie auf einen Baum geklettert, aber hier gab es natürlich keinen. Dafür wahrscheinlich alle zwei Schritte einen Sünder im Erdreich.

»Was war das?« Savannah starrte mit großen Augen auf die Stelle im Boden.

»Seelen. Schaut euch um. Dort drüben sind noch mehr.« Der Dämon machte eine ausladende Handbewegung und Adriana konnte nicht anders, als dieser Geste mit Blicken zu folgen.

Und tatsächlich, nicht weit entfernt knieten zwei menschenähnliche Gestalten unter einem Baum, die Hände in Klagepose hoch erhoben, als würden sie beten. Eine Frau mit Schürze und ein Mann in Lederhose. Gräulich und halb durchscheinend. Hinter ihnen konnte Adriana noch mehr Gestalten erkennen, die ziellos über die karge Landschaft streiften. Graue Seelen. Aber das Schlimmste an ihrem Anblick war die Resignation in den Augen der Seelen. Als würden sie keine Zuversicht mehr in sich tragen. Ein trostloses Leben nach dem eigentlichen Leben.

Ja, dies hier war die Hölle. Spätestens jetzt wusste sie es. Und irgendwo hier, in diesen Feldern des Wahnsinns, hatte sie die Chance, einen Funken der Hoffnung zu finden.

»Wo ist meine Mutter?« Ihre Stimme klang fest. Gut so.

»Dort hinten. In dem Schacht unter der Brücke«, sagte Ahel.

Auf den ersten Blick erkannte Adriana nichts. Nach zwei Schritten und heftigem Geblinzel konnte sie einen Bach voller Lava ausmachen, der mitten durch das Feld verlief. Nicht weit entfernt erstreckte sich eine Brücke von einem Ufer zum anderen. Dort? Mit gemischten Gefühlen setzte sich Adriana in Bewegung, spürte, wie Ahel, Drym und Savannah ihr folgten.

»Mom?« Ihre Stimme war mehr ein Flüstern und natürlich viel zu leise, aber sie meinte, ein Summen zu hören, je näher sie der Brücke kam. Ein Summen wie von einer Melodie.

»Singt da jemand?«, fragte Savannah. Die Halbdämonin sprang ab und sauste über Adrianas Kopf hinweg auf die Brücke zu. Nein, Adriana wollte nicht, dass Savannah vor ihr ankam. Dass ihre Mom zuerst einen Halbdämon sah und erst dann sie, ihre Tochter. Und schon gar nicht Savannah! Ein Knäuel aus Wut, das sie immer noch nicht ganz heruntergeschluckt hatte, drohte ihre Speiseröhre emporzukriechen.

Also beschleunigte sie ihre Schritte, sprang, so gut es ihr möglich war, über Stellen auf dem Boden, die ihr uneben erschienen. Vielleicht war sie in ihrem ganzen Leben noch nie so schnell gerannt. Nicht mal in der ersten Dämonennacht auf dem Weg zur verfallenen Kapelle. Definitiv hatte sich ihre körperliche Verfassung seither verbessert.

»Ich kann dich auch fliegen!«, rief ihr Ahel hinterher.

Klar … Nein, das letzte Stück des Wegs würde sie selbst überwinden. Wie lange hatte sie sich nach ihr gesehnt? Sich zurückgewünscht? Ganze dreizehn Jahre!

Dementsprechend galoppierte nun ihr Herz in ihrer Brust. Ein Moment epischen Ausmaßes lag kurz bevor, das spürte sie eindeutig. All die Momente, die sie sich mit ihrer Mom ausgemalt hatte, alle Fantasien von einem Wiedersehen, von dem sie im Kinderheim geträumt hatte, sprudelten durch Adrianas Erinnerungen, überlagerten sich, fieberten darauf hin, in der Realität umgesetzt zu werden. Eine Umarmung. Nichts brauchte sie gerade mehr als eine Umarmung von ihr.

Ehe sie es sich versah, war sie nahe genug an die Brücke herangesprintet, immer noch kurz hinter Savannah.

Immerhin schien Drym ein Einsehen zu haben und rief sie zurück.

»Savannah, lass Adriana zuerst mit ihr sprechen!«

Entweder Savannah zeigte dieses Mal wirklich Taktgefühl oder sie erkannte jetzt ebenso wie Adriana, dass sich mindestens zwei Dutzend Seelen näherten. Von beiden Seiten des Bachs. Zwar langsam und gemächlich, aber doch stetig.

»Ahel, würdest du uns bitte die Toten vom Leib halten?«

Wie auf Kommando schnellte Savannahs Kopf in Richtung Ahel.

Gleichzeitig erreichte Adriana die Brücke. Endlich. Und sofort verstand sie, was Ahel gemeint hatte. In einem leichten Bogen zog sich die Brücke über den Lavafluss, der so breit wie ein Auto war, vielleicht ein bisschen schmaler. Die Brücke jedoch verlief in einem viel weiteren Bogen. An dem Ende, an dem sich Adriana befand, klaffte eine Grube. Von der Brücke aus konnte man wahrscheinlich wunderbar hineinsehen, ohne selbst Gefahr zu laufen hineinzufallen, also bestieg Adriana die wackeligen Bretter. Unter ihren Füßen knarrte und knirschte es, doch sie ließ sich nicht beirren, hielt sich am Holzgeländer fest und vertraute darauf, dass Ahel sie retten würde, sollte sie fallen. Schließlich hatte er ja noch Pläne mit ihr.

Entweder war es so nah am Lavabach noch stickiger und heißer als sowieso schon in der Hölle oder die Anspannung lähmte Adrianas Lungenflügel. Allerdings erklang das Summen nun viel lauter. Und Adriana erkannte das Lied. Es war das Kinderlied, das schon den Kleinsten beibrachte, wie man welche Dämonen nannte. Das Lied, das ihre Mom oft abends an ihrem Bett gesungen hatte. Praktisch jeder Muskel in Adrianas Rücken schien von einem Stromschlag in Atem gehalten zu werden.

Adrianas Atem strömte heiß über ihre Lippen. Vor ihr flimmerte die Luft. Ihre Mom – genauer gesagt die Seele ihrer Mutter, leicht durchscheinend und in einem grauen Hautton – stand dort unten in der Grube. Spindeldürr, ein Schatten ihres früheren Selbst, die Schultern jedoch in stolzer Haltung nach hinten genommen. In den Kleidern, in denen sie gestorben war. Ihrem Laborkittel, nur dass sie etwas wie einen ausgefransten blutroten Gürtel dazu trug, den Adriana nicht kannte. Sie starrte sie einfach nur an. So oft hatte sie im Kopf durchgespielt, was sie ihrer Mutter sagen würde, wenn sie sie jemals würde wiedersehen können. Begrüßungen, Erklärungen, Beteuerungen, alles, alles hatte sie in schlaflosen Nächten allein in ihrem Zimmer im Waisenhaus durchdacht. Und jetzt stand sie hier und es war so anders. Ihre Mutter schaute zu ihr hoch, und Adriana glaubte, in ihren Augen eine Ahnung, ein Erkennen zu sehen.

»Ich bin's«, flüsterte sie schließlich. Viel zu leise, viel zu heiser. Sie hatte Angst, dass ihre Mutter sie nicht gehört hatte und ihr selbst die Stimme fehlen würde, noch etwas zu sagen. Vielleicht hatte sie Adriana doch nicht erkannt. Ja, vielleicht würde sie sich gleich abwenden, verschwinden. Das wiederum war wirklich in ihren Träumen passiert, in den schlechten, die vor allem nachts kamen. Sie hatte ihrer Mutter dann gegenübergestanden, stumm. Ihre Mutter hatte sie angesehen, so wie jetzt gerade, und weil sie nichts sagen konnte, hatte sie sich langsam umgedreht und war gegangen, während Adriana den Schrei in ihrer Kehle fühlte, der nicht herauskommen wollte.

Adriana schluckte, fühlte ihre Augen trotz der Hitze feucht werden.

»Du bist so groß. Und so schön. Du bist genau so, wie ich es mir so lange vorgestellt habe. Adriana.«

Jetzt schossen ihr die Tränen unkontrolliert aus den Augen. Sie schlug sich die Hand vor den Mund. Dreizehn Jahre hatte sie sie nicht gesehen und jetzt stand ihre Mom so nah unter ihr und doch zu weit, um sie zu berühren. Und wie gerne Adriana ihre Mom in diesem Augenblick umarmt hätte. Obwohl sie wusste, dass es unmöglich war, sich auf die Entfernung zu berühren, streckte Adriana eine Hand aus und beugte sich gefährlich weit über die Brüstung.

In Zeitlupentempo hob auch Angelina eine Hand. Doch es war aussichtslos.

»Du hast mich erkannt.« Sie brachte die Worte kaum heraus.

»Ich würde dich überall erkennen. Auch wenn wir uns hundert Jahre nicht sehen.« Ihre Mutter lächelte und es sah fast aus wie früher.

Adriana wischte sich mehrfach über die Augen. Sie musste

sich zusammenreißen. Der Anblick, der sich ihr bot, ließ keinen Interpretationsspielraum übrig. Ihre Mutter stand inmitten einer Grube, die die Ausmaße eines Gartenpools aufwies. An beiden Knöcheln prangten Metallketten, die an den Grubenwänden an Ringen befestigt waren, und in der Grube blubberte es. Eine dünne Schicht fast erkaltete Lava schien den Boden zu bedecken. Und ihre Mom stand mitten darin. Mit nackten Füßen.

»Ihre Strafe.« Unbemerkt hatte sich Ahel neben sie gesellt. Auf lautlosen Schwingen. »Für ihre Vergehen als Lebende und für ihre Weigerung, mit Luzifer zusammenzuarbeiten als Tote. Ihre Füße heilen jede Nacht.«

Schier außer sich vor Wut begannen Adrianas Nasenflügel zu beben.

»Meine Mutter ist keine Sünderin!«

In der Hoffnung, dass er sie dann in Ruhe ließ, rückte sie ein Stück von ihm ab. Unglücklicherweise tat er ihr den Gefallen nicht.

»O doch. Im Prinzip kenne ich nur wenige Sterbliche, die in ihrem Leben so viel gelogen haben wie deine Mutter. Gegen so viele Gebote Gottes verstoßen haben.«

Sie wollte das nicht hören. »Bitte lass mich mit ihr allein. Nur für einen Augenblick.«

Eigentlich ein viel zu frommer Wunsch, den Ahel ihr kaum erfüllen würde. Adriana blies sich ein paar Haarsträhnen aus der schweißnassen Stirn. Mitten in der Bewegung hielt sie inne, denn Ahel hatte sie nicht entgegen ihrer Erwartung vollkommen ignoriert. Beinahe konnte sie es nicht glauben, doch er ging tatsächlich auf Abstand. Ahel gab ihr und ihrer Mutter Raum.

Augenblicklich konzentrierte sich Adriana vollends auf ihre Mom, die etwa vier Mannslängen unter ihr auf heißer Lava stand. Seit dreizehn Jahren schon. »Endlich, Mom. Endlich habe ich dich wieder.«

Obwohl das ein Grund zur Freude sein sollte, so empfand Adriana zumindest, lächelte ihre Mom traurig. »Du gehörst hier nicht her.«

Wie konnte sie das nur sagen? Mit zittrigen Fingern strich Adriana über das Brückengeländer, fühlte den rauen Untergrund unter ihren Fingerspitzen, bevor sie sich, so weit, wie es nur ging, über die Brüstung lehnte. Ihr Brustkorb zerquetschte dabei fast ihre Hände, aber das war ihr egal.

»Du aber auch nicht.« Adriana stockte kurz. »Freust du dich gar nicht, mich zu sehen?«

»Doch, natürlich. Aber du solltest nicht hier sein.« Die Stimme ihrer Mutter war leise und doch so süß und wohlklingend in ihren Ohren.

»Woanders warten große Aufgaben auf dich.«

»Das mag sein, Mom. Aber zuerst hole ich dich hier raus. Das kann Luzifer nicht machen. Ich werde ihn und Ahel überreden, dich gehen zu lassen. Du gehörst in den Himmel.«

Trotz Adrianas eindringlicher Ansprache schüttelte Angelina den Kopf. »Sie werden und können mich nicht gehen lassen. Aber du kannst gehen, wann es dir beliebt. Und du musst. Hast du schon den Brief vom Notar geholt und warst beim Bankschließfach, mein Engel? Happy Birthday, übrigens.«

Engel. Bei dem Wort zuckte sie zusammen. Nein, nicht hier. Auf keinen Fall durfte sie sich etwas anmerken lassen.

»Egal, was du sagst, Mom. Ich hole dich hier raus.«

Als hätte ein Tier sie gebissen, ballte ihre Mom die Fäuste, zuckte zusammen und trat mit dem linken Bein nach hinten.

»Nein! Es ist unsagbar wichtig, dass du mein Werk vollendest, hörst du? Geh zum Notar. Du kennst mein Testament. Es ist alles vorbereitet.«

Verzweifelt blinzelte Adriana in Richtung Drym, der mit Savannah abseits der Brücke herumlungerte. Das lief ganz und gar nicht so, wie sie es geplant hatte. Was sollte sie jetzt tun?

»Darüber hinaus … stimmen die Gerüchte, dass sich kommende Nacht alles verändern wird?«, fragte ihre Mutter, die sich langsam beruhigte. In Zeitlupe, so schien es, hob sie ihren Blick, über die Wände ihres Gefängnisses bis zu Adrianas Gesicht. Ihre Füße standen nun ganz still. Als hätten sie sich an den anhaltenden Schmerz gewöhnt. Obwohl das Fleisch auf ihren Knochen rot und stellenweise schwarz verkohlt aussah, dort, wo es mit der Lava in Berührung gekommen war.

»Es sieht danach aus«, antwortete Adriana, nachdem ihr eine Weile sämtliche Worte im Hals stecken geblieben waren.

Als hätte sie diese Antwort erwartet, nickte Angelina, bevor sie die Augen schloss. »Dann musst du mit der BKOD reden. Die gibt es doch noch?«

»Ja. Aber sie haben nicht so wirklich die Mittel, um die Dämonen in Schach zu halten. Immer noch nicht.« Obwohl sie offenbar an etwas Großem zur Abwehr von Dämonen arbeiteten.

»Trotzdem. Sie können die sechste Dämonennacht sichern. So organisieren, dass weniger Menschen zu Schaden kommen.«

Da war sich Adriana nicht zu hundert Prozent sicher. Nicht, nachdem sie Major Kane Dwight kennengelernt hatte.

»Nur du bist in der Lage, sie zu überzeugen, Adriana. Glaub mir. Warst du schon beim Radio oder bei einem Fernsehsender? Die Menschen werden auf dein Wort hören. Und nun geh. Jetzt. Wenn du diese drei Wege gelaufen bist, wirst du der Menschheit einen großen Dienst erwiesen haben. Danach können wir beide uns weiter unterhalten. Aber jetzt drängt die Zeit. Vergiss die Reihenfolge nicht: Notar, Bank, BKOD.«

Die Stimme ihrer Mutter klang fest, ließ keinen Widerspruch zu und Adriana erahnte die Wahrheit darin. Dennoch …

»Kannst du mir nicht noch ein wenig mehr erzählen, Mom? An welchen Experimenten hast du kurz vor deinem Tod gearbeitet?« Allein das Wort *Mom* wieder aussprechen zu können, fühlte sich für Adriana wie der Himmel an. Außerdem wollte sie noch nicht gehen. Wie konnte sie ihre Mom überhaupt wieder verlassen? Jetzt, da sie sie nach dreizehn Jahren wiedergesehen hatte. Auch wenn die Seele ihrer Mutter wie eine Zombieversion der Frau aussah, die immer Adrianas Ein und Alles gewesen war.

»Hör mir bitte zu. Nur dir wird die BKOD glauben«, beharrte ihre Mom. Das schien alles zu sein, was sie loszuwerden versuchte.

»Du musst los.«

Selbstverständlich rührte sich Adriana nicht. »Aber …«

»Adriana, bitte geh.«

Nichts anderes war aus ihr herauszubekommen. Tief in sich spürte Adriana, dass es aussichtslos war, mit ihrer Mom zu diskutieren. Jedenfalls in diesem Augenblick.

Und während sich Adriana noch alles an ihr einprägte, jedes Detail ihrer Mom, an das sie sich würde erinnern können, jede Falte und jede an ihr so typische Bewegung, landete Drym direkt auf der Brücke.

Adriana drehte den Kopf in seine Richtung. »Hast du alles mitangehört?«

Drym nickte, hob dann eine Hand zum Gruß in Richtung Grube.

Angelina Astara erwiderte die Geste.

»Kannst du meine Tochter zum Ausgang bringen? Es muss das Tor im Wald in Portland sein. Das Original.«

Was sollte das denn bedeuten? Ihre Mutter schien gar keine Angst vor Drym zu haben, behandelte ihn im Gegensatz eher wie einen Dienstboten. Und was sollte das heißen? Das originale Tor? Adriana atmete schwer. Oh. Langsam fielen die Puzzlestücke an ihren Platz. Meinte sie das, was sie glaubte? Nachdem ihre Mom verstummt war, beobachtete Adriana sie noch ein paar Sekunden länger. Sie zupfte am Halsausschnitt ihres Neoprenanzugs. Himmel, bald konnte sie darin schwimmen. Unaufhörlich schienen ganze Schweißströme in das Material zu sickern. Was wusste ihre Mom? Und wollte sie nicht alles verraten, weil sie Zuhörer hatten? So wie sie auch nicht offen verriet, dass ihre Tochter ein Engel war? Aber sie hatte es gewusst. Ganz sicher. Ebenso dass heute Neujahr und damit Adrianas achtzehnter Geburtstag war. Der Tag, an dem Halbengel zu Engeln wurden. Das jedenfalls war ihre Theorie. Die kleine Helen hatte es ihr gegenüber angedeutet.

Falls ihre Mom recht hatte, durfte sie keine Zeit verlieren. Zu ihrer Mutter würde sie so schnell es ging zurückkehren, sobald alle Aufgaben erledigt waren. Ein kleiner Teil von ihr protestierte, aber der größere Teil war sich bewusst, dass die Menschheit nicht warten konnte.

Realistisch betrachtet. Wenn ihre Mom sagte, dies sei das Beste, dann würde sie das tun. Egal was Luzifer und Ahel wollten.

»Ahel, wir sehen uns später.«

Der Dämon starrte verwundert zu ihr herüber, schwieg allerdings.

»Wenn du deine Paktpartnerin glücklich stimmen willst: Befreie meine Mutter aus diesem Loch und beschütze sie.«

»Ernsthaft? Du befiehlst …« Ahel verstummte. Sicherlich hatte er sie gerade runterbuttern wollen, verkniff sich anscheinend aber angesichts seiner neu entdeckten Manieren jeden weiteren Kommentar. Warum auch immer, aber dieser Sohn Luzifers schien es sich zum Ziel gesetzt zu haben, sie einzulullen.

Dich zu erobern, erklärte die leise Stimme in ihr, die seit Sonnenaufgang weitgehend still geblieben war.

Nur mit viel Mühe riss sich Adriana vom Anblick ihrer Mom los.

»Jetzt?«, fragte Drym. Er starrte sie aufmerksam an und direkt am Fuß der Brücke wartete eine angespannte Savannah.

Adriana nickte, worauf Drym sie postwendend hochhob. Nachdem er Savannah einmal zugenickt hatte, sprang er auch schon ab und breitete die Flügel aus. Wunderschöne, gesunde, hellviolette Fledermausschwingen.

Obwohl sie es kaum zu hoffen gewagt hatte, ließ Ahel sie ziehen, starrte ihr nur mit großen Augen nach.

»Wir sehen uns bald wieder«, sagte er, so laut es ging, ohne zu schreien.

Wahrscheinlich. Zwar eher unfreiwillig, aber so ein Pakt löste sich nicht von selbst auf.

»Ein Pakt«, wisperte Drym. »Wirklich? Was beinhaltet der?«

Also hatte er nicht alles mitbekommen.

»Nichts weiter«, antwortete Adriana leichthin. »Ich helfe Ahel und er hilft mir.« Es fiel ihr schwer, darüber zu sprechen, und was für einen Unterschied machte es schon, wenn Drym die ganze Wahrheit kannte?

»Helfen?«, hakte Drym nach, doch Adriana beschloss, nicht darauf einzugehen.

Eine von Dryms Dreadlocks hatte sich aus dem Haargummi gelöst, das eigentlich eine zerschnittene Socke war. Jetzt baumelte die Strähne an Dryms Ohr. Fahrtwind. Endlich etwas Abkühlung in dieser verdammten Hölle. Gleich nach der Landung musste sie etwas trinken, sonst würde sie noch umfallen.

»Du weißt aber schon, dass dich Cruz dafür umbringen wird? Nein, halt, ich korrigiere mich: Er wird hier unten alles kurz und klein schlagen, unsagbare Dummheiten begehen, seine Wut an mir auslassen und danach drei Tage nicht mit dir reden. Mindestens.«

Hm, da konnte Drym wohl recht haben, und allein der Gedanke an Cruz und den Ausdruck in seinem Gesicht, sobald er es herausfand, ließ Adrianas Innerstes verkrampfen wie einen Schwamm, um den sich eine Faust gelegt hatte. Aber damit würde sie sich später befassen. Wie ihre Mom gesagt hatte: Es war wichtig, die richtige Reihenfolge einzuhalten.

Während sie noch einmal das Gespräch mit ihrer Mutter im Detail in ihrem Kopf durchging, fixierte Adriana Dryms lose Strähne wie ein Pendel, konnte sich einfach nicht von ihrem Anblick lösen.

Eines musste sie allerdings zuerst erledigen, bevor sie die To-do-Liste ihrer Mom in Angriff nahm: Sie musste Rico erreichen. Und zwar so schnell wie möglich. Sobald sie auf der anderen Seite des Portals wieder Handyempfang hatte. Verstörende Geräusche, die sie zunächst nicht zuordnen konnte, drangen an ihr Ohr. Unter ihr kreischten geschundene Seelen, woraufhin Adriana eilig die Augen zusammenkniff.

Mit etwas Glück waren Rico und Tequila bereits bei Major Dwight und sie konnte beide zugleich treffen, nachdem sie alles andere erledigt hatte. Hoffentlich hatte ihre Mom recht damit, dass sie das Militär überzeugen konnte.

Im letzten Moment gelang es Rico, einer Servicekraft mit Servierwagen auszuweichen, die von links auf ihn zusteuerte.

Fast hätte seine Nase nach dem gewagten Sprung mit dem Betonbelag der Militäreinfahrt Bekanntschaft gemacht. »General!«

Natürlich hörte General Whittaker ihn nicht. Er kam flankiert von einem halben Dutzend Militärs und zwei gut gekleideten Herren aus dem Gebäude, als Rico sich gerade draußen nach ihm umgesehen hatte.

Tequila winselte und versuchte über Ricos Handrücken zu lecken. Doch das registrierte Rico nur ganz am Rande. Wie bei der Zoomfunktion seiner Kamera fokussierte er sich auf General Whittaker.

Noch in halb geduckter Haltung nach seinem Sprung rannte Rico auf ihn zu. Endlich! Endlich hatte er ihn gefunden. Den Mann, den er so ausführlich gegoogelt hatte wie niemand anderen.

Gerade klopfte ihm ein Mann mit dichtem weißen Haar auf die Schultern.

»Dann zeigen Sie uns doch gleich mal, in was für erstaunliche Maschinen Sie unser Geld gesteckt haben. Begeistern Sie mich.«

Investoren? Kurz runzelte Rico die Stirn. So hatte die BKOD die Dämonenabwehrwaffen finanziert? Wie auch immer, es lag nun an ihm, den General zu begeistern, also tat Rico das einzig Logische und imitierte die exakte Haltung des weißhaarigen Investors, dessen Haut so starr und ledrig wirkte, als sei er ein großer Fan von Sonne und Tabak.

»General!« Lässig und gleichzeitig mit einnehmenden Schritten steuerte Rico seine Zielperson an.

Offensichtlich irritierte Ricos ernste Miene den General für einen Moment. Jedenfalls wurde er langsamer und wandte den Kopf.

»Ich bin ein Freund von Major Kane Dwight und habe wichtige Informationen zu den Plänen der Alpha-Dämonen. Wenn Sie zwei Minuten Zeit haben, könnten Sie und ich die Menschheit vor großen Verlusten bewahren.«

Die Augenbrauen des Generals schossen nach oben, während seine Mundwinkel eher nach unten zeigten. Dann streifte sein Blick Tequila, der angefangen hatte, wie verrückt zu hecheln.

Rico fiel auf, dass in den Augenbrauenbögen des Generals, die sich mittig anhoben, längere graue Härchen wucherten als im restlichen Teil der Brauen.

»Begleite mich ein Stück bis zum Hangar. Das dürften eineinhalb Minuten sein.« Das war alles. Keine weitere Erklärung oder Aufforderung kam aus dem Mund des Militärchefs. Und das war alles, bevor er sich umwandte und lediglich die beiden schicken Anzugträger noch eine Sekunde länger verweilten, um Rico eingehend zu mustern.

Ohne zu zögern, schloss sich Rico der BKOD-Gruppe rund um den General an, die bereits weiter auf ihr Ziel, den Flugzeughangar, zumarschierte. Die Investoren beobachteten ihn weiterhin, was sich zwar merkwürdig, aber nicht so verstörend anfühlte, als dass Rico die Fassung verloren hätte. Der zweite Mann mit Glatze und glänzenden Goldmanschetten rückte sich im Laufschritt die Krawatte zurecht.

Jetzt nur nicht die Nerven verlieren. Winzige Steinchen knirschten unter Ricos Turnschuhen. So schnell er konnte, ließ er die Worte aus seinem Mund sprudeln. Erklärungen, mögliche Szenarien nach der nächsten Darkness Hour, wobei Rico darauf achtete, glaubwürdig zu bleiben und nicht wie ein Schuljunge mit Verschwörungsfantasien zu wirken.

Während die anderen Militärs vor ihnen im Stechschritt und in Formation liefen, erlaubte sich der elitäre General eine stramme, aber dennoch lockere Gangart. Nur ignorierte er Rico ebenso wie seine Vorhut, würdigte ihn während des gesamten Weges keines Blicks. Lediglich die Anzugträger behielten Rico genau im Auge. Ungefähr so, wie man eine giftige Spinne in einem Einmachglas inspizierte.

Als Rico geendet hatte, lag der Hangar beziehungsweise das bewachte Tor vor den Kampfjets, kaum zwanzig Schritt vor ihnen. Ein Soldat am Tor schlug bereits die Hacken gegeneinander.

»Junge, du denkst doch nicht wirklich, dass deine Fantastereien der Wahrheit entsprechen? Wo bitte ist der Beweis, dass sich die Höllentore nicht geschlossen haben? Es war immer so und wird immer so bleiben. Das Blut des Erzengels schützt ab heute die Welt für die nächsten dreihundertsechzig Tage. Und bis zu den kommenden Dämonentagen werden genau an dieser Stelle die neuen Anti-Dämonenwaffen fertig entwickelt stehen.« Er deutete auf den großen Vorplatz der BKOD.

Die Zivilisten nickten, als sei das alles ihr Verdienst, ließen allerdings den General weiterreden.

»Die gesamte Bevölkerung dieses Landes und ebenso vieler weiterer Länder wird nicht mehr in Angst leben müssen. Die Zeit ist endlich gekommen, in der wir den Dämonen etwas entgegenzusetzen haben.«

»Aber falls doch ... wollen Sie schuld daran sein, dass –«

Der General hob eine Hand und unterbrach ihn unwirsch. »Schluss mit dem Unsinn. Du solltest heute Abend feiern. So wie alle anderen.« Damit drehte er sich um, schritt durch das Tor und bedeutete Rico stehen zu bleiben.

Sobald die metallenen Gitterstäbe vor ihm eingerastet waren, stieß Tequila ein Winseln aus.

Der General würde also nichts unternehmen. Und Major Kane war vermutlich zu feige oder zu faul, um in Aktion zu treten, wenn er ihn richtig einschätzte. Ricos Beinverletzung juckte, genau wie seine Stirn. Unfassbar. Der General wollte ihm nicht glauben, sich vielleicht auch einfach nicht eingestehen, dass die glänzende Zukunft, die er sich erträumte, durch einen Jungen, der etwas von offenen Höllentoren faselte, in Gefahr gebracht wurde. Ricos Blick fiel auf die beiden Investoren. Oder der General wollte vor diesen beiden einfach nichts dergleichen hören. Wenn ihr Geld in seine Waffen geflossen war, musste er natürlich so tun, als hätte er alles unter Kontrolle, und wollte heute Abend sein Dämonenabwehrprogramm ohne irgendwelche Störfaktoren demonstrieren. Und die Bevölkerung sollte die BKOD feiern! Das würde das letzte Fest für so manchen hier sein. Rico drehte seinen Kopf, besah sich die Menschenmassen auf dem Platz, checkte die Reaktionen auf seine Warnungen im Internet – bei Weitem noch nicht genug, die ihm glaubten –, starrte hinüber zu Miss Twerbeed, die winkend auf ihn zugelaufen kam. Die meisten hier würden die nächste Nacht nicht überleben.

»Rico!« Miss Twerbeed wedelte heftiger mit den Händen. »Ich dachte schon, ich hätte dich verloren.«

Ihre Blümchenbluse hatte sich an der Seite aus ihrem marineblauen Stiftrock gelöst und die Perlenkette, die an ihren Brillenbügeln befestigt war, schlackerte unterhalb ihres Ausschnitts. Sie hatte für ihn gebürgt, weshalb es ihm überhaupt erlaubt war, hier herumzuschleichen.

Schon wollte Rico sie beruhigen, sie bitten, auf Tequila aufzupassen, während er nach Major Dwight suchen konnte oder nach anderen hochrangigen Offizieren, um mit ihnen zu sprechen, da vibrierte sein Handy.

In Erwartung, dass es Adriana sein musste, die gerade hoffentlich die Hölle verlassen hatte und der er deswegen die Hölle erst so richtig heißmachen konnte, fischte er hastig in seiner Jackentasche nach dem Gerät. Zu seinem Erstaunen musste er feststellen, dass es eine Nachricht von Eloy war. Eine Kurzmitteilung, die lediglich aus einem einzigen Satz bestand:

Hilf mir, Dakota zu retten.

Blinzelnd starrte Rico auf die Nachricht, schloss kurz die Augen. Bis Eloy ein »Bitte« hinterherschickte.

8

Eine Stunde später stand Adriana vor dem Bankschließfach, den Schlüssel dazu in ihren zittrigen Fingern. Nur zu deutlich spürte sie die Präsenz des Briefs in ihrem Rucksack, den ihr der Notar ausgehändigt hatte. Alleine wollte sie ihn nicht öffnen. Irgendwie behagte ihr der Gedanke nicht und sie sehnte sich danach, ihn gemeinsam mit Rico zu lesen.

Der Schlüssel passte. Natürlich. Genau so hatte ihre Mutter es geplant. Wie lange vorher eigentlich? Wann hatte Angelina begriffen, dass sie eventuell nicht mehr lange zu leben hatte? War es ihr Beruf, der so gefährlich gewesen war, oder hatte sie sich Sorgen um Gegner ihrer Forschung gemacht? Um Luzifer? Allein der Gedanke an ihre Mom ließ Adrianas Augen brennen. All die Jahre hatte die Seele ihrer Mutter in dieser Lavagrube gesessen. Unter Schmerzen. Gefoltert. Ohne Aussicht, in den Himmel zu gelangen. Aber sie konnte das ändern, nicht wahr? Ahel würde ihr helfen, ihre Mom zu retten. Wenn sie doch nur etwas mehr an Informationen aus ihrer Mutter hätte herausbekommen können. Über ihren Vater hatten sie überhaupt nicht gesprochen. Was andererseits womöglich das Beste war, wenn Adriana ihr wahres Naturell verbergen wollte. Ihre Finger glitten über das gebürstete Metall des Schließfachdeckels. Mit angehaltenem Atem öffnete sie schließlich das Fach, als könnte es eine Bombe enthalten. Aber nichts rührte sich.

Im Schließfach lag ein geschnürtes Päckchen, so groß wie eine Packung Druckerpapier. Zwischen den Paketbändern, die es wie ein Weihnachtsgeschenk umspannten, steckte ein Foto von Adriana und ihrer Mom. Mit bebenden Fingerspitzen griff sie danach. Sie kannte es, ja, erinnerte sich noch an den Tag, an dem es aufgenommen worden war. Adriana atmete tief ein. Das Foto war an ihrem dritten Geburtstag entstanden. Hatte ihre Mom etwa kurz danach dieses Schließfach gemietet? Sie wog den mit Packpapier eingewickelten Papierstapel in der Hand. Waren das Dokumente zu ihren Forschungen? Lagen hier vielleicht die Antworten direkt vor ihr, quasi zum Greifen nah, nach denen Luzifer suchte? Der Gedanke ließ die Haut zwischen ihren Schulterblättern kribbeln. Einmal und heftig, danach hatte sie sich wieder im Griff.

Bevor sie es sich anders überlegen konnte, schob sie alles in ihren Rucksack. Nur ihren Fingern erlaubte sie, kurz über die lachenden Gesichter ihrer Mom und ihres jüngeren Ichs zu streichen. Wenn sie damals gewusst hätte, was ihr alles bevorstand. Aber diese kleine Adriana mit gestreiftem Partyhut lachte einfach nur glücklich auf dem Schoß ihrer Mutter und freute sich über die Torte mit dem Regenbogenzuckerguss vor ihr.

Adrianas Handy vibrierte. Eine Benachrichtigung von der Dämonen-App. Genauer gesagt eine Push-Benachrichtigung. Und zwar eine, deren Inhalt ihr wie blanker Hohn vorkam. Ein Reminder, dass die Neujahrsfeierlichkeiten kurz bevorstanden. Das konnte einfach nicht sein. Hieß das, Rico war nicht von Major Dwight angehört worden? Bei dem Gedanken wurde ihr richtiggehend schlecht. Wenn Rico schon nichts erreichen konnte … Angestrengt versuchte sie den Inhalt ihres Magens bei sich zu behalten. Es war immer noch genug Zeit, sagte sie sich.

Wir haben noch Zeit!, wiederholte sie wie ein Mantra.

Nachdem sie die Schließfachtür hastig zugedrückt hatte, warf sich Adriana den Rucksack über die Schulter und rannte zur nächsten Bushaltestelle, als sei der Teufel hinter ihr her.

Rico hatte ihr eine Sprachnachricht geschickt und vorgeschlagen, dass sie sich an der Bushaltestelle vor dem Militärstützpunkt treffen sollten, um in Ruhe reden zu können.

Leider hatte er sie nicht darauf vorbereitet, dass neben ihm Eloy auf der Bank sitzen würde, als Adriana aus dem Bus stieg. Dann hätten sich ihre Beine vielleicht nicht verhakt und sie wäre nicht auf die Straße gestürzt. Irgendwo bellte Tequila, aber noch erkannte Adriana kaum mehr als Staub und Asphalt vor sich. Völlig mitleidlos schloss der Busfahrer die Tür und Adriana musste zusehen, dass sie ein Stück nach vorn krabbelte, um nicht unter die Räder zu kommen.

Sofort warf eine Gestalt einen Schatten vor ihr auf den Asphalt, eine Hand streckte sich ihr entgegen. Nachdem sie ihre Handflächen, in die sich kleine Steinchen gebohrt hatten, an ihrem Neoprenanzug abgewischt hatte, sah sie auf. Eloy. Ihr früherer Schwarm lächelte ihr traurig entgegen. Nur zögerlich und nach mehr als zwei Sekunden Wartezeit ergriff sie seine ausgestreckte Hand.

»Schön, dich zu sehen«, sagte er mit weicher Stimme.

Eloy mit seinen mandelfarbenen Augen und dem braunen Wuschelkopf. Zunächst fröstelte es Adriana, doch dann wurde ihr klar, dass die unliebsamen Erinnerungen aus der ersten Dämonennacht der Grund dafür waren. Eloy selbst ging ihr nicht mehr ans Herz. Seine Präsenz nicht und sein Lächeln schon gar nicht. Er war Geschichte, wie man so schön sagte.

Im selben Moment riss sich Tequila von Rico los, so jedenfalls meinte Adriana, es aus dem Augenwinkel zu erkennen. Bellend und japsend warf er sich auf Adriana.

»Ruhig, Junge, wir waren doch nur für ein paar Stunden getrennt.« Sie lächelte, bückte sich nach ihm und kraulte den Labrador am Hals.

Ein wenig enttäuscht registrierte sie, dass kein Pryatt Hershley bei ihnen war. Also hatte alles Überreden bei dem Halbdämon aus Kalifornien nichts genutzt. Sie hatte nicht mal Zeit gehabt, in der Hölle Drym und Savannah nach ihm zu fragen, und für einen Moment ließ der Gedanke an diese Nachlässigkeit ihren Nacken heiß werden. Sie hatte Pryatt schlichtweg vergessen. Unter all den Konfrontationen mit Ivan, Dakota und ihrer Mom.

»Eloy ist gekommen, weil er unsere Hilfe braucht.« Rico war von der Metallbank an der Bushaltestelle aufgestanden. »Wegen Dakota.«

Oh. Ihre Hilfe? Deshalb war er hier? Nicht, um seine Unterstützung anzubieten? Während sich Adriana die Haare aus der Stirn strich, dachte sie an Dakotas Versuch, sie umzubringen, der weniger als zwei Stunden zurücklag. Allerdings konnte sie nachvollziehen, dass Dakotas Sicherheit für Eloy oberste Priorität hatte. Wenn Adriana ganz ehrlich zu sich war, ging es ihr mit Cruz nicht anders.

»Ist das so?«

Um zunächst ihre Wunden zu begutachten und Zeit zu gewinnen, setzte sie sich in die Mitte der Bank, die beiden Jungs links und rechts neben sie.

Unter der Bank kam Tequila hervorgekrochen und versuchte über ihre Handflächen zu lecken, doch sie entzog sie ihm schnell.

Rico reichte ihr ein Taschentuch.

»Dakota befindet sich komplett unter Ivans Kontrolle. Er hat sie vorgeschickt, um mich zu töten. Weil es den Dämonen verboten wurde, mir etwas anzutun. Verstehst du? Ivan hat sie markiert.«

Daraufhin erschlafften Eloys Gesichtsmuskeln.

Im Gegensatz zu Rico, der nickte und sich damit deutlich mehr im Griff hatte.

»Das ergibt Sinn. Er benutzt sie, weil Luzifer den Dämonen verboten hat, dir auch nur ein Haar zu krümmen. Daraus hat Ivan folgerichtig geschlossen, dass dich nur ein Mensch töten kann. Oder ein Tier, hypothetisch gesehen.«

Adriana brummte. Diese Analyse hätte es nun wirklich nicht mehr gebraucht.

Winselnd bettete Tequila den Kopf auf ihre Knie.

»Wir … wir müssen ihr helfen«, stotterte Eloy. Sein Gesicht hatte die Farbe von Buttermilch angenommen. »Das denkt ihr doch auch, oder?«

Adriana und Rico wechselten einen Blick.

»Schon«, antwortete Rico schließlich lahm. Er beugte sich nach vorn, stützte dabei die Ellenbogen auf seinen Oberschenkeln ab. »Es ist nur so, dass die Rettung der Welt aktuell wichtiger ist.«

Sehr diplomatisch ausgedrückt. Zwar war ihre persönliche Priorität Cruz' Rettung und die Rettung ihrer Mutter, aber das hätte sie niemals laut zugegeben. Stattdessen biss sie sich auf die Lippen und hielt Ricos Blick stand. Am liebsten hätte sich Adriana unsichtbar gemacht. Nach einem tiefen Seufzer zog sie die Unterlagen aus ihrem Rucksack. Den Brief und das Päckchen.

»Ich muss euch noch auf den neusten Stand bringen.« Die Worte kamen ihr nur stockend über die Lippen. Wie sollte sie bloß einigermaßen flüssig von den letzten Stunden berichten? Unvorstellbar. Sie begriff ja selbst kaum, was geschehen war. Und dann auch noch unter Eloys Blick, der es eindeutig nicht erwarten konnte, das Gespräch erneut auf Dakotas Rettung zu lenken. Mit einem Mal kehrten die Kopfschmerzen zurück.

In weniger als zehn Sätzen schilderte sie, was in der Hölle vorgefallen war, was gleichzeitig den angenehmen Nebeneffekt hatte, dass sie nicht mehr so tief in diese jüngsten Ereignisse hineingeworfen wurde. Der Trick war, es wie einen Polizeibericht klingen zu lassen, als wäre all das jemand anderem passiert.

»Und du hast noch nicht reingeschaut? Weder in den Brief noch in das Päckchen?«, hakte Eloy nach, der sich die Hälfte der Zeit über im Nacken gekratzt hatte.

»Nein.« Adriana drehte sich nach links, sah Rico direkt in die Augen, während sie ihm den Brief reichte. »Kannst du ihn mir vorlesen?« Den Brief, der laut ihrer Mom alles erklären würde. Momentan konnte sie sich einfach nicht vorstellen, ihre Augen auf das Stück Papier zu richten und die Buchstaben zu Wörtern zusammenzusetzen.

Da Ricos Brille bis zu seiner Nasenspitze nach unten gerutscht war, erwiderte er ihren Blick über seine Brillengläser hinweg.

»In Ordnung.« Etwas umständlich fummelte er an dem Briefumschlag herum, friemelte die Lasche so ungeschickt auf, dass sich Adriana zusammenreißen musste, um ihm nicht mit dem Fuß einen Stoß zu versetzen.

Am Ende räusperte sich Rico doch noch.

»Bereit?«

»Ja«, sagten Adriana und Eloy wie ihm Chor.

»Meine liebste Adriana, wenn Du diesen Brief liest, bedeutet das, ich bin noch vor Deinem achtzehnten Geburtstag gestorben. Wir wollen zwar hoffen, dass noch viele Jahre vergehen, bevor wir uns trennen müssen, aber man kann nie wissen.«

Rico stockte kurz und wie auch er suchte Adriana schnell nach dem Datum des Briefs. Ein Jahr, ein knappes Jahr hatte ihre Mom zu diesem Zeitpunkt nur noch zu leben gehabt.

Rico strich den Brief glatt und las weiter vor: *»Da ich dieser Tage auf einem sehr gefährlichen Gebiet forsche, möchte ich Dir meine Gedanken und momentanen Forschungsergebnisse zur Verfügung stellen. Ich werde sie alle sechs Monate aktualisieren und in diesem Schließfach verwahren. Sollte ich sterben, bevor … nun ja, dann kannst Du hoffentlich dennoch etwas damit anfangen. Denn Du bist wie ich. Vielleicht ahnst Du es schon, vielleicht erzähle ich es Dir auch bald. Wenn der Zeitpunkt kommt und du alt genug bist, dieses Geheimnis zu bewahren.*

Wir sind beide keine normalen Menschen, sondern Halbengel.«

Wieder stockte Rico, warf Adriana einen Blick zu. Ihnen gegenüber rauschten ein paar Büsche mit ihren braunen Blättern im Wind. Auf ihrer anderen Seite rutschte Eloy auf der Bank ganz nach vorn.

»Was?«

»Wusste ich.« So kühl wie möglich versuchte Adriana zu nicken. Wenn sie keine große Sache daraus machte, würden es ihre Freunde auch nicht tun. Das hoffte sie zumindest. »Halbengel riechen anscheinend genauso nach Mischblut wie Halbdämonen. Daher haben mich die Dämonen die ganze Zeit verwechselt.«

»Seit wann …?« Eloy stockte.

Ganz langsam drehte sich Adriana zurück nach links. Rico starrte sie wortlos an.

»Jetzt kommt schon, Leute, das ist im Grunde viel besser, als ein Dämon zu sein. Würdet ihr bitte ein wenig freudiger aus der Wäsche gucken?«

»Aber, aber«, stotterte Eloy. »Hast du Engelsflügel und so was?«

»Ja klar, hab ich unter meinem Hoodie versteckt.«

»Im Ernst?«

»Nein, wie gesagt: im Hoodie. Mensch, Eloy, natürlich nicht mein Ernst. Es ist nicht viel passiert, außer dass der achtzehnte Geburtstag der Tag zu sein scheint, an dem diese Andersartigkeit durchbricht. Das hat mir die Tochter eines Halbengels erzählt. Wenn du jetzt abartige Fähigkeiten erwartest, muss ich dich enttäuschen. Anscheinend kann ich die Hölle betreten und Menschen segnen. Das war's auch schon. Kannst du weiterlesen, Rico?« Sie deutete auf den Brief. »Bitte.«

Rico räusperte sich, richtete dann seine Augen, ohne weiter nachzuhaken, auf das Dokument vor ihm. *»Dein Vater war auch ein Halbengel.«*

Komischerweise bedeutete ihr diese Information auf einmal nichts mehr. Nicht heute. Mit dem Thema »Vater« konnte und wollte sie sich an diesem Tag nicht beschäftigen.

Immerhin war es kein Dämon, war alles, was Adriana dazu in den Sinn kam.

»Aber zurück zum eigentlichen Inhalt dieses Briefs: Meine Forschungen an Omega-Dämonen machen Fortschritte.« Rico zögerte, schob sich die Brille mit einer Hand nach oben auf die Nasenwurzel. »Nein, der Satz ist durchgestrichen. Sie muss das nachträglich korrigiert haben, vielleicht nach den ersten sechs Monaten. Da steht jetzt: *»Meine Forschungen sind beinahe abgeschlossen. Noch eine Forschungsrunde an dem Omega-DNA-Material und ich kann die Studie veröffentlichen.«*

Omega-Dämonen. Forschungen … Adriana, die die letzten Minuten ihre Hände geknetet hatte, sah auf.

»Diese Information muss es sein, die Luzifer so dringend in die Finger kriegen will.« Kurz schielte sie in Richtung Eloy. »Besser, wir sehen uns den Rest später an, wenn uns niemand belauschen kann.« Zwar deutete sie hinter sich und einmal um sich herum, aber Eloy setzte dennoch ein verletztes Gesicht auf. Er hatte sie und ihr Ablenkungsmanöver durchschaut. Aber was gab es für eine Alternative? Wenn Eloy als Nächstes von Ivan versklavt wurde, würde es übel für sie aussehen. Schließlich hatte er sich schon Dakota gekrallt, um an sie heranzukommen.

Nein, Informationen, die sich aus diesen ominösen Forschungsergebnissen ableiten ließen, waren zu wertvoll. Um jeden Preis musste sie sie bewahren, das jedenfalls riet Adriana ihr Instinkt. Ihre Mom hatte exakt dieses Geheimnis über dreizehn Jahre gehütet, sogar Folter dafür in Kauf genommen, nur um es zu schützen. Die nächsten Zeilen des Briefs musste sie für sich behalten. Um jeden Preis.

»Erzähl mir von deinen Fortschritten, die Menschen vor der Verdunklung zu warnen«, bat sie Rico.

Bevor er antwortete, tauschte er einen Blick mit Eloy, was Adriana verriet, dass sie genau dieses Thema vor Kurzem besprochen hatten.

»Die Resonanz könnte besser sein. Immerhin glauben uns unsere Familien und Freunde. Meine Mom und meine Halbschwester werden im Keller übernachten. Bei Eloys Familie sieht es ebenso aus.«

»Das ist schön.« Adriana schluckte, musste sich dann zusammenreißen, um Rico weiterhin in die Augen sehen zu können, obwohl sie den Blick gerne abgewendet hätte. Er und Eloy hatten immerhin eine Familie.

Ricos Stimme, die von der Social-Media-Kampagne und den Verschwörungstheoretikern erzählte, die ihm dort glaubten, dröhnte danach dumpf in ihren Ohren.

Nach zehn weiteren Minuten und einem Update zu Major Dwight und General Whittaker griff Adriana nach Tequilas Halsband und stand auf.

»Lass mich allein mit ihm reden.« Sie nickte in Richtung des Haupteingangs. In den Fensterscheiben des BKOD-Hauptquartiers spiegelte sich die kalte Januarsonne, blendete jeden, der einen Blick darauf warf. Adriana legte den Kopf in den Nacken. Ein paar Haarsträhnen wehten ihr vor Augen und Stirn. Sie senkte den Blick. Zu ihren Füßen strich Tequila um ihre Waden. Ein beruhigendes Gefühl, das sie in der Hölle vermisst hatte.

»Halte ich zwar für keine gute Idee, aber wenn du einen speziellen Plan verfolgst …« Ihr bester Freund hob beide Augenbrauen, ließ den Satz aber unvollendet.

Einen Plan … das war vielleicht zu viel gesagt. Allerdings schwelte ein ganzer Feuerball an Hoffnung in ihrer Brust.

»Major Dwight will es einfach nicht wahrhaben und der General ist viel zu sehr darauf erpicht, seine Investoren nicht zu verängstigen.« Rico seufzte. »Natürlich ist es ein unbequemer Gedanke –«

»Ich werde ihnen beweisen, dass die Dämonentage noch nicht vorüber sind«, unterbrach Adriana ihn, wobei sie entschlossen den Blick hob.

Daraufhin sagten ihre Freunde nichts mehr. Aber Adriana meinte, einen Hauch Bewunderung in ihren Augen ablesen zu können.

Stumm führten Eloy und Rico sie rechts am Gebäude vorbei. Durch das Tor zum Hinterhof, wo gerade alles für die Feierlichkeiten am Abend vorbereitet wurde. Das Festgelände erwies sich als ein abgesperrter Teil auf dem Areal, das wie ein riesiger Hinterhof der BKOD wirkte. Die Notizen ihrer Mutter wogen schwer in Adrianas Rucksack. Er schien sie nach unten zu ziehen. Direkt in die Lavagrube in der Hölle.

»Laut meiner Mom kann nur ich die BKOD überzeugen.« Eine merkwürdige Aussage, doch das war ihr gerade in den Sinn gekommen.

Rico, der eben auf Major Kane Dwight zusteuern wollte, blieb stehen. Nachdem er sich die Brille nach oben geschoben hatte, nickte er.

»Gut. Aber sei vorsichtig. Dieser Kerl kommt mir irgendwie … komisch vor. Wir können ihm nicht trauen.«

Da stimmte Adriana Rico hundertprozentig zu.

»Ich habe mir das genau überlegt. Passt ihr auf Tequila auf, ja?«

Den beiden Jungs blieb sowieso nichts anderes übrig. Also marschierte Adriana auf den Major zu, der nicht weit entfernt gerade über eine metallene Nachbildung eines Kampfjets strich, dabei augenscheinlich den Aufbau der Zelte überwachte.

»Guten Tag, Major Dwight.«

Sobald sie ihn ansprach, zuckte er zusammen, als hätte Adriana ihn aus einem Traum gerissen. »Ja?«

So, wie es Dakota ihr einmal gezeigt hatte, versuchte sich Adriana an einem koketten Augenaufschlag, blinzelte ein paarmal, bevor sie wieder seinen Blick suchte.

»Hast du was im Auge, Alana?«

»Adriana. Und nein, habe ich nicht.« Dieser Schnösel. Jetzt stützte er sich auch noch betont lässig mit dem Ellenbogen an der Statue ab.

»Ich habe wichtige Informationen für Sie, die Dämonen betreffend. Haben Sie zehn Minuten Zeit, in denen wir ungestört reden können?«

Daraufhin wirkte der Major tatsächlich interessiert, was Adrianas Stimmung deutlich anhob. Das hier lief besser als erwartet.

Die Tür zu Major Dwights Büro schloss sich mit einem leisen Klicken. Einen Zahnstocher locker zwischen die Zähne geschoben drehte sich der Major zu ihr um, drückte sich dabei lässig von der Tür ab. Hier drinnen wirkte er nicht mehr ganz so blass wie draußen im Sonnenlicht. Das Zimmer war überheizt, was Adriana unangenehm an einen anderen Ort erinnerte, und obwohl die Dämmerung noch nicht ganz eingesetzt hatte, brannte hier drinnen Licht. Eine der Leuchtstoffröhren flackerte.

Wie schon beim letzten Mal umrundete er seinen Schreibtisch und warf dabei einen liebevollen Blick auf seine Sammlung an Miniaturflugzeugen.

»Nun, Adriana? Hast du die Dämonentage gut überstanden? Zwar freut es mich, dich so schnell wiederzusehen, aber irgendetwas sagt mir, dass du beunruhigende Neuigkeiten bringst?«

Ja, *sie* hatte ihm das gesagt. Diese falsche Schlange … Obwohl sie versucht war, die Augen zu verdrehen, riss sich Adriana zusammen.

»Bitte, nimm doch Platz.«

»Nein, danke, ich stehe lieber.« So fest wie möglich fixierte sie ihn, lockerte dabei die Schultern. »Leider bringe ich überaus beunruhigende Nachrichten. Die Höllenportale haben sich nicht geschlossen. Ich war gerade beim Portal im Wald. Sehen Sie, das Portal ist offen.« Mit ausgestrecktem Arm hielt sie ihm ihr Handydisplay mit dem Foto vor die Nase.

Kurz ließ sie ihre Worte auf ihn wirken, doch der Major wirkte vollkommen unbeeindruckt, musterte sie zwar, tätschelte jedoch gleichzeitig ein handtellergroßes Flugzeug auf seinem Schreibtisch.

»In etwa dieselbe Geschichte, die auch dieser Harry-Potter-Junge nicht müde wird zu wiederholen. Und dasselbe Foto, das er uns ebenfalls gezeigt hat. Woher sollen wir wissen, dass das nicht mit Photoshop von euch Kids bearbeitet wurde?«

»Das ist die Wahrheit«, fügte Adriana hinzu. Wie konnte er die Tatsachen so leichtfertig herunterspielen? »Dieses Foto ist echt. Ich habe es selbst überprüft. Das Tor ist offen. Heute Nacht werden wieder Dämonen zur Darkness Hour kommen. Sie müssen die Bevölkerung warnen. Über Ihre Dämonen-App.«

Wieder schwieg er, ließ lediglich seinen Blick über sie gleiten, während Adriana ihr Handy zurück in ihre Kapuzenjacke schob. Von oben bis unten. Seine Augen schienen fast schon ein Loch durch Adriana zu brennen.

Mit einem mulmigen Gefühl bohrte sie ihre Fußspitze in den Teppich. »Glauben Sie mir das nicht?«

Der Major räusperte sich, tippte den Propeller an einem Miniflieger an.

»Doch, ich glaube dir, dass du das glaubst. Du machst dir wirklich viele Gedanken um deine Mitmenschen und das ist sehr löblich.«

Nein, oder? Diese Nummer brachte er gerade nicht wirklich? »Major Dwight …« Verzweifelt rieb sie sich mit der Hand über die Stirn. Wenn sie das jetzt vermasselte, konnte es das Ende für die halbe Bevölkerung dieser Zeitzone bedeuten. »Wenn Sie meine Warnung ignorieren, gibt das heute Abend da draußen keine Party, sondern ein Festmahl für Dämonen!« Mit einer Hand deutete sie in Richtung Innenhof. »Uns bleibt nicht mehr viel Zeit.«

Bevor der Major sich zu einer Antwort herabließ, atmete er einmal tief aus.

»Adriana, das gab es noch nie. Im Gegenteil, niemals zuvor in unserer Geschichte ist die jährliche Dämonenaktivität geringer ausgefallen als in den vergangenen Tagen. Die Menschheit steht kurz vor einem Durchbruch. Schon im nächsten Jahr werden wir Waffen einsetzen, die es endlich mit Dämonen aufnehmen können. Mit Weihwasser gesegnete Spezialwaffen mit so großer Durchschlagskraft, dass kein Dämon, auf den wir sie richten, in einem Stück bleiben wird.« Sein Gesicht strahlte geradezu, als hätte er den Heiligen Gral gefunden.

Vermutlich erwartet er nun, dass sie ihn beklatschte.

Das durfte doch echt nicht wahr sein. Aber was hatte sie erwartet? Dass ihr hochrangige Militärs ernsthaft zuhörten? Frustriert stieß Adriana ein Seufzen aus. Rico hatte recht. Major Dwight unterhielt sich lediglich mit ihr, weil er sie hübsch fand. Ein widerlicher Gedanke. Schließlich war Major Dwight doppelt so alt wie sie.

»Also, liebe Adriana. Deine kindlichen Ängste in allen Ehren …« Mit ausgebreiteten Armen trat er hinter seinem Schreibtisch hervor. »Aber bitte überlass uns Erwachsenen doch den Schutz dieser Stadt. Wir von der BKOD wissen, wann die Dämonen kommen und wann nicht. Sei's drum … lass uns zwei jetzt ein schönes Glas Wein trinken und auf die Zukunft der Menschheit anstoßen!«

Genau. Nichts lag ihr ferner. Adriana verzichtete darauf, ihm zu erklären, dass heute ihr achtzehnter Geburtstag und sie demnach erwachsen und eben kein Kind mehr war. Was hätte es auch genützt? Und warum zum Henker weigerte er sich schlichtweg, ihr zu glauben? Adriana spürte ihr Gesicht heiß anlaufen. Da sie dabei gleichzeitig die Fäuste ballte, sah sie sicher fast so aus wie Ahel. Ahel … er würde den Major überzeugen können.

Ahel … Ja, Ahel würde das Blatt wenden. Und wenn hier niemand auf sie hören wollte, würde sie es eben aufgeben. Dann lieber alle Energie in Cruz' Rettung stecken und es Rico überlassen, weiterhin der BKOD, der Presse und den Social-Media-Anhängern auf die Nerven zu gehen.

Während der Major das für diesen Abend geplante Feuerwerk in allen Farben beschrieb, ließ Adriana den Riemen ihres Rucksacks von der Schulter gleiten. Mit zittrigen Fingern öffnete sie den Reißverschluss. Natürlich riss sie sich dabei die Nagelhaut ein. Aber selbst ein blutiger Kratzer wie dieser konnte ihr keine Regung entlocken. Es brauchte nicht viele Tastversuche, dann hatten ihre Finger das Foto erreicht. In Ordnung, jetzt nur nicht die Nerven verlieren. Was hatte Luzifer gleich gesagt?

Ein umgedrehtes Pentagramm aus Blut wird zu einer Einladung für Dämonen. Sie schielte in Richtung des blutigen Kratzers auf ihrem Nagelbett.

»Wir werden der Weltöffentlichkeit demonstrieren, zu was die BKOD fähig ist«, lamentierte Major Dwight weiter, die Hände auf dem Rücken verschränkt.

Adrianas Narbe prickelte. Mit etwas Fantasie konnte man meinen, Cruz versuchte sie durch dieses Prickeln zu warnen. Aber wahrscheinlich drehte sie einfach nur durch. Cruz steckte in einer Folterkammer. Der Gedanke fühlte sich kalt und fahl in ihrem Hinterkopf an. Sie würde das durchziehen. Für Cruz!

Mit ihrem Daumennagel vergrößerte sie den Riss an ihrer Nagelhaut.

Obwohl es sich wie Gotteslästerung anfühlte und ihr ganz und gar nicht behagte, tauchte sie einen Finger in den Blutstropfen, der sich formte. Malte dann einen fünfzackigen Stern genau auf ihr eigenes Gesicht auf dem Foto. Über das Gesicht ihres dreijährigen Ichs. Mehrere Blutstropfen waren erforderlich, und Adriana achtete darauf, das Gesicht ihrer Mom nicht zu übermalen. Ihr Andenken. Ihr Geburtstagsfoto.

Glücklicherweise führte Major Dwight immer noch seinen Monolog fort, und zwar mit dem Rücken zu Adriana, da er ein Wandbild mit Fliegerstaffel bewunderte. Die fünfte Spitze zeigte nach unten. Ein Kreis darum. Fertig. Fast sah es so aus wie Mollys Foto, das sie in der Kiste in ihrem Schlafzimmer gefunden hatte. Sie war so weit. Mit zuckenden Wangen rief sie sich zur Ordnung. Jetzt oder nie. Für Cruz. Für die Menschheit.

»Ahel, ich rufe dich«, flüsterte sie. Falls Luzifer das mitbekam, würde er sich sicher ärgern. Schließlich hatte er prophezeit, sie würde *ihn* noch an ihrem Geburtstag zu sich bestellen, um einen Pakt einzugehen. Tja, da erfüllten sich wohl doch nicht alle Prophezeiungen. Ein Lichtblick in der ganzen Situation. Immerhin.

Selbstverständlich ließ sich Ahel nicht zweimal bitten. Einen oder zwei Herzschläge lang vibrierte der Boden, sodass selbst Major Dwight aufsah. »Ein Erdbeben?«

Die Leuchtstoffröhre über ihr flackerte heftiger.

Doch Adriana starrte einfach nur auf den Flecken Teppichboden direkt neben ihr, der wie Lava zu glühen anfing. Und dann stand Ahel vor ihr. Einfach so. In seinem neuen Look, sodass ihr Herz schon eine Millisekunde hüpfte, weil sie glaubte, Cruz vor sich zu sehen. Verdammter Wechseldämon.

»Adriana, endlich!« Er breitete die Arme aus, ungefähr im selben Moment, in dem Major Dwight mit einem mädchenhaften

Schrei hinter seinem Schreibtisch in Deckung ging. Nur noch sein Kopf lugte hervor. Irgendwie ein befriedigender Anblick, fand Adriana.

»Sehen Sie, das hier ist ein Dämon«, erklärte Adriana, als hätte sie einen Erstklässler vor sich. »Ein Dämon, der bezeugen kann, dass Luzifer plant, heute Nacht erneut Dämonen auf die Erdoberfläche zu schicken. Nicht wahr, Ahel?« Sie deutete mit ausgestreckter Hand auf ihn, was den angenehmen Nebeneffekt hatte, dass sie ihn damit auf Abstand hielt.

Zunächst starrte Ahel sie an, nickte dann aber.

»So ist es. Außer du kannst es verhindern. Zum Beispiel, indem du meine Frau wirst.« Er streckte die Hand nach ihr aus. »Ich werde dir helfen, meinen Vater aufzuhalten.«

»Und Cruz und meine Mutter retten, das hast du versprochen. Außerdem mich und meine Freunde in der Hölle zu beschützen. Darüber hinaus wirst du Cruz heilen.« Sie musste es einmal klar und deutlich festhalten. Man wusste ja, wie dämonische Pakte für Menschen für gewöhnlich ausgingen.

»Vollkommen korrekt, meine Schöne. Und jetzt komm, ich bringe dich zurück in die Hölle. Cruz' Schreie werden langsam absolut nervtötend.«

Bei diesen Worten bohrte sich ein Eisstachel in Adrianas Kiefer. Cruz. Armer Cruz. Wie viel konnte ein Alpha-Dämon aushalten? Was hatte Luzifer ihm angetan die letzten Stunden über?

Andererseits musste sie bedacht vorgehen. Nichts überstürzen.

Nachdem Adriana ihre Zehenspitzen durch ihre Turnschuhe quasi in den Teppichboden gebohrt hatte, schwenkte ihr Blick zu Major Dwight. Immer noch sah man nur seine Augen und Stirn hinter seinem Schreibtisch hervorlugen. Als könnte Ahel ihm seinen geliebten Flieger wegnehmen, schloss sich seine Hand ganz langsam um das Miniflugzeug rechts von ihm.

Daraufhin neigte Adriana den Kopf, gestikulierte in Richtung des verschreckten BKOD-Mitglieds.

»Ich soll ihn überzeugen?«, riet Ahel.

Schlauer Dämon. Sie nickte. Erst da ging ihr auf, dass er die Frage nicht auf Englisch, sondern in Dämonensprache gestellt hatte. Und sie verstand alles. Die Erkenntnis, dass sie alle Sprachen der Welt verstand, seit sie ein Engel war, kroch ganz langsam in ihr Bewusstsein. Bloß half ihr das im Moment weder bei Cruz noch bei der Rettung der Bevölkerung dieser Zeitzone.

Als befände er sich auf einer Bühne und sollte ein Stück von Shakespeare vortragen, faltete Ahel die Arme unterhalb seines Bauchnabels. Dann räusperte er sich.

»Tut mir leid, lieber Mensch, aber ich muss bestätigen, was Adriana Astara soeben erklärt hat. Mein Vater Luzifer wird heute Nacht bei Einbruch der Darkness Hour seine Horden zu euch an die Oberfläche entsenden. In wenigen Stunden schon.«

Er tauschte einen Blick mit Adriana. »Reicht das? Weißt du, mein Sonnenschutz läuft langsam ab.«

Adriana verdrehte die Augen. Hoffentlich hielt der Major seinen Auftritt nicht bloß für ein billiges Theaterstück. Er musste ihnen einfach glauben.

»Sehen Sie, Major? Ich sage die Wahrheit. Nun liegt es an Ihnen, die Welt zu retten. Heute Nacht schon können Sie zum Helden der Nation aufsteigen.« Sie versuchte, seinen Blick zu fixieren. So fest sie konnte. Er musste einfach anbeißen. Bitte, bitte.

»Kommst du?« Ahel winkte mit zwei Fingerspitzen auffordernd in ihre Richtung. »Dir läuft die Zeit davon, Schatz.«

Schatz? Am liebsten hätte sie sich übergeben. Aber selbst dafür blieb Adriana keine Zeit.

Eilig zog sie ihr Handy hervor. »Eine Sekunde. Ich muss meine Freunde benachrichtigen. Dauert nicht lange.«

Mehr als ein Zähneknirschen hatte Ahel für diese Verzögerung nicht übrig. Ob sie seine Geduld herausfordern sollte, indem sie extra langsam tippte? Nein, lieber nicht in einer Situation wie dieser, wo es darauf ankam, dass Rico diese Nachricht erhielt, und angesichts der Tatsache, dass sie nichts mehr wollte, als endlich Cruz zu sehen. Ihn zu retten. Die Zeilen an Rico tippten sich daher wie von selbst. Letzten Endes gab es sowieso niemanden, der besser wusste, was jetzt zu tun war, als ihr bester Freund. Erledigt. Sie schob das Handy zurück in ihre Jackentasche. Ein letzter Blick auf den Major bestätigte ihr, dass er alles mitbekommen hatte und sofort nach ihrem Aufbruch zum Telefon greifen würde. »Tun Sie das Richtige, Major Dwight.«

Mit einem klammen Gefühl in den Backenzahnwurzeln ergriff sie Ahels ausgestreckte Hand.

9

Sobald sich ihre und Ahels Finger berührten, spürte Adriana das Kribbeln und dann ein Gefühl, als ob sie von den Füßen gerissen würde, gefolgt von erdrückender Schwärze. Strauchelnd und mit der freien Hand um sich wedelnd kam sie eine halbe Sekunde später wieder zu sich. Eine rote Hand umschloss ihre. Ahel hielt sie, sein Gesicht war ihrem ganz nah und sie erkannte den verträumten Ausdruck darin. Diesen Sprung von der Erde in die Hölle hatte er sicher schon tausendfach geübt, aber Adriana … ihr Magen hüpfte. Sogleich kroch eine vertraute Empfindung in ihrem Rachen empor. Übelkeit. Hastig rannte sie zur Brüstung der Brücke, bereit, sich in den Lavasee zu übergeben. Ausgerechnet hier waren sie gelandet. Nicht weit von der verschmierten lilafarbenen Blutlache entfernt. Dort, wo sich vor ein paar Stunden noch Ivan gekrümmt hatte.

Die trockene Hitze, die ihr entgegenströmte, ihr Gesicht unangenehm aufheizte, schien Adrianas Überlebensmodus auf aktiv zu schalten. Schlagartig waren sowohl Übelkeit als auch Kopfschmerzen wie weggeblasen. Oder hatte sie sich als Engel vielleicht selbst geheilt? Nein, so einfach war das vermutlich nicht. Oder doch?

»Geht's wieder?«, rief Ahel ihr vom Schlossportal aus zu. Mit reichlich Sicherheitsabstand und angewidert verzogenem Gesicht. Vielleicht konnte sich dieser Umstand noch als nützlich erweisen.

Also machte Adriana, was jede Frau in dieser Situation getan hätte: Sie täuschte vor, dass sie sich die Seele aus dem Leib kotzen würde, damit Ahel nicht auf die Idee kam, sie zu küssen. Hoffentlich erinnerte er sich noch die nächsten zehn Jahre an dieses Bild, das sie ihm bot.

Würgen und röcheln fiel ihr nicht mal schwer, und da die Lava sowieso unter ihr brodelte und zischte, schöpfte Ahel sicher keinen Verdacht, weil keine Platschgeräusche zu hören waren. Doch auch das konnte sie keine Ewigkeit durchhalten. Immerhin verschaffte es ihr eine Atempause und die Gewissheit, dass Ahel ihr so schnell nicht mehr auf die Pelle rücken würde. Keine Annäherungsversuche mehr und küssen war in seinem Repertoire an Aktivitäten, die er mit ihr plante, damit sicher in den Hintergrund gerückt. Eine Sorge weniger. Außerdem verschaffte Adriana dieser Umstand Zeit, über ihre nächsten Schritte nachzudenken. Ihre Gedanken flogen zu den Schriftstücken in ihrem Rucksack. Beinahe fahrlässig, dass sie sie bei sich trug, andererseits hatte Luzifer noch nie ihren Rucksack durchsucht. Die Forschungsergebnisse der Studie ihrer Mutter mit Omega-Dämonen. Noch hatte sie selbst keine Zeit gehabt, mehr darüber herauszufinden, aber das würde sie. Vielleicht hielt Adriana mit diesen Schriftstücken sogar die größte Waffe gegen die Dämonen in den Händen. Und wenn sie eins mit Gewissheit wusste, war es, dass sie die Informationen darin niemals an ihn weitergeben würde. Denn dann wäre das Opfer ihrer Mom umsonst gewesen.

Aber jetzt war es an ihr, Cruz aus seiner Folterkammer zu befreien. Danach konnte sie sich um alles andere kümmern. Beim Gedanken an ihn und seine Art, sie anzusehen, flackerte ihr Herz und ihre Haut kribbelte an den Unterarmen. Plötzlich sehnte sie sich so wahnsinnig nach einer Umarmung von ihm, dass ihr die Luft wegblieb.

»Bring mich zu Cruz«, röchelte sie in Ahels Richtung.

Fassungslos starrte Major Dwight auf den Fleck Teppichboden, auf dem eben noch der Dämon und das Mädchen gestanden hatten. Jetzt aber nicht mehr. Verschwunden, als hätte sich der

Boden für sie aufgetan. Mit einer erschöpften Handbewegung rieb er sich über die Augen. Oder war das alles eine Halluzination gewesen? Lediglich dem Alkohol zu verdanken? Mit einer knappen Handbewegung kippte er den Inhalt seines Rotweinglases neben sich in den Papierkorb. Ein verdammter Dämon in seinem Büro? Und dann auch noch Luzifers Sohn, wenn man seinen Worten Glauben schenken konnte.

Schon löste sich Major Dwight aus seiner Schockstarre, nahm den Telefonhörer ab und wollte eben per Kurzwahl den General erreichen, da vibrierte der Boden erneut. Vor seinem Schreibtisch, dieses Mal nah der Tür, glühte der Teppichboden. Zum zweiten Mal an diesem Tag. Verflucht! Kamen die beiden zurück, oder was war hier los? Lag sein Büro in einer verdammten Dämoneneinflugschneise?

Immer noch stand sein Mund offen, als ein Wesen direkt vor ihm erschien. Von etwas tieferem Rot als der erste Dämon und so glitschig wie ein gut eingeölter Bodybuilder. Mit Hörnern.

Das … das …

»Guten Tag, Luzifer mein Name«, sagte das Wesen.

Polternd landete der Telefonhörer auf der Schreibtischplatte. Danach folgte einige Sekunden eisigen Schweigens. Unmöglich! Major Dwights Nasenwurzel juckte. Der Teufel persönlich? Das war ja wohl ein Scherz?

»Sie dürften nicht hier sein. Ganz ausgeschlossen.«

Das Wesen sah ihn gelassen an. »Was für eine interessante Bemerkung. Und so überaus originell.«

In Zeitlupe hob Major Dwight den Zeigefinger. »Es ist mitten am Tag.« Zugegeben, der andere Dämon war auch gerade mitten am Tag erschienen, aber was hätte er sonst sagen sollen? *»Raus aus meinem Büro«*, vielleicht?

»Ich danke dir für diesen Hinweis.« Der Dämon grinste.

Major Dwight starrte ihn an, während es in seinem Gehirn ratterte. Es war unmöglich, aus diesem Grinsen zu lesen.

Bestimmt nur eine Illusion, versuchte sich Major Dwight zu beruhigen. Schließlich hatte er vor Aufregung, die er wegen der

Feierlichkeiten verspürte, heute kaum etwas gegessen oder getrunken. Abgesehen von zwei Gläsern Wein. Oder waren es drei gewesen? Er sah einfach einen zweiten Dämon vor lauter Stress. Leider hatte er auch diese Stimme gehört, die rauchig klang, einschmeichelnd, fast sympathisch und dabei gleichzeitig wie die eines Trickbetrügers. Eine rote Kopie des irren Jokers. Mit Hörnern … Wenn er auf ihn zuging, wenn er ihn berühren würde, dann würde er verschwinden. Wahrscheinlich konnte man durch ihn hindurchlaufen. Ohne Probleme.

Die teuflische Gestalt bewegte sich und Major Dwight fühlte ein Vibrieren auf seiner Haut. Da war ein Schatten! Das Wesen warf einen Schatten an die Wand. Konnte ein Trugbild einen Schatten werfen? Der rote Teufel, der Satan, was auch immer dieses Ding war, atmete langsam aus. Eine Schwefelwolke erreichte den Major und er musste den Kopf abwenden und in seinen Ärmel husten.

Tot! Ich bin tot! Der Teufel selbst steht in meinem Büro!

Er schielte zu dem Alarmknopf unter seinem Schreibtisch. Er konnte es schaffen. Es würde genügen, den Arm auszustrecken. Und dann? Was konnten seine Leute gegen Satan persönlich ausrichten? Zum ersten Mal packten ihn das schlechte Gewissen und die Sorge mit voller Wucht. Dieser kleine Brillenträger und die süße Adriana hatten recht gehabt. Und wenn die Dämonen heute kamen … sie waren nicht vorbereitet. Das Ganze war eine einzige große Show. Seine Karriere war zu Ende. Sie konnten und durften dort nicht rausgehen, heute Abend nicht feiern. Und er selbst war der Einzige, der es der Welt mitteilen konnte. War der Dämon deshalb erschienen? Um ihn daran zu hindern? Seine Hand wanderte ein Stück in Richtung des Alarmknopfs.

»Denk nicht mal dran, mein Bester.« Der Teufel machte eine kleine Handbewegung und von dem roten Knopf stieg eine kleine Rauchwolke auf. Es roch nach geschmolzenem Plastik.

»Du solltest dich entspannen, Kane.« Luzifer ließ sich in einen Stuhl gegenüber dem Schreibtisch fallen, als wäre er zu einem Bewerbungsgespräch hier angetreten. Sein Blick glitt über die

Fliegersammlung auf dem Tisch. »Die sind schön, nicht wahr? Perfekte Maschinen. Ein Wunder der Technik. Wie ist es möglich, dass eine so schwere Maschine sich in die Lüfte erhebt? Weißt du, wie so etwas möglich ist, Kane?«

Major Dwight konnte nur nicken.

»Es bedeutet Macht, wenn man Distanzen schnell überwinden kann, wenn es keine Grenzen gibt. Siehst du das auch so? Kane?«

Wieder nickte der Major. Er wusste nicht, was er sonst tun sollte.

»Eben war ich noch in der Hölle und jetzt sitze ich hier in deinem Büro, um mit dir zu plaudern. Grenzen überwinden. Faszinierend.« Er machte eine Bewegung mit dem Finger und Major Dwight wich mit einem Keuchen zurück an die Wand, die leider nur zwei Schritte hinter ihm war, als die kleinen Flugzeuge sich in Bewegung setzten. Sie rollten über seinen Schreibtisch, wie über einen Flugplatz, beschleunigten, eins nach dem anderen, und dann hoben sie ab. Die Flugzeuge zischten durch das Büro, die Kampfjets zeigten Formationsflüge und am Ende kreisten sie über dem Kopf des Teufels wie ein seltsamer Heiligenschein.

»Befiel ihnen etwas«, sagte Luzifer.

»Wie?« Major Dwight kam sich vor, als hätte man ihn im Traum angestupst.

»Sag deiner Fliegerstaffel, was sie tun soll.« Der Teufel lächelte und diesmal wirkte es ehrlich auf Major Dwight. So ehrlich, wie ein diabolisches Lächeln eben rüberkommen konnte.

Sein Blick flackerte. »Landen. Sofort.« Obwohl seine Stimme zitterte, ließ sich Major Dwight darauf ein, brachte aber nicht mehr als diese zwei Worte hervor.

Tatsächlich löste sich daraufhin ein Flugzeug nach dem anderen aus dem ewigen Rundflugkreisel und setzte zum Sinkflug an. In einer perfekten zeitlichen Abfolge landeten die Flugzeuge wieder auf dem Schreibtisch und parkten am Ende alle nebeneinander, sodass die Fronten in Richtung des Majors zeigten.

Ein Lächeln flog über sein Gesicht und Major Dwight fühlte

eine wilde Freude zusammen mit einer seltsam ziehenden Sehnsucht in seiner Brust. Sie hatten ihm gehorcht! Unglaublich. Magisch. Hatte er dieses Talent schon immer besessen?

»Das ist fantastisch, nicht wahr?« Die rauchige Stimme schien ihm direkt in sein Ohr zu hauchen. Aber es war nicht unangenehm und seine Angst war verschwunden, als wäre sie das Trugbild gewesen. Major Dwight nickte, den Blick auf seine Fliegerstaffel gerichtet. Davon hatte er sein Leben lang geträumt. Eine eigene Fliegerstaffel zu befehligen. Aber bis heute war es bei diesen Modellen geblieben.

»Dein Wunsch kann wahr werden. Ich kann alles geschehen lassen, so wie du es gerade vor dir siehst.« Die rauchige Stimme klang jetzt beinahe sanft. »Es ist ganz einfach. Und du hast es dir verdient. Findest du, dass du es verdient hast, Kane?«

»Ja«, sagte er, und seine Stimme klang, als käme sie gar nicht von ihm selbst. »Ja, das habe ich mir verdient.«

»Es wird schon Morgen geschehen, wenn du es willst. Deine eigene Fliegerstaffel, die deinem Wort gehorcht.« Ein roter Finger legte sich auf eins der Flugzeuge und zog es langsam rückwärts aus der Reihe heraus.

Nein, nein, lass das!

Er rief es nur in Gedanken, kein Wort kam über seine Lippen, aber der Finger auf seinem Flugzeug erschien ihm unerträglich.

»Es kostet dich nur eine Kleinigkeit«, sagte die Rauchstimme. »Einen winzigen Gefallen.«

Der Finger ließ das Flugzeug los.

»Blut öffnet, Blut schließt«, schrien ihr die Seelen im Schlossportal hinterher, als sei sie ein Kleinkind, das einfach nicht hören wollte. Was zur Hölle stimmte nur mit ihnen nicht? Dass ihr Blut ein Portal in die Hölle öffnen konnte, hatte sie doch gerade erst erlebt, es war in ihr. Sie kam hindurch und … oh. Ein Gedanke perlte ganz hinten in ihrem Stammhirn auf und vergrößerte sich bis auf Luftballongröße. Konnten die Seelen etwa das meinen, was sie gerade dachte? Mitten im Stechschritt, den sowohl sie als auch Ahel hinlegten, warf sie zuerst ihm und dann dem Portal einen Blick zu, bevor sie um die erste Ecke bogen und es außer Sicht geriet. Ahel schien die Schreier gar nicht gehört zu haben, ignorierte sie vielleicht schon sein halbes Leben. Dagegen überschlugen sich Adrianas Gedanken … Falls an ihrer Theorie etwas dran war … durfte sie sich auf keinen Fall etwas anmerken lassen. Ahel durfte nicht selbst darauf kommen, dieselben Schlüsse ziehen und im letzten Moment dazwischenfunken, aber falls sie die Puzzleteile gerade richtig zusammensetzte …! O Himmel, konnte das die Lösung sein? Wenn es so war, musste sie sich jetzt nur Cruz schnappen und ihre Mom und … halt. Cruz und die anderen Halbdämonen waren hier unten gefangen, würden es vielleicht für immer sein, denn das Sonnenlicht würde sie umbringen … So schnell, wie ihr Herz einem Heißluftballon gleich nach oben geschwebt war, sackte es nun zurück in ihren Brustkorb. Sollte es ihr gelingen, die Höllentore mit Blut zu verschließen, für alle Tage zu versiegeln, waren Drym, Savannah, Gesa und Cruz damit für immer hier unten eingeschlossen. Sie schluckte. Ein winziger Gedanke schob sich in ihr Bewusstsein. Ein Streifen Hoffnung. Cruz hatte bereits eine Ahnung davon, dass man ihm vergeben würde, dass er wieder ein Mensch werden würde, wenn er bei der Rettung der Welt half. Und hatte sie selbst nicht gerade erst die Erfahrung gemacht, dass selbstlose Taten belohnt wurden? Sollte das ihre Hintertür sein, um ihre Freunde zu retten?

»Hier. Diese Tür.« Ahel tippte zuerst auf seine Nase und dann auf eine Tür links an der Wand.

Wie? Im Gegensatz zu ihm roch Adriana nichts … außer … witterte sie da gerade den Duft von frischer Erde?

Zum Glück war es Ahel, der die Tür aufstieß und ihr obendrein keine Zeit zum Nachdenken ließ. Andernfalls hätte Adriana eventuell zu lange gebangt und gezögert angesichts der Frage, was sie da drin erwarten würde. Noch im Türrahmen blieb Ahel stehen, winkte sie jedoch an sich vorbei. Tatsächlich bedeckte Erde den Boden hinter der Tür. Mit vor Staunen eingefrorenen Wangenknochen trat Adriana ein. Es brauchte nur einen Herzschlag, dann fand sie, was sie seit gestern verzweifelt gesucht hatte. Vielleicht fünf Schritte entfernt auf einer hölzernen Liege saß Cruz mit nacktem Oberkörper. Und hinter ihm stand Gesa, die gerade eine Art Pflanzenwickel auf seiner Schulter platzierte.

Großer Gott. Am liebsten hätte sich Adriana die Hand vor den Mund geschlagen. Cruz' ganzer Körper wirkte zerschunden. Mit Striemen und blauen Flecken übersäht. Auch sein Gesicht. Wobei hier die Flecken schon gelblich-grün schimmerten.

Sie konnte einfach nicht anders. Ohne groß zu überlegen, rannte sie los, nahm noch wahr, wie Cruz den Kopf hob, sie endlich entdeckte und ihren Namen hauchte. Dann war sie schon bei ihm, schloss ihn in die Arme und vergrub ihren Kopf an seiner Halsbeuge. Atmete tief seinen Duft ein. Fast glaubte sie zu träumen. Aber hier stand er vor ihr, hielt sie im Arm. Oder saß vielmehr auf dieser hohen Liege. Cruz. Cruz! Alles war ihr in diesem Moment egal. Verdammt noch mal alles. Selbst Ahel.

Seine Nähe war es, nach der sie sich so verzweifelt gesehnt hatte. Und jetzt zu spüren, wie er die Arme um sie legte, fühlte sich wie pures Glück für sie an.

»Adriana, ach, Adriana. Ich habe dir doch gesagt, du sollst nicht mehr herkommen«, murmelte er an ihrem Ohr. Seine Arme schienen sich immer enger um sie schlingen zu wollen, was seine Worte Lügen strafte, und Adriana hatte definitiv nichts dagegen einzuwenden.

Gut, dieses erste Zusammentreffen hatte sie sich etwas anders vorgestellt. Zwar verstand sie, warum er so reagierte, aber ein bisschen mehr Freude, sie zu sehen, hätte sie sich schon gewünscht.

Und gleich darauf schob er sie auch noch eine Armeslänge von sich weg. »Es ist zu gefährlich. Bitte hör nur dieses eine Mal auf mich.«

Offensichtlich fiel Cruz das Sprechen schwer. Adriana registrierte, dass er seine geschwollene Unterlippe kaum bewegen konnte.

Hinter ihm nickte ihr Gesa zu.

»Ich werde seine Schmerzen lindern. Du machst besser, dass du so schnell wie möglich wieder nach oben kommst.« Sie hielt einen Moment inne. »Wie kommt es eigentlich, dass du …« Gesas Blick wanderte zu Ahel. »Nein, oder? Adriana, du warst nicht so dämlich, einen Pakt mit Ahel einzugehen, um hierherzukommen?« Gesas Stimme wurde mit jedem Wort lauter.

Was auch immer. Dafür war keine Zeit. Kurz schüttelte Adriana den Kopf.

»Nein, so kann man das nicht sagen.« Nicht direkt jedenfalls.

»Adriana«, flüsterte Cruz mit belegter Stimme.

Sie hielt seinem Blick stand, sagte aber nichts. Vielleicht konnte er an ihrem Gesichtsausdruck ablesen, was sie ihm mitzuteilen versuchte?

Nein, offensichtlich nicht, denn seine Atmung kam nun auf Touren, als trainierte er für einen Unterwassertauchgang. Gerade wollte sie den Mund öffnen, um das Thema auf Cruz zu lenken und dass Ahel ihn von jetzt an beschützen würde, da fauchte Cruz sie mit vor Wut rosarot angelaufenem Kopf an: »Adriana! Das ist nicht dein Ernst! Ich habe alles getan, um dich zu schützen, und du? Du gehst einen Pakt mit diesem Scheusal ein?«

Von der Tür aus hustete Ahel. Die beiden konnten sich, wie Adriana wusste, absolut nicht ausstehen. Dennoch wirkte Ahel zufrieden, wie er da am Türrahmen lehnte. Mit verschränkten Armen und vor sich hin glucksend.

»Du verstehst das nicht«, versuchte sie ihn zu beruhigen. Dann wandte sie sich Ahel zu. »Wärst du so gut und könntest uns einen Moment Privatsphäre gönnen?«

»Ich?« Ahel tat überrascht, was Adriana ihrerseits nun zum Zähneknirschen brachte.

»Du wirst doch deinen Verlobten nicht wegschicken wollen, um mit einem anderen allein zu sein?«

Nach Ahels Worten stockte Adriana doch tatsächlich kurz der Atem.

Cruz und Gesa schien es ebenso zu gehen. Das konnte Ahel gerade nicht wirklich laut ausgesprochen haben? War er noch zu retten? Das Grinsen auf seinem Gesicht bestätigte Adrianas Vermutung. Ahel genoss das kleine Schauspiel, das sich ihm bot, viel zu sehr.

»Verlobter?«, echote Cruz mit schwacher Stimme. »Adriana?«

Verfluchter Mist. Das hatte sie ihm wirklich schonender beibringen wollen. Mit Worten, die sie sich zwar noch nicht zurechtgelegt hatte, die aber sicherlich weit entfernt von Ahels plumpem Geständnis lagen. Meilenweit.

»Ja, ähm, das … war … ist nur zu deinem Besten gewesen«, hörte sie sich sagen und hätte sich am liebsten sofort dafür geohrfeigt. Nein, nein, nein, nein, nein!

Jetzt krallten sich Cruz' Hände um den Rand der Krankenliege. »Wie in drei Teufels Namen kann das zu meinem Besten geschehen sein?« Seine Worte kamen mehr als Knurren hervor, als dass er sie normal aussprach.

Am liebsten hätte Adriana die Zeit um ein paar Minuten zurückgedreht, aber da das nicht möglich war, schloss sie einfach ergeben die Augen.

»Ich musste einen Weg finden, um deine Qualen zu beenden. Außerdem wird er meine Mom retten.«

»Gern geschehen«, pflichtete ihr Ahel bei. »Hat mich nur ziemlich viel Mühe gekostet, Luzifer auf andere Weise zu unterhalten, als deiner Folter beizuwohnen. Dass du überhaupt hier sitzen kannst, ist allein mein Verdienst. Meine Arbeit der letzten Stunde. Ein Geschenk an meine Braut zu unserer Verlobung.« Ahel deutete eine Verbeugung an, wie sie sonst nur ein Zirkusdirektor am Ende der Vorstellung vollführte.

Dazu nickte Adriana schwach. Wer wusste schon, wie lange die Folter für Cruz ansonsten noch angedauert hätte?

»Selbst fünfzig Jahre Folter wären mir lieber gewesen als dein

Opfer«, zischte Cruz auf so dämonische Art, dass Adriana zusammenzuckte.

»Wir hatten eine Abmachung. Einen Plan.« Seine Augen blitzten und mit jedem seiner Worte wurde Adriana mulmiger. Cruz hatte gewollt, dass sie weitermachte und die Halbdämonen aus dem Höllenfeuerlied auftrieb. Pryatt Hershley, Garrison und seine Schwester. Missionen, die Drym, Savannah oder Rico übernehmen konnten … Aber das war hier nicht der Punkt.

»Weißt du, das Einzige, was mich hat diese Folter durchstehen lassen, war der Gedanke daran, dass du dort oben in Sicherheit bist und unseren Plan …«, an dieser Stelle senkte Cruz die Stimme, »… fortführen kannst.«

Für einen Moment stand Adriana sprachlos dar. Das dachte er also?

»Du verstehst das nicht. Ohne Ahel wärst du vielleicht noch Tage, Wochen oder Monate gefoltert worden!« In einer hilflosen Geste drückte sich Adriana selbst ihre Fingernagelspitzen in die Handballen.

Bevor Cruz antwortete, tauschte er einen Blick mit Gesa, die stocksteif hinter ihm stand. Nur die Flügelspitzen oberhalb ihrer Schultern zitterten.

»Wir drehen uns im Kreis bei dieser Diskussion. Das alles wäre mir wirklich lieber, als dich in dieser Situation wiederzusehen. Ein Pakt? Eine Hochzeit mit Ahel? Ernsthaft, Adriana?«, brachte er trotz zusammengepresstem Kiefer hervor. »Warum hast du mein Opfer nicht einfach annehmen und den Plan durchziehen können?«

»Cruz, bitte denk doch nach. Ahel wird uns helfen. Meine Mom ebenso. Und du hattest diesen Traum von deiner Erlösung, und du weißt, dass du dafür an meiner Seite kämpfen musst.« Mehr traute sie sich nicht offen auszusprechen, aus Angst, sie könnten belauscht werden.

»Für meine Erlösung hätte mein Opfer sicher ausgereicht«, erwiderte Cruz. »Sobald du und die anderen die Tore geschlossen hätten. Das musst du doch begriffen haben. Selbstlose Taten werden belohnt.« Er deutete auf seine Flügel und Adriana dachte an den Moment, als er sie aus dem einstürzenden Kirchturm gerettet hatte. Cruz, ihr Held, der sie nun mit finsteren Augenaufschlägen taxierte.

Mit einem flauen Gefühl im Magen senkte Adriana den Blick. Hätte es tatsächlich so kommen können?

»Aber was, wenn nicht?«, flüsterte sie kaum hörbar.

»Jaaa, wie auch immer«, unterbrach Ahel die Unterhaltung. Mittlerweile war er so nahe hinter sie getreten, dass seine Stimme direkt hinter ihrem Rücken Adriana zusammenzucken ließ. Noch ehe sich ihr Herzschlag beruhigt hatte, ergriff er ihre Hand. »Morgen findet die Hochzeit statt und ihr zwei seid selbstverständlich nicht eingeladen.«

Auf seine Worte folgte eisiges Schweigen.

Kam es ihr nur so vor oder war nach Ahels Worten alle Farbe aus Cruz' Gesicht gewichen, dass es schon grau wirkte?

Vielleicht war das aber auch nur eine optische Täuschung, denn Adrianas Sicht begann zu verschwimmen. Tapfer kämpfte sie darum, die Fassung zu wahren. Jetzt nur nicht in Tränen auszubrechen. Nicht vor Ahel. Nicht vor Cruz.

Da zog Ahel sie schon mit sich in Richtung Ausgang.

»Komm schon. Wir lassen uns nicht vom niederen Volk beleidigen. Manche Sklaven wissen einfach nicht, wo ihr Platz ist.«

»Niederes Volk?«, rief Cruz ihm hinterher. »Und was soll diese Hochzeitsnummer eigentlich? Willst du mir so eins auswischen, indem du mir Adriana wegnimmst? Ist das deine Rache?«

Bei seinen Worten blockierte plötzlich ein Kloß Adrianas Speiseröhre. Unfähig zu schlucken, weiteten sich ihre Augen.

Mit einem gefährlichen Glitzern in den Augen fuhr Cruz fort, die Hände zu Fäusten geballt. Gesa musste einen Pflanzenwickel auffangen, der bei der Bewegung von Cruz' Schultern rutschte. »Stylst du dich jetzt absichtlich so wie ich? Denkst du, sonst könnte Adriana dich nicht wollen, oder wie?«

Gute Güte, konnte er nicht einfach aufhören? Adriana zupfte

mit der freien Hand am Kragen ihres Hoodies. War es hier gerade noch unerträglich heißer geworden als üblich?

Obwohl sie damit rechnete, dass Ahel im Gegenzug nun ebenfalls ausflippte, zuckte der nur mit den Schultern, verstärkte lediglich den Griff um ihre Hand ein wenig mehr. »Nichts dergleichen, alter Freund. Aber du solltest einfach einsehen, dass du verloren hast. Ich bekomme eine Ehefrau und du schaust in die Röhre. Am Ende erhält eben jeder das, was er verdient.«

»Du brauchst Adriana doch nur als Statussymbol. Aber sie wird dich nie lieben!«, zischte Cruz, als sie schon längst im Flur standen. Die Verzweiflung in seiner Stimme ließ Adrianas Knie weich werden.

»Eines Tages wird sie das …«, antwortete ihm Ahel in ruhigem Tonfall.

Adrianas Knie zitterten. Wie konnte sie nach diesem Zwischenfall überhaupt noch an eine Zukunft mit Cruz glauben? Wieder und wieder sah sie sein entsetztes Gesicht vor sich. Seine Verachtung ihr gegenüber. Warum verstand er nicht, dass sie das nur für ihn tat? Gemeinsam, nur gemeinsam konnten sie Luzifer stoppen, und dann würde sich schon eine Möglichkeit ergeben, ein Schlupfloch, um den Pakt mit Ahel zu lösen. Oder nicht? Andernfalls würden sie alle drei für immer in der Hölle gefangen sein … Und Adriana mit Ahel auf dem Thron sitzen. Verzweifelt biss sie sich auf die Unterlippe, versuchte sich die Bilder ihrer Vision genauer ins Gedächtnis zu rufen. Die letzte Szene. Nach dem Flug auf Cruz' Armen durch die Nacht, nach dem Kuss zwischen ihnen auf dem Waldboden und nach der Schlacht, die sie anführten. Hatte sie sich selbst neben Cruz auf dem Höllenthron gesehen, oder konnte es sein, dass es Ahel gewesen war, der sich wie Cruz zurechtgemacht hatte? Sooft sie es auch versuchte, sie bekam kein klares Bild zustande.

»Du willst sicher zu deiner Mutter«, sagte Ahel, streichelte dabei über ihren Unterarm. Auf ihr reflexartiges Abschütteln seiner Hand folgte ein enttäuschter Gesichtsausdruck seinerseits.

»Ja«, murmelte sie sofort. »Hast du schon eine Idee, wie du sie da herausholen kannst?«

Der Dämon bejahte. »Das wird mein Hochzeitsgeschenk morgen an dich. Die Seele deiner Mutter zieht in die Tür deines Schlafzimmers ein. Wie die Seelen im Schlossportal. Nur ein kleines bisschen Teufelsmagie ist dafür nötig. Und Cruz werde ich vollkommen heilen und Vater überzeugen, ihn als normalen Diener zu halten. Das wird er mir zur Feier meiner Vermählung zugestehen.«

Ihre Mom in ihrer Tür? Wie die Schreier? Immerhin besser als gefangene Seele in einem Tümpel voll Lava, die einem jeden Tag die Haut bis auf die Knochen versengte. Das war … beinahe zu viel des Guten. Für Ahels Verhältnisse. Ungläubig sah Adriana zu ihm auf. Gut, andererseits hatte sie mit dieser Heirat auch eine enorme Bürde zu tragen. Wollte Ahel sie damit entschädigen? Leider änderte das immer noch nichts daran, dass ihr schlecht wurde, wenn sie an die Hochzeit und die darauf folgende Nacht dachte. Morgen schon. O Himmel!

Sie warf einen Blick auf die Uhr. Nur noch etwas mehr als neunzig Minuten bis zur erwarteten Darkness Hour um kurz nach fünf. O nein. Unauffällig schielte sie in Richtung ihres Begleiters. Das bedeutete, dass sie kaum noch Zeit für einen Besuch bei ihrer Mutter übrighatte, und außerdem musste sie Ahel loswerden. Besser, sie versuchte, ihren Plan allein umzusetzen. Hoffentlich hatte sie die Nachricht der Seelen im Schlossportal richtig interpretiert.

»Ahel, wenn du erlaubst, würde ich gern allein meine Mutter besuchen.«

Offenbar erstaunt drehte der Dämon seinen Kopf so ruckartig zu ihr um, dass sie schon dachte, er müsse sich verrenkt haben.

Glücklicherweise schien er sie zu verstehen oder heuchelte einfach nur Verständnis, was auch immer. »Bleib ruhig im Palast. Ich kenne den Weg.« Mit einem letzten scharfen Blick für ihn riss sie sich von ihm los und stürmte in Richtung Schlossportal.

Ahels Schutz galt ja bereits für sie. Keine Seele würde sich ihr nähern und Luzifer gestattete keinem Dämon, ihr ein Haar zu krümmen, so viel stand fest. Wahrscheinlich hatte Luzifer in der Zwischenzeit auch allen Seelen verboten, sie anzurühren. Umso besser.

»Gut, ich warte einfach hier auf dich! Damit ich dir später dein Gemach zeigen kann!«

Genau. Aber mit diesem Schwachsinn konnte sie sich nun nicht befassen.

»Ich könnte auch schon mal mit Luzifer über die Begnadigung deiner Mom reden, kein Problem!«, fügte er mit noch lauterer Stimme hinzu.

Manchmal hatte selbst Ahel annehmbare Ideen.

Noch während ihre Gedanken wild gegen ihre Schädeldecke pochten, ging Adriana auf, dass sie mit Ahel einen Teil des Höllenfeuerlieds bereits erfüllt hatten. Er war einer der vier Söhne Luzifers, die sich gegen ihn wandten. Immerhin einen Schritt weiter.

Und Luzifer zeugte der Kinder sieben
Nur drei davon wird er für immer lieben
Die anderen vier wenden sich ihm entgegen
Um Morgensterns Plan das Handwerk zu legen.

Weil ihr Magen knurrte, zog sie einen Kaugummi aus der Seitentasche, hielt dafür allerdings nicht an. Sie musste sich auf ihren Plan fokussieren. Alles andere war nebensächlich. Wenn ihre Idee aufging, müssten doch alle, die bei ihrem Plan mitgewirkt hatten, erlöst werden? Oder konnte sie die Höllenpforte derart verschließen, dass Halbdämonen immer noch in der Lage waren, hindurchzutreten?

Aber was, wenn nicht? Es gab keine Möglichkeit, ihre Mom in den nächsten sechzig Minuten zu befreien. Luzifers Bann … Aber sie konnte einen kleinen Umweg bis zur Pforte nehmen und sie besuchen. Ihr Herz sehnte sich nach ihrer Mom und nach liebevollen Worten. Gerade jetzt, nach dem Streit mit Cruz.

»Blut, Blut, Blut!«, kreischten die Seelen in dem Moment, als sie um die letzte Ecke bog und den Gang erreichte, der nach draußen führte. »Blut. Dein Blut. Vergiss nicht, was damit passieren kann. Sei wachsam! Du wirst Licht bringen oder alles in Dunkelheit hüllen.«

Adrianas Stirn kräuselte sich. Sie hatte ja verstanden. Die Warnung war ihr bereits im ersten Lied aufgefallen. Entweder sie war die Erlöserin oder sie würde die Welt in Dunkelheit stürzen. Gemeinsam mit Cruz, dem zweiten Erlöser. Sie schluckte. Und wachsam war sie hier unten sowieso zu jeder Zeit. Konnten die Schreier auch mal aktuellere Infos rausrücken?

»Habt ihr nichts Neues für mich? Wie kann ich meine Liebsten hier rausholen?« Obwohl sie schon ihre Hand auf die Türklinke gelegt hatte, zögerte Adriana. Wenn sie je dringend eine Information gebraucht hatte, dann jetzt.

Zunächst brodelte es in der Tür. Zumindest wirkte es so. Die metallenen Schreier verschoben sich. Bis drei von ihnen gleichzeitig den Mund öffneten.

»Reine Seelen, geläuterte Seelen, kommen jederzeit hinein und hinaus.«

Adriana verstand. Also ging es auch hier mit einer selbstlosen Tat weiter? Langsam erkannte sie ein Muster.

»Ich komme also wieder in die Hölle, wenn ich zum Beispiel uneigennützig jemand anderen retten wollte? Selbst wenn die Pforte fest verschlossen ist?«

Die Schreier blinzelten. Eine der kleineren, von denen Adriana annahm, sie seien Kinderseelen, wisperte fast unhörbar: »Wir glauben an dich. Du bist die Erlöserin. Unsere Erlöserin.«

Daraufhin blieben sämtliche weitere Fragen Adriana buchstäblich im Hals stecken. Erlöserin. Diese armen Seelen erhofften sich viel von ihr. Vielleicht zu viel. Ja, bei Weitem zu viel. Ihre Zungenspitze kribbelte. Um sich zur Vernunft zu bringen, krallte Adriana ihre Finger in die Ärmel des Neoprenanzugs, die unter ihrem Hoodie hervorlugten.

Dennoch brachte sie ein Nicken zustande, straffte die Schultern. »Bis zum nächsten Mal.« Und damit öffnete sie das Portal, schlüpfte nach draußen in die Höllenhitze.

10

Beinahe war sie überhaupt nicht mehr erstaunt darüber, dass auf der anderen Seite Drym und Savannah auf sie warteten. Wie zufällig lungerten sie rechts und links von einer Dämonenstatue auf der Brücke herum. Gut, was sollten sie auch sonst groß hier unten zu tun haben?

Offensichtlich warteten sie auf Neuigkeiten, denn sie blickten Adriana so gespannt entgegen wie Schüler einer Klassenlehrerin, die korrigierte Arbeiten unter dem Arm hereintrug.

»Nicht hier«, erklärte sie zur Begrüßung. »Kommt mit.« Kurz hielt sie inne. »Oder ihr fliegt mich hin.«

Täuschte sie sich oder leuchtete Dryms Gesicht auf? Wahrscheinlich gefiel ihm der Gedanke, gebraucht zu werden.

Keine zwei Minuten später landeten sie auf der nächsten Brücke. Der über dem Gefängnis ihrer Mutter.

»Mom?« Noch ehe ihre Füße den Boden berührten, rief sie bereits nach ihr. Savannah, die neben ihr gelandet war, rieb sich unbehaglich über die Unterarme.

»Kein besonders nettes Fleckchen Hölle.«

Adriana ignorierte diesen Einwurf (gab es überhaupt etwas Nettes an diesem Ort?), stürzte zum Geländer und sah nach unten. Genau in dem Moment, in dem der Kloß in ihren Hals zurückkehrte.

»Mom?«

Erst jetzt hob ihre Mutter den Blick. Leicht benommen. So als hätte sie eben noch meditiert. Vielleicht versuchte sie so, die anhaltenden Schmerzen zu ertragen.

»Mom, du musst das nicht mehr lange erleiden. Versprochen. Du wirst freikommen. Morgen schon!« Ihre Stimme klang hektisch. Viel weniger gefasst als in den letzten Tagen und auf einmal fühlte sich Adriana wie um Tage zurückgeworfen. Die alte Unsicherheit in ihrem Inneren kehrte zurück. Die, die sie während der letzten Dämonentage so erfolgreich verdrängt hatte, um über sich hinauszuwachsen. Und das war der Knackpunkt, begriff sie. Die Welt zählte auf sie. In weniger als einer Stunde würde die Katastrophe eintreten, außer sie, Adriana, riss das Ruder noch herum. Sie musste an das glauben, was sie tat.

»Hast du getan, worum ich dich gebeten habe, Adriana?«

»Keine Sorge, ich verstehe nun alles und die Informationen sind sicher verwahrt«, log sie. Nur eine klitzekleine Lüge. Immerhin begriff sie nun so einiges mehr als zuvor. Und sie war sich im Klaren darüber, dass in den Forschungsergebnissen ihrer Mutter etwa Bedeutendes verborgen lag. Es musste so sein.

Daraufhin bemerkte Adriana, wie Drym und Savannah sie noch neugieriger musterten als sowieso schon.

Ein Tropfen Schweiß perlte von ihrer Stirn und Adriana konnte ihn gerade noch so mit der Hand auffangen, bevor er in die Lavagrube getropft wäre. Gedankenverloren verrieb sie ihn zwischen den Fingerspitzen. Es kam darauf an. Jetzt. Auf sie. Auf den Plan.

»Das ist gut, mein Schatz.« Angelina Astara lächelte, doch beinahe sofort schienen ihre Augen glasig zu werden. Ob ihre Mom langsam verrückt wurde? Verrückt vor Schmerzen?

»Adri«, flüsterte Drym jetzt. Er war ganz nahe an sie herangetreten. »Die Uhr tickt. Du hast hoffentlich einen guten Plan?«

»Ja, habe ich, aber gib mir nur noch zwei Sekunden mit meiner Mutter«, bat sie, ohne ihn anzusehen. Im Gegensatz zu ihr schien der Halbdämon vor Vorfreude beinahe zu vibrieren. Die Holzplanken unter ihren Füßen knarrten tatsächlich bedingt durch ihn. Fast konnte sie seine Gedanken hören, die sich damit befassten, dass Adriana noch vor der Darkness Hour die Portale versiegeln würde. Schließlich wusste er ja auch noch nicht, was genau der Plan war. Und ob sie diesen Abend überhaupt überleben würde.

Untermalt von schweren Atemzügen gönnte sie sich ein paar letzte Blicke auf ihre annähernd weggetretene Mom. Bald schon würde alles für sie anders werden und die lange Folter enden. Adriana würde ihre Mom retten und mit deren Hilfe wiederum die ganze Menschheit.

Alles in ihr spannte sich an.

»Okay, ich bin bereit«, verkündete sie nach einem besonders tiefen Atemzug. »Legen wir los und retten die verdammte Welt.«

»Ein Satz wie aus einem Superhelden-Film«, befand Savannah, die in erwartungsvoller Haltung bereits die Flügel aufgespannt hatte. Ihr Lächeln schien genauso hoffnungsvoll, und Adriana wusste, was Savannah sich wünschte. Doch sie konnte es ihr nicht geben. Savannah noch nicht verzeihen.

Dass Adriana wieder Drym wählte, um mit ihm zu fliegen, schien der Dämonin einen weiteren Stich zu versetzen, denn in Savannahs Gesicht zuckte es. Allerdings besaß sie augenscheinlich genug Selbstbeherrschung, um diese Ablehnung von Adriana herunterzuschlucken. Oder zu überspielen. Genau konnte es Adriana nicht sagen. Sie beobachtete, wie sich Savannah die roten Haarsträhnen über die Schulter warf, wandte sich dann aber Drym zu.

»Zum Portal. Unserem Portal.«

Drym kratzte sich an der Nasenwurzel, als hätte Adriana ihn gerade aus einem Tagtraum gerissen. »Weißt du, ich glaube, das ist kein Zufall, dass wir uns alle in der Umgebung von genau diesem Portal getroffen haben«, erklärte er, kurz nachdem er sich von der Brücke abgestoßen hatte.

In Adrianas Kopf zupfte eine Erinnerung wie eine Angelschnur, an der ein Fisch angebissen hatte. Vibrierte. So etwas hatte Rico bereits angedeutet und sie selbst hatte sich auch schon mit dem Gedanken beschäftigt.

»Wir alle sind Halb-« Sie stockte, ehe sie »Auserwählte aus dem Höllenfeuerlied« hinzufügte. Auf einmal sah sie den Grund ganz klar vor sich. »Das Portland-Portal muss das originale Tor zur Hölle sein, das zuerst verschlossen wurde. Nicht das in Los Angeles, wie alle Welt annimmt. Nein, in Portland muss der Erzengel Michael 1974 sein Blut vergossen haben. Stellvertretend für alle Portale. Deshalb sind wir genau hier. Unsere Leben haben uns hierher geführt. Deshalb ist auch Ivan hier, aus diesem Grund konzentriert sich einfach alles hier.« Kurz dachte sie an ihre erste Begegnung mit Drym und Savannah. Beide hatten es ähnlich ausgedrückt. Aufregung ergriff Adriana. Flatternde, euphorische Ekstase. »Wir wurden hierher geführt, das habt ihr selbst gesagt. Unser Platz ist hier. Soll hier sein. Wir können hier etwas verändern.«

»Und wie genau lautet nun unser Plan?«, erkundigte sich Savannah, direkt nachdem sie gelandet war und sich den Höllenstaub von ihren Beinen abgeklopft hatte. Am rechten Knie klaffte bereits ein Riss in ihrem Neoprenanzug.

Ehe sie antwortete, ließ Adriana ihren Rucksack von den Schultern gleiten, wühlte darin, bis sie fand, nach was sie gesucht hatte. Ihre Finger schlossen sich um den Gegenstand. »Habt ihr zufällig gehört, was die Seelen im Palasttor gesungen haben?«

Die beiden wechselten einen Blick. »Ja. Sie haben uns vorgesungen, dass wir den beiden Erlösern helfen müssen.«

»Ah. Dann sagen sie je nach Person wohl einen anderen Text auf«, mutmaßte Adriana, die den Gegenstand immer noch in der Hand drehte, aber noch nicht aus ihrem Rucksack gezogen hatte. Ihre Gedanken sprangen wie die Kugel in einem Flipperautomaten von rechts nach links und wieder zurück.

»Was haben sie für dich gesungen?«, fragte Drym beinahe atemlos. Ob er ahnte, dass die Botschaft entscheidend für sie sein würde? Adriana sah auf die Uhr. Wenn sie sich nicht irrte, blieben ihnen fünfzig Minuten. Ein weiterer Blick auf ihr Handy verriet ihr, dass sie in der Hölle zwar immer noch keinen Empfang hatte, dafür aber noch ausreichend Akkuleistung. »Könnt ihr hier kurz auf mich warten? Ich muss zuerst noch mit Rico telefonieren.«

Wieder tauschten die beiden Halbdämonen einen Blick. Einen eindeutig viel zu vertrauten Blick. Ein Stich fuhr Adriana mitten durchs Herz bei dem Gedanken, dass die beiden den gesamten Tag miteinander verbracht haben mussten und nun enge Freunde geworden waren. So wirkte es jedenfalls. Zwei Halbdämonen, die zu Dämonen geworden waren und gemeinsam durch die Hölle flogen. Dabei hatte ein Teil von ihr darauf gehofft … Wie auch immer. Adriana kniff die Augen zusammen. Ihre persönlichen Dramen mussten warten. Freundschaften konnten auch noch nach der Rettung der Welt geknüpft werden. Nachdem Cruz frei war. Gleich, wenn die Tore erst geschlossen waren, konnte sie sich mit diesem Thema befassen.

»Bis gleich.« Eilig zog sie die Schultern nach oben und trat in den schmalen Gang, den sie heute früh mit einem X markiert hatte.

Auf der irdischen Seite verfiel sie sogleich in einen leichten Trab, schaltete die Taschenlampenfunktion ihres Handys ein und erreichte so den Ausgang der Höhle in Sekundenschnelle.

»Rico?« Direkt nach dem ersten Klingeln hatte ihr bester Freund bereits das Gespräch angenommen.

»Adriana, was ist passiert? Wo steckst du?«

Im Hintergrund hörte sie eine lärmende Menschenmenge. Das Fest schien in vollem Gange zu sein. Warum nur hatte der Major das zugelassen?

»Wieso sind da überall Menschen bei dir? Bald setzt die Darkness Hour ein.« Das konnte doch nicht wahr sein.

»Leider hört hier beinahe niemand auf Eloy und mich. Von ein paar Unterstützern auf Social Media abgesehen, die uns glauben. Zwar vermuten wir, dass sich eine Handvoll Soldaten absichtlich spontan krankgemeldet haben, um sich in Sicherheit zu begeben, aber sonst ist nichts groß geschehen. Hattest du bei Major Dwight keinen Erfolg?«

»Doch. Das hatte ich dir in meiner Nachricht geschrieben.

Dass Ahel aufgetaucht ist und den Major überzeugen konnte, bevor er mich mit in die Hölle gebracht hat. Warum nur hat der Idiot nicht gehandelt?«

»Wissen wir nicht. Er scheint wie vom Erdboden verschluckt.«

Mist, Mist, Mist. Was konnte da nur schiefgelaufen sein? Major Dwight schien doch bei ihrem Weggang noch absolut überzeugt von ihren Worten?

Im Hintergrund hörte sie Eloy japsen. »Wenn er dich einfach so mitnehmen konnte, glaubst du, dasselbe ist auch Dakota passiert? Ist sie auf diese Weise in die Hölle verschleppt worden?«

Wie? Dakota? Aber welches Interesse sollte Ahel an Dakota haben? Zudem war Ivan kein direkter Nachfahre Luzifers, konnte daher ebenso wenig wie Cruz spontan die Hölle für einen Besuch auf der Erdoberfläche verlassen. Moment … Ivans Vater war Zhut.

»Möglicherweise hat Ivans Vater sie auf den Wunsch seines Sohnes hin gekidnappt«, sagte sie schließlich. Wenn man bedachte, wie dringend Ivan sie, Adriana, ausschalten wollte, lag das durchaus im Bereich des Möglichen. »Aber mit diesem Thema müssen wir uns später befassen, so leid es mir tut. Jetzt gerade kann ich nichts dagegen ausrichten, Eloy.«

Er brummte etwas und ein Geräusch ertönte, als würde Rico Eloy mit dem Ellenbogen in die Seite rammen.

»Okay, Adri, unsere Freunde und Familien sind gewarnt und so viele Zivilisten wie möglich. Wir werden gleich den Bus nehmen und in der Kapelle übernachten. Dort treffen wir dich später, okay?«

Immerhin, mehr konnten sie vermutlich wirklich nicht tun in der kurzen Zeit, die ihnen seit Sonnenaufgang geblieben war. Adriana massierte sich die Nasenwurzel. Mit etwas Glück würde diese Vorsichtsmaßnahme gleich nicht mehr nötig sein, wenn sie erst getan hatte, wozu sie zur Höllenpforte gereist war und was ihr die Schreier empfohlen hatten.

»Hör zu, ich habe nicht viel Zeit, dafür aber einen Plan, wie ich das Höllentor verschließen kann. Weißt du, ich glaube, ich stehe hier gerade vor genau dem, an dem der Erzengel Michael vor über vierzig Jahren sein Blut vergossen hat.«

»Portlands Tor«, murmelte Rico. »Irgendwie hatte ich das die ganze Zeit im Gefühl und auf irgendeine abgedrehte Weise haben sich die Anzeichen dafür gehäuft.«

»Genau. Das originale Tor liegt in unserer Stadt. Nicht in L.A.« Sie unterbrach sich selbst für einen Moment, um ihre Gedanken in die richtige Reihenfolge zu bringen.

»Das Palastportal hat mich auf eine Idee gebracht. Erinnerst du dich, dass ich dir erzählt habe, welchen Satz die Seelen in einer Endlosschleife wiederholt haben?«

»Blut öffnet und schließt.«

Beinahe konnte Adriana vor sich sehen, wie sich Rico die Brille ein Stück nach oben schob. »Bei allen Himmeln, Adriana, du hast doch nicht vor … du glaubst doch nicht, dein Blut könnte das Portal schließen? Denk an den Erzengel, der dabei draufgegangen ist! Wenn du stirbst …«

Rico hatte zwei und zwei zusammengezählt. Ein wenig neidisch sortierte Adriana ihre Gedanken und Erkenntnisse in ihrem Hinterkopf. Schließlich hatte sie dafür viel länger gebraucht als er.

Nachdem er eine Weile auf die Tür gestarrt hatte, durch die Adriana eben verschwunden war, vergrub er das Gesicht in den Händen. Warum? Warum nur?

Ein gleißender Schmerz durchzuckte seine Schulter.

»Gleich vorbei.« Gesa verrieb eine Paste auf seinem Schulterblatt. Der Geruch von Minze hing in der Luft.

Cruz biss die Zähne zusammen. Was machte das schon? Jetzt hatte er ganz andere Probleme. Er seufzte. Als Erstes musste er sich bei Adriana entschuldigen. In seiner Wut hatte er ihr unrecht getan und das schmerzte ihn mehr als Gesas quälende Wundversorgungsmaßnahmen. Adriana hatte ihn retten wollen und ebenfalls ein großes Opfer dafür gebracht. Es war allein Ahels Schuld und nicht ihre.

»Ähem«, räusperte sich ein äußerst zufrieden wirkender Luzifer von der Tür her.

Und Luzifers Schuld. Ihn hatte er beinahe vergessen. Cruz' Zähne rieben aufeinander. Er kniff die Augen zu Schlitzen zusammen. Luzifers Schuld ganz besonders.

»Was willst du hier? Schon wieder so gelangweilt, dass dich nur eine Foltersession erheitern kann?«

Der Herr über die Hölle schnalzte mit der Zunge. »Na, das ist ja nun eher überflüssig. Hat gewissermaßen ausgedient.« Das überhebliche Grinsen irritierte Cruz nicht nur, sondern machte ihn fuchsteufelswütend. Was wollte Luzifer damit andeuten?

»Spuck es einfach aus. Wir sehen doch, dass du auftrumpfen willst. Gibt es keinen anderen, der sich dafür so interessiert wie ich? Nein, gibt es nicht, was? Dann reib es mir unter die Nase. Komm schon.«

Obwohl er erwartet hatte, dass Luzifer nun seinerseits wütend wurde, blieb der ganz ruhig.

»Ach, Cruz. Du brauchst offensichtlich noch ein paar Jahrhunderte, um erwachsen zu werden. Macht aber nichts. Du kannst deine Zeit bei mir nutzen, um von mir zu lernen. Weißt du, es gibt unter den Sterblichen nicht umsonst den Ausdruck: *ein teuflischer Plan.*« Kurz hielt der Teufel inne, als wollte er in Gesas und Cruz' hasserfüllten Blicken baden. »Von nichts kommt nichts.«

Auf einmal fühlten sich Cruz' Wangen eiskalt an. Eine ungute Vorahnung ergriff Besitz von ihm. Nein! Warum bloß stellte sich bei ihm das Gefühl ein, Luzifer hätte ihn reingelegt?

»Ich habe bereits, was ich will, und nun wünsche ich, dass du einen Auftrag für mich erfüllst.« Luzifer stieß sich von der Wand ab und trat mit auf dem Rücken verschränkten Armen näher. Bei jedem Schritt vibrierte die Holzliege unter Cruz. »Du wirst zu der Lavagrube in den Feldern fliegen und Ahel davon abhalten, die Gefangene freizulassen. Mein teurer Sohn hat sich quasi das Versprechen von mir abgerungen, dass er sie dort rausholen kann. Allerdings habe ich nicht stattgegeben, für wie lange. Und dass sie nicht sofort wieder nach unten geworfen werden darf.«

Das schmalzige Grinsen auf den Lippen des Teufels ließ Cruz innerlich nur noch mehr ausrasten. Eine Gefangene? Adriana konnte es nicht sein, oder? Wenn Luzifer sie in die Finger bekommen hatte und nun irgendwo quälte … In Cruz' Hinterkopf pochte es schmerzhaft. Hatte er schon wieder versagt in seinem Versuch, Adriana zu beschützen? Wie konnte er von sich behaupten, bis über beide Ohren in sie verliebt zu sein, und sie dann nicht vor den Monstern dieser Welt retten können? Er war ein Versager, nicht in der Lage, für sie da zu sein. Der Gedanke fühlte sich wie Gift in seinem Rachen an, während sich seine Hände so fest um den Rand der Liege klammerten, dass seine Fingerknöchel protestierten.

»Wer soll das sein?«

Wieder dieses wissende, viel zu überhebliche Grinsen auf Luzifers Gesicht, wofür ihm Cruz gerne die Zähne eingeschlagen hätte. »Du kennst sie. Durch ihren Tod wurdest du zum Dämon.«

11

»Falls es nicht funktioniert … Bitte nimm Eloy und Tequila mit zur Kapelle im Wald. Dort können wir uns treffen. Auch wenn ich jetzt die Tore verschließe, laut dem Höllenfeuerlied braucht es sieben Halbdämonen, Luzifers Söhne, Engel und weitere Gefährten, um Luzifers Plan endgültig zu stoppen.«

Nein, Adriana machte sich nichts vor. Heute Nacht würde es nicht enden, und sie wagte nicht zu hoffen, dass sie sich dadurch wenigstens ein Jahr Frieden erkaufen könnte. Das wäre zu schön, bis zu den nächsten Dämonentagen Zeit zu haben, die Engel zu finden. Aber vielleicht, ganz vielleicht, würde der Fall eintreten. Und sie als Halbengel würde sowohl mit ihnen als auch mit ihren Verbündeten in der Hölle kommunizieren können. Vielleicht war sie die Einzige, die dann die Barriere zwischen den Welten passieren konnte. Sie und die anderen Engel. Womöglich war das genau die Rolle, die das Schicksal für sie vorgesehen hatte? Botschafterin. Bei diesem Gedanken klopfte ihr Herz immer schneller.

Ihre Finger krampften sich um das Taschenmesser. Es war so weit. Sie musste gehen.

»Ich werde … ich muss diesen Plan in die Tat umsetzen. Cruz und meine Mom brauchen mich …« Den Pakt mit Ahel erwähnte sie nicht. Aber alles, was sie wusste, war, dass sie das blutige Ritual auf der anderen Seite durchziehen würde. Nicht hier. Ihr Bauchgefühl sagte es ihr. Sie musste in Cruz' Nähe sein. Egal, was er sagte, und sie wollte ihre Mom so schnell es ging wiedersehen. Auch wenn das Opfer dafür groß sein würde. Sie schluckte. Und wie viel Blut benötigte so ein Portalschließungsritus? Egal. Luzifer brauchte sie lebend. Ahel brauchte sie lebend. Und Gesa konnte ebenso heilen wie die beiden, sollte sie dem Tod näher kommen als dem Leben, sollte es zum Äußersten kommen. Gut, im Grunde etwas vage und blauäugig, aber Adriana wusste tief in sich, dass sie heute Nacht nicht sterben würde. Sie war ein Halbengel. Das Gesetz des selbstlosen Opfers würde sie retten, nicht wahr? Sie biss sich auf die Unterlippe, während eine leise Stimme in ihr fragte, warum dann der Erzengel Michael gestorben war.

»Meinst du, der heilige Michael starb damals tatsächlich an diesem Ort?« Sie betrachtete den Waldboden unter sich, stützte sich mit einer Hand am Eingang der Höhle ab. Der Fels unter ihren Fingern fühlte sich kühl an.

»Das weiß niemand. Vielleicht ist er einfach verschwunden. Oder er sitzt in diesem ominösen Gefängnis, von dem das Höllenfeuerlied singt. Könnte sein, dass Luzifer ihn hereingelegt hat.«

Alles war möglich. Auch dass Volarion oder ein anderer Dämon ihn getötet hatte und nicht der Blutverlust. Adriana fuhr sich mit dem Handrücken über die schweißnasse Stirn. Das Messer blitzte im Mondlicht. Inzwischen war der Himmel beinahe komplett dunkel. Nicht mehr viel Zeit. Nicht mehr lang …

»Die Angestellte aus dem Labor?« Bei dem Gedanken an die Nacht vor dreizehn Jahren im Fahrstuhl verkrampfte sich sein Magen. »Warum sie? Und was macht sie hier?«

»Ts, ts, ts.« Luzifer legte den Kopf schief. »Hast du es immer noch nicht begriffen?« Als er die Arme hob, als wolle er zur Zimmerdecke sprechen, bemerkte Cruz, wie Gesa zusammenzuckte. Ihr Blick schnellte von ihm zu Luzifer und wieder zurück.

»Ach, Cruz …« Luzifer bedachte ihn mit einem gütigen Kopfschütteln. »Oder willst du die Puzzleteile nur nicht zusammensetzen?«

Nein, nein. Cruz wollte sich nicht erinnern. Was sollte diese Scharade überhaupt? Im Moment zählte für ihn nur, sich mit Adriana zu versöhnen.

»Damals, vor fast fünfzehn Jahren, war ich es, der dafür sorgte, dass du den Job im Forschungslabor bekamst.« Wieder dieses teuflische Grinsen. Cruz ballte die Fäuste in seinem Schoß. »Der Flyer in deinem Briefkasten … das Vorstellungsgespräch mit deinem zukünftigen Chef, der leicht nervös war?« Luzifer tat zunächst so, als würden seine Hände zittern, wedelte dann mit der Hand, als könnte er dadurch seinen Erinnerungen auf die Sprünge helfen. »Letzteres lag an dem zuvor mit mir geschlossenen Pakt.« Seine Zähne blitzten unter dem raubtierhaften Grinsen auf.

Wie? Aber wieso? Cruz' Gedanken verhakten sich ineinander wie Brombeerbüsche. Was sollte das alles?

»Eigentlich hatte ich darauf gesetzt, dass du mitbekommst, an was Angelina Astara arbeitete, und es mir unter Folter oder durch einen Pakt verrätst. Sie selbst war leider zu stur.« Er hob die Schultern. »Eine glückliche Fügung, dass ein Halbdämon, der schon neun Gebote gebrochen hatte, sich ganz in der Nähe dieses Labors aufhielt. Hach, manchmal ist mir das Glück eben hold.« Für einen Moment unterbrach sich Luzifer, setzte dann wieder einen ernsteren Gesichtsausdruck auf. »Als Dämon hättest du letzten Endes selbst nicht weiter an den Forschungen im Labor arbeiten können. Also hatte ich dich ab diesem Moment in der Hand. Es war schon fast zu leicht. Und als du sie in diesem Fahrstuhl umgebracht hast, hat das zumindest die Forschungen auf Eis gelegt. Schließlich hatte sie niemandem von diesen illegalen Experimenten mit Omega-DNS erzählt, nicht mal ihrem Vorgesetzten.«

»Ich habe sie nicht umgebracht. Zum letzten Mal, das war ein Unfall. Der Fahrstuhl ist abgestürzt und …«

»Unterlassene Hilfeleistung ist auch Mord.«

Erst da begriff Cruz die Ausmaße dessen, was der Teufel höchstpersönlich ihm gerade offenbart hatte, und auf einmal schoss Kälte von seinen Fußspitzen bis zu seinem Nacken empor. Angelina Astara … die Frau im Fahrstuhl. Die nervös wirkende Laborangestellte, mit der er im Fahrstuhl festgesteckt hatte … war Adrianas Mutter gewesen? Nie zuvor hatte er ihren Namen gehört. Denn schon kurz nach ihrem tödlichen Zusammentreffen hatte er sich in der Hölle wiedergefunden. Wie ferngesteuert rutschte Cruz von der Holzliege. Nein, unmöglich. Luzifer versuchte, ihn reinzulegen. Das war bloß einer seiner Tricks. Seine Erinnerungen zu verändern sah Luzifer ähnlich. Sicher nur eine Manipulation um … einfach um … Cruz hob den Kopf.

»Nein, so war das nicht.«

»Doch, genau so. Der Fahrstuhl blieb stecken, die Dämonentage begannen … Ein Dämonenclan spürte euch auf, knackte den Fahrstuhl über dem Schacht. Du hast es geschafft, zwischen den Stockwerken hinauszuschlüpfen …« Weiter sprach er nicht, aber Cruz erinnerte sich umso detailreicher an den Rest. Er schloss die Augen, während sich die schrecklichen Erinnerungen in ihm manifestierten. Irgendwann hatte er die metallenen Schiebetüren endlich aufgestemmt bekommen, doch der Fahrstuhl steckte zwischen zwei Stockwerken fest. Das rettende Stockwerk war nur über einen Schlitz zu erreichen, kaum groß genug für einen ausgewachsenen Mann. Ganz oben an der Decke des Fahrstuhls. Aber irgendwie hatte er es geschafft, sich an den schmalen Wänden abzustützen und nach oben zu gelangen. Die junge Frau hatte ihm dabei geholfen. Obwohl über ihnen im Schacht die Dämonen randalierten, war sie erstaunlich ruhig geblieben. Er hatte die Frau schon halb herausgezogen, als die Dämonen es irgendwie hinbekommen hatten, sich Zugang zum Treppenhaus zu verschaffen. Auf einmal hatte er ihre Füße und Krallen vom obersten Stockwerk des Gebäudes auf ihn zukommen hören. Er war zurückgewichen, wollte losrennen und die Frau zurücklassen. Seine Angst hatte ihn damals überwältigt zusammen mit dem Gedanken, dass sie den Rest aus eigener Kraft schaffen konnte. Aber nein, im nächsten Moment waren die restlichen Dämonen derartig heftig auf dem Aufzugdach herumgesprungen, dass er abstürzte. Von einer Sekunde auf die andere hatte sich auf dem Boden vor ihm eine Blutlache ausgebreitet und er hatte nur noch die obere Hälfte der Frau vor sich gesehen. Sauber in der Mitte zerteilt. Nur Sekunden später hatte sich Cruz' Haut violett gefärbt. Und das war seine erste Nacht als Dämon gewesen.

Am liebsten hätte er sich übergeben. Adrianas Mom. Es war Adrianas Mom gewesen in dieser schrecklichen Nacht. Nein … bitte nicht. Nein, nein, nein.

»Hach, schön, diese Memory Lane mit dir hinabzuschreiten, aber jetzt hast du wirklich noch was für mich zu tun, junger Mann.« Luzifer wirkte so fröhlich, wie man nur sein konnte. »Auf, auf! Zu den Feldern!«

»Bitte, ich muss zuerst mit Adriana reden. Danach …«

Daraufhin stieß Luzifer ein heißeres Lachen aus. »Du willst es ihr beichten? Meinst du nicht, dass sie dich danach hassen wird? Schließlich bist du schuld am Tod ihrer Mutter. Wenn du sie damals einfach aus dem Aufzug herausgezogen hättest … So in einem Stück …«

Cruz fletschte die Zähne. »Noch mehr wird sie mich verachten, wenn sie es von dir erfährt.«

Aber Luzifer winkte ab. »Adriana hat aktuell Wichtigeres zu tun, glaub mir. Später könnt ihr immer noch reden.«

Wichtigeres? Bei diesem Wort horchte Cruz auf. »Was soll das heißen?«

Aber alles, was er auf seine Frage hin erntete, war ein zufriedenes Grinsen.

»Was hast du mit ihr gemacht?«, knurrte Cruz.

»Nichts, nichts.« Luzifer wirkte viel zu glücklich, als hätte er soeben eine Wette gewonnen. »Ich liebe es einfach, wenn ein Plan aufgeht.«

Ein Plan? »Du hast sie manipuliert«, stellte er leise fest. Was war nur passiert?

»Korrekt. Aber das geht dich nichts an. Du fliegst in die Felder des Wahnsinns, und zwar sofort. Vergiss nicht, was geschieht, wenn du den Pakt brichst.«

»Wenn ich das nächste Mal das Schlossportal passiere, frage ich die Seelen nach mehr Informationen zu den Engeln. Sie scheinen mich und Cruz für ihre Erlöser zu halten. Sicherlich werden sie uns helfen.« Am Ende ihres Satzes klang Adriana nicht mehr ganz so zuversichtlich wie zu Beginn.

»Warte mal.« Es raschelte in der Leitung, als würde Rico eine Hand auf das Handymikrofon legen. Im Hintergrund waren gedämpfte Stimmen zu hören.

»O Mann, Adri.« Wieder raschelte es und Rico sprach im Flüsterton zu ihr. »Bin hier gerade hinter einem Müllcontainer in Deckung gegangen, als Major Dwight vorbeigelaufen ist.«

Adrianas Herz klopfte schneller. Mit den Fingerspitzen strich Adriana über die Digimonaufnäher an ihrem Rucksack, dachte an das Gespräch mit dem Major von diesem späten Nachmittag.

»Was hast du gehört?« Ganz klar musste Rico ihn belauscht haben. »Wird er die Festgäste und seine Leute anweisen, sich in seinen Bunker zu bewegen?«

»Nein, eine sehr seltsame Anweisung. Er hat einen Leutnant angehalten und ihm befohlen, deinen Wearable zu aktivieren.«

»Was?« Mit dieser Information ließ sich so überhaupt nichts anfangen. »Meinen … meinen was?«

»Wearable.« Kurz wurde es still in der Leitung. »Eigentlich kann das nur eins bedeuten. Der Major muss dich mit einem Tracker versehen haben. Überleg mal genau. Hat er dich irgendwie berührt? Etwas in deinen Rucksack fallen lassen?«

In Adrianas Kopf drehten sich die Gedanken. »Du meinst, er kann mich mit dem Ding aufspüren?«

Aber selbst wenn … Sobald sie durch die Barriere trat, würde so ein Wearable genau wie ein Handy doch nicht mehr zu orten sein?

Sie warf einen Blick auf die Uhr. Nur noch zwanzig Minuten.

Es war Zeit. Um den Major und seinen Tracker musste sie sich später kümmern.

»Wie auch immer. Fahrt bitte sofort in den Wald, okay? Nur um sicherzugehen. Und wenn du kannst, versuch Pryatt Hershley anzurufen. Vielleicht glaubt er uns nach heute Nacht, dass etwas nicht stimmt.« Je nachdem, ob so ein offenes Höllentor auffallen würde, auch wenn sie es rechtzeitig wieder verschloss. Adriana schluckte. Heute Abend war es an ihr, in die Fußstapfen des Erzengels Michael zu treten.

Sie beendete das Gespräch und schlüpfte zurück in die Höhle, wo sich ihre Augen erst einmal an die Dunkelheit gewöhnen mussten.

Gesa, die bis hierhin vollkommen still geblieben war, raschelte nun mit den Flügeln.

»Also, ich würde schon gern von dem genialen Plan hören, wie Adriana Astara vom Teufel hereingelegt wurde. Sicher auch eine schöne Gutenachtgeschichte für die Omega-Aufzuchtstation, in die ich sowieso gleich gehen muss«, schmeichelte sie Luzifer. »Wirklich, ich brenne auf die Details. Diese Adriana konnte ich sowieso noch nie leiden, und ich nehme an, der Plan ist so gut wie abgeschlossen und niemand kann ihn mehr aufhalten?«

Luzifers Züge spannten sich vor Vorfreude, seinen Triumph zu unterbreiten. So jedenfalls wirkte es. Gut, er hatte selten Zuhörer, die weder Speichellecker waren noch zu verängstigt, um überhaupt richtig zu verfolgen, was er von sich gab. Schlaue Gesa.

»Adriana Astara ist in diesem Moment dabei, mir so richtig in die Karten zu spielen.« Luzifer machte einen weiteren Schritt nach vorn und strahlte dabei Gesa an wie ein Universitätsprofessor seine beste Schülerin. »Ich möchte ja nicht sagen, dass ich mich dieses Mal selbst übertroffen habe, aber …« Er klatschte in die Hände. »Doch … ich denke, das kann ich behaupten. Womöglich war bisher noch nichts von so langer Hand geplant wie die Vorbereitungen für diesen Abend. Wie eine Schachfigur habe ich höchstpersönlich Adriana über die große Bühne bewegt. Ihren Weg geebnet und ab und zu Bauern zu ihrer Ablenkung ins Feld geführt.« Überheblichkeit sprach aus jeder öligen Pore des Höllenfürsten.

Je länger Luzifer quatschte, desto schlechter wurde es Cruz. Wo immer sich Adriana gerade aufhielt, sicherlich brauchte sie dringend Hilfe. Seine Hilfe! Adriana … ihre Ziele …

»Du hast einen Weg gefunden, wie du das Höllentor öffnen und Adriana zugleich daran hindern kannst, es wieder zu schließen«, spekulierte Cruz, der gerade alle Informationen in seinem Kopf zusammensetzte.

»Falsch«, sagte der Teufel fröhlich.

Drym und Savannah hatten sich kein Stück wegbewegt. Lediglich Savannah schien an Drym zu lehnen, sprang allerdings sofort von ihm weg, sobald sie Adriana aus der Felsnische treten sah. Die Dämonin wirkte erschöpft. Die sonst so glänzenden roten Haare stumpf und staubbedeckt.

»Es ist so weit.« Adriana schob sich die Riemen ihres Rucksacks auf der Schulter zurecht. In ihrer Hand hielt sie jetzt nur noch das Taschenmesser. Behutsam ließ sie die längste der Klingen aufschnappen.

»Adriana«, sagte Savannah leise. Die ehemalige Nonne und nun Dämonin starrte sie an. In ihren aufgerissenen Augen flackerte Angst.

»Ich werde das Tor verschließen. Jetzt. Mit meinem Blut.« Sie warf einen Blick zurück in die Nische, die kürzer wirkte als noch heute Morgen. Vermutlich änderte sich auch das stündlich in der Hölle. Das blaue Licht des Portals flackerte über die Seitenwände. »Mit etwas Glück verschließen wir somit alle Tore. Es ist das Originaltor von 1974.« Zumindest nahm sie das an.

»Mit deinem Blut?«, hakte Drym nach. »Aber das geht doch nur mit Engelsblut … Oh.«

Durch Adrianas Blick unter hochgezogenen Augenbrauen, den sie ihm zuwarf, schien er zu verstehen.

Im Gegensatz zu Savannah, die wild zwischen ihr und Drym hin- und herblickte. Als wollte sie eine Straße überqueren.

»Nein, oder?« Drym strich sich eine seiner Dreadlocks über die Schulter. Aus seinem linken Mundwinkel schoss seine Zungenspitze hervor. »Du bist ein … Weiß Cruz das schon? Und Luzifer?«

Adriana schüttelte den Kopf. »Nur Rico und Eloy.«

Daraufhin runzelte Drym die Stirn. »Und wann hattest du vor, es uns zu sagen?«

»An einem Ort, an dem wir nicht belauscht werden«, antwortete Adriana eilig. »Wie auch immer. Es wäre super, wenn ihr den Plan befolgt.« In kurzen Sätzen erklärte sie, was sie sich zurechtgelegt hatte. Gerade als sie endete, begann etwas in Savannahs Gesicht aufzukeimen. Wie in Zeitlupe zu erblühen. Mit den Lippen formte sie lautlos das Wort *Engel*. Nein, es war eher eine stumme Frage.

Adriana nickte, und einen Moment hatte sie das Gefühl, Savannah wollte vor ihr auf die Knie sinken, irgendeine ehrfürchtige Nonnengeste an den Tag legen, aber Drym packte das Mädchen an den Schultern. »Später. Es sind kaum noch fünfzehn Minuten bis zur Darkness Hour.«

Erleichtert versuchte Adriana ihre angespannte Nackenmuskulatur zu lockern.

Drym nickte ihr zu. »Keine Sorge. Wir wissen, was zu tun ist.«

Darauf konnte Adriana nur hoffen.

Atemlos verfolgte Cruz die selbstverherrlichenden Gesten des Teufels. Ein Schritt nach vorn, einen Kreis gedreht, die Arme ausgebreitet, mit der Hand an der Wand abgestützt …

»Die Tore waren nie offen. Adriana wird sie jetzt in diesem Moment für mich öffnen. Wenn es nicht bereits geschehen ist.« Stille senkte sich über Gesas Botanikum. Man hätte Rindenmulch zu Boden rieseln hören können.

Was? Nein … Das konnte nicht … Luzifer hatte Adriana reingelegt. Sie alle. Hastig spürte Cruz tief in sich hinein. Seine Instinkte, unter anderem den Countdown bis zur Darkness und First Daylight Hour zu erfühlen, funktionierten wie bei normalen Dämonen tadellos. Nur noch acht Minuten bis zur Darkness Hour. Das … war eigentlich nicht zu schaffen, nie würde er in dieser Zeit das Portland Portal erreichen.

»Verstehe. Glückwunsch zum Sieg, Luzifer.« Er war schon halb aus der Tür. »Ich fliege dann mal los zu Angelina Astara.«

»Versuch's gar nicht erst!«, rief ihm der Teufel hinterher, als Cruz schon mit zitternden Flügeln den schmalen Flur hinuntersprintete. »Du wirst niemals rechtzeitig deine liebste Adriana warnen können. Es ist zu spät.«

Dieser verdammte Mistkerl. Sie waren ihm auf den Leim gegangen und jetzt würde Adriana … Selbst er konnte jetzt schon die Schuld auf seiner Zunge schmecken, die wie eine Welle über Adriana hereinbrechen würde, sobald sie die List des Teufels erkannte. Schuld, schwere Schuld. Etwas, mit dem er sich viel zu gut auskannte. Ein dumpfer Nebel legte sich um all seine Sinne, und Cruz nahm gar nicht wahr, wie er mit seinen Flügeln mehrere goldgerahmte Bilder von den Wänden riss und schließlich beim Sprung über einen Springbrunnen auch diesen umfegte. Nein, das musste er verhindern. Musste Adriana schützen. Wie um alles in der Welt hatten sie nicht bemerken können, dass Luzifer sie seine Drecksarbeit machen ließ? Hinter ihm zersplitterte eine Statue. Hatte Luzifer von Anfang an Adriana gebraucht, um die Tore zur Hölle auch in dieser Nacht zu öffnen? War sie schon immer sein Mittel zum Zweck gewesen?

Sie trat zurück in die Felsnische, näher an das blau pulsierende Portal heran. Dabei drohte ihr Herz zwischen den Rippen herauszuspringen und davonzuhoppeln. Hatte es je so schnell geschlagen? Nicht, dass sie jetzt im entscheidenden Moment an einem Herzinfarkt starb, noch ehe sie ihr Blut vergießen konnte.

Ein letzter Blick zurück offenbarte ihr ein Lächeln von Drym und eine Savannah, die vor Ehrfurcht zu Stein erstarrt zu sein schien.

»Du bist es, du bist es, du bist es«, murmelte die Halbdämonin in Endlosschleife, wobei ihre Flügel flatterten, als wollte sie sich selbst Luft zufächeln. Wenn sie so weiterplapperte, konnte sie den Schreiern im Portal Konkurrenz machen.

Erneut wandte sich Adriana nach vorn. Die Schreier vor ihr wirbelten im hellblauen Dunst.

»Die Verdunklung ist nah. Die Verdunklung ist nah.« Okay … auch hier ein neuer Text.

»Die Erlöser sind fern. Die Verdunklung ist nah.«

Adriana neigte den Kopf. Sie, die Erlöserin, stand vor ihnen. Oder meinten sie das metaphorisch? Wie auch immer, ihr lief die Zeit davon.

»Also, ich bin es – hier, direkt vor eurer Nase …?«

Doch die Seelen taten so, als hätten sie nichts gehört. Stattdessen zitierten sie auf einmal den zweiten Teil des Höllenfeuerlieds. Na, fantastisch. Was sollte ihr das in diesem Moment bringen?

»Über die Menschheit kommt eine Zeit
Der Qual, der Angst, der Dunkelheit
Volarion und der Engel Krieg
Kam zum Erliegen ohne wirklichen Sieg

Engel verschleppt von lebenden Teufeln
Engel von Dämonen entführt
Das Böse versucht sein Gift zu träufeln
Bis es wird von der Sonne berührt

Michaels Blut soll versiegeln das Tor
Reichte nicht aus für alle Tage
So kommen sie jedes Jahr wieder hervor
Befallen die Welt als teuflische Plage

Zunächst nur in Tagen der Jahreswende
Fallen sie über die Menschen her

Doch warnen die Seelen euch vor dem Ende
Bald ist das Blut des Engels nicht mehr

Die Hoffnung, ihr Menschen, sind der Mischblüter zwei
Von menschlichen Müttern das Leben geschenkt
Mit ihrer Hilfe seid ihr wieder frei
Wenn ihre Macht zum Licht wird gelenkt

Gegen Luzifer sich selbst als Waffe zu wählen
Engel im eigenen Gefängnis verendet
Nur aus eigener Kraft herauszuquälen
Die Waffe der Freunde das Blatt noch wendet

Nun sucht die Beschützer, die Halbblute auf
Nur gemeinsam können sie euch alle retten
Holen sie die Engel aus den Tiefen herauf
So lösen sich alle teuflischen Ketten«

Mittlerweile kannte sie die Zeilen auswendig, aber was brachte das? Außer, dass sie sich aktuell selbst als Waffe wählte, wenn man so wollte?

Und wie genau sollte sie das mit dem Blut machen? Ihr Blick fiel auf ihr Handgelenk. Irgendwo hatte sie gehört, dass ein Schnitt quer darüber einen nicht umbrachte, aber viel Blut hervorbringen würde. Ergiebiger als eine normale Fleischwunde und weniger gefährlich als die Oberschenkelarterie. Einen Versuch war es wert. Gedankenverloren reinigte sie die Klinge mit ihrem Desinfektionsspray und ihrem Jackenärmel, schob Letzteren bis über ihren Ellenbogen, trennte danach die Naht an ihrem Neoprenärmel ein Stück weit auf. Jetzt ließ er sich leichter nach oben schieben. Nacktes, helles Fleisch kam darunter zum Vorschein. Irgendwie jungfräulich, ging es Adriana durch den Kopf. Immerhin, sie warf einen allerletzten Blick über die Schulter, hatte sie zwei Alpha-Dämonen direkt hinter sich.

»Bitte pass auf dich auf«, bat Drym sie leise und Adriana nickte.

Die Hitze der Hölle trieb ihr Schweißperlen über Stirn und Nacken. Das Messer in ihrer Hand wog auf einmal schwer. Nach einem Blick auf das Portal mit den Seelen schickte Adriana ein letztes Stoßgebet in Richtung Himmel, einen letzten Gedanken in Richtung ihrer Mutter und setzte dann den Schnitt. Über ihren linken Unterarm. Zunächst zeigte sich neben einem stechenden, brennenden Schmerz lediglich ein dünnes Rinnsal Blut.

Bitte, bitte lass es reichen, um die Welt zu retten, all die Menschen dort draußen, die Kinder, ihre Freunde … Mit einem Seufzen ging sie in die Knie, ließ die Blutstropfen vor dem Tor eine Linie bilden. Tropf, tropf. Die Schmerzen spürte sie kaum. Dafür war alles andere um sie herum intensiver. Die Hitze des sandigen Bodens unter ihr, das Licht aus dem Portal, das Blut, das aus ihrem Arm quoll …

»Meint ihr, das reicht?«

Hinter ihr räusperte sich Savannah. »Ich denke, beim Erzengel Michael war es mehr Blut. Und du könntest etwas davon, also so ein paar Tropfen, in das blaue Gewirbelzeugs schleudern.«

Mehr Blut? Adriana kniff die Augen zusammen. Und direkt ins Portal? Nun gut, bevor hier alles umsonst gewesen sein sollte …

Ihre Wunde brannte lichterloh, sobald Adriana den Schnitt vertiefte. Wo zuvor noch ihre Sinne geschärft und alles um sie herum intensiver geglüht hatte, sah sie sich nun wie in gleißendes Scheinwerferlicht getaucht. Hell, so hell! Hätte sie nicht bereits auf den Knien gelegen, spätestens jetzt wäre sie umgekippt. Sie blieb zwar bei Bewusstsein, aber ihre Bewegungen kamen ihr wie ferngesteuert vor. Ganz wie an diesem Morgen, als sie Helen gesegnet hatte. Ihre rechte Hand ließ das Messer in den Sand fallen, schöpfte dann eine kleine Lache Blut ab und warf Letztere energisch in das Portal. Mehr und immer mehr Blut tropfte aus ihrem Arm, was Adriana verdattert wahrnahm. Ob das zu viel war? Und falls ja, wo blieb die Engelsheilung? Sie versuchte sich darauf zu konzentrieren, allein mit der Kraft ihrer Gedanken die Wunde zu schließen. Nichts passierte. Hallo? Was war mit ihrer selbstlosen Tat? Sie musste doch gerade das Portal geschlossen haben? Sodass kein Dämon mehr hindurchtreten konnte? Wie zur Antwort erstrahlte das Portal in dieser Sekunde deutlich heller, pulsierte und dann drehten sich die Schreier in die andere Richtung. Wie ein Schlüssel im Schloss. So funktionierte das also? Fasziniert betrachtete Adriana das Schauspiel. Also hatten sie es tatsächlich geschafft?

»Wow«, hauchte Savannah. »Ist es vollbracht? Adriana, du bist echt genial. Aber natürlich, du bist ja auch ein …« Mit einem Seitenblick auf Drym verstummte sie. »Danke. Ohne deinen Einfall mit deinem Blut wären wir verloren gewesen. Portland wäre verloren gewesen.«

Lächelnd senkte Adriana den Blick. Nur, dass sie plötzlich kaum mehr etwas fokussieren konnte. Alles drehte sich.

»Aus dem Weg!«

Täuschte sie sich, oder war das Ivans Stimme? Gleich würde er sicher sehr ungehalten sein, sobald er bemerkte, dass das Portal verschlossen war. Sie versuchte sich gegen die Felswand zu lehnen, rutschte dabei aber nach links weg. Ihr Rucksack rieb über den rauen Stein. Oje.

Aber wenn Dämonen unterwegs waren … aus einem Reflex heraus griff sie sich das Taschenmesser, schob es mitsamt ihrer Hand in die Jackentasche. Dabei berührte ihr Daumen etwas Hartes. Ihre Lieblingsdigimonfigur. Patamon, der sich in eine echte Engelsgestalt verwandeln konnte. Im Gegensatz zu ihr. So ein Mist. Wenn sie doch nur etwas mehr engelsmäßig gewesen wäre. Mit Flügeln und starken Heilkräften!

Flügel raschelten, und tatsächlich, vor ihr tauchte auf einmal Ivan auf, samt seinem Clan.

»Vielen Dank, kleine Missgeburt.« Sein Flügel streifte ihre Wange und dann hüpfte er durch das Tor. Mitten hindurch, einfach so. Mit erneuertem Flügel. Sicher ein Geschenk Luzifers an seinen Enkel.

Adrianas Mund stand offen. Obwohl die Hitze an ihren Schneidezähnen drückte. Nein, oder? Das war eine Projektion ihres Gehirns, wie ein Traumbild, mehr nicht. Ivan konnte nicht gerade durch das Tor in die Menschenwelt geschlüpft sein.

»Kann ich hier mal durch?« Ein ziemlich zerfleddert aussehender Beta rempelte Adriana an. »Ich habe noch ein paar Menschenhirne zu fressen!«

Der Blutverlust bekam ihr anscheinend nicht. Sie sah eine ganze Reihe von Bildern, die wahrscheinlich aus ihrer eigenen Angst entstanden waren, aber nicht wahr sein konnten.

»Ach, armer, unschuldiger kleiner Dämon«, säuselte Rhyon, der nun ebenfalls an ihr vorbeilief. Aus seiner zerfetzten Mumienhaut rieselte Sand in Schüben. Er schien vor Aufregung zu vibrieren. »So viel hast du noch zu lernen.« Dann entschwand auch der Beta durch das Portal.

Nein, nein! Das durfte gerade nicht passiert sein.

»Sollen wir dich mitnehmen?« Ein ihr unbekannter Beta grinste sie an. Verfaulte Zähne und unheimlich grellrote Augen. Nein, nein, nein!

Sie konnte kaum mehr klar denken, außer dass alles ein riesengroßer Fehler gewesen war. Dann rutschte sie noch ein Stück weiter an der Felswand hinab, verlor endgültig die Kontrolle und damit auch das Bewusstsein.

Sein Innerstes zählte die Sekunden bis zur Darkness Hour herunter. Gleichzeitig sträubte sich alles in ihm, anzuerkennen, dass es weniger als eine Minute bis dahin war. Sicher würde sie heute ein bis zwei Minuten später einsetzen. Es war der erste Januar und da ging die Sonne doch etwas später unter?

Schon von Weitem erkannte er die zwei Alpha-Dämonen, die vor der Nische des Portals standen. Dutzende andere Dämonen preschten an ihnen vorbei. Ein untrügliches Zeichen dafür, dass seine schlimmsten Befürchtungen eingetreten waren, denn die Dämonen verschwanden in der Wandnische. Dort, wo das Portal nach Portland lag.

Die einzigen beiden Dämonen, die bewegungslos daneben verharrten, waren Drym und Savannah. Aber wo steckte Adriana? Mit hämmerndem Herzen lehnte er sich nach vorn, drückte seine Flügel Richtung Boden in den Sinkflug. Sand wehte ihm ins Gesicht, während ein brüllender Clan unter ihm entlanghetzte. Nicht weit entfernt verschwand ein weiterer ziemlich großer Clan in einer anderen Wandnische.

Sobald Cruz gelandet war, nutzte er seinen Schwung, um direkt weiterzurennen.

Drym hatte sich soeben nach unten gebeugt und ein schwarzes Bündel auf die Arme gehoben. Adriana! Das Bündel war Adriana und sie blutete aus dem Unterarm.

Blut, so viel Blut! Nein! Sie durfte nicht tot sein. Sämtliche Muskeln in seinem Körper spannten sich an, als Cruz die letzten Schritte mit nur einem gewaltigen Sprung überwand.

»Adriana!«

Sowohl Savannahs als auch Dryms Kopf schnellten herum.

»Sie lebt, keine Sorge«, begrüßte Drym ihn.

»Aber wer weiß, wie lange noch«, gab Savannah in ihrer gewohnt direkten Art zu bedenken.

»Gib sie mir.« Ohne zu zögern, legte Drym den schlaffen Körper mit dem zerdrückten Rucksack in Cruz' Arme.

Adriana. Bei ihrem Anblick fühlte sich sein Mund augenblicklich so trocken wie die Felder des Wahnsinns an. Er hatte Mühe, die Tränen zurückzuhalten. Luzifer hatte die Wahrheit gesagt. Aufgrund seiner Intrige war die Katastrophe, die Cruz hier vor sich sah, eingetreten. Luzifer war schuld daran und Cruz hatte Adriana nicht retten können. Noch ein erschreckender Gedanke strich über die Oberfläche seines Bewusstseins. Sollte Adriana jetzt sterben, wäre ihre letzte Unterredung ein Streit gewesen.

Obwohl Cruz keine weiteren Dämonen in der Nähe witterte, wollte er doch nicht hierbleiben. Die anderen folgten ihm, als er aus der Nische trat, Abstand zwischen sich und das Portland Tor brachte und in irgendeine leere Felseinbuchtung abbog, wo er sich mit dem Rücken gegen die Wand lehnte. Kein Portal war hier zu sehen. Seine Blicke glitten immer wieder über Adrianas Körper, den überstreckten Hals und die nach unten baumelnden Arme.

»Wie kann das sein?«, fragte Cruz atemlos. »Luzifer, das ist alles seine verdammte Schuld! Er hat sie reingelegt. Savannah, halte ihren Arm hoch, hast du irgendetwas, das sich als Verband benutzen lässt?« Blut tropfte immer noch aus dem Schnitt unter dem Neoprenärmel hervor.

Daraufhin starrte ihn Savannah durchdringend an. »Ihre Selbstheilungskräfte werden bald einsetzen, keine Sorge.« Ungeachtet ihrer Worte packte sie trotzdem Adrianas Handgelenk, zog es bis über ihren Kopf nach oben. »Sie ist ein Halbengel und Luzifer muss das gewusst haben. Oder zumindest vor Kurzem herausgefunden haben. Er hat sie benutzt, um die Tore zu öffnen.«

Für einen Moment schloss Cruz die Augen, ließ die Wahrheit und die Hitze der Hölle auf sich niederregnen. Jetzt ergab alles viel mehr Sinn. Auch das Geplapper von Luzifer. Engel. Halbengel. Warum hatte Adriana nichts gesagt?

»Sie verliert zu viel Blut. Ich weiß nicht, ob sie sich einfach so davon erholen kann. Wir brauchen Gesa.« Cruz blickte auf, nachdem er Adrianas Sweatjackenärmel so weit es ging den Arm hinaufgeschoben hatte.

»Natürlich. Ich hole sie.« Zwar trat Drym einen Schritt zurück, doch Savannah berührte seine Schulter.

Cruz fiel auf, dass ihre Augenlider flatterten. »Ich gehe, bleib du bei Cruz und Adriana.«

Ohne ein weiteres Wort drehte sie sich um, nahm Anlauf und hob ab. Cruz sah ihr hinterher.

»Wie habt ihr die Tore geöffnet? Und warum?«

Drym, der nun die Aufgabe von Savannah übernommen hatte und Adrianas Arm nach oben hielt, warf ihm einen Seitenblick zu.

»Sie hat es getan. Mit ihrem Blut. Weil Adriana dachte, das

Portal so schließen zu können. Es ist das Eine. Das Ursprüngliche.«

Seufzend schloss Cruz die Augen. »Das verfluchte Ding war gar nicht offen, oder? Ein Trick von Luzifer. Teufelsmagie. Irgendwie hat er es geschafft, uns zu täuschen.« Unter einem tiefen Stöhnen hob er erneut die Augenlider. »Meinst du, wir können es auch mit ihrem Blut wieder schließen?«

Drym warf einen Blick nach links in Richtung der Nische mit dem Portal. »Wenn es so einfach wäre … Aber falls es klappt, dann nur mit einer großen Menge. Und die hat sie nicht mehr. Eine kleine Menge reicht nicht aus, um irgendetwas zu bewirken, wie wir eben getestet haben.«

Genau wie er es sich gedacht hatte. Cruz schluckte.

»Adrianas Heilung hat oberste Priorität. Danach überlegen wir uns, wie wir das verdammte Loch stopfen können.«

»Ein netter Vergleich.« Mit dem Handrücken fuhr sich Drym über die Stirn. »Wahrscheinlich werden gerade in unserer Zeitzone Tausende Menschen gefressen. Und das nur, weil wir das Höllenloch überhaupt erst geöffnet haben.«

»Du klingst, als hättest du vor, in den nächsten Lavasee zu springen, um dich selbst zu bestrafen«, herrschte Cruz ihn an. »Aber soll ich dir was sagen: Wir wurden reingelegt. Das ist nicht unsere, sondern Luzifers Schuld. Bloß, wenn du heute Nacht stirbst, kannst du diesen Fehler nicht mehr korrigieren. Den Höllenfürsten nicht für seine Täuschung bezahlen lassen.«

Drym, der soeben den Mund wie zum Widerspruch geöffnet hatte, schloss ihn wieder.

Lange starrte Cruz auf die bewusstlose Adriana in seinen Armen, strich ihr die Haare aus der Stirn, murmelte ihr beruhigende Worte zu.

»Gesa kommt«, informierte Drym ihn wenig später. Als hätte Cruz seine älteste Freundin nicht schon längst gerochen.

»Ah, wie herzallerliebst. Die Liebenden wieder versöhnt. Der kleine Dämon und der fast erwachsene Engel.«

Cruz hob den Blick, fixierte Gesa, die mit Savannah im

Schlepptau zur Landung ansetzte. Gesas Flügelschlagen wehte ihm staubigen Sand ins Gesicht. Also hatte Savannah geplaudert. Was auch sonst?

»Vielleicht kannst du mir mal verraten, warum du nicht einfach die Verbindung über Adrianas Mal aktiviert hast, um die Öffnung der Tore zu stoppen?« Gesas Kinn bebte. »Hast du eigentlich mal versucht, dein Gehirn zu benutzen?«

»Kannst du ihr helfen?« Cruz' Wangenknochen schmerzten unter der Anstrengung, ruhig zu bleiben. Sie hatte ja recht. Irgendwo. Auch wenn er Adriana geschworen hatte, sie niemals zu kontrollieren. Andererseits … er musste sich eingestehen, dass er an diese Möglichkeit in seiner Panik gar nicht gedacht hatte.

»Bleib locker, sie ist ein Engel. Sie wird sich erholen.« Dennoch griff Gesa nach Adrianas Arm, schob den Jackenärmel nach oben. »Himmel, warum trägt dieses Mädchen immer diese weiten Jungsklamotten?« Kopfschüttelnd drehte sie den Arm hin und her. »Da, seht ihr? Die Wundheilung hat schon eingesetzt. Blutet fast gar nicht mehr. Gib ihr einfach etwas Wasser. Sie kommt bald wieder zu sich.«

Sowohl Drym als auch Savannah hoben beide Augenbrauen.

Nur Cruz griff in Adrianas Rucksack und angelte nach ihrer Wasserflasche. Diese Neuigkeit hörte sich für seine Ohren fast zu gut an, um wahr zu sein. Sobald er den Deckel abgeschraubt und die Flaschenöffnung an ihre Lippen gehalten hatte, zuckten Adrianas Augenlider. Vorsichtig ließ er etwas Wasser zwischen ihre Lippen fließen.

Mit einem Mal kam es Cruz so vor, als würde alles Blut zurück in sein Gesicht schießen. Adrianas Lippen hatten sich bewegt, ihre Fingerspitzen gezittert. Sie kam wieder zu sich. Sie lebte!

Hustend wand sie sich in seinen Armen.

Gleichzeitig durchzuckte Cruz ein niederschmetternder Gedanke: Wie sollte er Adriana beibringen, was soeben geschehen war?

»Eloy!« Verflucht. Immer wieder rief er den Namen seines Freundes. Selbst Tequila bellte, was die Menschen auf dem Fest mit genervten Blicken quittierten. So als müsse er seinen Hund doch besser im Griff haben. Hatte Rico aber nicht, und es war ihm auch herzlich egal so kurz vor der Darkness Hour. Er schlug einen Haken um Vorschulkinder, die mit Papierfliegern in den Händchen um die Wette liefen. Warum bloß waren ihre Eltern so dumm, nicht auf seine Social Media Posts zu hören? Die Dämonenwarnung hatte er schließlich schön großflächig ausgespielt. Tequila sprang sogar über ein Kleinkind, das direkt vor ihm auf die Knie gefallen war.

»Eloy!« Wo steckte er nur? Hektisch sah Rico sich um. Vielleicht hörte er ihn über die verfluchte Musik hinweg nicht. Zwei Festpavillons weiter hatten sie eine Bühne errichtet, auf der eine Countryband auftrat. Mittlerweile war es fast vollkommen dunkel und sie mussten los, um die Kapelle im Wald noch zu erreichen. Jetzt!

Die Szenerie um ihn herum wurde lediglich durch die vielen Lichterketten erhellt sowie von den Strahlern an der Hauswand des BKOD-Hauptgebäudes. Hinten an den Hangars brannten sie ebenfalls. Wo konnte Eloy hingelaufen sein?

Das Mikrofon des Sängers kreischte auf, als eine Rückkopplung erzeugt wurde, nachdem die Band eine kurze Pause angekündigt hatte. Rico biss noch ein wenig heftiger die Zähne zusammen.

Tequila an seiner Springseilleine jaulte auf. Genau wie die Kinder und ein paar der Erwachsenen um sie herum.

Ein Schatten huschte von links nach rechts. Für einen Moment dachte Rico, dass es sich dabei um einen Gamma-Dämon handelte, doch dann begriff er noch im selben Atemzug, dass Eloy soeben auf die Bühne gesprungen war. Mit einem Mikrofon. Direkt vor die Band. Rico erstarrte.

»Liebe Festgäste, das hier ist leider keine Übung. Wir bitten Sie, das Festzelt geordnet in Richtung des Bunkers hinter den Flugzeughangars zu verlassen. Die Höllentore haben sich unseren Informationen nach nicht geschlossen, was bedeutet, dass in weniger als zehn Minuten Dämonen hier bei uns eintreffen werden. Selbst wenn Sie uns nicht glauben, dann haben Sie wenigstens einmal unseren gemütlichen Bunker besichtigen könn-« Zwei Soldaten hechteten auf die Bühne, ein sehr hagerer mit Brille und ein kleiner rothaariger. Sie packten den nicht besonders überrascht dreinblickenden Eloy, der daraufhin sein Mikro fallen ließ.

Im Publikum sprangen einige Menschen auf. Eine Mutter hob in einer panischen Geste ihr Kleinkind vom Schoß ihres mutmaßlichen Ehemanns, offenbar bereit, um ihr Leben zu rennen, ein anderer Mann mit einem kleinen Jungen auf den Schultern bahnte sich bereits einen Weg durch die Menge. Aber die meisten Menschen starrten einfach nur nach oben zu den drei Männern im Rampenlicht.

Konsequent zogen sie Eloy von der Bühne.

Mit einem Räuspern und einem zweiten Mikro trat General Whittaker auf den Platz, an dem Eloy eben noch gestanden hatte.

»Meine sehr verehrten Damen und Herren, liebe Bürger von Portland. Selbstverständlich war das eben nur ein Dummejungenscherz. Sie haben nichts zu befürchten. Nichts dergleichen wird passieren. Sie haben mein Wort darauf.« Der General schenkte den Anwesenden ein gütiges Lächeln, drehte sich einmal im Halbkreis nach rechts und links. »Die Dämonentage sind vorüber. Und wie Sie den Nachrichten sicher entnehmen konnten, möchten wir Ihnen heute die Prototypen der neusten Dämonenabwehrwaffen demonstrieren, gefolgt von einem großen Feuerwerk.«

Die Menge klatschte. Ein junger Offizier pfiff.

Verflucht. Für einen winzigen Augenblick hatte Rico geglaubt, Eloys Plan sei aufgegangen. Und warum tat eigentlich der Major nichts? Adriana musste ihn doch mit Ahels Auftauchen von der Wahrheit überzeugt haben? So hatte sie es ihm in ihrer Nachricht geschrieben. Doch dieser hinterlistige Major war nirgends zu entdecken.

Aus dem Augenwinkel nahm Rico wahr, wie die beiden Soldaten Eloy aus ihren Griffen entließen. Nicht, ohne ihm eine Gardinenpredigt zu halten, so sah es jedenfalls aus der Ferne aus.

Eloy senkte den Kopf. Doch sobald sie ihn allein ließen, sprintete er los.

Was? Sofort setzte sich auch Rico mit Tequila in Bewegung. Irgendetwas hatte sein verrückter Freund vor, das war eindeutig seinem entschlossenen Gesichtsausdruck zu entnehmen.

Während der General eine Leinwand herabgleiten ließ und ein Foto einer Rakete daraufprojiziert wurde, schlängelte sich Rico im Eiltempo nach vorn durch. Tequila schien da vollkommen auf seiner Seite zu sein, daher ließ Rico die Leine los, was dem Hund die Möglichkeit gab, sich flink zwischen den vielen Menschenbeinpaaren hindurchzuschlängeln. Als er zu weit nach links abdriftete, stieß Rico einen leisen Pfiff aus. Direkt sprang Tequila an seine Seite. Molly musste ihn gut trainiert haben. Oder sein Vorbesitzer. Bei Molly war der Hund ja nicht lange gewesen. Ein Glück für Tequila.

Schneller, als Rico schauen konnte, war Eloy schon mit einem ziemlich eleganten Bocksprung über eine Absperrung gehechtet. Dahinter befand sich etwas wie eine flache Bühne und diverse chromfarbene Kisten.

Eloy beugte sich über eine der Kisten und öffnete sie. Immer noch hatte absolut niemand außer Rico Notiz von ihm genommen. Verdammt. Noch vier Minuten bis zur Darkness Hour, wenn Rico das richtig sah. Damit blieb ihnen keine Zeit mehr für den Weg zur Kapelle. Also würde er wie schon zuvor im Bunker hier schlafen. Immerhin kannte er sich mit dem Ding inzwischen aus, hatte sich sogar die Kombination auf dem Zifferblatt gemerkt, mit der der Major das Sicherheitssystem darin hochfuhr. 051945. Der Monat und das Jahr des Endes des zweiten Weltkriegs.

Zisch. Zisch. Kurz hintereinander rauschten zwei Silvesterraketen in den Himmel. Eloy hatte sich über das Zündsystem gebeugt und betätigte irgendwelche Knöpfe.

Mitten in General Whittakers Erklärungen zu Weihwasser-Biotechbomben explodierte die erste am Himmel in einem Glitzerregen.

Danach geriet alles durcheinander. Die nächsten Raketen schossen quer, direkt in eins der Zeltdächer. Funken stoben, gefolgt von kleinen Flämmchen, die sich durch die Zeltplane fraßen. Rico sah, dass Eloy eine ganze Gruppe Abschussröhren gekippt und damit die Flugrichtung geändert hatte.

Für eine Sekunde war alles still. Die Menschen starrten wie geschockt darauf. Nur eine Kinderstimme schrie, als würde ihr lebendig die Haut abgezogen.

Im nächsten Moment brach Panik aus. Stühle und Bänke wurden umgestoßen. Das Geräusch von zerbrechendem Glas mischte sich mit Schreien.

»Hierher!«, schrie Rico. »Folgen Sie mir in den Bunker!« Noch zweieinhalb Minuten. Ein paar Menschen sahen ihn einen Wimpernschlag lang an, wandten sich allerdings sofort wieder ab. Bis auf einen Vater mit einer dunklen Baseballcap auf dem Kopf, der seinen kleinen Sohn auf dem Arm hielt. Der Mann mit den breiten Schultern, an dessen Schläfen bereits graue Fäden zwischen den dunklen Haaren hervorlugten, starrte Rico aus intelligenten Augen an. Bloß der Rest der Menschen kümmerte sich nicht um Rico. Allem Anschein nach fürchteten sie sich lediglich vor dem Feuer und suchten nach ihren Liebsten.

»Zum Bunker geht es hier entlang. Hier!« Rico wedelte mit den Armen. »Schnell. Wir müssen vor den Dämonen Schutz suchen.«

Jetzt kam auch Eloy an seine Seite gesprungen. »Wer gleich nicht gefressen werden will, läuft mit uns!« Auch er winkte heftig. Niemand folgte ihren Anweisungen. Nur der General starrte böse zu ihnen herüber, winkte ein paar Soldaten heran.

»Oh, oh. Zeit, zu verschwinden«, meinte Eloy. »Andernfalls schleifen sie uns gleich in nicht besonders sichere Arrestzellen.« Er drehte sich auf dem Absatz um und raste in Richtung des Bunkers.

Ohne zu zögern, folgte ihm Rico. Nach einem Pfiff sprang Tequila an seine Seite. Gemeinsam sprinteten sie los.

Am Zaun eilte ein Wachmann gerade auf das Feuerwerkspult nicht weit entfernt zu. Der zweite Wachmann sah Rico angespannt entgegen.

»Die Dämonen kommen! Das ist keine Übung!«, rief Eloy ihm zu. »Seien Sie ein Held und retten Sie diese Menschen.«

Der junge Soldat starrte ihnen stumm entgegen.

Beim Näherkommen hatte Rico allerdings das Gefühl, er würde verstehend blinzeln, die auf sie zurollende Gefahr erkennen.

Er ließ sie passieren.

»Hey!«, rief ihnen jemand hinterher.

Oh. Doch noch ein Soldat, der seine Pflichten selbst in einer Nacht wie dieser viel zu ernst nahm, trat hinter dem Wachhaus hervor, nahm sogleich die Verfolgung auf.

»Scheiße!« Für einen Moment wähnte sich Rico in die erste Dämonennacht im Dezember zurückversetzt.

»Schneller!« Er pfiff, was Tequila dazu anspornte, mit hängenden Lefzen an ihnen vorbeizusprinten, im vollen Galopp auf die Flugzeughangar zu.

»Ihr zwei da vorn! Sofort stehen bleiben!«, brüllte eine tiefe Männerstimme.

Unglaublich, dass sie überhaupt so weit gekommen waren. Im Laufen schob sich Rico das Brillengestell etwas weiter nach oben auf die Nase.

»Oh, scheiße«, keuchte in diesem Moment Eloy.

»Ach, Quatsch, die kriegen uns nicht«, wollte Rico ihn beruhigen.

»Das meine ich nicht. Sondern das.« Eloy deutete nach rechts. In Richtung der Büsche, die das Gelände der BKOD hinter dem Hochsicherheitszaun von der Schnellstraße abschirmte. Dahinter wiederum erstreckte sich der Flugplatz. Etwas weiter in dieser Richtung, etwa auf Höhe der Hangar, führte eine Brücke für Flugzeuge über die Schnellstraße. Aber noch vor dieser Brücke leuchteten auf einmal grüne Augen auf.

»Nein, oder?«

Lichter vom Flugplatz, nichts weiter, versuchte sich Rico zu beruhigen. Doch dann bemerkte er den Schatten.

»Weihwasser, schnell!« Hastig riss sich Rico seinen Rucksack vom Rücken und kramte darin. O bitte, bitte, er musste noch welches darin haben.

12

»Was ist passiert?« Blinzelnd kam Adriana zu sich.

Ganz sachte stellte Cruz ihre Beine auf dem Boden ab. Gleichzeitig krallte sie sich an seinen Oberarmen fest.

»Keine Sorge, ich hab dich«, flüsterte er.

»Cruz?« Mit etwas Verzögerung fand sie seinen Blick. »Du bist hier?«

Mit einem Lächeln auf den Lippen beugte er sich tiefer zu ihr nach unten, sodass seine Stirn beinahe ihre berührte.

»Vergibst du mir, dass ich vorhin so ekelhaft zu dir war?«

Sie erwiderte sein Lächeln. »Natürlich. Es tut mir auch leid wegen Ahel.«

Das alles hätte ihn erleichtern sollen. Adriana lebte und war ihm nicht mehr böse. Gut, sie hatte ihm verschwiegen, dass sie ein Engel war, aber dafür musste es einen guten Grund geben und sie konnte es noch nicht lange wissen. Sein Herz hätte hüpfen müssen, doch in ihm meldete sich die Erkenntnis zurück, was vor dreizehn Jahren geschehen war. In einer Dämonennacht. Er musste es ihr beichten, auch wenn sie ihn dafür hassen würde. Oh, wenn nur Luzifer ihm nichts erzählt hätte! Aber jetzt konnte er Adriana die Wahrheit nicht eine Sekunde länger vorenthalten.

Gesa tauchte an seiner Seite auf, packte sich Adrianas Arm, die es geschehen ließ.

»Fast wieder in Ordnung«, murmelte seine alte Freundin, während sie schon Blätter aus ihrer Umhängetasche hervorzog. »Noch ein wenig Blutkamillensalbe auf Grauefeublättern wird die Heilung beschleunigen und einer Entzündung vorbeugen.

Sie heilt viel schneller als du, Cruz.« Die gute alte Gesa. Auf sie konnte er immer zählen. In Cruz' Magen rumorte es, während er sich der blutverkrusteten Striemen auf seinem Rücken nur allzu bewusst war.

»Adriana, ich muss dir etwas sagen«, brachte er schwerfällig über die Lippen.

»Ich werde das tun«, ging Savannah dazwischen. Sicherlich war es nur gut gemeint, jedoch hätte Cruz sie dafür gern mit einem Knurren bedacht.

»Adri, wir müssen es nachher noch einmal versuchen. Mit deinem Blut. Wenn du wieder bei Kräften bist. Leider hat es nicht funktioniert.« Savannah hatte ein äußerst enttäuscht wirkendes Lächeln aufgesetzt. Blasse Lippen, aber dafür Wangen so dunkel wie Brombeermarmelade.

»Was? Es hat nicht funktioniert?« Sichtlich geschockt verlor Adrianas Gesicht noch mehr an Farbe, wenn das überhaupt möglich war. »Die Tore stehen immer noch offen? Sind die Dämonen schon hindurch?«

»Ähm, ja.« Savannah tauschte einen kurzen Blick mit Drym, der stocksteif dastand. Wahrscheinlich hatte der gute Drym noch nicht besonders oft in seinem Leben gelogen.

Na gut, dann würden sie Adriana die schreckliche Wahrheit erst später beibringen. Nur die Sache mit ihrer Mutter … Besser, er tat es hier, wo Drym und Savannah bei ihr waren und auch bei ihr bleiben konnten, wenn sie ihn nach seinem Geständnis wegschicken würde. Mit einem bitteren Geschmack im Mund dachte Cruz an die Konsequenzen seines Handelns. Adriana würde ihn hassen. Hoffentlich nur eine kleine Weile. Bis sie begriff …

»Also … da gibt es noch etwas«, begann er.

Mit großen Augen sah Adriana zu ihm auf, drehte die Kette ihrer Mutter immer schneller zwischen den Fingern.

»Nein!« Sanft, aber dennoch entschlossen packte ihn Gesa am Unterarm. »Adriana kann jetzt keine weiteren schlechten Nachrichten gebrauchen.«

Als Cruz sie nur mit großen Augen anstarrte, fuhr Gesa fort: »Los jetzt. Wir bringen sie zu ihrer Mom. Dort sollte sie nun sein. Nicht hier.«

Cruz war bei ihr, hielt sie im Arm und hatte sein hitziges Gemüt zur Ruhe gezwungen. Auch wenn er immer noch etwas steif wirkte, sich irgendwie überkorrekt gerade hielt. Adrianas Blick glitt über seine angespannten Schultern und den Schweißfilm auf seiner Stirn. Sie würden später über die Verlobung reden. Aber nicht jetzt. In diesen Minuten zählte nur, wie sie die Menschen warnen konnten. O großer Gott, Rico und Tequila! Und Eloy!

»Ich muss Rico informieren!«, keuchte Adriana. »Ich muss schnell auf die andere Seite und mit ihm telefonieren. Wie spät ist es?«

»Tut mir leid.« Cruz schenkte ihr ein trauriges Lächeln, wobei ihm ziemlich viele seiner dunklen Haare in die Stirn fielen. »Die Darkness Hour hat vor über zehn Minuten begonnen. Aber deine Freunde haben sich bestimmt bereits auf sicheren Boden begeben. Sie wussten doch Bescheid?«

Ganz langsam nickte Adriana. Dennoch konnte sie dieses kreischend ungute Gefühl in ihrem Magen nicht abschütteln.

Zwar hatten Rico und Eloy versprochen, sich in der Waldkapelle in Sicherheit zu bringen, aber was, wenn etwas schiefgegangen war?

Dann dachte sie an die Bevölkerung Portlands. Hier würden die Dämonen zuerst zuschlagen. Und in allen anderen Gebieten ihrer Zeitzone. Ob Major Dwight genug Zeit gehabt hatte, die Menschen zu warnen? Und was war mit den beiden noch westlicheren Zeitzonen Alaska und Hawaii? Wenn sich in Portland, der Zeitzone, die minus 9 Stunden hinter der Greenwich Mean Time lag, von der alles ausgegangen war, das originale ersten Höllentor befand, bedeutete das sicher, dass als Nächstes die dahinterliegenden Zeitzonen von Dämonen belagert werden würden. Die letzten zwei Zonen, bis in Australien das nächste Mal die Sonne des folgenden Tages unterging. Sie überschlug kurz die Zeitzonen in ihrem Kopf. Australien … Dort würde es in etwa drei Stunden zu einem Gemetzel kommen. Dann würde dort die Hölle losbrechen. Anders als bei den normalen Dämonentagen ging dieses Mal alles von Portland aus. Von dem Portal, vor dem sie noch vor Kurzem ihr Blut vergossen hatte. Dieses Tor war der Schlüssel. Adriana schluckte. Aber das hatte sie geahnt. In der dämonischen Ordnung ergab das durchaus Sinn. Nur … ein klitzekleiner Gedanke zupfte an ihren Gehirnwindungen. War das 1974 auch so gewesen? Oder nur in der allerersten Dämonennacht? Oder ganz und gar nicht so? Was war hier nur faul?

So oder so. Ihr Blut hatte das Tor nicht verschlossen. Dort draußen starben gerade jede Menge Menschen, wurden von Dämonen gerissen und gefressen. Sie wollte etwas sagen, aber ihr Unterkiefer gefror bei diesem Gedanken. Fühlte sich nicht mehr wie ein Teil ihres Körpers an. Warum hatte ihr Plan nicht funktioniert?

»Komm.« Cruz' Flüstern ließ sie verwirrt blinzeln. Er presste sie fester an sich, trat heraus aus der Nische, wo er seine Flügel ausbreitete.

»Fliegt ihr ohne uns. Wir versuchen es noch mal bei Pryatt und diesen Kids in Roseburg.« Drym war ihnen nicht gefolgt. Über Cruz' Schulter hinweg betrachtete Adriana ihn. Neben ihm stand Savannah ungewöhnlich steif herum. Ihre Augen flatterten, so als wollte sie eigentlich nicht fort. Wahrscheinlich hatte sie viele Fragen an Adriana. Aber gerade deshalb wünschte sich Adriana, Savannah möge mit Drym abhauen. In diesem Augenblick brauchte sie kein aufgeregtes Savannah-Verhör.

»Rettet auf dem Weg dahin so viele Menschen, wie es geht, okay?«, bat sie.

Drym lächelte sie an. »Sobald wir alle Halbdämonen beisammenhaben, werden wir alle Menschen retten.«

Sein Optimismus in allen Ehren. Wenn es nur so einfach wäre. Das Höllenfeuerlied sprach von deutlich mehr Verbündeten. Und die letzten Zeilen, die das Schlossportal von sich gegeben hatte, *Blut öffnet, Blut schließt,* waren auch nicht so hilfreich gewesen wie erhofft.

»Wir kommen später nach«, sagte Cruz. »Lasst uns, wenn ihr könnt, nach Mitternacht auf dem Kapellengrundstück treffen.« Er warf ihr einen Blick zu, der wohl besagen sollte: *Falls ich von Luzifer aufgehalten werde, musst du allein gehen.*

Mit einem letzten Winken in ihre Richtung verschwanden Drym und zu Adrianas Erleichterung auch Savannah in der Wandnische zum Portal nach Portland.

Etwas weiter hinten konnte Adriana einen Dämonenclan erkennen, der aufgeregt an einer anderen Nische diskutierte. Sie konnte Wortfetzen wie »gleich« und »Hawaii« heraushören. In Dämonensprache, die sie seit heute verstehen konnte.

Schweiß rann ihr am Haaransatz über die Schläfen bis in die Ohrmuschel. Lieber Himmel, das durfte alles einfach nicht passiert sein.

Ein paar kräftige Flügelschläge später flogen sie über einen Bereich der Hölle, den Adriana bisher noch nicht gesehen hatte. Überall riefen Dämonen durcheinander, Funken stoben. Geknurre und das Geräusch von Hämmern, die auf Metall einschlugen. Die Schmiede.

Kurz fragte sich Adriana, was die Dämonen dort schmiedeten, schließlich reichten ihnen gewöhnlich ihre Klauen und Zähne als Waffen. Primitive Raubtiere, wenn man von Luzifer und seinen Söhnen einmal absah.

Aber dann presste Cruz sie so fest an sich und seine harten Brustmuskeln, dass sie nur noch an ihn dachte. Wie viel Zeit blieb ihm, bevor er zurück ins Schloss zitiert wurde? Würde Luzifer ihn für diesen »Ausflug« zu ihr bestrafen?

Als seine Finger das Einmachglas umschlossen, konnte Rico sein Glück kaum fassen. Weihwasser im Gurkenglas. Alles, was noch im Fachgeschäft so kurzfristig zu bekommen gewesen war.

Gleichzeitig setzte bei ihm mit etwas Verzögerung die Erkenntnis ein, dass damit bewiesen war, dass Adrianas Plan nicht funktioniert hatte.

Die Tore zur Hölle hatten sich nicht geschlossen. Und viel zu wenige Menschen hatte auf ihre Warnungen gehört oder diese überhaupt wahrgenommen.

Wie aufs Stichwort setzte in dieser Sekunde das Geschrei auf dem Festgelände ein.

»Dämonen!«, schrie eine helle Frauenstimme. »Dämonen!« Danach waren nur noch Gebrüll und der Krach von umstürzenden Bänken und zerschellendem Glas zu hören.

Zwei Delta-Dämonen stürzten aus den Büschen und nahmen die Verfolgung auf.

»Was jetzt?«, fragte Eloy erstaunlich ruhig, der kurz vor ihm zum Stehen gekommen war. Rico hatte das Gefühl, dass Eloy durchaus hätte schneller sprinten können, vielleicht genauso schnell wie der Hund, allerdings Rücksicht auf ihn, seinen Freund, nahm. »Hast du das Weihwasser?«

Bevor er antwortete, warf Rico einen Blick nach vorn. In weniger als zwei Minuten würden sie den Bunker erreicht haben. Allerdings konnten die Dämonen sie bereits in zehn Sekunden zerfleischen, wenn sie es darauf anlegten. »Lauf weiter, ich kümmere mich um die Dämonen.«

In etwas lauterem Tonfall schrie er den Wachsoldaten hinter ihnen und vor ihnen zu: »Bringen Sie die Menschen in den Bunker, schnell!« Zwar konnte er nicht erkennen, was sich auf ihren Gesichtern an Gefühlen abzeichnete, aber sicher war dem Militär doch inzwischen klar, in welcher Situation sie sich befanden.

Das Geräusch von Todesschreien ließ Säure in Ricos Speiseröhre emporkrabbeln wie eine Spinne. Täuschte er sich oder hatte er gerade menschliches Fleisch reißen gehört? Als würde in der Nähe ein Mensch ausgeweidet.

Ganz plötzlich blieb Rico erneut stehen, ließ Eloy und Tequila allein weiterlaufen. Die beiden Deltas hatten sie beinahe eingeholt. Knurrend preschten sie heran, hinterließen eine Spur an grellgrünen Sabbertropfen, die sich zischend in den Asphalt fraß. Genau solch ein toxischer Schleim hatte vor fünf Nächten die Infektion in seinem Bein ausgelöst. Aber Rico wollte sich nun nicht mit Sentimentalitäten aufhalten. Er konzentrierte sich, wartete auf den richtigen Moment.

»Ja, los, ihr Schoßhündchen. Kommt und holt mich.« Hinter seinem Rücken öffnete er das Einmachglas.

Genau in dem Augenblick, in dem die beiden Dämonen, die Rottweilern so ähnlich sahen, zum Sprung ansetzten, drehte sich Rico zur Seite, weshalb die Deltas an ihm vorbeisegelten. Jetzt brauchte Rico nur noch den Arm auszustrecken und ihnen die Hälfte des Einmachglases ins Gesicht zu schütten. Jaulend kamen die beiden wieder auf dem Boden auf, halb blind, mit geschlossenen Augen, aus denen alles Leuchten verschwunden war. Sie taumelten. Der Linke stieß gegen seinen Gefährten, worauf beide zu Boden gingen.

Bitte lass sie erblindet sein, betete Rico im Stillen.

»Komm, komm!«, rief ihm Eloy zu. »Ist der Bunker da vorn?«

»Ja, zwischen den beiden großen Hangars. Der Eingang ist mit grünem Stoff überzogen.« Eilig schmiss Rico Deckel und Glas den Deltas an den Kopf und rannte weiter. »Leute: hier rüber! In den Bunker!« Mehr konnte er nicht tun. Sie würden ihm folgen. Einige. Die, die nicht gerade zerfleischt wurden. Schon sah er den Vater mit seinem kleinen Jungen auf dem Arm in gebückter Haltung auf ihn zurennen. Er war einer der ersten Gäste gewesen, die Eloy zugehört hatten.

Rico nutzte die Gelegenheit und winkte mit beiden Händen in der Luft. »Hier! Hier rüber!«

Rico wandte seinen Kopf wieder nach vorn in Laufrichtung, nahm die Verfolgung von Eloy auf, der gemeinsam mit Tequila den Bunkereingang erreicht hatte.

»Scheiße, wo ist das Schloss?« Eloy bückte sich und strich an verschiedenen Stellen über die Stoffplane. Da der Hund bellend um ihn herumsprang, konnte man ihn kaum verstehen.

»Du musst neben dem Tor einen Plastikdeckel anheben.« Eine Sicherung, damit eventuelle Rabauken, die es trotz Sicherungsvorkehrungen bis hierher schafften, keine Chance hatten, in den Bunker einzudringen, wie Rico von Major Dwight wusste.

»Lass mich mal.« Energisch schob Rico Eloy zur Seite, der im Dunkeln den Plastikdeckel suchte, von dem Rico gesprochen hatte. Der Eingang zum Bunker sah aus wie eine Gefängniszelle aus Maschendrahtzaun, umspannt mit grünem Stoff, den Rico so nur von Tennisplätzen kannte. Den Plastikdeckel auf Brusthöhe hätte er auch mit verbundenen Augen gefunden. Er schob ihn beiseite, tippte die Kombination ein. Nichts passierte.

»Was, zum Teufel?« Warum ertönte kein Piepsen? Erst mit deutlicher Verzögerung setzte bei ihm die Erinnerung ein. Der Major hatte zusätzlich …

»Der Schlüssel! Ihr braucht den Schlüssel!« Zwei Wachsoldaten rannten auf sie zu.

»Ich hab einen«, erklärte der kleinere von ihnen. »Das ist mein Posten.« Der Mann mit Glatze unter seiner Militärmütze wirkte nicht gerade so, als würde er den jährlichen Fitnesstest der BKOD spielend bewältigen. Ausgerechnet.

Immer mehr Menschen strömten durch das Tor in ihre Richtung. Diejenigen, die nicht gerade von den Dämonen als Opfer angesehen und zerfleischt wurden. Noch nicht. Direkt über der Bühne sah Rico einen Alpha-Dämon kreisen und lachen. »Heute steht mir der Sinn nach straffen Herzen. Schnappt euch die Durchtrainierten!«

Bei diesen Worten wurde Rico nur noch schlechter. Gleich würde er sich übergeben müssen. Dort drüben bei den bunten Lichtern, wo die Menge eben noch gefeiert hatte, war ein Massaker im Gange, wie es ekelhafter kaum auszumalen war.

»Schneller!«, schrie Eloy. Rico bemerkte, wie die Schultern seines Freundes zitterten. Tequila hatte sich eng an Ricos Beine gedrückt.

Die beiden Soldaten hatten sie nun fast erreicht. In Gedanken zählte Rico die Sekunden herunter, bis sie bei ihnen wären. Zehn, neun, acht … Bei »sieben« rammte ein dunkler Schatten, der aus dem Nichts gekommen zu sein schien, den Schlüsselträger.

Als der Dämon ihn von den Füßen hob, schrie der Soldat aus Leibeskräften.

Rico hatte nicht mal Zeit, Luft zu holen, da stieg der Gamma höher als die Hangars in die Luft, den Soldaten an Arm und Jacke gepackt. Und von dort ließ er ihn einfach fallen.

Rico sah den untersetzten Mann im freien Fall mit den Armen rudern, doch gleich darauf erstarben seine Bewegungen und auch der anhaltende Schrei, als er mit dem Rücken zuerst auf dem Betonuntergrund aufschlug.

Das Knirschen von Knochen und die Stille darauf ließ Ricos Muskeln gefrieren. Neben ihm würgte Eloy. Obwohl es so dunkel war, meinte Rico Staub aufwirbeln zusehen, direkt nach der Landung des Leichnams. Der Leiche mit dem Schlüssel zum Bunker. Dann stürzte sich der Gamma auf seine Beute.

Zeitgleich erreichte der zweite Soldat, sichtlich bemüht, keine Regung zu zeigen, den Eingang des Bunkers.

»Haben Sie auch einen Schlüssel?«, fragte Rico lahm.

Ganz langsam drehte sich der Soldat mit den blonden Stoppelhaaren und den Segelohren zu seinem Kumpan um, dessen Bauch gerade von dem Dämon aufgeschlitzt wurde. Jaulend schossen Deltas herbei und nicht weit entfernt blitzten die roten Augen von zwei Beta-Dämonen auf. »Nein, habe ich nicht. Nur er.«

»Mom!« Noch etwas schwach auf den Beinen taumelte sie zum Brückengeländer. Zwei graue Efeublätter, die Gesa auf ihre Wunde gedrückt hatte, rutschten aus ihrem Ärmel.

Eine reichlich kraftlose und selbst für eine Seele blasse Angelina Astara starrte zu ihr nach oben.

»Mom.« Allein ihr Anblick ließ Adriana vor Freude aufschluchzen. Eine einzelne Träne schlüpfte aus ihrem rechten Augenwinkel und bahnte sich ihren Weg über ihre Wange nach unten.

»Adriana. Hast du die Tore geschlossen?«

Obwohl sie die Frage erwartet hatte, zerrte die bittere Wahrheit an Adriana, und für einen Moment wollte sie lieber schreiend weglaufen, als zu antworten. Komischerweise trödelte Cruz etwas abseits der Brücke mit Gesa herum. Ausgerechnet jetzt, wo sie ihn als Beistand gebraucht hätte.

Also stützte sich Adriana am Brückengeländer ab.

»Nein, Mom. Es hat nicht funktioniert. Kannst du dir vorstellen, weshalb nicht?«

Zuerst starrte ihre Mutter eine Zeit lang auf ihre in der Lava versunkenen Füße. Die Schmerzen, die sie ertragen musste, konnte sich Adriana gar nicht vorstellen.

Während sie die letzten Minuten zusammenfasste, legte ihre Mom den Kopf noch ein wenig weiter in den Nacken, sodass sich ihre dunklen Haare bis über das Steißbein bauschten. Ein Sterblicher würde davon sicher Nackenschmerzen bekommen.

»Vielleicht war es zu wenig Blut. Vielleicht muss das Opfer größer sein.« Noch ehe sie den Satz beendet hatte, war ihr Blick abgedriftet. Irgendwohin in die Ferne.

Ein größeres Opfer … Nachdem sie kurz über die Worte ihrer toten Mutter nachgedacht hatte, folgte sie deren Blick und erkannte, dass Luzifer höchstpersönlich direkt auf sie zustapfte.

Hinter ihm schleifte eine metallene Kugel an einer Kette.

Gleichzeitig flog von rechts Ahel heran. Er glitt ein wenig wie Superman auf Adriana zu, denn wie Luzifer flog er ja ohne Flügel. Ahels Haut hatte in diesem Moment einen deutlichen Purpurton angenommen, wechselte allerdings mit jeder Bewegung ins hellere Rot und zurück. Genau wie bei ihrer ersten Begegnung.

»Adriana!«, schrie Ahel im selben Moment, als Luzifer »Gesa!«, brüllte.

Oh, verflucht.

»Runter von der Brücke.« Mit einem Sprung war Cruz bei ihr, packte sie an beiden Handgelenken.

»Nein.« Sie versuchte sich ihm zu entwinden. »Ich kann hier

noch nicht weg.« Was war nur in Cruz gefahren? Wollte er ihre Mutter einfach so im Stich lassen?

»Cruz Darkknight!«, bellte Luzifer. Allerdings nicht mehr ganz so laut. War auch nicht nötig, da er mittlerweile die Brücke erreicht hatte. »Und da war mir so, als hättest du einen Auftrag.« Der Herr über die Hölle deutete mit dem Kinn in Richtung seines Sohns, der schräg über ihm in der Luft verharrte. Als hätte er seinen Düsenrucksack nach unten gerichtet.

»Ihr wisst doch hoffentlich alle, was geschieht, wenn ihr eure jeweiligen Pakte brecht.« Wundersamerweise schaffte es Luzifer, seine Stimme so klingen zu lassen, als würde ihr Echo mehrfach zu ihnen zurückgeworfen werden. Und das, obwohl sie sich in den Feldern des Wahnsinns befanden. Ohne irgendwelche Wände oder Felsen in Sicht.

Sowohl Cruz als auch Gesa mieden seinen Blick.

Nur Adriana straffte die Schultern. »Ich habe keinen Pakt mit dir geschlossen.« Wieso sollte sie Angst vor ihm haben? Nie hatten sie und Luzifer den Pakt mit Handschlag und allem, was dazugehörte, besiegelt.

Mittlerweile gab es weitaus anderes, das sie nicht mehr zur Ruhe kommen ließ. Da fiel ihr noch etwas ein. »Oder bist du gefrustet, weil ich keinen mit dir geschlossen habe? Hast dich wohl verkalkuliert, als du vorhergesagt hast, ich würde noch an meinem achtzehnten Geburtstag nach dir rufen, um einen Pakt einzugehen.«

Mit einem viel zu breiten Grinsen für Adrianas Geschmack drehte sich Luzifer am Fuße der Brücke so, dass er ihr direkt in die Augen sehen konnte. Sein Oberkörper war ihr zugewandt, und nur ihr. Gut so, vielleicht konnte sie ihn so von Cruz ablenken.

»Verkalkuliert? Interessant, wie du das siehst … Nun ja, der Tag ist ja noch nicht um. Außerdem hast du einen Pakt mit meinem Sohn geschlossen, was praktisch dasselbe ist.«

Adriana schnaubte. Praktisch dasselbe?

»Aber wir wollen uns hier nicht mit Spitzfindigkeiten aufhalten.« Luzifer lockerte seine Schultern, wie nur er es konnte. In einer Mischung aus katzenhafter Gelassenheit und der Anspannung von Godzilla.

»Verschwindet einfach. Alle beide«, knurrte Cruz.

»Erst, wenn Gesa zurück in ihr kleines Gefängnis fliegt«, bemerkte Luzifer. »Als Dank für ihre zahlreichen kleinen Ausflüge bekommt sie nun auch ein hübsches Fußkettchen. Wie du an mir siehst, ist es recht schwer, damit zu fliegen. Blüht dir demnächst auch, wenn du noch ein einziges Mal ohne Erlaubnis das Schloss verlässt, lieber Cruz, oder einen Umweg machst zu dem Auftrag, zu dem du unterwegs sein solltest. Sieh es als erste Warnung an dich.« Sein Blick huschte zu Adriana. »So etwas würde dir übrigens auch gut stehen.«

Daraufhin plusterte sich Ahel auf. Reichlich schwerfällig landete er hinter Cruz. »Meine Verlobte trägt nichts dergleichen!«

Dieser Einwand ließ Luzifer nur müde lächeln. Seine bronzefarbene Stirn glänzte wie mit Sonnenblumenöl eingerieben.

»Na, dann empfehle ich dir, deine kostbare Verlobte besser im Griff zu haben.«

Für etwa zehn Sekunden starrten Vater und Sohn sich gegenseitig nieder. Doch keiner von beiden schien auf irgendeine Weise nachgeben zu wollen.

»Nimm Gesa und hau ab«, forderte Ahel irgendwann.

Prinzipiell keine schlechte Idee, fand Adriana. Sie wollte in Ruhe mit ihrer Mom reden.

»Damit du meine Gefangene mitnehmen kannst?« Luzifer lachte, was Adriana dieses Mal zusammenzucken ließ. »Sicherlich nicht.«

Bevor er antwortete, atmete Ahel tief ein. Sein Gesicht lief Stück für Stück so dunkel wie eine überreife Kirsche an.

»Das kannst du mir nicht verbieten. Die Seele von Adrianas Mom ist mein Geschenk an sie. Zu unserer Hochzeit.«

»Zu eurer Hochzeit.« Jetzt lachte Luzifer noch ein wenig lauter und legte dabei den Kopf in den Nacken in einer Art, wie es ihre Mutter zuvor getan hatte. »Und warum glaubst du, dass ich das zulasse?«

»Als Geschenk ... von dir ... zu unserer Hochzeit«, stammelte Ahel. »Du hast es versprochen.«

»Ja, eventuell. Aber nicht, wann sie freikommt und für wie lange.«

Adriana musterte Ahel. Doch so gut überlegt ... »Das ist dann aber kein Geschenk.«

Erst als Luzifer direkt vor ihr stand und die Kugel fallen ließ, begriff Adriana, dass er sich mit übermenschlicher Geschwindigkeit auf sie zubewegt hatte. Sobald sein Blick aus zusammengekniffenen Augen sie streifte, wusste sie Bescheid. »Geschenk?«, wiederholte er. »Ihr wollt also ein Geschenk?«

»Ja, das ist so üblich, Vater. Und keine Hintertüren mehr.«

Schweigen legte sich über die Brücke. Lediglich das Summen von Angelina war noch zu hören sowie Ahels geräuschvolle Atemzüge.

Ganz locker, als handle es sich um einen Vatertagsausflug, spazierte Luzifer einmal über die Brücke und zurück.

»Also gut, Sohn. Du bekommst deine Hochzeit und dein Geschenk. Aber nur unter einer Bedingung.«

Er sah auf. Ein zynisches Lächeln umspielte die Lippen des Teufels. Allein diese Geste ließ Adrianas Magen schon zwei Stockwerke tiefer sinken. Das konnte nichts Gutes bedeuten. »Ich sage dir was, lieber Sohn. Diese Hochzeit findet statt, wenn deine Braut in ihrer Dämonengestalt vor den Altar tritt. Und dann erst werde ich den Auszug von Angelina Astaras Seele aus der Grube gestatten.« Noch während er die letzten Worte sprach, fand sein Blick Adrianas. Flammen schienen hinter den Pupillen zu züngeln. Er wusste es.

13

Adriana schluckte. Damit war klar, dass Luzifer bisher ihr Geheimnis gehütet hatte. Aber warum? Warum würde er vor den anderen Dämonen verheimlichen, dass sie ein Engel war? Um keine Panik auszulösen? Hatte es ihm gereicht, es selbst zu wissen, um sie zu manipulieren?

In Adrianas Innerem brodelte es. Eine Mischung aus Verachtung für Luzifer und Selbsthass verlangte an die Oberfläche zu kommen, wie kochendes Magma.

»Und … und Cruz' Freiheit«, murmelte sie aus einem Impuls heraus. »Du schenkst mir zu Ahels Hochzeit die Auflösung deines Pakts mit Cruz, wenn ich Ahel in Dämonengestalt heirate.«

Selbst Luzifer wirkte überrascht. Sicherlich über die Aussichtslosigkeit, die in ihrer Forderung lag. Wie sollte sie noch irgendwie zum Dämon werden? Dafür gab es praktisch keine Chance. Oder lag in den Forschungen ihrer Mutter eine Antwort auf diese Frage? Aber selbst wenn: Nie würde sie diesen Schritt gehen wollen. Niemals. Andererseits … Adriana neigte den Kopf. Sie würde alles, wirklich alles geben, um Cruz zu retten …

»Gestattet. Weil ich meinen großzügigen Tag habe.« Das schmallippige Grinsen des Höllenfürsten erzeugte einen schalen Geschmack in Adrianas Mund. Er stand viel zu nah bei ihr und verstärkte durch seine Körperwärme noch die unerträgliche Höllenhitze.

»Und nun komm, kleine Sklavin.« Als sei nichts geschehen, schenkte Luzifer eine Sekunde später Gesa sein liebenswürdigstes Lächeln. »Zeit, dein Geschenk anzunehmen.« Er deutete auf die Kette hinter sich, die sich wie durch Zauberhand in die Lüfte erhob, auf Gesa zuflog und sich um ihren rechten Knöchel schloss. »Du läufst zurück ins Schloss. Wenn mir die Wunde darunter gefällt, nehme ich die Kette danach wieder ab.« Das ekelhafte Grinsen von Luzifer brannte sich in Adrianas Netzhaut. Sicherlich würde sie es die ganze Nacht lang noch vor sich sehen.

Gesa war anzumerken, dass sie versuchte, keinerlei Regung zu zeigen.

»Wir sehen uns später, Cruz«, sagte sie steif zum Abschied.

»Oh, der liebe Cruz kann auch gleich mitkommen«, zwitscherte der Teufel mit verstellter Stimme. Damit wollte er wohl Gesa imitieren.

»Oder habt ihr drei Hübschen noch ein Thema zu besprechen, Cruz, Adriana und Angelina?« Der Teufel spitzte die Lippen, sah sie der Reihe nach an. Selbst Angelina. Als niemand reagierte, wiederholte er den Vorgang, sah schließlich Cruz tief in die Augen. »Ein bestimmtes Thema, das nur euch drei etwas angeht?«

»Lass es einfach«, knurrte Cruz.

»Na, na? Vielleicht sollte ich Adriana erzählen, wie du dir vor dreizehn Jahren fast in die Hose gemacht hast vor den Dämonen und dadurch einen Unfall …«

»Nicht jetzt!«, knurrte Cruz. »Genieß einfach deinen Triumph, freu dich an dem Leid der Menschen da draußen und verschwinde.«

Was sollte das jetzt wieder?

»Tue ich bereits. Bin hocherfreut.« Luzifer straffte die Schultern. »Na dann. Die Konsequenzen kennt ihr ja, die nach eurem Vertragsbruch über euch kommen werden.« Wie ein Theaterschauspieler zog Luzifer langsam den Daumennagel über seine Kehle.

Ja, dann würde er ihre Liebsten töten. Sie hatte verstanden. Und er selbst konnte nach eigenem Ermessen bestimmen, wann er den Pakt als gebrochen wertete. Allerdings war ihre Mom bereits tot. Mit einem Stechen im Herzen dachte Adriana an Rico und Tequila. Diese beiden würde Luzifer nie bekommen. Das schwor sie sich. Niemals.

Letzten Endes schwang sich der Teufel doch noch in die Lüfte und schraubte sich durch die heißen Luftschwaden über ihnen. »Na dann: Ihr wisst Bescheid, meine Schäfchen.«

Gesa ließ ihre Nackenmuskulatur knacken und steuerte ohne ein weiteres Wort an Adriana und Cruz vorbei, überquerte die Brücke und schlich mehr, als dass sie lief, tiefer in die Hölle hinein. Was war nur los? Sonst ließ sich die Dämonin doch nicht von Luzifer einschüchtern? Irgendetwas stimmte nicht, aber Adriana blieb keine Zeit, weiter darüber nachzudenken. Mit Gesas Pakt musste sie sich später beschäftigen. Ihnen lief die Zeit davon. Sie konnte sich jetzt nur mit der Rettung der Welt befassen.

»Cruz. Kannst du uns wenigstens noch raus aus dem Portal begleiten und so viele Menschen wie möglich retten?« Es schien ihr das einzig Sinnvolle in dieser Stunde.

»Damit Luzifer dich oder Gesa umbringt? Du hast ihn doch gehört. Ich kann keinen Schritt ohne die Erlaubnis dieses Monsters tun. Er will mich heute hierhaben. Auf dieser Brücke.«

Was? Adriana neigte den Kopf. Luzifer, Luzifer, Luzifer! Warum …? Sie presste die Lippen aufeinander. Gut, was konnten sie ansonsten unternehmen?

»Ich laufe zurück zum Portal und versuche, es noch mal zu schließen.« Und dann musste sie sich etwas wegen Cruz' Pakt einfallen lassen, dringend. Denn die Lösung mit der Hochzeit fiel auf jeden Fall flach, wenn sie nicht in Dämonengestalt heiraten konnte. Ihr Blick streifte Ahel. Was würde passieren, wenn sie den Pakt mit ihm brach?

»Spinnst du?« Cruz packte ihren Arm so heftig, dass Adriana aus ihren Gedanken gerissen wurde. »Kein Blut mehr. Das wird dich umbringen.«

»Und wenn schon!«, schrie sie ihn an. »Wenigstens unternehme ich was!« Noch ehe sie fertig war mit Schreien und seinen verletzten Gesichtsausdruck bemerkte, tat ihr ihr Ausbruch auch schon leid. Zugegeben, etwas melodramatisch. Nur war das doch nachzuvollziehen nach diesem Abend.

»Da ist etwas, was ich dir sagen muss«, begann Cruz leise, ohne sie anzusehen. Stattdessen starrte er nach unten zu ihrer Mutter in die Grube.

»Nein, oder? Ausgerechnet der Tote hat den Schlüssel?« Eloys Stimme klang gepresst. »Irgendwelche Vorschläge?« Obwohl er dabei den Soldaten ansah, war es letztlich Rico, der reagierte. Während die erblindeten Deltas immer lauter heulten, trat er einen Schritt nach vorn. Gleich würde der Mann mit seinem Kind sie erreicht haben. Glücklicherweise besann sich der Vater und machte einen Bogen um das Gemetzel. Einen weiten Bogen. Immer mehr Dämonen stürzten sich auf den Leichnam, ausgenommen der Alpha, der über der Bühne kreiste. Lachend und johlend.

Tequila bellte.

»Hey, ihr da! Hört sofort auf, das Herz anzuknabbern. Das dürft ihr nicht!« So fest, wie es ging, brachte Rico die Worte hervor. »Nicht das Herz! Der Gamma hat den Soldaten getötet und vergreift sich nun an seinem Herz. Das darf er nicht!«

Tatsächlich wirkte der halbe Clan irritiert. Man unterbrach kurz das Festgelage und sah auf.

Darf er das?, schienen die grünen Augen eines Deltas zu fragen.

»Wer hat das Herz angefressen?«, zischte ein Beta-Dämon auf Englisch. »Wer? Wer?«

Innerhalb kürzester Zeit hatten sich die Dämonen in den Haaren, kugelten in verdrehten Knäueln über den Boden.

Beinahe ohne dass sie es mitbekamen, flitzte Rico nach vorn, wühlte erst in der einen, dann in der anderen Tasche des Soldaten, bis er einen Schlüsselbund fand. Gleichzeitig versuchte Rico, nicht zu genau hinzusehen und die Fleischwunden zu ignorieren.

Der Vater, der in der Zwischenzeit bis zu Eloy vorgeprescht

war, hatte sein Kind so in seinen Armen gedreht, dass es weder den Leichnam noch die Dämonen im Blick hatte.

Glücklicherweise waren die Dämonen viel zu sehr damit beschäftigt, sich gegenseitig zu zerfleischen. Ganz offensichtlich klärte man hier gerade die Rangordnung. Ein abgerissener Delta-Dämonenkopf rollte an ihm vorbei. Okay …

Eilig machte Rico auf dem Absatz kehrt.

»Hier.« Er hätte gar nichts zu sagen brauchen, Eloy, der blonde Soldat und der Fremde mit seinem Kind machten ihm sofort Platz. Mit dem Kopf deutete der Wachsoldat in Richtung Tür, entsicherte dann das Maschinengewehr in seinen Händen. Der Mann musste eigentlich wissen, dass diese Waffe genauso viel nützte, wie die Dämonen mit Wattebällchen zu bewerfen, aber Rico hinterfragte die Aktion nicht. Und wenn er ihnen damit nur eine Sekunde mehr Zeit verschaffte, konnte sich Rico schon glücklich schätzen.

So gut es ging, versuchte Rico, das Zittern seiner Finger zu unterdrücken. Wenn er nur rasch den richtigen Schlüssel fand! Die ersten drei konnte er selbst in diesem schummrigen Licht aussortieren. Viel zu klein. Er brauchte einen klobigen, vielleicht auch schweren Schlüssel. Hinter ihm fauchten und kämpften die Dämonen, was Ricos Konzentration nicht gerade zuträglich war.

Drei oder vier Schlüssel kamen seiner Meinung nach infrage. Der erste streikte selbstverständlich im Schloss. Hastig zog er ihn heraus und versuchte es mit dem nächsten. Eloy stand fühlbar unruhig neben ihm, was alles andere als hilfreich war.

»Ähm, Rico …«

Klick. Ein geradezu paradiesisches Geräusch. Er hatte es geschafft.

»… da kommt ein Alpha auf uns zu.«

Nachdem er die Tür aufgedrückt hatte, wandte sich Rico noch einmal um. Eloy hatte recht. Ein brüllender Alpha schoss direkt auf den Bunker zu.

Der blonde Soldat versteifte sich. »Ich kümmere mich um

eine Ablenkung. Wenn ich kann, schicke ich noch mehr Zivilisten hier herunter.«

Während Tequila sich an ihm vorbei ins Innere drückte, atmete Eloy einmal hörbar durch. »Ich bleibe an der Tür.«

»Nicht nötig.« Ein weiterer Soldat, ziemlich schmal und mit Sommersprossen auf der Nase, drückte sich um die Ecke des Bunkereingangs. »Ich übernehme die Sicherung des Eingangs. Ihr schaltet unten das Licht an und beruhigt die Zivilisten.«

Rico nickte. Er kannte alle Räume und Abläufe im Bunker.

Mit bangem Blick beobachtete er den blonden Soldaten, der nun seine Waffe zog und auf den heranfliegenden Alpha zielte. »Hey, du Monster. Komm und zeig, was du draufhast!«

Eine Hand legte sich auf Ricos Schulter. Es war der dunkelhaarige Familienvater mit den leicht angegrauten Schläfen. »Kommt, Jungs, das wollt ihr nicht sehen.«

Eloy biss sich auf die Unterlippe. Nur widerstrebend drehte er sich um. Obwohl der Vater gehetzt wirkte, schien er auf niemanden mehr zu warten. Also ein alleinerziehender Vater?

»Ich bin Brian.« Der Mann schien seine Gedanken zu erraten. »Und das ist Madden.« Der Kleine musterte Rico aus verheulten Augen, machte aber keinen Mucks. Aus der Nähe fiel Rico auf, dass das Kind eine ungewöhnlich spitz nach unten zulaufende Kopfform hatte. Fast wie ein Alien. Mit einer Hand fuhr sich Rico über den verschwitzten Nacken. Brian und Madden waren in Sicherheit. Im Gegensatz zu Tausenden Kindern und ihren Familien in dieser Stadt …

»Keine Ehefrau?«, hakte Eloy nach, während er schon vorausging, die Treppe hinunter. Links und rechts im Beton glühten schwache Notstromlampen.

»Nein, nie gehabt. Meint ihr, dort unten gibt es Handyempfang? Ich würde gerne meine Mutter anrufen.«

»Das wird eher schwierig. Normalerweise wohl kein Problem, aber in diesen Minuten wird halb Portland versuchen, zu telefonieren. Mit einem Festnetzanschluss könntest du allerdings Glück haben.« Rico wischte sich über die Stirn. Langsam ebbte das Adrenalin ab. »Ich bin übrigens Rico und das sind Eloy und Tequila.«

Daraufhin brummte Brian irgendwas und eine Zeit lang waren nur noch Tequilas Hecheln und ihre Schritte auf den Stufen zu hören.

Brian drehte seine schwarze Baseballmütze mit dem Schirm nach hinten. »Hab immer noch das Gefühl, zu träumen.«

»Nicht nur er«, wisperte Eloy Rico zu.

Madden hickste.

Wie unter Schock, so kam es Rico vor, zählte er die Stufen bis nach unten. Zweiundvierzig waren es. Der kleine Madden stieß in regelmäßigen Abständen weitere Hickser aus. Seine großen, dunklen Augen schimmerten bedenklich, doch er weinte nicht.

Unten fand Rico nicht sofort den Lichtschalter, aber sobald die Leuchtstoffröhren über die Notstromversorgung flackernd ansprangen, stellte sich sogleich ein Gefühl von zu Hause bei ihm ein. Die vertrauten grünen Feldbetten, die Hochbetten und die Türen am Ende des riesigen Raumes, die zu den Toiletten und zum Behandlungszimmer führten. Außerdem eine Tür, schmaler als die anderen, hinter der sich der Vorratsraum verbarg. Und der Geruch nach Chlor, ja, den hatte er ebenso vermisst in den letzten vierundzwanzig Stunden.

Sein Blick streifte seine Begleiter. Vier Menschen und ein Hund in einem riesigen Bunker. Fühlte sich wie ein Endzeit-Movie an.

»Komm schon, Rico.« Eloy winkte ihn zu sich. »Schau nicht so sentimental aus der Wäsche, leg los!«

Auf der letzten Treppenstufe drehte sich Rico noch einmal nach oben um. »Hoffentlich schaffen es noch mehr Leute hier herunter.«

Er gönnte sich einen tiefen letzten Atemzug, dann würde er ihr die Wahrheit beichten, sagte er sich. Ja, das würde er. Adriana hatte es verdient, alles zu erfahren. Die Geschichte von ihm, Angelina Astara, einem Dämonenclan und einem Aufzug. Seiner unterlassenen Hilfeleistung, die Luzifer als Bruch des Gebots Gottes gewertet hatte. Die ganze bittere Wahrheit. Was für ein Feigling er gewesen war. Dass ihre Mutter noch leben könnte, wenn sie nicht ihm über den Weg gelaufen wäre.

»Was? Was willst du mir sagen?«, hakte Adriana nach. Aus jedem Wort, das sie an ihn richtete, sprach der Selbsthass. Man konnte deutlich erkennen, wie gern sich Adriana gerade mit ihren eigenen Zähnen zerfleischt hätte.

»Ich …« Wieder geriet er ins Stocken.

»Cruz will dir schonend beibringen, dass du die Tore geöffnet hast und nicht geschlossen, Schätzchen«, kam ihm Angelina zuvor. »Bitte mach dir nichts draus. Luzifer hat uns alle getäuscht. Die Seelen flüstern es aus jedem Spalt der Hölle. Jeder hier weiß es bereits.«

»Was?« Adrianas Arme fielen schlaff an ihrem Körper herunter, dann trat sie einen Schritt zurück. »Das ist ein Witz, hab ich recht?«

Angelina schwieg.

Cruz schwieg. So gerne hätte er ihr widersprochen …

»Was jetzt, ernsthaft?« Ihr Blick flatterte. »Nein, oder?« Sie taumelte, weswegen Cruz nach vorn sprang und sie in seine Arme zog, bevor sie nach hinten kippen konnte.

»Ich war das?«, flüsterte sie so leise, dass es kaum zu verstehen war.

Statt zu antworten, schloss Cruz die Augen, senkte dann den Blick.

Daraufhin krallten sich Adrianas Fingernägel tiefer in seine Oberarme. »Luzifer … ein Trick … wie?«

»Kann ich mir auch noch nicht erklären. Irgendwie hat er die Illusion uns gegenüber erzeugt, dass die Tore offen seien. Dabei hatte er sie nie geöffnet.« In seinem Kopf setzten sich nach und nach die Puzzleteile zusammen. »Er konnte sie gar nicht öffnen, denn dazu hätte er Engelsblut benötigt. Von einem Engel freiwillig geopfert vermutlich.«

Adriana griff sich an die Stirn. »Dazu hat er erst mich gebraucht. Warum haben wir …« Ihre Schultern sackten nach vorn, bevor sie »Dieser Mistkerl …« hinzufügte. »Irgendwas kam mir gleich komisch vor am Portal im Wald.«

Ein zweiter Ruck durchfuhr sie. »Ich muss zurück zum originalen Tor und es schließen. Blut kann es auch wieder versiegeln. Mein Blut. So haben es die Schreier doch gemeint.«

Cruz seufzte. »Zu gefährlich. Du hast jetzt bereits zu viel Blut verloren. Wenn du stirbst, kannst du es morgen nicht noch einmal versuchen.« Auf keinen Fall konnte er zulassen, dass sie sich in Gefahr begab. In solch tödliche Gefahr.

»Aber was soll ich sonst tun?« Sie hob den Kopf und er bemerkte die Tränen in ihren Augen. »Ich habe alles erst ins Rollen gebracht. Ohne mich wären die Dämonen nicht vor nächstem Jahresende durch die Portale gekommen!« Ihre Stimme schwoll zu einem schrillen Kreischen an. Ungefähr so, als hätte man eine Sirene ziemlich in Rage gebracht, fand Cruz.

»Bitte beruhige dich. Wir wurden alle reingelegt. Wie deine Mom gesagt hat.« Er versuchte, ihr über die Wange zu streichen, doch sie schlug seine Hand weg, bevor sie sich ihm völlig entzog und auf Abstand ging.

»Was bin ich für eine lausige Weltretterin? Nichts hab ich bisher erreicht, nichts!« Adriana warf die Arme in die Luft. »Wegen mir musstest du zwei Höllenpakte eingehen, ich habe die Tore geöffnet und jetzt hat Luzifer sogar die Klauseln für Ahels und meine bevorstehende Hochzeit verschoben, und zwar so, dass ich die Bedingungen nicht mehr erfüllen kann. Er hat mich schon wieder reingelegt! Was nichts anderes heißt, als dass ich weder meine Mom noch dich durch den Pakt mit Ahel retten kann.«

»Wir finden schon einen Weg«, versprach er. »Es ist viel zu früh, um jetzt schon aufzugeben.« Cruz schluckte. Er wollte gar nicht daran denken, was Ahel mit Adriana anstellen würde, wenn sie den Pakt brach und ihn nicht heiraten wollte. In dem Fall würde er alles geben, um sie zu schützen. Und noch weniger wollte er daran denken, was mit ihr geschah, wenn sie Luzifers Lieblingssohn tatsächlich ehelichte.

»Aufgeben?« Adriana schwankte. »Da draußen sterben Menschen. Jetzt gerade. Meinetwegen!«

So gerne hätte er sie wieder in seine Arme gezogen, ihren Herzschlag an seinem gespürt, doch er ahnte, dass sich Adriana in diesem Moment austoben musste. Sie wollte und musste um sich schlagen, wegen all der Ungerechtigkeit, die über sie hereingebrochen war.

»Liebling.« Die Stimme von Adrianas Mutter klang erschöpft. »Du und Cruz. Ihr könnt das alles stoppen. Die weisen Seelen singen davon. Bis zu mir in diese Grube klingt ihr Lied.«

Das Höllenfeuerlied. Ganz sachte legte Cruz ihr den Arm um die Schultern, und als hätte sie darauf nur gewartet, warf sich Adriana an seine Brust, klammerte sich Halt suchend an ihn, während er ihr die Tränen fortwischte.

»Ihr habt ja recht. Ich muss mich zusammenreißen. Die Verbündeten aus dem Höllenfeuerlied finden und Luzifer stoppen. Das ist es, was ich der Welt schulde. Jetzt erst recht. Entschuldigt meinen Zusammenbruch.« Mit dem Ärmel wischte sie sich über die linke Hälfte ihres Gesichts, was total niedlich aussah.

Am liebsten hätte er sie gepackt und wäre mit ihr davongeflogen.

Ob nun wenigstens diese extrem dumme Idee mit der Hochzeit vom Tisch war? Ob sie einen anderen Plan verfolgte? Er konnte es nur hoffen.

Leider wählte Luzifer ebendiesen Moment für einen seiner Überraschungsauftritte.

Mit ausgebreiteten Armen schwebte er auf sie zu.

»Cruz, du verblüffst mich. Stehst tatsächlich hier und führst meinen Befehl aus. Du hast Ahel vertrieben und Angelina ist noch hier? Vorbildlich!«

»Irgendwer musste es ja tun«, sagte Cruz.

Daraufhin zeigte Luzifer ein anerkennendes Lächeln. »Respekt. Nicht so wie mein nichtsnutziger Sohn Ahel, der in ebendiesem Moment versucht, mir einen Strick … Na, wie auch immer.« Als er in die Hände klatschte, zuckte Adriana zusammen. Nur zögerlich löste sie sich von Cruz.

»Ja, wirklich herzallerliebst, ihr zwei. Nur, wenn ich Ahel von eurem Techtelmechtel erzähle, wird er so gar nicht erfreut darüber sein.« Dafür erhellte sich das Gesicht des Teufels immer mehr.

»Halt einfach die Klappe«, knurrte Cruz. Was wollte er hier? Und dann ausgerechnet jetzt, wo er mit Adriana reden musste. Über die Dämonentage, über die Hochzeit, über ihre Mutter …

»Warum bist du hier? Alle Schergen beschäftigt auf der Erdoberfläche oder brauchtest du einfach mal wieder etwas Auslauf?«

Bevor er antwortete, hob der Teufel beide Mundwinkel noch eine Spur mehr nach oben.

»Wahrscheinlich Letzteres. Ich wollte es mir einfach nicht nehmen lassen, meinen Lieblingssklaven sicher zurück ins Schloss zu geleiten.«

»Warum?«, wollte jetzt Adriana wissen.

»Das, meine Liebe, ist ganz allein meine Entscheidung. Mein Sklave, meine Regeln, mein Vergnügen.« Über seinen halben Scherz wollte sich Luzifer gerade ausschütten vor Lachen, weshalb Cruz die Nase rümpfte.

Direkt neben ihm ballte Adriana die Fäuste, als wollte sie Luzifer das Grinsen aus dem Gesicht schlagen.

Das alles schien den Höllenfürsten aber nicht im Geringsten aus der Ruhe zu bringen. Ganz der Entertainer spazierte er vor ihnen auf und ab. Was sollte das?

Als Nächstes begann Luzifer zu pfeifen, die Hände locker auf dem Rücken verschränkt, was bedrohlicher wirkte als ein direkter, harter Befehl. Alarmiert grub Cruz seine Zehen in den harten Sand. Jeder Muskel in seinem Körper spannte sich an. Dann schob er sich vor Adriana, um Schlimmeres zu verhindern.

»Ich komme ja schon.« Mit einem letzten Blick zurück auf Adriana verabschiedete er sich. »Geh zu Gesa, wenn du dich einsam fühlst, okay?« Hoffentlich verstand sie den Wink. Natürlich wollte er, dass Adriana Gesa sofort aufsuchte, aber damit hätte er vor Luzifer viel zu viel preisgegeben.

»Ja, wirklich tragisch, wenn so ein Plan nicht aufgeht«, informierte Luzifer sie. »Weltrettung ist nichts für Anfänger, und dann auch noch diese kleine Klausel, dass du Ahel nur heiraten kannst, wenn du in deiner Dämonengestalt am Altar erscheinst.« Luzifer tat gespielt betrübt. »Hach, unsäglich, aber da musst du dir wohl etwas anderes einfallen lassen, um dir deine Mom, Cruz und eine sichere Erdoberfläche zu erschwindeln. Immerhin hast du dich als eine würdige Gegnerin erwiesen. Beinahe jedenfalls. Es war ein Heidenspaß für mich, die Strippen hinter den Kulissen zu ziehen!« Luzifer hob beide Hände und tat so, als würde er Marionetten vor sich auf und ab springen lassen.

Statt zu antworten, stieß Adriana einen merkwürdigen Hustlaut aus.

Was wollte Luzifer noch in Herrgotts Namen? Sie hatten verloren, er oft genug betont, wie er sie ausgetrickst hatte. Aber wenn er jetzt noch anfing, über Adrianas Schuld zu sprechen, dann würde ihr neu entdecktes Selbstbewusstsein vielleicht wieder Risse bekommen.

Durch zusammengebissene Zähne würgte Cruz einen letzten Satz hervor. »Zeit, zu gehen, großer Meister.«

»Ah, endlich hast du die korrekte Anredeform für mich drauf«, freute sich Luzifer. »Da werden es heute wahrscheinlich nur hundert und nicht zweihundert Peitschenhiebe.« Er zwinkerte Adriana zu.

Ein Witz. Er machte doch hoffentlich nur einen Witz! Aber da hob Luzifer schon vom Boden ab, winkte Cruz zu sich. Ob der Höllenfürst sie aus einem bestimmten Grund trennen wollte? Ja, das musste es sein. Luzifer war schlau genug, Cruz und sie als die »Erlöser« aus dem Höllenfeuerlied zu identifizieren. Selbstverständlich wollte er den Kontakt zwischen ihnen unterbinden. Luzifer würde dafür sorgen, dass Cruz nicht in ihre Nähe kam.

Nachdem Cruz abgesprungen war, drehte er sich im Flug

noch einmal zu ihr um. Tiefe Traurigkeit lag in seinem Blick. Und Liebe, so viel Liebe für sie, dass ihr eigenes Herz sofort zerspringen wolle. Die Szene wirkte auf Adriana wie ein Vorbote eines schrecklich langen Zeitraums, in dem sie ihn nicht mehr sehen würde. Nein, das konnte Luzifer nicht machen …!

Wie automatisch tasteten Adrianas Finger nach den Digimonfiguren in ihrer Jackentasche, noch ehe Cruz und Luzifer ganz außer Sicht waren. Cruz … Ohne ihn fühlte sich Adriana plötzlich trotz der Höllenhitze verlassen und halb erfroren. Ohne ihn fehlte einfach etwas.

»Liebling?«, hörte sie die Stimme ihrer Mom rufen. »Bist du noch da?«

Der Klang dieser Worte brachte Adriana in die Wirklichkeit zurück. Zeit, sich zusammenzureißen. Entweder konnte sie sich jetzt heulend irgendwo verkriechen und unter der Last ihrer Schuldgefühle zusammenbrechen oder sie stand auf und kämpfte darum, die Tore wieder zu schließen. Ihren Fehler auszubügeln. Und das Wichtigste: Cruz zu retten.

Erneut setzte sie einen Fuß auf die Treppe, beugte sich über das Geländer.

»Liebling, bitte versteh doch. Es liegt nicht an dir. Luzifer hätte einen anderen Weg gefunden. Auch ohne dich. Die Tore wären so oder so geöffnet worden.«

Zum ersten Mal an diesem Tag hatte Adriana das Gefühl, dass ihre Mom sie wirklich, wirklich ansah! Wo sie zuvor in Gedanken immer bei ihren Forschungen gewesen zu sein schien und stets etwas abwesend dreingeschaut hatte, fokussierte sie sich nun komplett auf Adriana. Und das war der Moment, in dem Adriana die Wärme um sie herum endlich wieder spürte.

»Aber es gibt einen Weg, du kennst ihn. Und … im Vertrauen … wir sind doch allein hier, oder?«

Kurz blickte sich Adriana nach allen Seiten um, bevor sie sich über ihre Lippen leckte, die ganz trocken geworden waren. Sie ahnte, worauf ihre Mutter hinauswollte.

»Meine Forschungen werden dir helfen. Hast du schon hineingesehen?«

»Ja, aber nur kurz.«

»Gut. Du wirst schnell merken, dass du bald viele, viele Omega-Dämonen um dich scharen musst. Sie werden deine Rettung sein.«

Ihre Rettung? Omega-Dämonen? Diese flauschigen Kerlchen? Ein Teil des Höllenfeuerlieds fraß sich durch Adrianas Gedanken.

»Sollen das meine Verbündeten sein? Sind sie im Höllenfeuerlied mit *Freunden aus alter Zeit* gemeint?«, wisperte sie. Und dann fiel es ihr wie Schuppen von den Augen. Die Notizen, die Arbeit ihrer Mutter ... Luzifers Interesse! Cruz hatte einmal ihr gegenüber angedeutet, dass sich Omegas auch zu etwas anderem entwickeln konnten. Der Blick ihrer Mom ließ keinen Interpretationsspielraum zu. »Mom! Das hast du die ganze Zeit verborgen gehalten?«

»Zuerst Roseburg«, verlangte Savannah, kaum dass sie durchs Portal getreten waren. »Pryatt wird sicher von allein zu uns kommen, wo doch inzwischen klar ist, dass wir recht hatten mit der Verdunklung.«

Drym atmete tief durch. Also gut. Die Strecke kannte er inzwischen so genau wie die nach Dana Point, Kalifornien, wo die Villa von Pryatt Hershley lag.

Es war merkwürdig, über ganze Landstriche zu fliegen, in denen man eindeutig glühende Dämonenaugen unter sich und Menschenschreie vernehmen konnte. So viele Todesschreie. Mehr als in den letzten Nächten zusammen.

Dryms Unterlippe zitterte. Seine Familie war in Sicherheit, versuchte er sich zu trösten. Gemma und seine Mom waren extrem vorsichtig in solchen Dingen und hatten sicherlich genug Zeit, die Warnungen ernst zu nehmen. In New Jersey hatten sich die Tore zur Hölle noch lange nicht geöffnet, wenn Adriana recht hatte, aber die Menschen im Osten des Landes mussten davon erfahren haben, was im Westen der USA Schreckliches geschehen war. In der nächsten Nacht würde seine Familie vorbereitet sein.

Als sie vor dem Waisenhaus landeten, meinte Drym zuerst, dass ihm seine Sinne einen Streich spielten. Vor dem Gemeindehaus saßen auf einem umgekippten Baumstamm, der wohl als Bank dienen sollte, ein kleines Mädchen, vielleicht fünf Jahre alt, und ihr wenige Jahre älterer Bruder. Die einzige Laterne der Straße erhellte gerade so die Gesichter der Kinder in der Dunkelheit. Drym erkannte sie aus den Zeitungsfotos wieder. Garrison und Rosie, die im Verdacht standen, ihren eigenen Vater getötet zu haben. Vor allem ihre großen, runden Gesichter mit den winzig kleinen Augen stachen extrem auffällig aus ihrem Erscheinungsbild hervor.

»Oh. Schau mal.« Savannahs Hand krallte sich in seinen Unterarm. Ihre Nähe war ihm viel zu bewusst, doch Drym zwang sich dazu, sich nur auf die Kinder zu konzentrieren. Während Garrison mit seinen strohblonden Haaren und der Helmfrisur ihn ausdruckslos ansah, starrten die Augen seiner Schwester ins Leere. Direkt an Drym und Savannah vorbei. Beide Kids balancierten je einen Kinderrucksack in Form eines Tieres auf den Füßen. Bei Rosie war es ein Haifisch, auf Garrisons Füßen schwankte ein orangefarbener Löwe. Der Junge spielte mit den Zusatzverschlüssen an den Schulterriemen, als warte er an einem ganz gewöhnlichen Tag auf den Bus zur Schule.

»Wieso stehen die Kids hier draußen, während sich alle anderen verschanzt haben?«, wollte Savannah flüsternd wissen.

Sie hatte recht. Ganz offensichtlich hatten sich alle anderen Kinderheimbewohner samt Betreuer im Haus eingeschlossen.

Rosie strich sich einen ihrer dunkelblonden Zöpfe nach hinten. »Ich habe gesehen, dass uns zwei Dämonen abholen kamen und darauf bestanden, hier draußen auf euch zu warten.« Zwar hob sie ihr Kinn eine Winzigkeit, schien aber weiterhin auf einen Punkt in der Ferne zu starren. »Die Pflegerinnen waren einverstanden, nachdem ich sie daran erinnert habe, was mit meinem Vater geschehen ist und was Dämonen vermutlich mit ihnen anstellen, wenn sie nicht bekommen, wofür sie hergekommen sind.«

Das war ja ganz reizend. Herzallerliebst.

Savannahs Augen weiteten sich, wobei sie gleichzeitig an Dryms Arm zog. »Hast du das gehört?«

»Ja. Ich stehe direkt neben dir.«

»Das Kind ist hellsichtig. Wahrscheinlich zudem ein Dämon!«

»Ja, ein Halbdämon, Savannah. Genau wie wir.« Und damit schüttelte er ihre Hand ab und marschierte auf die Kids zu. »Hi, ich bin Drym und das ist Savannah. Vor einer Woche waren wir noch normale Menschen.«

»Ich weiß«, sagte Rosie, immer noch ohne ihn anzusehen. Hatte die Kleine überhaupt ein einziges Mal geblinzelt?

»Ah, verstehe. Und, na ja, wir brauchen eure Hilfe, um die echten, bösen Dämonen zurück in die Hölle zu schicken.«

»Ich weiß«, wiederholte Rosie. »Deshalb haben wir gepackt.« Sie deutete auf ihren Rucksack.

Diese Kommunikation gestaltete sich schwieriger als gedacht. Obwohl, wenn die Kleine bereits alles wusste, musste er weniger erklären.

Einen winzigen Moment lang huschte ein Lächeln über das Gesicht des Jungen. »Meine Schwester sieht Dinge. Wir wissen alles über euch.«

Dryms Haut prickelte unter dem Neoprenanzug. Er hatte sich geirrt. Die Zusammenarbeit mit diesen Kindern würde einfach nur gruselig werden.

Und in diesem Moment hob Rosie den Kopf und sah ihn direkt aus ihren winzigen Augen an. Ihre Stimme klang viel älter, als ihr Körper zu sein schien.

»Ich will die Engel sehen.«

Obwohl sie am liebsten geschrien und sich ihrem Selbstmitleid hingegeben hätte, schließlich hatte sie allein das verdammte

Höllenportal geöffnet, riss sich Adriana gerade noch so am Riemen.

»Liebling, du musst jetzt besonnen handeln, sonst war alles umsonst.« Ihre Mom sah sich in ihrem Gefängnis um.

Auch Adrianas Blick glitt über die Lavaschicht am Boden, in der die Füße ihre Mutter versunken waren. Sie schluckte. Für ihre Mom würde sie sich zusammenreißen. Ein Zusammenbruch würde sowieso nichts ändern. Cruz keine Freiheit bringen. Keinen einzigen Menschen retten. Das war es, sie würde jetzt nach draußen gehen und den einen oder anderen Menschen vor den Dämonen beschützen!

»Mom, ich komme nachher wieder. Besser, ich stelle mich draußen den Clans …«

»Nein.« Ruckartig hob ihre Mutter den Kopf. »Hör endlich auf mit dieser unsinnigen Selbstbestrafung! Wir müssen Prioritäten setzten und dürfen keine Zeit verlieren. Luzifer scheint uns immer einen Schritt voraus zu sein, aber den nächsten Zug musst du machen, verstehst du?«

Ihre Stimme klang so flehentlich, dass Adriana gar nicht anders konnte, als mit einem Kloß im Hals zu nicken.

»Hör mir jetzt genau zu: Du wirst die Halbdämonen und anderen Verbündeten um dich scharen und dann das, was in meinen Forschungsunterlagen geschrieben steht, umsetzen.« Angelina senkte die Stimme, wie als fürchtete sie, belauscht zu werden. »Du führst mein Erbe aus. Es wird dir leichtfallen, meine Forschungsergebnisse für dich anzuwenden. Ich weiß, du kannst es.«

»Mom … ich …«

Aber bevor sie weiterreden und zugeben konnte, dass sie eben gar nichts wusste und schon gar nicht Biologie oder Medizin studiert hatte, wie ihre Mom anzunehmen schien, hörte sie die Stimmen hinter sich.

14

Während Eloy erschöpft auf ein Feldbett sank, verschaffte sich Rico einen Überblick über die Menschen im Bunker. Kinder weinten und einige Verletzte wurden im Krankenzimmer versorgt. Im Panikraum gleich daneben hämmerte jemand in unregelmäßigen Abständen gegen die Tür, was Rico sicher beunruhigt hätte, wenn er in den letzten Stunden nicht schon Schlimmeres erlebt hätte. Glücklicherweise waren eine Krankenschwester und eine Psychologin unter den Menschen, die es bis hierher geschafft hatten. Zwar kein Arzt, aber besser als nichts. Rico hatte ihnen erklärt, wie Adriana seinen Dämonenbiss gesäubert hatte, aber er war sich sicher, dass einige der Verletzten die Nacht dennoch nicht überstehen würden. So viel Glück wie er konnten nicht alle haben. Statistisch jedenfalls sehr unwahrscheinlich.

Sein Blick glitt über das Mädchen mit den roten Haaren und Sommersprossen, vielleicht vierzehn Jahre alt. Sie saß in einer Art Schockstarre auf einem Feldbett, hielt ihren linken Arm mit dem rechten umklammert. Zwar hatte die Krankenschwester ihn ihr wieder eingekugelt, aber die nässende Bisswunde war nicht so einfach in den Griff zu bekommen.

Wie betäubt starrte das Mädchen darauf und Rico erwischte sich dabei, wie er es ihr gleichtat.

Durchatmen, tief durchatmen, befahl sich Rico selbst.

Aus dem Augenwinkel bemerkte Rico, wie Major Dwight von dem Stuhl, auf dem General Whittaker mit seinem geschienten Bein saß, wegtrat. Der General war auf der Flucht umgeknickt, hatte es aber mit der Hilfe seiner Untergebenen bis hier nach unten in den Bunker geschafft.

Angespannt sah Rico ihm entgegen. Noch ehe der Major sich zu ihm umgedreht hatte, war Rico klar gewesen, was er vorhatte. Dass er als Nächstes direkt auf ihn zusteuern würde. Der Major mit seiner unnatürlich hellen Haut wirkte im Neonlicht eher wie ein Geist als wie ein Mensch. Als sei das alles nur eine Übung, stellte er sich neben Rico, ließ ebenfalls seinen Blick über die vielleicht knapp einhundert Menschen schweifen, die Hände auf dem Rücken verschränkt.

»Du hast es gewusst.« Die Stimme des Majors klang gefasst. Immer noch blickte er stur geradeaus. Rechts über ihm flackerte eine Leuchtstoffröhre. Das leise »Pling, Pling«, das damit einherging, ließ Ricos Augenlider unkontrolliert zucken.

»Habe ich. Adriana auch. Wir haben versucht, es Ihnen begreiflich zu machen.«

Der Major nickte. Irgendetwas an seiner Reaktion kam Rico merkwürdig vor. Eloy, der Tequila gerade etwas Wasser in einen Pappteller kippte, schaute zu ihnen herüber. Langsam wurde es unerträglich heiß hier unten. Und es stank. Nach Schweiß und Babyhinterlassenschaften, trotz der Klimaanlage.

Adriana war sich so sicher gewesen, dass der Major nach Ahels Auftritt etwas unternehmen würde. Tja, falsch gedacht.

»Wie schnell können Sie diese Dämonenabwehrwaffen zum Laufen bringen?«, fragte Rico und versuchte das Weinen und Wimmern um sie beide herum auszublenden. Einige Kinder schrien immer wieder nach ihrer Mama. Wahrscheinlich *die* Mutter … Eine Mutter hatte, wie Rico wusste, sich vor eins ihrer Kinder geworfen und es danach selbst nicht mehr lebend in den Bunker geschafft. Einer der Kadetten hatte seinem Kameraden erzählt, dass diese Mutter von zwei Beta-Dämonen in der Mitte entzweigerissen worden war, als beide an ihren Armen gezogen hatten. Zwar hätte Rico dieses Gespräch lieber nicht mitbekommen, aber nun war die Geschichte vom Schicksal dieser Mutter unauslöschlich in seinem Gehirn verankert.

»Wir könnten es in zwei bis drei Monaten schaffen«, gab der Major letztendlich zu.

Ricos Wasserflasche entglitt seinen schweißnassen Fingern. Polternd schlug das Plastikgefäß mehrmals auf dem Boden auf, bevor es unter ein Feldbett kullerte. Zwei bis drei Monate? Das waren um die neunzig Nächte. Wie sollte die Welt das überstehen?

Knurrende Delta-Dämonen und Geflüster, das sich wie Scherben anhörte, die man in einen Container leerte. Gammas!

»Das Mischblut!«

Schweiß prickelte in ihrem Nacken, als sich Adriana umdrehte. Direkt hinter ihr rauschte ein Dämonenclan heran. Ein ziemlich kleiner. Während zwei Gammas und drei Deltas vorneweg preschten, hüpfte hinter ihnen lediglich ein Omega. Die Nachhut bildeten ein Alpha-Dämon sowie zwei Betas. Neun Dämonen, nicht mehr.

Langsam fokussierten sich ihre Augen auf den Alpha-Dämon. Adriana röchelte, musste sich am Geländer abstützen, sobald sie ihn erkannte. Nein, das konnte nicht sein!

»Was ist los, Liebling?«, wollte ihre Mutter wissen.

Ungläubig blinzelte Adriana. Vielleicht spielten ihr ihre Sinne lediglich einen Streich. War das wirklich … Ja, die Erinnerung stürzte unbarmherzig auf sie ein. Der Alpha-Dämon mit dem nachtschwarzen Haar, das ihm beinahe bis zu den Schultern reichte, mit den kleinen Augen und den recht abgehackten Körperbewegungen, so als stünde er permanent unter Stress. Ohne Zweifel, das war der Dämon, der vor einem Jahr Sara und India getötet hatte. Ihre bis dahin besten und einzigen Freundinnen.

»Da ist sie ja.« Das Grinsen des Alphas zog sich unnatürlich breit bis zu seinen Ohrläppchen. Ein kurzes Zähnefletschen, bevor er fortfuhr. »Hab gehört, du heiratest heute noch?« Unaufhörlich kam dieses Monster auf sie zu. Das Lächeln auf seinem Gesicht wurde immer fieser. »Merkwürdige Sache.«

Adriana musterte seine leuchtend violetten Augen, die zuckenden Flügel, die Haare, die sich an seinen Schläfen kringelten.

Als sie nicht antwortete, fuhr er einfach fort. »Gratuliere. Das macht dich also zu meiner neuen Mom.« Direkt vor der Brücke blieb das Scheusal stehen. Seine Nähe brachte Adriana ganz aus dem Konzept, sodass sie den Sinn seiner Worte viel zu spät begriff. Mom?

»Ist das Amon, da bei dir?« Jetzt schrillte Angelinas Stimme geradezu.

»Ja, er ist es!«, schrie der Dämon in Richtung der Grube, wobei er seine Arme ausbreitete, als wolle er Adriana in eine Umarmung ziehen.

Nichts lag ihr ferner.

»Du bist Ahels Sohn«, wisperte sie, als sie in ihrem Kopf die Informationen zusammengesetzt hatte.

»Live und in Farbe«, antwortete der Dämon, allerdings gelang es ihm dieses Mal nicht so perfekt, gute Laune vorzutäuschen, wie gerade eben noch. Amon, er hieß Amon, rief sie sich in Erinnerung.

»Ja, wirklich merkwürdige Sache. Kam für mich auch völlig überraschend. Wie muss es dir da erst gehen?«, fuhr Amon fort.

Das Gedankenkarussell drehte sich in Adrianas Kopf. Wirre Szenen blitzten vor ihr auf. Saras Schreie und das Gurgeln, das India ausgestoßen hatte, nachdem Amon ein großes Stück Fleisch von ihrem Hals abgebissen hatte. Blut, so viel Blut überall. Indias Blut auf Adrianas Schuhen.

»Hoffe, du bist großzügiger mit deinen Umarmungen und meinem Taschengeld als deine Vorgängerin«, sagte Amon. Der Omega-Dämon neben ihm hüpfte vergnügt. Adriana beschloss, sich auf den blauen Fellball zu konzentrieren.

»Ruhe, Lord Faulion.« Im selben Moment trat Amon nach dem Omega, der eilig aus der Reichweite des Alpha-Fußes hüpfte.

Adriana biss die Zähne zusammen, beobachtete den jaulenden Omega, der nun überhaupt nicht mehr glücklich aussah. »Was willst du hier?«

»Na, dir gratulieren und … ich war gerade in der Gegend, um neue Omegas abzuholen …, natürlich will Xenobia mir keine aushändigen, nach der Sache von letztem Jahr … Und da erfahre ich von ihr, dass mein Vater sich mit dir vermählt. Dem Mischblut, das unter Luzifers Schutz steht. Mit dem Mal von Cruz auf seinem Arm. Xenobia war nicht erfreut, nein, nein.« Er zischte es eher, presste die Worte hervor, als gingen sie ihm nicht besonders leicht von den Lippen. Aber ob sich Amon nun über die Hochzeit freute oder nicht, konnte ihr egal sein. Und Xenobia musste wohl die Alpha-Dämonin sein, die Adriana heute Morgen in der Dämonenbrutstätte getroffen hatte.

»Wahrscheinlich wird sie euch weder Menschenopfer noch Blumen schicken, also rechne besser nicht damit …«

»Für deine Gratulationsversuche ist es noch etwas zu früh«, fiel ihm Adriana ins Wort. Im Versuch, ihre Stimmer eiskalt klingen zu lassen, stolperte sie beinahe über ihre eigenen Worte. Sie musste langsamer sprechen, gefasster wirken. Sonst würden Dämonen wie Amon niemals Respekt vor ihr haben. Also straffte sie die Schultern.

»Verschwinde, Amon. Meine Gunst wirst du dir erst noch verdienen müssen. Aber nicht jetzt.«

Tatsächlich erstarrte der Dämon daraufhin für eine Sekunde. Er schien überrumpelt. Offensichtlich genau die richtigen Worte.

Seine Kieferknochen schienen zu mahlen. Fast, als hätte er gerade einen Korb einstecken müssen. Gewissermaßen war es ja auch so. Schulterzuckend und ohne ein weiteres Wort an sie zu richten, drehte sich Ahels Sohn um.

»Gut gemacht«, lobte Angelina sie, als Amon mit seinem Clan endlich abgezogen war.

Adriana sah ihm nach. Sicher nicht ihre letzte Begegnung. Mit ziemlich hoher Wahrscheinlichkeit würde er zudem auf dieser verfluchten Hochzeit erscheinen. Schließlich war Amon Ahels direkter Verwandter. Nur ein zweites Mal wollte sie diesen Mistkerl, der für den Tod ihrer besten Freundinnen verantwortlich war, nicht sehen. Am besten nie wieder. Irgendwie musste sie diese Hochzeit verhindern. Den Pakt mit Ahel lösen. Jetzt, da Luzifer den Deal mit einem Fallstrick versehen hatte, konnte sie daraus sowieso keinen Profit mehr herausschlagen. Oder doch? Wenn Luzifer glaubte, er konnte sie ein weiteres Mal so leicht austricksen … Andererseits würde sich der Pakt mit Ahel wohl eher nicht besonders leicht lösen lassen. Hatte das überhaupt schon mal ein Mensch geschafft? Einen Dämonenpakt gelöst und war dann lebend davongekommen?

Ein neuer Gedanke kam ihr. »Mom, in deinem Brief sagtest du, mein Vater war auch ein Halbengel.« Dann konnte er doch der erste verbündete Engel werden, oder nicht? Gesetzt den Fall, dass er noch lebte.

»Ja«, sagte ihre Mutter leise. Den Kopf hielt sie gesenkt, so als wolle sie den Blicken ihrer Tochter ausweichen. »Wir waren uns so ähnlich und doch so verschieden. Er hatte nicht gerade das liebliche Engelsgemüt, von dem man ausgehen würde. Eher hatte er etwas Teuflisches in sich.«

Ein aufbrausender, rachsüchtiger Halbengel? Adriana runzelte die Stirn. Wie konnte so was sein?

»Wir sind eben alle halb Teufel, halb Engel«, fuhr Angelina fort. »Alle Menschen, meine ich.«

»Menschen … Und Halbengel? Was bedeutet das eigentlich? Was unterscheidet mich von normalen Menschen?«

Jetzt erst hob ihre Mom den Kopf. »Du kannst Menschen segnen und später wirst du weitere Fähigkeiten entwickeln. Zum Beispiel fliegen und heilen. Aber dafür bist du noch ein wenig jung. In den nächsten sieben Jahren allerdings, vertrau mir.«

Sich selbst heilen hatte sie schon mal drauf. Wahrscheinlich tat ihre Mom das auch die ganze Zeit über mit ihren Füßen. Nur, andere Personen heilen? Wie sollte das funktionieren? Vielleicht mithilfe einer selbstlosen Tat? Das hatte Adriana bereits verstanden. Durch ihre eigenen Opfer konnte sie etwas bewirken.

»Bitte, Liebling, versprich mir, dass du einen großen Bogen um Amon machst, ja? Er ist einer dieser Dämonen, die aus bloßer Bosheit kleinen Omega-Dämonen das Fell über die Ohren ziehen und ihnen die Füße abbeißen.«

Adriana schluckte. Diese Warnung hätte es nicht gebraucht. Obwohl ihr tausend andere Fragen an ihre Mom auf der Zunge lagen, drehte sich in ihrem Kopf plötzlich wieder alles nur um Amon. »Ich weiß. Er hat letztes Jahr meine Freundinnen zerfleischt.« Es auszusprechen hatte etwas Befreiendes. Als hätte Adriana den schrecklichen Mord an Sara und India nun zum ersten Mal richtig zugegeben und dadurch verarbeitet. Es war kein Traum gewesen, wie sie sich manchmal verzweifelt hatte einreden wollen.

»Das tut mir leid, mein Schatz. Aber wir müssen nun nach vorne sehen. Die Zeit drängt. Dein Vater könnte im großen Plan der Mächte durchaus eine Rolle spielen, wenn man an die Weissagung des Höllenfeuerlieds denkt«, erklärte ihre Mom langsam. Sie zwirbelte an einer Haarsträhne herum. »Daran habe ich auch schon gedacht. Aber zunächst musst du alle Augen offen halten und die Engel finden. Mit etwas Glück leben ein paar Erzengel noch.«

»Die Augen offen halten? Wie das, wenn die Engel in irgendwelchen Gefängnissen versteckt sind, die bisher noch niemand finden konnte?«

Mit einem Mal ließ Angelina die Haarsträhne los. »Aber das Höllenfeuerlied ist doch so eindeutig in Bezug auf die Engel.« Ihre Hände fielen wie abgestorben an ihren Seiten herunter, klatschten gegen ihre Hüften. Augenblicklich fragte sich Adriana, was sie übersehen hatte.

»Engel im eigenen Gefängnis verendet, nur aus eigener Kraft herauszuquälen«, zitierte ihre Mom.

Wow, ihre Mutter kannte das Lied. Sogar auswendig. Gut, sie hatte in den letzten dreizehn Jahren auch nicht viel anderes zu tun gehabt in diesem Loch. Bei dem Gedanken loderte die Wut auf Luzifer in ihrem Inneren einmal kräftig auf. Im Grunde war ihre Mom auch ein Engel im eigenen Gefängnis.

»Aber was bedeutet das?« Adriana drehte die Halskette ihrer

Mutter zwischen den Fingern, doch ihre Gedanken ließen sich einfach nicht in die gewünschte Richtung steuern.

»Ich nehme an, die Engel sind in ihrer eigenen Haut gefangen«, sagte ihre Mom. Noch ehe sie ausgesprochen hatte, schweifte ihr Blick schon wieder ab. Als galt es, in Gedanken eine komplizierte Studie durchzugehen.

»Hm, was immer das auch bedeuten soll.« Wenn sie noch länger hier stand und nachgrübelte, würde gleich die Nacht enden. Aber vorher musste sie die Hochzeit verhindern. Vielleicht mit Gesas Hilfe. Bei seinem Abschied hatte Cruz ihr doch ganz eindeutig geraten, heute Nacht noch Gesa aufzusuchen. Erneut krallte Adriana die Fingerspitzen in den Neoprenstoff an ihren Handgelenken. Dabei fiel ihr auf, dass die Wunde an ihrem Arm gar nicht mehr schmerzte und dass sie kein Stück müde war. Wohl ein angenehmer Nebeneffekt, wenn man ein Engel war. Sie musste los. Als sie den Blick auf einen der Brückenpfeiler senkte, bemerkte sie den blauen Fellball. Ein Omega-Dämon. Dieser Lord Faulion mit den traurigen Augen, der kurz zuvor noch von Amon getreten worden war. Was machte er noch hier?

»Ich muss gehen, Mom. Aber ich komme wieder. Schon bald.« Falls ihr kein anderer Ausweg blieb und sie Ahel doch heiraten musste, würde man ihr da wenigstens erlauben, ihre Mom aus der Grube zu holen und kurz an ihrer Seite zu haben? Ihre Seele in einer Tür oder in einem Schmuckstück bei sich zu tragen? Der Gedanke daran, dass das am Ende alles sein könnte, was sie für ihre Mom tun konnte, stach wie ein Zahnstocher in ihrem Herzen. Das durfte einfach nicht alles sein. Ihre Mom gehörte in den Himmel, wo es ihr gut gehen würde. Wo sie ein freies Leben nach dem Tod führen konnte. Wieder einmal verfluchte sie Luzifer und seine Tricks.

Bevor sie sich verabschiedete, wollte Adriana noch eines versuchen.

»Mom, weißt du, wo ich die Engel finde?«

Völlig weggetreten schien ihre Mom die Lava-Blubberblasen

an einer Stelle des Beckens zu beobachten, in dem sie gefangen war.

Von irgendwoher hinter ihr hörte Adriana Amon brüllen.

»Lord Faulion! Komm zurück oder du wirst es bitter bereuen. Lord Faulion!«

Adriana starrte in Richtung des Fellknäuels. Lord Faulion drückte sich enger an den Brückenpfeiler. Sein ganzer Körper zitterte.

»Denk an das, was ich dir gesagt habe«, beschwor ihre Mom sie zum Abschied. »Du musst unbedingt die Reihenfolge einhalten.«

Mal wieder. Reihenfolgen schienen ihrer Mom echt etwas zu bedeuten. Danach summte sie etwas. Dieses Mal erkannte Adriana das Lied. Es war das Höllenfeuerlied. Beim nächsten Mal würde ihre Mom hoffentlich wieder klarer denken und ihr mehr über die Engel erzählen können. Ja, ganz sicher. Obwohl sie sich gerade umgedreht hatte, hielt Adriana noch einmal inne. Möglicherweise war ihre Mom die einzige Person, die das Höllenfeuerlied richtig interpretieren konnte.

Savannah lehnte sich ganz dicht an ihn.

»Dieses Mädchen ist dermaßen gruselig. Den Rest der Strecke fliegst du sie.«

Drym, der gerade eine Hand hob, um ihr eine Motte aus dem Haar zu pflücken, lächelte.

»Solltest du als ehemalige Nonne nicht alle Kinder lieben?« Irgendwie kribbelte seine Haut neuerdings an den Stellen, an denen Savannah ihn berührte. Aber das lag sicherlich nur daran, dass er so lange schon keine Frau mehr angefasst hatte.

»Dieses Kind ist der Satan!«

»Wirklich, Savannah? Du bist gerade erst dem echten Luzifer begegnet.«

»Ja und da habe ich mir nur halb so viel in die Hosen gemacht wie jetzt.«

Drym lachte. Es ging einfach nicht anders bei der niedlichen Schnute, die Savannah zog.

Jetzt packte sie ihn am Arm, und auf einmal wusste er nicht mehr, ob sie scherzte oder es doch ernst meinte. Zwei Sachen wusste er dafür sicher: Sie roch gut und sah verdammt gut aus. »Bitte, Drym, lass nicht zu, dass sie mich qualvoll ermordet, ja? Da wäre mir ein schneller Tod echt lieber. Versprochen?«

»Versprochen«, brachte er gerade so hervor. Viel mehr Worte wären ihm in diesem Moment auch einfach nicht über die Lippen gekommen. Es war einfach alles wie weggewischt in seinem Kopf. Savannah schmiegte sich so eng an ihn …

Sie waren auf einem Plateau oberhalb eines Flussbettes gelandet. Ungefähr auf der Hälfte der Strecke, weil Rosie *hinter einen Busch verschwinden musste*, wie sie es ausdrückte.

Grinsend lehnte Drym seinen Kopf näher an Savannahs, bis er sie fast an der Schläfe berührte.

»Soll das heißen, du hast Angst vor einem kleinen Mädchen?«

Sie knuffte ihn in die Seite. »Du weißt doch ganz genau, was ich meine! Diese unheimlichen Augen, was sie so erzählt …«

Savannah stellte sich auf die Zehenspitzen und ihre Lippen berührten seine Ohrmuschel, als sie etwas hineinflüsterte. Und da begannen Dryms Ohren so heftig zu brennen, dass er schon glaubte, man müsse einen roten Schein wahrnehmen können.

»Ein denkbar ungünstiger Zeitpunkt, um zu knutschen«, bemerkte Rosie, die zusammen mit ihrem Bruder hinter einem Dornengestrüpp hervortrat.

»Ach, ja?« Drym warf den beiden je einen Tetra Pak zu, die er dem Getränkeautomaten nahe der Aussichtsplattform *entnommen* hatte. Äußerlich gefasst lächelte er die Kids an.

Im Gegensatz zu Garrison fing Rosie das Trinkpäckchen mit Leichtigkeit auf, glitt dann auf einen Findling, um in Ruhe zu trinken.

»Ja. Einfach weil du deine Sinne in Habachtstellung halten solltest. Wie ein Falke.«

Nachdem ihr Bruder einen Zug Saft durch den Strohhalm gesogen hatte, nahm er hinter seiner kleinen Schwester Aufstellung. »Rosie hat etwas gesehen.«

»Ja, hoffentlich einen Exorzisten ganz in der Nähe«, wisperte Savannah in Dryms Ohr. Doch der entgegnete nichts, blieb ganz still stehen. Da war etwas. Ein Surren in der Luft!

Kurz darauf witterte er einen vertrauten Duft.

»Ivan«, knurrte Drym. »Und noch ein Dämon, muss mit ihm verwandt sein. Kommen beide direkt auf uns zu.«

»Was?« Savannahs Stimme klang schrill. »Lass uns abhauen. Los kommt, Kinder. Wir fliegen los.« Sie winkte die beiden zu sich.

Doch Rosie trank einfach weiter ganz entspannt aus ihrem Trinkpäckchen. Knibbelte dabei an dessen Ecken herum. »Zu spät.«

Sie sollte recht behalten, denn zeitgleich landeten Ivan und ein roter Dämon ohne Flügel zwischen ihnen. Genau in der Mitte des Plateaus. Ivan und … war das sein Vater Zhut? Er musste es sein, denn er wies eine deutliche Ähnlichkeit zu Ahel auf, war nur ein Stück kleiner und hatte wässrige, hellblaue Augen. Irgendwie die eines alten Mannes. Eines Menschen. Und eine Narbe zierte seine Oberlippe, als hätte er sie sich an einem Stacheldraht aufgerissen.

»Da sind ja deine Freunde, Sohn.« Die Narbe hüpfte.

»Ivan, was willst du hier?«, unterbrach Savannah den lilafarbenen Dämon, der gerade Luft holte, um einen zweifellos sehr nervigen Satz rauszuhauen. So viel konnte selbst Drym voraussehen.

Ein schlürfendes Geräusch ertönte. Sowohl Savannah als auch Drym und die Dämonen wanden sich um, musterten die kleine Rosie, die seelenruhig die letzten Reste aus ihrem Trinkpäckchen herausholte. Hinter ihr war Garrison in Deckung gegangen. Der Zopf von Rosie, an dem eine rosa Schleifenhaarspange etwas schief angebracht war, pendelte im Wind.

»Zweimal Schmutziges Blut. Eigentlich viermal. Was haben wir doch für ein Glück mit euch«, sagte Zhut, dessen Lächeln Drym immer mehr an einen hinterhältigen Fuchs erinnerte. »Mein Sohn hat mir schon so viel von euch und euren Plänen berichtet.« Der Dämon fletschte die Zähne, drehte sich ganz langsam in Richtung Drym um. »Was seid ihr doch undankbar. Da hat Luzifer, unser Herr, euch diese neue, verbesserte Erscheinungsform geschenkt, und ihr habt nichts Besseres zu tun, als hinter seinem Rücken seinen Sturz zu planen. Ja, auch ich kenne die Details des Höllenfeuerlieds. Ihr sammelt Mischblute wie andere Dämonen Knochen.«

Dryms Zähne mahlten aufeinander. »Was wollt ihr hier? Und wenn die Antwort lautet *auf ein Kaffeekränzchen vorbeischauen*, könnt ihr direkt wieder abdampfen.«

Dieser Einwand schien Ivan zu belustigen.

»Das tun wir, aber nur zusammen mit den Kindern, oder zumindest mit ihren Herzen.«

Sein Vater hob den Mundwinkel ohne Narbe, wahrscheinlich eine Geste der Zustimmung.

Niemals. Da Drym als eine seiner ersten Lektionen in der Militärakademie gelernt hatte, das Überraschungsmoment auszunutzen, warf er sich auf Zhut, erwischte ihn mit einem harten rechten Haken an der Schläfe. Jeder Mensch wäre nach diesem Schlag zusammengebrochen, doch der Sohn Luzifers taumelte höchstens ein wenig zur Seite.

»Verräter!«, kreischte Ivan. Halb sprang, halb segelte er mit ausgebreiteten Flügeln auf Drym zu, der sich gerade so unter ihm wegducken konnte.

»Hey, du Gesichtshupe!«, schrie Savannah, die anfing, mit einem Stein Ivans Gesicht zu bearbeiten. Immer wieder schlug sie auf ihn ein. Gar nicht so unclever. Leider konnte man das auch von Zhut behaupten, denn der beherrschte irgendeine Art von Kampftechnik, mit der er nicht nur in der Lage war, Drym an empfindlichen Körperstellen mit den Fäusten zu treffen, sondern ihn gleichzeitig rückwärts von sich wegzutreiben. Mit aller Macht versuchte sich Drym von ihm loszureißen, aber Zhut war clever. Er ließ nicht zu, dass sich sein Gegner von ihm losriss oder irgendeine Chance bekam, seine Flügel auszubreiten und abzuheben.

Irgendwo in der Nähe kreischten und zeterten sowohl Savannah als auch Ivan.

Ob es das war, was ihn irritierte, oder der Anblick von Zhuts Haut, die irgendwie Wellen zu schlagen schien … jedenfalls passte Drym eine Millisekunde nicht auf und fand sich gleich darauf auf der Erde wieder. Mit dem Rücken auf den Pflastersteinen.

»Kommst du zurecht?«, fragte Rosie, die nur eine Armlänge entfernt auf ihrem Stein saß.

»Geht schon,« brachte Drym zwischen zusammengebissenen Zähnen gerade so hervor, während er und Zhut sich gegenseitig die Luft abdrückten. Zu seinem Leidwesen lag Drym dabei immer noch auf dem Rücken und Zhut hockte auf ihm. Wie in einem schlechten Film. Aber dann geschah noch etwas viel Abwegigeres. Zhuts Haut schien sich zu kräuseln. Viel lebendiger zu sein als normale Haut es sein sollte, selbst bei Dämonen. Oder halluzinierte Drym schon?

Ein leeres Trinkpäckchen traf Zhuts Kopf.

»Mädchen!«, knurrte der. »Treib es nicht zu weit.« Dennoch hob er eine Hand von Dryms Kehle, um sich die Saftspritzer aus dem Gesicht zu wischen.

»Hier.« Etwas glitt in Dryms Hand. Ein Bobby Pin mit rosa Schleife. Rosies Haarspange. Was? Blitzschnell tauschte er einen Blick mit ihr und verstand. Im nächsten Augenblick, als Zhut sich wieder mit voller Kraft auf ihn stürzen wollte, rammte Drym ihm das spitze Ende der Haarspange direkt ins rechte Auge.

15

Gesas Pflanzenzimmer fand Adriana fast auf Anhieb. Ihre Gedanken rasten. Bei jedem Schritt erwartete sie zwar, irgendwo Cruz' Schreie zu vernehmen, aber nichts geschah. Keine Show von Luzifer? Nach allem, was geschehen war, hatte er womöglich das Interesse an ihr verloren. Nun denn. Sollte ihr recht sein. Ungewöhnlich ruhig ging es in dieser Nacht in Luzifers Palast zu. Nur das Blubbern der Brunnen war zu hören, als Adriana durch die Gänge schlich. Ob Luzifer die Folterei aufgegeben hatte? Sich heute Nacht anderen Vergnügungen hingab? Ob er durch irgendeinen Zauber wohl mitverfolgen konnte, was sich auf der Erde abspielte? Höchstwahrscheinlich.

»Gesa?« Zunächst zögerlich, dann jedoch deutlich energischer klopfte Adriana an die Tür. »Gesa, ich bin es.« Ob Gesa wusste, wer »ich« war? »Adriana!«, fügte sie hinzu und klopfte wieder.

Knarrend wurde die Tür aufgerissen. Eine dreckverschmierte Gesa starrte zu ihr nach oben, die Hände bis zu den Ellenbogen mit einer Erdschicht überzogen.

»Ich habe dich bereits beim ersten Mal gehört.«

Adriana blinzelte.

»Komm rein und hilf mir mit den Heilpflanzen. Wir werden bald sehr viele davon brauchen.« Damit drehte sich Gesa um, warf ihren zerzausten Zopf über die Schulter und ließ Adriana einfach stehen.

Auch eine Form der Einladung, fand Adriana. Als sie über die Schwelle trat, hätte sie auf einmal gern die Schuhe ausgezogen und ihre Zehen in der weichen Erde vergraben. War das aufgeweichter Rindenmulch? Woher hatte Gesa den?

»Meinst du nicht, wir sollten lieber gemeinsam nach draußen gehen und die anderen Halbengel aufsuchen?«

Nachdem Gesa sich die Haare aus der Stirn gewischt hatte und die Hände erneut tief in einem Topf versenkte, schnaubte sie.

»Ihr habt diese Ungläubigen benachrichtigt, oder? Sie wollten bisher nicht hören. Dieser Pryatt nicht und auch nicht diese Kinder sowie ihre Vormunde im Kinderheim. Nun, da die Dämonen eine weitere Nacht die Erde heimsuchen, werden sie bestimmt zu euch kommen. Sobald die Nacht zu Ende ist. Falls sie noch leben, jedenfalls.«

Wie angewurzelt blieb Adriana stehen. Gesa hatte recht. Sobald es für sie sicher war, würde sich Pryatt Hershley auf kürzestem Wege zu ihnen begeben. So würde sie es an seiner Stelle tun. Schließlich war das eingetreten, wovon sie ihm berichtet hatten. Nun würde er doch einsehen, dass sie die Wahrheit gesagt hatten und damit auch mit ihrer Behauptung richtiglagen, dass sie ihn, den Halbdämon brauchten, um diesen Wahnsinn zu beenden. Er würde kommen. Direkt zur Kapelle, die sie in ihren Mails erwähnt hatte. Diese Kinder aus Roseburg vermutlich auch. Oder Savannah und Drym würden sie in diesem Moment abholen. Heute Nacht würden sie sich ihnen anschließen, neue Mitglieder ihrer eingeschworenen Gruppe werden.

Mit einem leichteren Herzen als noch vor zwei Sekunden griff Adriana nach der Türklinke.

Gerade als sie die Tür schließen wollte, schlüpfte Amon herein. Bei seinem Anblick versteifte sich Adriana. Nicht er!

»Meine zwei Lieblings-Dämoninnen an einem Ort versammelt. Was für ein Glückspilz ich doch bin.« Seine dunklen Haarspitzen hüpften, während er grinste, dabei seine spitzen Schneidezähne präsentierte. Von seinem Gemüt her kam Amon eindeutig nach Luzifer und nicht nach Ahel oder seinem Cousin Ivan.

»Pff.« Gesa drehte ihnen beiden immer noch den Rücken zu, topfte irgendeine Pflanze um, wie es schien.

Obwohl es sicher die größtmögliche Provokation gegenüber eines Enkels Luzifers darstellte, zeigte Amon keinerlei Anzeichen von Gekränktheit durch Gesas Verhalten.

»Immer noch kein Interesse an Vertretern des männlichen Geschlechts, liebe Gesa?«

»Nein, nur einfach nicht an Vertretern des ekligen Geschlechts, lieber Amon. Und jetzt lass uns in Ruhe.«

Das senkte Amons Fröhlichkeitslevel wohl doch um ein paar Prozentpunkte. »Dir entgeht da wirklich etwas, aber wie du meinst.«

Anstelle einer Antwort gähnte Gesa einfach übertrieben laut. »Könntest du die Tür bitte von außen zumachen, Amon?«

Diese Bemerkung saß, ließ die Augenbrauen des Dämons in die Höhe schnellen. Ganz offensichtlich hatte er sich mehr Begeisterung von Gesa bezüglich seiner Anwesenheit erhofft. Daraufhin schwieg Amon, lief sogar eine Spur rosa an.

Dafür hatten sie jetzt keine Zeit. Nicht, wenn dort draußen Menschen starben. In diesem Moment.

So energisch sie konnte, nickte Adriana in Richtung Tür.

Doch alles, was Amon tat, war, sich selbst ein wenig größer zu machen und sie anzustarren. »Du kommst jetzt mit.«

Adriana stolperte durch den Flur, wurde von Amon unerbittlich weitergezogen, der sie am Handgelenk gepackt hatte.

»Lass sofort los, wenn du deine Hand behalten willst«, zischte sie ihn an.

»Du glaubst doch nicht, dass du mich mit diesem Zahnstocher beeindrucken kannst?« Ohne wirklich hinzusehen, schnippte Amon ihr das Taschenmesser aus der Hand. »Aber gute Reflexe, Mischblut. Da sieht man mal wieder, warum sich Dämonen vor Halbdämonen in Acht nehmen sollten.«

Er wusste es also nicht. Luzifer hatte Amon nicht eingeweiht. Ahel ebenso wenig. Und Rhyon schien auch immer noch zu glauben, sie sei ein Halbdämon. Warum hütete Luzifer dieses Geheimnis?

»Ich habe keine Zeit für dich. Lass mich los und wir vergessen diesen Zwischenfall. Wenn nicht …«

Amon blieb in dem Moment vor einer prächtig verzierten Doppelflügeltür stehen. »… dann wird dein kleines Schoßhündchen Cruz mich erledigen, schon klar.« Er stieß die rechte der beiden Türhälften auf, hob den Kopf und blickte sich in dem Raum um.

Der Thronsaal, schoss es Adriana augenblicklich durch den Kopf. *Luzifers große Halle.*

»Ich lasse mir das nicht bieten«, murmelte Amon mehr zu sich selbst.

Während Adriana noch an ihrem Handgelenk zerrte und Amon gegen sein Schienbein trat, was zu ihrem Missfallen keine Reaktion bei ihm hervorrief, sah sie sich weiter um. Das war also das Herzstück des Palasts. Ein kreisrunder Kuppelsaal mit einem Thron aus pulsierendem Lavagestein. Über die Lehne floss ein handbreiter Strom schon erkalteter Lava hinab bis auf die Sitzfläche, wo er in der Mitte hinabzusickern schien.

Neben dem Thron stand eine menschliche Seele mit einem ledernen Halsband, an dem eine Kette befestigt war. Mit leerem Blick verharrte sie auf ihrer Position, hielt ein Tablett in den Händen, auf dem mehrere Totenköpfe nebeneinander aufgereiht waren. Und darin wiederum befanden sich Snacks und Erfrischungen, wie Adriana feststellte. Allerdings sicher keine, die Menschen oder Halbmenschen besonders gut bekamen …

Sie selbst und Amon wurden von zwei geflügelten Wachen mit Speeren flankiert, die aus den Schatten neben der Tür getreten waren. Der eine Alpha-Dämon sah Ivan verdammt ähnlich, hatte nur im Gegensatz zu ihm fleischige Oberarme und einen Bierbauch. Der andere war eher drahtig und hochgewachsen.

»Cousins.« Amon nickte den beiden zu, die jedoch stur geradeaus schauten. Entweder nahmen sie ihre Pflichten sehr ernst oder sie waren genauso große Fans von Amon wie Adriana.

»Großvater!« Wie ein Gockel reckte Amon den Hals, hielt dabei immer noch Adrianas Handgelenk umklammert.

»Nenn mich nicht so«, knurrte Luzifer. Der Teufel höchstpersönlich stand an einem Tisch, auf dem eine Karte ausgebreitet lag. Etwas unterhalb der Stufen, die zum Podest mit dem Thron führten. Nein, keine Karte. Das, wovor Luzifer stand, war eine Art digitale, magisch wirkende Anzeige der Kontinente inklusive Zeitzonen, wie Adriana bemerkte, sobald Amon sie näher herangezerrt hatte. Rote Zahlen blinkten über den Zeitzonen und Adrianas Augenlider zuckten nervös, bis sie begriff. Sie mussten die Zahl der Weltbevölkerung anzeigen. Die Anzahl der lebenden Menschen. Insgesamt und pro Zeitzone. Luzifer starrte augenscheinlich sehr zufrieden mit sich darauf, ließ die roten Zahlen nicht aus den Augen.

Hinter Luzifer arbeiteten ein paar weitere Seelen mit Halsbändern, schrubbten den Boden und bemalten die Gewölbedecke neu. Ein Kunstwerk, wie Adriana bemerkte, als sie den Kopf in den Nacken legte. Eine Szene aus einem Krieg. Luzifers Kopf und ein Tor, mehr war noch nicht fertiggestellt, aber sie konnte sich denken, was diese Gewölbemalerei am Ende darstellen würde.

Eine Tür im Hintergrund öffnete sich und herein schlüpfte Cruz, einen Holzbalken auf die Schulter geladen. Ihre Blicke trafen sich und sofort geriet er ein wenig ins Schwanken.

Adriana verstand. Luzifer ließ seinen Thronsaal erneuern. Als hätte er einen Krieg gewonnen. Als sei er aufgestiegen, und Cruz ließ er dafür schuften. Cruz. Wie viele Erniedrigungen würde der Höllenfürst noch für ihn finden? Ihr Herz klopfte schneller. Sie würde Cruz hier rausholen. Koste es, was es wolle.

Sein Blick glitt kurz zu Amon und ihren Händen, worauf der Holzbalken samt Cruz vollends ins Taumeln geriet und letztlich polternd zu Boden glitt. Der Holzbalken, nicht Cruz. Immerhin.

Für eine Millisekunde nahmen Luzifer und Amon den unversehrten Balken in Augenschein, wandten sich dann aber sogleich wieder von Cruz ab. Als sei er keinen zweiten Blick wert.

»Luzifer!« Obwohl Amon seine Stimme eindringlich klingen ließ, sah sein Großvater immer noch nicht auf. Das ließ die selbstbewusste Fassade von Amon ein wenig bröckeln. »Du hast mir einen Sohn versprochen!«

»Jetzt nicht, Amon. Ich bin gerade dabei, allen zu zeigen, wer der mächtigste Mann des Universums ist. Geh spielen.« Er wedelte mit einer Hand wie nach einer Fliege in Richtung Amon.

»Großvater Luzifer!« Wut sprach aus jedem Wort, das Amon ausspuckte wie vergorenen Saft. »Du hast mir Adriana versprochen, wenn ich auf sie aufpasse. Und hier ist sie. Wohlbehalten und am Leben. Dank mir.«

Wie? Adriana runzelte die Stirn. Dank ihm? Hatte sie irgendetwas verpasst oder Amon einfach zu heftige Halluzinationen?

»Mehr schlecht als recht meinst du wohl«, murmelte Luzifer. »Ein paarmal stand sie ziemlich nah am Abgrund des Todes in der letzten Woche. Dabei wusstest du, dass ich sie lebend brauche.«

»Nur, weil du Ivan nicht im Griff hattest. Um sie zu schützen, habe ich meinen halben Clan geopfert.«

Kurz dachte Adriana an den tatsächlich ziemlich dezimiert wirkenden Clan, den sie in den Feldern des Wahnsinns bemerkt hatte.

»Dir steht es frei, in die Brutstätten zu gehen und neue Omegas einzusammeln«, brummte Luzifer, ohne seine intensive Musterung der Karte zu unterbrechen.

»Gleich in der ersten Nacht habe ich Ivan zweimal davon abgehalten, sie zu töten. Ohne mich läge sie längst unter der Erde.« Anklagend deutete Amon auf Adriana. »Aber hier steht sie nun, hat, wie du vorausgesagt hast, dir irgendwie geholfen, die Tore offen zu halten nach letzter Nacht. Deine anhaltende Verdunklung, die du dir erträumt hast, ist also eingetreten. Zeit für meine versprochene Belohnung, finde ich. War gerade auf dem Weg, sie abzuholen. Aber da höre ich, dass mein Vater und sie heute noch heiraten werden? Wie kann das sein?« Amons Stimme kreischte wie eine verrostete Autobremse.

»Ich will sie und den mir versprochenen Sohn! Einen echten Sohn. Keinen Omega!«

Luzifer, der bei dem Wort »Sohn« kurz aufgeblickt hatte, widmete sich wieder seiner Karte. Hinter ihm starrte Cruz wie angewurzelt zu ihnen herüber.

Sohn? Sie? Was zum Teufel? Auf einmal fiel es Adriana schwer, überhaupt noch zu atmen.

Luzifer stieß einen Seufzer aus. »Warum eigentlich?«

»Warum eigentlich was?«, fragte Amon scharf.

»Söhne sind gefährlich für direkte Nachkommen von mir, wie du weißt. Oft bringen Söhne nichts Gutes. Dein Vater weiß das. Er bekam dich und deine Schwester, danach verweigerte er sich den Frauen in dieser Hinsicht.«

Ach? Ahel wollte also keine Kinder mehr? Der Gedanke hellte Adrianas Laune ein wenig auf.

»Gefährlich, ach was! Ich bin keiner deiner direkten Nachkommen, sondern in der zweiten Generation. Nicht nur mein Sohn könnte mich töten, sondern auch jede Menge anderer Kreaturen. Und zum Thema Ahel: Meine Zwillingsschwester ist verschwunden, und ich habe nicht die Absicht, meinen Vater umzubringen«, knurrte Amon. »Außer vielleicht, wenn er meine Braut stiehlt!« Er riss so heftig an Adrianas Arm, dass sie auf ihn zustolperte, sich mit der freien Hand an seiner nackten Brust abstützen musste.

Das reichte. »Lass mich sofort los oder du wirst niemals irgendwelche Kinder bekommen können, nachdem mein Knie und ich mit dir fertig sind«, zischte Adriana gefährlich ruhig.

Noch im selben Moment stand plötzlich Cruz neben ihr, schubste Amon weg und hielt gleichzeitig Adriana an der Schulter fest, weswegen Amon gezwungen war, den Griff um ihr Handgelenk zu lösen.

»Mäßige dich, Sklave.« Der kalte Ton in Luzifers Stimme führte jedoch nicht dazu, dass Cruz sich verzog. Stattdessen musterte er Adriana, drehte ihr Handgelenk in seinen Händen, als wollte er sichergehen, dass sie nicht verletzt war.

»Mir geht es gut«, flüsterte sie mit belegter Stimme. Am liebsten hätte sie Cruz in eine Umarmung gezogen.

»Verzieh dich, Abschaum!« Jetzt war Amon es, der Cruz zur Seite schubste. Wie aus dem Nichts war er auf sie zugeschossen. Adriana hatte ihn überhaupt nicht kommen sehen. Als hätte er sich unsichtbar gemacht.

»Amon kann mit den Schatten verschmelzen«, erwähnte Cruz, als er ihren Blick bemerkte.

»Und Cruz kann meinen Hintern lecken«, sagte Amon. »Am besten von so weit entfernt wie möglich.« Mit seinem femininen Kinn deutete er in Richtung der Baustelle hinter dem Thron.

Mit den Schatten verschmelzen? War das eine Gabe unter Dämonen?

»Cruz muss sowieso nach draußen, um mehr Bäume zu fällen.« Luzifer deutete mit dem Zeigefinger in Richtung Hintertür.

Aber Cruz bewegte sich nicht, was glücklicherweise nicht besonders auffiel, da Amon nun wieder das Wort gegen seinen Großvater erhob.

»Warum brichst du dein Versprechen? Ich will diesen Sohn und ich habe meinen Teil der Abmachung erfüllt. Ohne mich wäre dieses Halbblut tot und du hättest heute Nacht niemanden auf die Erde schicken können. Deine neue Macht wurde auf meiner Leistung erbaut!«

Übertrieben langsam klatschte Luzifer in die Hände.

»Sehr dramatisch, wirklich. Hier ist dein Applaus, Dämon Amon.«

Amon schaute böse, doch Luzifer begegnete gelassen seinem Blick.

»Das Mädchen ist einen Pakt mit Ahel eingegangen. Sehr unerfreulich. Ich hatte angenommen, sie würde zu mir kommen, um mit mir einen Pakt zu schließen. In dem Fall hätte ich sofort eure Verlobung ausgerufen. Aber einen unheiligen Pakt zwischen ihr und Ahel kann ich nicht lösen. Höchstens die Details etwas verändern.« Der Herr über die Hölle grinste Adriana an, die sich versteifte. Die Details … Sie dachte daran, wie er sie und Ahel ausgetrickst hatte. Daran, dass es nun unmöglich war, ihre Mom und Cruz zu befreien, da sie nicht in Dämonengestalt vor den Altar treten konnte.

»Noch mag es nicht so wirken, aber ich habe es im Gefühl, dass Adriana Ahel niemals ehelichen wird.« Der Teufel schenkte ihr ein verschlagenes Grinsen, bevor er sich wieder seinem Enkel zuwandte.

»Du wirst deinen Sohn bekommen, Amon«, versprach er unerwarteterweise.

»Niemals!« Jetzt trat Cruz vor Adriana. »Das lasse ich nicht zu.«

»Geh endlich deiner Arbeit nach, Sklave, oder ich werte deinen Pakt als von dir gebrochen, und du weißt, was dann passiert!«, drohte ihm Luzifer. Inzwischen hatte er es aufgegeben, seinen Tisch zu beobachten, auf dem sich die rot blinkenden Ziffern im Halbsekundentakt änderten, erklomm stattdessen die Stufen dahinter. Jeder im Thronsaal schien ihm mit den Augen zu folgen, wie er auf dem kleinen Podest vor seinem Thron auf und ab schritt. Keinen Steinwurf von ihnen entfernt.

»Es gibt einen anderen Weg, Amon. Ein anderes Halbblut, das dir einen Sohn schenken kann.«

»Ich will aber eine mächtige Partnerin und ihr Blut ist voller Macht! Sonst hätte sie wohl kaum die Tore öffnen können. Und jetzt komm mir nicht mit einer normalen Alpha als Braut. Ich will ein satanisches Kind, wie ich eines bin, von einer Halbdämonin. Keinen Omega.«

»Es gibt eine andere passende Frau für dich«, versuchte Luzifer es nun in einem ruhigeren Ton. Wahrscheinlich ein Strategiewechsel, um sich den Störenfried schnell vom Hals zu schaffen.

»Gesa ist nicht fruchtbar, das riecht man zehn Meilen gegen den Wind«, sagte Amon, wobei er wie Cruz' Balken dastand. Steif und ähnlich einem Baumstamm, der sich nicht fällen lassen wollte.

»Ich rede nicht von Gesa. Es gibt ein neues Halbblut. Frisch zur Alpha-Dämonin mutiert. Morgen werde ich sie dir bringen. Nach Ahels Hochzeit.«

Alarmiert wechselte Adriana einen Blick mit Cruz. Savannah. Luzifer sprach von Savannah!

Am Rande registrierte Adriana das Schmunzeln auf Luzifers Lippen, während er sie und Cruz beobachtete. Dieser verschlagene Mistkerl!

»Ich will aber sie! Du hast mir Adriana versprochen!« Schneller, als sie schauen konnte, hatte Amon sie an sich gezogen. Jammerte wie ein bockiges Kleinkind.

»Lass sie sofort los.« Wie der Blitz hatte sich Cruz auf ihn gestürzt. Aber Adriana war schneller. Exakt wie vorhergesagt rammte sie Amon ihr Knie in die Weichteile.

Mit einem Wimmern geriet Luzifers Enkel ins Schwanken, starrte sie aus aufgerissenen Augen an.

Ein Gefühl von angenehmer Wärme durchflutete Adriana.

»Ich hatte dich gewarnt.« Daraufhin herrschte absolute Stille im Thronsaal. Niemand regte sich. Aber nur, bis Amon eine Sekunde später wimmernd zusammenbrach, die Hände über seinen Schritt gelegt.

Die Wachen reagierten nicht, obwohl Adriana schon annahm, sie würden nun nach einem Angriff auf Luzifers engen Verwandten ihre Speere auf sie richten.

»Cruz Darkknight! Verschwinde endlich. Das ist meine letzte Warnung.« Warum Luzifer es nur auf Cruz abgesehen hatte und nicht auf sie, verstand Adriana zwar nicht, hielt jedoch Cruz am Arm zurück, der sich zwischen sie und den sich gerade wieder aufrichtenden Dämon schob.

»Nicht.«

Nachdem Cruz einmal tief eingeatmet hatte, trat er einen Schritt zurück.

»Adriana steht immer noch unter meinem Schutz, vergiss das nicht, Amon.« Er deutete mit zwei Fingern direkt auf Amons Augäpfel.

»O verdammt, da mach ich mir doch gleich in die Hose!«, rief ihm Amon hinterher. In seiner Stimme lag jedoch viel weniger Selbstbewusstsein als noch vor ein paar Minuten.

»Man riecht es schon bis hierher«, antwortete Cruz, der inzwischen seinen Holzbalken anhob. »Nimm dich vor Adrianas Knie in Acht. Sie hat zwei davon.«

»Schluss damit«, ging Luzifer dazwischen, bevor Amon erneut den Mund öffnen konnte. »Lasst mich allein. Adriana, du begibst dich auf direktem Weg zu Gesa und bleibst bis zur Hochzeit dort, verstanden? Dorthin lasse ich dir den Schneider für dein Brautkleid schicken und du, Amon, verdrückst dich. Morgen bekommst du eine eigene Braut, die dir dann den versprochenen Sohn schenkt. Und jetzt kein Wort mehr.«

In einer dramatischen Geste ließ sich Luzifer auf den Lavathron sinken. Seine rote Haut glänzte augenblicklich noch ein wenig mehr. Schimmerte dort, wo sie von den hellen Schichten der Lava angestrahlt wurde. Teils fasziniert, teils angewidert beobachtete Adriana das Schauspiel.

»Ich geleite Adriana ins Botanikum«, sagte Amon irgendwann, nachdem sich niemand gerührt hatte und Adriana mit schwerem Herzen verfolgen musste, wie Cruz durch die Hintertür den Thronsaal verließ. Mit einem letzten Blick in ihre Richtung. Ein Blick, der ihr Herz schneller schlagen ließ.

»Komm.« Ein wenig vorsichtiger als vorhin schob Amon sie nach draußen. Vielleicht aus Angst vor Adrianas Knie, vermutete sie.

»Das wird mir Cruz büßen und Luzifer auch«, knurrte er, während sie den Flur entlangschritten.

Sie erwähnte er nicht. Ob Amon zu verdrängen versuchte, dass ihn ein Mädchen in die Knie gezwungen hatte? Höchstwahrscheinlich. Aber das war nun egal. Adriana musste verschwinden, sich aus dem Pakt mit Ahel herauswinden, irgendwie. Sie hatte keine Zeit für eine sinnlose Hochzeit, die dank Luzifers Zusatzklausel nicht die Gegenleistungen bringen würde, die abgesprochen gewesen waren. Und schon gar nicht wollte sie

Ahels Frau werden. Vielleicht würde er keine Kinder wollen, aber was brachte es ihr, wenn er durch den Pakt an ihrer Seite für die Schließung der Höllentore kämpfte, Luzifer aber weder Cruz noch ihre Mom herausrücken würde, wenn sie ihn in Menschengestalt heiratete? Noch dazu würde dann ihr Geheimnis auffliegen.

Mit so viel Verachtung im Blick, wie sie aufbringen konnte, riss sich Adriana von Amon los. »Ich finde allein zu Gesa zurück, vielen Dank.«

Doch der Dämon dachte offenbar nicht daran, von ihrer Seite zu weichen, auch als Adriana ihre Schritte immer mehr beschleunigte, bis sie beinahe rannte. Nein, selbst dann hielt er mit ihr mit.

Murrend und knurrend lieferte Amon Adriana letztlich bei Gesa ab, ignorierte beide jedoch weitestgehend. Zum Abschied murmelte er lediglich etwas wie: »Wir sehen uns schon bald wieder«, aber Adriana konnte die Tür gar nicht schnell genug vor seiner Nase zuschlagen, sodass sie den Rest nicht mehr verstand.

»Was ist passiert?«, fragte Gesa sofort. Neben ihr in einer Kiste lagen fein säuberlich gestapelte Blätter und Gazestreifen. Erst jetzt bemerkte Adriana den Verband an Gesas Knöchel. Dort, wo vorhin noch Luzifers Kette gesessen hatte.

»Magische Wunde. Unheiliger Stahl. Verheilt schlecht«, murmelte Gesa, als sie Adrianas Blick bemerkte.

Luzifer, dieser Mistkerl. Schnaufend ballte Adriana ihre Hände zu Fäusten.

In kurzen Sätzen berichtete Adriana Gesa davon, was sich im Thronsaal abgespielt hatte.

Während sie sprach, verdüsterte sich das Gesicht der Halbdämonin zusehends. »So etwas habe ich mir schon gedacht. Konntest du wenigstens Cruz sehen?«

»Ja.«

»Gut.« Gesa spielte nachdenklich an ihrem Zopfende herum. Dann warf sie ihn sich mit einem Ruck über die Schulter und starrte nach oben direkt in Adrianas Augen. »Du musst abhauen, sofort.«

»Was? Nein.« Erschrocken machte Adriana einen Schritt rückwärts. »Ich darf den Pakt nicht brechen. Ahel wird Rico, Eloy, Tequila und alle anderen töten, die mir etwas bedeuten.« Sie dachte an Drym, Savannah, sogar an Dakota und ihre Kolleginnen im Café. An die kleine Helen und all die anderen Menschen dort draußen, die sie auf keinen Fall tot sehen wollte. Wie weit würde Ahel gehen? Wie weit würde Luzifer gehen, sollte er sich einmischen?

»Luzifer wird deinen Pakt mit seinem Sohn aus jedem an den Haaren herbeigezogenen Grund als hinfällig erklären, wenn es ihm passt, das ist dir doch klar?«

Daraufhin schwieg Adriana. Wahrscheinlich hatte Gesa recht.

»Aber keine Panik. Als du weg warst, habe ich mir was überlegt.« Das Glitzern in Gesas Augen ließ Adriana sofort innehalten. Gesa hatte einen Plan?

Das Mädchen trat näher heran, wisperte ihr ins Ohr, was sie zu tun gedachte. Adrianas Atem stockte. Ein ziemlich waghalsiger Plan, aber letztendlich fasste Adriana den vagen Entschluss, ihren Anweisungen zu folgen, als sie erkannte, dass es tatsächlich funktionieren könnte. Gesas Idee war entweder unglaublich clever oder abgrundtief dämlich.

»Luzifer ist selbst schuld, wenn er uns dieses Schlupfloch bietet«, entfuhr es Gesa, wobei sie energisch mit den Fingerspitzen auf Adrianas Oberarm tippte, als müsse sie sich selbst überzeugen. »Er glaubt, er sei der Meister der Hintertüren, aber dieses Mal haben wir eine Hintertür in seiner Hintertür entdeckt, die ihm das Genick brechen wird.« Ihre Augen glitzerten.

Allerdings, wenn sie scheiterten … Adriana schluckte. Luzifer würde sich so oder so an ihr rächen, wenn sie Cruz hier unten rausholte. Besser, die Chance nutzen, die Gesas Plan ihr bot, als nichts zu unternehmen oder kopflos zu handeln.

»Gut, so machen wir es.« Bevor sie es sich anders überlegen

konnte, schlug Adriana in Gesas Hand ein, die sie ihr hinhielt. Fast wie bei einem Pakt.

»Und nun geh. Du musst die Engel finden, wie deine Mom es dir geraten hat. Ich regele das mit dem Schneider.« Gesa sah ihr fest in die Augen und Adriana ahnte, was sie dachte. Ihre Mom war ein Halbengel, der genügend Zeit zum Nachdenken hatte, Gerüchte hörte und außerdem das Höllenfeuerlied so gut verstand wie niemand sonst. Diese Theorien jedenfalls hatte Adriana mit Gesa geteilt und die Dämonin hatte nicht widersprochen. Und Adriana war sich sicher, dass ihre Mutter ahnte oder sogar wusste, wo die noch lebenden Engel gefangen gehalten wurden. Vielleicht sogar, wo sich ihr Vater aufhielt …

»Nur, wie fange ich es an? Ohne Cruz?« Selbst Tequila war nicht mehr an ihrer Seite. Kurz zuckten ihre Hände. Eine Art Phantomschmerz schoss durch ihren Unterarm. Sie wollte jemanden berühren, der nicht mehr neben ihr stand. Einen fehlenden Teil von ihr.

»Eins steht fest: Niemand ist geeigneter für diese Aufgabe als du.« Gesa sah ihr ruhig in die Augen. Kurz flackerte Adrianas Erinnerung zu dem Moment zurück, in dem Amon Gesa als unfruchtbar bezeichnet hatte. Aber dann riss sie sich zusammen. Dieses Gespräch musste warten, falls sie das Thema überhaupt irgendwann zur Sprache bringen wollte. Nicht jetzt. Ihre Gedanken kehrten zu Gesas letztem Satz zurück. Sie und geeignet. »Na ja …«

»Oh doch. Wer sollte die Engel sonst finden, außer dir? Und nicht nur finden, sondern auch befreien?«

Adriana blinzelte, entgegnete allerdings nichts mehr. »Gut. Pass auf dich auf. Luzifer und Ahel …«

»Die habe ich im Griff«, winkte Gesa ab. »Mach dir da mal keine Sorgen.«

Einfacher gesagt, als getan. Dennoch biss sich Adriana auf die Lippen. Obwohl es nicht ihrem Naturell entsprach, schnellte sie aus dem Nichts heraus nach vorn und umarmte die kleinere Halbdämonin, die wie eine dämonische, violette Version von

Lara Croft aussah, zum Abschied. Zunächst rührte sich Gesa nicht, doch dann, zwei Atemzüge später, spürte Adriana ein sanftes Tätscheln zwischen ihren Schulterblättern.

»Ich werde auf mich aufpassen und Ahel von dir in den Hintern treten.«

»Gutes Mädchen«, flüsterte Adriana. Nichts anderes hatte sie von Gesa erwartet.

16

Obwohl sie immer noch nicht so richtig wusste, wohin, rannte Adriana die Flure entlang Richtung Ausgang. Inzwischen war es kurz nach acht Uhr abends, was bedeutete, dass gleich die vierte Zeitzone von Dämonen befallen werden würde. Hoffentlich hatten die Menschen dort genug Zeit gehabt, sich in Sicherheit zu bringen, nachdem die Nachricht aus der kalifornischen Zeitzone zum Rest der Welt durchgedrungen war.

»Blut öffnet, Blut schließt«, riefen ihr schon von Weitem die Seelen in der Ausgangstür entgegen.

»Hättet ihr das mal genauer formuliert, würde ich jetzt nicht so tief in der Scheiße stecken«, fuhr Adriana die Toten an.

»Finde die Engel«, sagte eine einzelne Stimme unter ihnen.

»Danke. Das weiß ich bereits. Nutzloseste Information des Tages.«

»Vertrau auf dein Wissen«, ergänzte das Stimmchen. Der kleinste Schreier starrte sie erwartungsvoll an. Ging es noch nebulöser?

»Wenn ihr glaubt, ich wäre eure Erlöserin und könnte euch in irgendeiner Form retten, dann habt ihr echt aufs falsche Pferd gesetzt.« Damit stieß sie die Tür unsanft auf, hütete sich jedoch, dabei einen der metallischen Schreier zu berühren. Ein Teil von ihr wollte den Schreiern die Schuld daran geben, dass sie so dumm gewesen war, die Tore der Hölle überhaupt erst zu öffnen. Aber der weitaus größere Teil in ihr wusste, dass anderen die Schuld zuzuschieben nichts brachte. Egal ob sie ihre Vorhersage falsch interpretiert hatte oder diese Vorhersehung einfach nicht aufzuhalten gewesen war. So oder so. Die Höllentore standen sperrangelweit offen und nun zählte nur eins – sie wieder so fest zu verschließen, dass nicht der kleinste Dämon in den nächsten zehntausend Jahren hinausschlüpfen konnte. Mindestens.

»Geh zur Christ Venia Church!«, rief ihr der kleine Schreier hinterher. »Dorthin, wo alles begann. Die erste Schlacht nach der Öffnung vor fünfundvierzig Jahren.«

Ja, klar. Sicher ein weiterer Versuch, sie zu täuschen, wie beim letzten Mal. Und warum ausgerechnet diese Kirche? Warum sollte sie zu dem Ort zurückkehren, an dem Sara und India getötet worden waren? Beziehungsweise in der Nähe davon. In dieser verfluchten Dämonennacht im letzten Jahr. Moment mal. Dort sollte auch die erste Schlacht zwischen Engeln und Dämonen stattgefunden haben? Ihr Mund wurde ganz trocken, fühlte sich wie ausgedörrt an. Diese Information ließ lediglich den Schluss zu, dass sich dort in der Nähe ein weiteres Portal zur Hölle befinden musste. Diese Theorie kam ihr immer plausibler vor, je länger sie darüber nachdachte. Schließlich waren Amon und sein Clan damals verflucht schnell nach Einsetzen der Darkness Hour dort aufgetaucht …

Adrianas Gedanken sprangen in eine andere Richtung. Vor einem Jahr hatte er alles andere getan, als sie zu beschützen. Der Plan für die Öffnung der Tore musste erst danach in Luzifers Hirn herangereift sein. Oder zumindest die Erkenntnis, dass er Adriana dafür brauchte. Erst nach dem letzten Jahreswechsel musste er Amon beauftragt haben, Adriana zu beschützen. Denn letztes Jahr hatte Cruz sie noch vor Amon retten müssen. Cruz, ach Cruz … Bei dem Gedanken an Amon, Luzifer und Cruz und all die Intrigen, die sie miteinander verbanden, ballte Adriana unwillkürlich die Fäuste in ihren Jackentaschen. Dieser Mistkerl von Luzifer. Aber wenn Gesas Plan funktionierte, würde Luzifer sich heute noch vor Wut selbst die Hörner ausreißen.

Nachdenklich schritt Adriana die Brücke entlang, die sich über den Lavasee vor Luzifers Schloss spannte. Es durfte einfach nichts mehr schiefgehen. Ihr Blick glitt über die Statue rechts von ihr. Ein mannshohes Abbild eines Dämons, der sowohl Ähnlichkeit mit Ahel als auch mit Ivan besaß. Zhut, wie sie vermutete. Oder vielleicht Volarion? Der verschwundene Sohn Luzifers? Ob er alle verlorenen Söhne in Stein hatte meißeln lassen? Oder steckte er sie einfach dort hinein, wenn Luzifer ihrer überdrüssig war? Vielleicht waren sie ja deshalb verschwunden. Oder es war eine Vorsichtsmaßnahme, weil auch sie ihren Vater töten konnten, so wie Ahels Kinder … Weil nur sie dazu in der Lage gewesen waren und Luzifer Bedenken bezüglich ihrer absoluten Treue gehabt hatte? Aber falls ja, wie konnte ein Vater so etwas tun? Ob Luzifer nur so tat, als sei er unsterblich? Würde sie an seiner Stelle zumindest so machen. Mitten in ihren Überlegungen bemerkte Adriana, dass diese Theorie gar nicht so abwegig war. Luzifer war zu vielem fähig, beherrschte sogar eine, wenn nicht mehrere Formen von Magie.

Wie angewurzelt blieb Adriana stehen, als sich die Gedankenspirale in ihrem Hirn fortsetzte, Möglichkeiten vor ihrem geistigen Auge in Bilderform vorbeihuschten. Nein! Das konnte nicht sein, oder?

Sie beschleunigte ihre Schritte. Blitzschnell wog Adriana das Für und Wider ab. Cruz hatte ihr einmal erzählt, dass über die Statuen auf der Brücke geflüstert wurde, dass es früher lebende Kreaturen gewesen waren. Hatte Luzifer es tatsächlich fertiggebracht, nicht nur diese Dämonen, sondern auch Engel in Statuen zu verwandeln? Zunächst dachte sie an die Statue des Engels mit Schwert in der kleinen Kapelle. Dann an die auf dem Friedhof, zu deren Füßen sie vergangene Nacht um Cruz geweint hatte.

Engel im eigenen Gefängnis verendet, ging ihr die Zeile aus dem Höllenfeuerlied durch den Kopf.

Falls diese Annahme korrekt war, sollte sie besser direkt in die Kapelle … aber der Schreier hatte ihr den Hinweis mit der Kirche gegeben. Vielleicht würde dieser Ort sie weiterbringen. Sollte sie diesen Umweg in Kauf nehmen? Adriana biss sich auf die Unterlippe. Wenn sie doch nur wüsste, durch welches Portal sie dorthin gelangte.

Cruz hatte ihr einmal erzählt, alle Dämonen hätten bestimmte Reviere und würden daher nicht wissen, welche Portale wohin führten, außer bei denen, die den Eingang in ihr eigenes Revier markierten.

Sie bemerkte kaum, wie ihre Füße sie vorwärtstrugen, bis sie in der Schmiede gelandet war. Zuerst hielt sie die Luft an, versuchte sich in den Schatten zu halten, doch dann erkannte sie, dass lediglich eine Handvoll menschlicher Seelen in diesem Bereich der Hölle arbeiteten. Natürlich. Die Dämonen waren bereits auf der Erdoberfläche oder bereiteten sich darauf vor, in ihre Jagdgründe zurückzukehren, sobald dort die Darkness Hour einsetzte. Ein monumentales Erlebnis, das sich kein Dämon entgehen ließ. Die erste sechste Dämonennacht. Aber halt! Sie, Adriana, hatte vorhin schon einmal automatisch zum Höllentor im Waldpark von Portland gefunden. Was, wenn sie als Halbengel alle Tore aufspüren konnte? Wenn es ein natürlicher Instinkt von Engeln war, das richtige Tor zu finden? Wie sonst konnte man sich als Engel hier unten orientieren? Und laut den Schreiern konnten reine Seelen stets die Tore passieren, ob Darkness Hour oder nicht. Also hatten bestimmt schon andere vor ihr hinein- und auch wieder hinausgefunden.

Nach einem tiefen Atemzug schloss Adriana die Augen. Sie würde sich von ihrem Gefühl leiten lassen. Wo lag das Tor zur Christ Venia Church?

Daraufhin folgte Adriana ihren eigenen Füßen. Da bekam das Sprichwort »Immer der Nase nach« eine ganz eigene Bedeutung. Sicherlich war sie die Erste, die es in der Hölle in die Tat umsetzte.

Letztlich erreichte sie den Vorhof der Hölle, spürte, wo das ihr bekannte Portal zum Wald lag, aber ein weiteres Pochen führte sie in die Wandnische direkt links daneben. Natürlich. Die Portale für Portland lagen nebeneinander. Das ergab durchaus Sinn. Kurz verdrehte Adriana die Augen. Darauf war sie ernsthaft erst jetzt gekommen? Kein Wunder, dass Luzifer sie hatte austricksen können. Nun … Adrianas linker Mundwinkel hob sich, als sie sich durch den schmalen Gang quetschte, der etwas länger war als der nebenan. Heute Nacht noch würden sie und Gesa Luzifer seinerseits austricksen. Er würde schon sehen …

In dem leuchtend blauen Portal kreisten lediglich fünf Seelen umeinander.

»Wow«, flüsterte der größte Kopf von ihnen. »Die Erlöserin.«

»Die Todbringerin wohl eher«, murmelte Adriana.

»Sollen wir dich so nennen? Möchtest du das gerne?«, war das Letzte, was sie hörte, bevor sie das Tor passierte. Keine Zeit für einen Plausch mit Seelen, und schon gar nicht für deren verworrene Botschaften, die in ihr Zweifel säen konnten.

Auf der anderen Seite fand sie sich dieses Mal nicht in einer Höhle wieder, sondern direkt an einer Mauer. Etwas wie eine alte Stadtmauer, aus der sie direkt herausgefallen war. Ein seltsamer Ort für einen Durchgang zwischen den Welten. Blöderweise hatte sie nicht damit gerechnet, dass das Tor etwa zwei Fuß über dem Boden endete und sie daher ein Stück nach unten plumpste. Schmerz schoss durch ihren rechten Knöchel. Aber tief in ihr war Adriana bewusst, dass es kein dauerhafter sein würde. Ihrem Knöchel fehlte nichts. Wow. Sollte dieses deutlichere Körperbewusstsein ihre neue Superkraft sein? War es das, wovon ihre Mom gesprochen hatte? Die Fähigkeiten, die sie als Engel über die Jahre entwickeln würde? Adriana richtete sich auf, warf einen Blick auf das blau schimmernde Portal über ihr. Die Seelen starrten zurück. Und wenn schon. Dafür hatte sie nun erstens keine Zeit und zweitens stellte das wahrscheinlich die mickrigste Superkraft dar, die die Welt je gesehen hatte. Cruz konnte immerhin Feuer beschwören und Amon mit Schatten verschmelzen. Aber hey, sie, Adriana wusste genau, was ihr Körper so an Wehwehchen durchmachte. Großartige Leistung! Kopfschüttelnd sah sie sich um. Ganz offensichtlich befand sie sich auf dem kleinen Hochplateau im Westen am Rande der

Stadt. Alles lag still vor ihr. Abgeschottete Häuser. Keine Überreste toter Menschen auf der Straße. Gut so. Dieses Viertel schien an die Warnungen von Rico geglaubt oder sich zumindest schnell genug in Sicherheit gebracht zu haben. Und da! Auf der anderen Straßenseite lag die Kirche. Die Christ Venia Church. Adriana schluckte. Eigentlich hatte sie nach dem Tod ihrer Freunde nie hierher zurückkehren wollen. Bewusst vermied sie, den Weg, den sie vor einem Jahr genommen hatte, näher in Augenschein zu nehmen. An Verstorbene zurückzudenken, machte sie auch nicht mehr lebendig. Sie würde Sara und India nie wieder lebend sehen.

Und doch stand sie jetzt hier, um für ein höheres Ziel einzutreten. Ausgerechnet an diesem Ort.

Obwohl sie sich bereit fühlte, allen Widrigkeiten auf ihrem Weg die Stirn zu bieten, breitete sich in Adrianas Magen unweigerlich ein flaues Gefühl aus. Wenn dieser Schreier sie belogen hatte und in der einzigen Kirche, der Adriana geschworen hatte, sie nie wieder zu betreten, absolut nichts zu finden war ... Allerdings sollte sie sich wirklich schleunigst auf heiligen Boden begeben, das war ihr bewusst. Wer wusste schon, ob die Kunde zu allen Dämonen durchgedrungen war, dass sie Ahels Braut werden sollte, unter Luzifers Schutz stand (obwohl: Galt das eigentlich noch nach der Öffnung der Tore?) und daher nicht gefressen werden durfte. Spitze. Von einem makabren Gedanken zum nächsten.

Adriana befahl sich selbst, mit dem Gegrübel aufzuhören, wenigstens für den Moment. In langen Sätzen überquerte sie die Straße. Die Kirche besaß keinen angeschlossenen Friedhof, war recht klein, direkt an einem Abhang erbaut, der das Gebäude geradezu von drei Seiten umschloss, weswegen lediglich im Inneren von heiligem Boden gesprochen werden konnte. Die Haupteingangstür endete direkt am Bürgersteig. In den nächsten fünfundzwanzig bis fünfzig Jahren, so sagte man in Portland, würde die Kirche höchstwahrscheinlich erosionsbedingt den Abhang hinunterstürzen. Aber vorher würde sie Adriana noch einmal als Versteck dienen. Dieses eine Mal noch. Und dann würde sie nie mehr hierherkommen, das schwor sie sich.

Als sie näher an die Kirche heransprintete, überfiel sie ein weiterer erschreckender Gedanke: Ob sie überhaupt hineinkommen würde? War das Gebäude verlassen und verschlossen? Oder hatten sich einige Einwohner dieses Viertels hineingerettet und verbarrikadiert?

Sie erreichte die Kirchentür, die einen massiven Eindruck machte und Hunderte Jahre lang allem Möglichen widerstanden haben mochte. Auch wenn sie sich gerade so auf heiligem Boden befand, würde es doch ein gutes Gefühl sein, auf der anderen Seite der Tür zu stehen. Sie drückte gegen den Türknauf aus schwarzem Gusseisen. Nichts rührte sich.

»Hallo?« Mit pochendem Herzen klopfte Adriana mit der flachen Hand gegen die Tür. »Ist da jemand? Bitte lasst mich rein.«

Nichts rührte sich. Verdammt. Sollte sie ein Fenster einschlagen? Ihr Blick glitt nach oben. Sämtliche Fenster befanden sich unerreichbar hoch über ihrem Kopf und sie wusste, dass die Wand am anderen Ende des Kirchenschiffs komplett aus Glasbausteinen bestand. Unzerstörbar. Zumindest wenn man keinen Kran oder Bagger zur Hand hatte.

»Bitte, es sind keine Dämonen in der Nähe, es wäre vollkommen sicher, mich einzulassen.« Immerhin konnten Dämonen sowieso nichts groß gegen die Menschen in der Kirche unternehmen, sobald diese die Tür öffneten, außer vielleicht mit brennenden Pfeilen schießen oder mit Speeren werfen.

Aus dem Augenwinkel meinte sie einen Schatten oben am Fenster schräg über ihr vorbeihuschen zu sehen. Sie hob den Kopf. Also waren tatsächlich Menschen dort drinnen. Irgendwie hatte sie es gespürt. Weinte da nicht auch ein Kleinkind hinter der Tür? Sie lauschte angestrengt. Während die Häuser links und rechts komplett verrammelt waren und im Stillen dalagen, krähte in der Kirche ein zartes Mädchenstimmchen. Ja, eindeutig.

»O bitte, ich kann euch da drin hören. Bitte macht auf!«

Jetzt drang das Geräusch von Schritten zu ihr heraus. Die Stimme einer älteren Dame fluchte.

»Weg da, Edward. Dann mach ich es eben selbst. Das ist noch ein halbes Kind.« Die Tür wurde aufgerissen. Eine grauhaarige Dame, ungefähr zwei Köpfe kleiner als Adriana und im Kittel einer Putzfrau, hatte ihr geöffnet. Am liebsten wäre sie ihr um den Hals gefallen. Stattdessen wisperte Adriana nur ein knappes »Danke« und drängte sich an ihr vorbei ins Innere der Kirche.

Dort war es so dunkel, dass sich ihre Augen erst an die veränderten Lichtverhältnisse gewöhnen mussten. Selbst draußen hatte sie durch die vereinzelten Straßenlaternen mehr von ihrer Umgebung wahrnehmen können als in diesem Raum. Aber halt, nur im Eingangsbereich war alles so düster. Bedingt durch die Empore, die über den Eingang ragte. Dort, wo ein Stockwerk höher die Orgel stehen musste. Etwa dreißig Schritte entfernt auf dem Altar direkt vor den bunten Glasbausteinen hatte man vier Teelichter entzündet. Und rechts von ihr steckten dünne, weiße Kerzen in drei Reihen in einer hübsch geschnitzten Holzkiste zu Ehren der Toten. Auf den ersten Blick erkannte Adriana vier Menschen hier drin. Nein, fünf mit dem kleinen Mädchen auf dem Arm ihrer Mutter. Sicher noch keine zwei Jahre alt. Außerdem ein Priester in einer weißen Kutte und ein älteres Ehepaar. Nur fünf Menschen hatten sich hierher retten können. Fünf anstelle von fünfhundert wie an den regulären Dämonentagen. Wieder so ein Gedanke, der Adriana regelrecht die Luft abschnürte. Ihr Hals wurde eng und immer enger.

»Hallo«, krächzte sie schließlich, nachdem die Anwesenden sie eine kleine Weile gemustert hatten.

»Mein Name ist Adriana.«

»Hallo, Kleines.« Mit einem sanften Lächeln hakte sich die ältere Dame bei Adriana ein. »Du musst ganz durcheinander sein. Hast du dich die halbe Nacht irgendwo verkrochen und bist durch die Gegend geirrt, du Armes? Komm, nimm einen Schluck

Wasser. Oder ist dir Wein lieber? Pastor Wilkes hat einen guten Vorrat davon im Hinterzimmer.«

»Ähm, nein, danke. Aber sehr liebenswürdig.« Darüber, wo sie gesteckt hatte, und dass diese Dämonennacht einzig und allein auf ihr Konto ging, verschwieg sie lieber.

»Ah, wahrscheinlich stehst du noch ganz unter Schock. Schwierige Nacht, heute. Hat uns auch überrascht. Sieht ganz nach dem Ende der Welt aus, nicht wahr? Ich bin übrigens Edda, und der schweigsame Stock da in der Ecke neben der Tür ist mein Mann Edward. Dann hätten wir da noch Pastor Wilkes und die gute Anastasia mit ihrer Tochter Smilla.« Sie nickte in Richtung der Frau und dem Kind, die beide dichte blonde Locken besaßen, die ihnen über die Augen fielen. Das kleine Mädchen hickste, fasste dann an den Schnuller, den es im Mund trug.

»Edda und Edward?«, hörte sich Adriana fragen, obwohl sie eigentlich etwas anderes hatte sagen wollen.

Und was machte sie überhaupt hier? Worauf zum Teufel hatte der Schreier sie stoßen wollen?

»Ja. Edda und Edward. Kann man sich nicht ausdenken.« Edda nickte feierlich. Die alte Dame, die nach Chlorreiniger und Zitronen roch, musterte sie. »Was trägst du da unter der Jacke? Einen Taucheranzug?«

Oh, wie sollte sie das erklären? Die Wahrheit schied schon mal aus. Besser, niemand wusste, wer und was sie war. Am Ende konnte dieses Wissen auch für diese Menschen gefährlich werden.

»Ja, stimmt. Die Dämonen haben mich überrascht.«

»Tja, wen nicht?«, fragte Edda. Alle anderen um sie herum schwiegen immer noch, was Adrianas Nacken kribbeln ließ.

»Sag mal, Edda, hast du hier drin etwas Ungewöhnliches bemerkt?«

»Außer, dass heute Nacht keine sichere ist, meinst du?«

Adriana nickte, sah sich in einem fort um. Was war das Besondere an diesem Ort? Was erhofften sich die Schreier von dieser Kirche?

»Tja, heute Abend fällt die Kirchenchorprobe jedenfalls aus.« Edda tippte sich mit dem Zeigefinger gegen ihr Kinn. Blaue Äderchen zierten ihre Hand wie verschlungene Ornamente.

Am liebsten hätte Adriana Rico eine Nachricht geschickt, aber wie zu erwarten war, zeigte ihr Handy kein Netz an. Ob es ihm, Eloy und Tequila gut ging?

Seufzend schob sie es zurück in ihre Tasche. Wäre auch zu schön gewesen, wenn einmal ein Plan aufgehen würde.

Auf einmal verschwamm alles vor Adrianas Augen und in ihren Ohren begann es zu dröhnen. Sie bekam gerade noch mit, wie sie schwankte und von Edda und dem Priester aufgefangen wurde.

»Ach, Kindchen. Das sind sicher die Nerven.«

Wohl eher der Blutverlust und das abebbende Adrenalin. Indem sie sich an Eddas Oberarm festkrallte, richtete sich Adriana wieder auf. Sie war stärker als das. Würde mit so ein bisschen Blutverlust schon klarkommen. Kleinigkeit. Schließlich war sie ein Engel mit Heilkräften.

»Irgendwas ist besonders an dieser Kirche, nur, was ist es?« Irgendwelche Antworten mussten hier doch zu finden sein? Und falls nicht, sie würde der Sache noch zehn Minuten geben, dann würde sie zurück durch das Portal in die Hölle huschen und von dort aus das Portal in den Park nehmen.

Da niemand antwortete, fuhr Adriana fort: »Hier vor dieser Kirche soll vor fünfundvierzig Jahren die große Schlacht zwischen Engeln und Dämonen stattgefunden haben, wusstet ihr das?«

Perplex starrte Edda zu ihr nach oben. Nachdem sie eine Falte aus ihrer Schürze gestrichen hatte, machte sie einen Schritt rückwärts. »Wer bist du?«

Die Mutter mit dem Kind auf dem Arm, Anastasia, atmete scharf ein. »Ein Dämon?«

»Nein«, sagte Edda schnell, »ein Dämon könnte nie diese Kirche betreten.«

Nun ja, dass es schon möglich war, zumindest für Halbdämonen und diejenigen, die ein selbstloses Opfer brachten, erwähnte Adriana einfach mal nicht. Ein Flackern an der Decke erregte ihre Aufmerksamkeit und ließ all ihre zurechtgelegten Antwortmöglichkeiten verblassen. Was war das? Eine goldene Halbkugel eingelassen in die Decke? Mitten unter der runden Kuppel?

Um die Kugel zog sich ein weißes Band und man hatte einen Sommerhimmel mit Schäfchen daraufgemalt. Eine Inschrift war darin zu lesen. Adriana trat ein paar Schritte tiefer in die Mitte der Kirche, kniff die Augen zusammen.

ICH BIN DER ANFANG UND DAS ENDE

Ja, das stand da. Aber was sollten diese Zeilen bedeuten? Nun, im Grunde traf es auf sie selbst zu, nicht wahr? Sie war gewissermaßen das Ende für die Menschheit und irgendwie auch der Anfang. Mit dem Ärmel wischte sie sich über die Wange. Wenn sie nur nicht so unfassbar dämlich gewesen wäre heute Nacht! Beinahe lautlos wiederholte sie die Worte an der Decke.

»Gott, steh uns bei.«

Verwundert wandte Adriana den Kopf. Der Priester neben ihr war kalkweiß im Gesicht. Und er starrte sie an wie ein Weltwunder. Musterte Adrianas Gesicht so gründlich, als hätte sie Hautausschlag. Auch Edda hatte sich eine Hand vor den Mund geschlagen.

Mit zitternden Händen schnappte sich Priester Wilkes ein Teelicht, hielt es nah an Adriana heran. Und da bemerkte sie es auch. Ihre Haut leuchtete! Ihren Händen und den Blicken der Menschen um sie herum nach zu urteilen, wahrscheinlich auch ihr Gesicht. Je näher der Priester das gesegnete Teelicht hielt, desto mehr leuchtete sie. Ein goldener, intensiver Schimmer, der von ihrer Haut abstrahlte. Aber warum? Nur weil sie den Spruch von der Decke abgelesen hatte? Staunend hob Adriana ihren Unterarm, bis sie ihren leuchtenden Handrücken fast mit der Nasenspitze berührte. Das war verwirrend. Selbst aus dem Schnitt in ihrem Neoprenanzug quoll goldenes Licht. Dort, wo sie sich selbst verletzt hatte.

»Du bist ein Engel«, japste Edda.

Noch während sich Adriana ihr zuwandte, sank die alte Dame auf die Knie.

»Bitte nicht«, flüsterte Adriana, versuchte Edda wieder nach oben zu ziehen, doch die schüttelte den Kopf. »Dich hat uns der Himmel geschickt. Du wirst heute Nacht über uns wachen, nicht wahr? Und die restlichen Nächte auch.«

Ähm, das war nicht exakt der Plan, dem Adriana zu folgen gedachte.

»Tut mir leid, ich muss gleich weiter, ich versuche hier lediglich einen Hinweis zu finden …«

Sofort schimmerten Eddas Augen. »Ach, bitte, Kind. Bitte bleib noch. Beehre uns mit deiner Anwesenheit und lass deinen Schutz über uns kommen.«

Bedauernd schüttelte Adriana den Kopf. »Ich kann nicht. Dort draußen gibt es … Menschen, die mich brauchen.«

»Nein!« Jetzt stürzte auch Anastasia herbei. Die kleine Smilla starrte Adriana mit unverhohlener Bewunderung an. »Du darfst nicht gehen. Priester Wilkes, tun Sie doch was!« In Panik, so kam es Adriana jedenfalls vor, presste Anastasia ihre Tochter an sich.

O nein, noch bevor der Priester nach ihrem Arm griff, ahnte Adriana, dass diese Nacht in der Kirche nicht gut für sie ausgehen würde.

»Wir haben einen Engel«, bemerkte Edward tonlos, schob sich die vordersten seiner fünf verbliebenen Haarsträhnen auf dem Schopf zurecht.

»Lassen Sie mich sofort los!«

»Ins Hinterzimmer mit ihr. Wir brauchen sie!«, befahl Anastasia, worauf sofort ein Handgemenge ausbrach. »Sie kann diesen Wahnsinn beenden.«

»Das könnt ihr nicht tun!«, schrie Adriana. Doch sie wusste, dass Menschen während der Dämonentage schon verrücktere Dinge angestellt hatten, als ein Mädchen als Geisel zu nehmen. Für sie war sie ein Engel, der sie beschützen konnte.

Zu viert schleiften sie Adriana über den Steinboden, ließen sich von ihrer Gegenwehr nicht beeindrucken. Edda wich sogar erstaunlich geschickt Adrianas Tritten aus.

»Stop! Hört mal«, begann sie atemlos, während sie ihre Fersen in den Boden stemmte, sich doppelt so schwer zu machen versuchte in den Armen von Priester Wilkes und Edward. Sowohl Anastasia als auch Edda zerrten an ihrer Sweatjacke. So als wollten sie unbedingt ein Stück von ihr abhaben. Selbst Smilla mit den niedlichen Locken streckte die Ärmchen nach ihr aus. »Wenn ihr mir helft, meine Mission in dieser Kirche zu beenden, kann ich die Welt vor den Dämonen retten. Und ich werde euch segnen.«

Eddas Zähne mahlten aufeinander, wobei sie sie aufmerksam musterte. »Mission?«

»Segnen?« Priester Wilkes öffnete den Mund, sagte aber nichts. Kerzenschein spiegelte sich auf der lichten Stelle auf seinem Hinterkopf.

»Wir müssen sie irgendwo einsperren«, beharrte Edward. »Müssen sicherstellen, dass der Engel hierbleibt.«

»Wir brauchen ebenso deine Hilfe«, flüsterte Anastasia.

»Also erstens bin ich nur ein Halbengel und zweitens habe ich in dieser Kirche etwas zu erledigen, das die Welt retten könnte. Hört ihr nicht zu?« Zugegeben, etwas dick aufgetragen, aber weiter kam sie nicht. Denn die Menschen um sie herum zogen Adriana gnadenlos in Richtung einer Tür links des Altars. »Wartet doch!«

Edda wandte den Blick ab. »Sie würde nun alles behaupten, um nicht bei uns bleiben zu müssen. Hört nicht auf ihre Engelszunge.«

»Nein. Stop!«

Aber da hatten sie sie schon in das kleine Hinterzimmer geschubst und die Tür von außen verriegelt. Zumindest konnte sie hören, wie ein altmodischer Schlüssel im Schloss gedreht wurde. Das Kratzgeräusch war eindeutig. Nein, nein, nein! Adriana stolperte durch den Schwung bis ans andere Ende des kleinen Raums, fing sich aber rasch und sprang zurück zur Tür, hämmerte dagegen.

»Lasst mich raus!« Warum musste ihr das nur passieren? »Das ist Freiheitsberaubung.«

Natürlich reagierte niemand. Nicht mal Smilla. Kein Laut war aus dem Kirchenschiff zu hören. Himmel, es war so dunkel hier drin. Nur unter dem breiten Türspalt kroch etwas Kerzenlicht hindurch. Leise vor sich hin fluchend tastete Adriana nach einem Lichtschalter. Die ganze Szenerie erinnerte sie an eine Streaming-Serienfolge, in der Kannibalen ein Mädchen gefangen hielten. Wie hatte sie nur in so eine absurde Situation geraten können?

Noch bevor sie ihre Handytaschenlampe zu Hilfe nehmen musste, fanden ihre Finger eine kleine Plastikerhebung. Sobald sie dagegendrückte, flackerte eine altmodische Lampe an der Decke auf. Sofort sah sich Adriana nach einem Fenster oder einem zweiten Ausgang um, aber da war nichts. Keine Tür, kein Fenster. Lediglich eine Wand komplett mit einer dunklen Schrank-Regal-Kombination zugestellt, ein Schreibtisch und ein Waschbecken. Grüner Teppichboden, ziemlich abgetreten in der Mitte des Raums. Fantastisch. Und womit sollte sie nun die Tür aufbrechen? Mit einer Bibel? Ihr Blick glitt zu dem Schreibtischstuhl. Eher unwahrscheinlich, dass dieses Plastikding irgendeine Chance gegen die Tür hätte.

Sie warf einen Blick auf ihr Handy. Immer noch kein Empfang. Allerdings hatte sich eine Nachricht von Eloy in den letzten Minuten hindurchgekämpft. Eloy hatte ihr geschrieben? Ihre erste Reaktion war Erleichterung. Dann hatte er es anscheinend geschafft, sich in Sicherheit zu bringen. Sie konnte nur hoffen, dass Rico auch wohlbehalten bei ihm war. Obwohl es in der Nachrichtenvorschau um Dakota ging, öffnete Adriana die Messenger-App.

Eine hastig getippte Nachricht mit Eloys Nachforschungen über Dakotas Schicksal, wie es schien. Sie überflog die ersten Zeilen, in der Eloy sie bat, etwas gegen Ivan zu unternehmen, bis sie im unteren Drittel hängen blieb.

Du musst diesen Dämon bis in die fünfte Generation töten. Erst dann ist die Markierung aufgehoben und er kann Dakota nicht mehr kontrollieren. Ansonsten würde der nächsthöhere Dämon in der Linie einfach seinen Platz einnehmen und Dakota über die Markierung steuern. Im Internet steht, töte den Dämon und die ihm vier nächsten im Clan. Die vier nachrückenden, ranghöchsten Monster, nehme ich an. Bitte hilf ihr. Gruß, Eloy.

Die Furchen auf Adrianas Stirn wurden tiefer. Eloy wollte, dass sie fünf Dämonen tötete? Und wie zum Teufel sollte sie erahnen, welche vier nachrücken würden? Falls sie tatsächlich dieser wahnsinnigen Idee eine Chance geben sollte. Woher wollte die Quelle im Internet das überhaupt wissen? Nein, mit dieser absurden Theorie musste sie sich später beschäftigen.

Mitten in ihren Überlegungen hörte sie in der Kirche Geflüster. Sofort war sie an der Tür und presste ihre linke Gesichtshälfte daran. Die gläubigen vier schienen zu beten. Wortfetzen wie: »Danke, dass du uns den Engel geschickt hast«, drangen an Adrianas Ohr. Ja, vielen Dank auch! Wütend holte Adriana aus und trat nach dem Stuhl. Wäre sie doch nie hierhergekommen! Was hatte sie auch auf die Schreier hören müssen? Jetzt saß sie hier fest. Kurz überlegte sie, ob sie Ahel rufen sollte, aber dann fiel ihr ein, dass er heiligen Boden nicht betreten konnte und daher niemals in der Kirche erscheinen würde.

»Du wirst das doch nicht zulassen!« Dieses Mal ohne anzuklopfen, stürzte Cruz in Gesas Gewächshaus.

»Wir müssen Adriana von Ahel fernhalten! Ich dachte an einen Zauber, der … oder wir schlagen ihn k. o. … Machen ihn einen Kopf kürzer.«

»Nur Luzifer könnte ihn töten. Oder Amon oder diese Zwillingsschwester von Amon, die noch nie jemand gesehen hat.«

»Aber Amon töte ich ganz bestimmt«, knurrte Cruz.

»Ja, das könnte funktionieren. Ist ja kein direkter Nachkomme vom guten Luzi. Ein relativ normaler Alpha.«

»Könntest du bitte aufhören, in deinen Töpfen zu wühlen? Wir brauchen einen Plan.«

Nach einem langen Seufzer sah Gesa auf, versicherte sich mit einem Schulterblick, dass die Tür geschlossen war.

»Ich habe bereits einen Plan. Adriana weiß Bescheid. Ich halte es allerdings für besser, wenn nur wir beide eingeweiht sind. Luzifer überwacht dich zu stark, durch den Pakt könnte er alles aus dir herauspressen, und er darf auf gar keinen Fall etwas erfahren.«

»Ein Plan, von dem ich nichts wissen darf? Und was, wenn er nicht funktioniert? Was soll das eigentlich heißen? Du bist genauso einen Pakt mit Luzifer eingegangen wie ich. Auch aus dir könnte er Geheimnisse mit Leichtigkeit herausholen.« Cruz' Nasenflügel bebten.

»Aber von mir erwartet er nicht, dass ich Adriana helfen werde.«

Aha, Gesa spielte also mal wieder die selbstlose Retterin. Wie damals bei ihm. Und er sollte einfach die Hände in den Schoß legen? »Dann besprich mit mir wenigstens einen Plan B. Eher fresse ich meine eigenen Flügel, bevor ich zulasse, dass Adriana Ahel heiraten muss.«

»Technisch gesehen sind das nicht deine Flügel.« Erneut hatte Gesa ihm den Rücken zugewandt.

Dieses Argument ließ Cruz einfach mal unkommentiert. Daran, dass er in der zweiten Dämonennacht seine Flügel eingebüßt hatte, wollte er wirklich nicht erinnert werden.

Fantastisch. Ein zweites Mal ließ Adriana ihren Blick über die Einrichtung schweifen. Ein Sicherungskasten, Kakteen auf dem Schreibtisch direkt neben dem Drucker, eine rosa Plastikgießkanne auf dem Waschbecken. Sollte sie vielleicht einfach das Zimmer fluten?

Draußen hörte sie immer noch Gemurmel. Weiter vor sich hin fluchend ging Adriana vor dem Türschloss in die Hocke, spähte hindurch. Wenn sie selbst wenigstens irgendwelche übernatürlichen Fähigkeiten entwickelt hätte, die ihr in dieser Situation nützlich sein konnten! Aber nein, sie konnte segnen, sich selbst heilen und golden schimmern … hilfreich ohne Ende in allen Lebenslagen.

Das Schlüsselloch stellte sich als altmodisch und ziemlich groß heraus. Von der anderen Seite steckte der Schlüssel darin, aber so gerade, dass an den Seiten Lichtfäden hindurchblitzten. Dennoch konnte sie absolut nicht erkennen, was in der Kirche vor sich ging. Also musste sich Adriana flach auf den Boden legen, um unter dem Türspalt hindurchzulinsen. Immerhin endete die Tür etwa eine halbe Daumenlänge über dem Boden.

Direkt vor der Tür schien sich niemand aufzuhalten. Nachdem Adriana ein paarmal geblinzelt und ihren Kopf leicht nach links und rechts gedreht hatte, erkannte sie die Schuhe von vier Erwachsenen an der gegenüberliegenden Wand des Kirchenschiffs. Vermutlich zündeten sie dort mehr Gebetskerzen an, wenn man das aus dem Gebetsgemurmel schließen konnte. Besonders viele waren Ricos Aufrufen auf Social Media offensichtlich nicht gefolgt. Oder hatten sich andere einfach in ihren mittelmäßig gesicherten Häusern verschanzt, aus Vorsicht und in der Annahme, dass die Dämonen draußen auf der Straße leichtere Opfer finden und nicht bis zu ihnen in die Keller vordringen würden? Sie konnte sich nicht vorstellen, dass so viele Menschen ihnen nicht hatten glauben wollen. Nein, unmöglich.

Die vier Gottesfürchtigen standen wirklich ziemlich weit weg von ihr, anscheinend absolut vertieft in ihre Gebete … Ein Gedanke schoss Adriana durch den Kopf. Vielleicht konnte das klappen. Ein Detektivtrick aus einem Buch, das sie damals im Kinderheim verschlungen und sicherlich dreimal gelesen hatte, bevor die großen Jungs es ihr aus den Händen gerissen und im

Klo versenkt hatten. Danach hatte Adriana aufgehört, offen ihre Liebe für bestimmte Bücher oder Spielsachen zu zeigen. Denn all das war immer im Klo gelandet mit einem feixenden Jugendlichen daneben, der die Spülung betätigte.

Schnell angelte sie nach einem Bogen Papier aus dem Drucker sowie einem Brieföffner, der in einer Tasse zwischen lauter ordentlich gespitzten Bleistiften ein ziemlich langweiliges Dasein fristete.

Langsam schob sie das Blatt Papier unter der Tür durch, in der Hoffnung, niemand würde Notiz davon nehmen. Mit etwas Glück waren alle mit Beten beschäftigt. Der Fußabtreter auf der anderen Seite bereitete dem Blatt leichte Probleme, aber genau dieser weiche Untergrund würde ihr später noch hilfreich sein. Harte Untergründe verursachten einfach zu viel Lärm.

Als Nächstes stocherte sie mit dem Brieföffner im Schloss herum. Obwohl es länger dauerte als erwartet, schaffte sie es Stück für Stück, den Schlüssel aus der Öffnung zu drücken. Der Trick bestand darin, ihn beim Schieben gleichzeitig auch ein wenig anzuheben. Ein Glück, dass diese Kirche seit Ewigkeiten nicht renoviert und die Türen somit nicht modernisiert worden waren.

Mit einem leisen Puff landete der Schlüssel auf der Türmatte. Rasch ließ sich Adriana auf den Bauch fallen. So lautlos wie möglich. Als sie erneut unter dem Türschloss hindurchlinste, stellte sie erleichtert fest, dass der Schlüssel beinahe perfekt mittig auf dem Blatt Papier gelandet war. Wahrscheinlich das erste Mal in dieser Nacht, in der ihr das Glück hold war.

Sie schob sich eine braune Haarsträhne, die ihr teilweise die Sicht verdeckte und an ihrer Schläfe kitzelte, aus der Stirn.

Vor Freude über dieses geglückte Manöver begann ihr Herz zu hüpfen und ein merkwürdiges Gefühl flutete ihren Brustkorb. Stolz, begriff sie. Sie war stolz auf sich in diesem Moment.

Das Kerzenlicht schimmerte auf dem massiven Eisenschlüssel, bis sie ihn in die Schatten unter der Tür zog.

Danach ging alles ganz schnell. Adriana steckte den Schlüssel ins Schloss und drehte. Er knirschte, sobald er Kontakt mit dem Türschloss hatte, aber so leise, dass es sicherlich kaum zu hören war. Ihr Herz begann laut zu klopfen und kurz musste sie sich selbst beruhigen, denn im Grunde wusste sie, dass außer ihr niemand diese galoppierenden Herzgeräusche hören konnte.

Die Tür drückte sie so langsam auf, dass die Szene auch zu einem Slow-Motion-Video hätte gehören können.

Noch langsamer, wenn das überhaupt möglich war, schob sie ihren Kopf durch den Türspalt. Die vier Gläubigen drehten ihr immer noch den Rücken zu. Das Kind schien mit dem Kopf auf der Schulter seiner Mutter eingeschlafen zu sein. Nur, wie sollte sie es bis zur Tür schaffen? Eigentlich blieb ihr nur die Möglichkeit, hinter den Kirchenbänken auf allen vieren zu krabbeln. Ein nicht unbedingt perfekter Sichtschutz, aber besser als nichts.

Hastig zog sie die Schulterriemen an ihrem Rucksack enger, sank dann auf die Türmatte. Adrenalin flutete Adrianas Körper und ließ ihr Herz losjagen. Sie musste es einfach raus aus dieser Kirche schaffen!

Während sie die Zähne zusammenbiss und loskrabbelte, bemerkte sie sogleich, wie ihre Knie schmerzhaft über den rauen Steinboden schrappten. Gleichzeitig wankte ihr schwerer Rucksack von links nach rechts, drückte unangenehm auf ihre Wirbelsäule und drohte sie damit aus dem Gleichgewicht zu bringen. Nach der Hälfte des Weges erlaubte sie sich, kurz innezuhalten und einen Blick in Richtung der Kerzen zu werfen. Lediglich die Rücken und Hinterköpfe von Anastasia, Smilla und Edda waren zu sehen, aber das konnte auch an dem eingeschränkten Sichtfeld liegen, das Adriana zur Verfügung stand.

Nur noch ein paar Krabbelschritte, vielleicht zwanzig, dann würde sie die Tür erreicht haben. Mit zusammengekniffenen Lippen setzte Adriana ihren Weg fort.

Dort ragte die Tür vor ihr auf. Allein der Anblick ließ das Blut in Adrianas Ohren rauschen. Sie würde sie einfach verflucht schnell aufreißen und entkommen. Selbst Edda würde sich in dieser Nacht nicht nach draußen wagen.

Noch fünf Krabbelschritte. Die Nähe zur Tür ließ sie unvorsichtig werden, ihr Herz schneller klopfen und ihre Knie heftiger auf dem Boden aufschlagen.

Gerade als sie nur noch zwei Körperlängen von der Holztür entfernt war, packte jemand ihren Rucksack. Pastor Wilkes, wie sie nach einem hastigen Schulterblick feststellen musste.

»Du kannst nicht gehen«, erklärte Edda mit der Stimme einer Fernsehmoderatorin. »Dort draußen ist es nicht sicher.«

Hier drinnen auch nicht. Adriana wand sich, machte sich schließlich von den Händen des Priesters los, doch da hatte sich Edda schon vor die Tür geschoben.

»Und wir brauchen dich.«

Ach was. Das durfte doch einfach nicht wahr sein? So viel Unglück in nur einer Nacht konnte doch niemand haben?

»Einen Engel festzuhalten wird euch nicht beliebter bei Gott machen. Schon mal darüber nachgedacht?«, zischte Adriana.

Priester Wilkes tauschte einen Blick mit Edda, zumindest versuchte er es, aber sie ging nicht darauf ein.

Die Fältchen um ihren Mund zogen sich in die Länge. »Wenn du uns verlässt, wird Dunkelheit über uns hereinbrechen, ich spüre es in meinen Knochen.«

Eigentlich war die Dunkelheit erst wegen Adriana über sie hereingebrochen.

»Lampe aus!« Plötzlich stand wie aus dem Nichts die kleine Smilla vor ihr, deutete mit ihrem ausgestreckten Zeigefinger auf Adriana.

»Stimmt.« Anastasia war hinter ihre Tochter getreten. »Der Engel leuchtet nicht mehr.«

»Was?« Adriana starrte an sich herunter. Das war doch jetzt absolut nebensächlich. Ob sie golden leuchtete oder blau blinkte …

»Loslassen!« Adriana versuchte, nach Priester Wilkes zu treten, aber Edda hielt sie am Rucksack zurück. Dafür schaffte Adriana es noch, über sein Handgelenk zu kratzen, worauf der Priester scharf die Luft einsog. Körperverletzung an einem

Mann der Kirche machte bei ihr den Braten nun auch nicht mehr fett.

»Wir lassen dich ja wieder gehen, nur eben nicht heute Nacht«, versprach Edward, der an ihrer Seite aufgetaucht war und Adrianas rechten Arm packte.

»Wenn ihr mich noch einmal anfasst!«, knurrte Adriana. Genug war genug, und sie war es leid, das Opfer zu sein. So dermaßen leid.

Doch bevor sie einen weiteren Fluch auf den Boden der Kirche spucken konnte, ließen die drei Leute um sie herum auf einmal los, starrten sie aus aufgerissenen Augen an. Einen Wimpernschlag später verstand Adriana auch, warum.

Ungläubig starrte sie auf ihre Füße, die den Boden nicht mehr berührten, sondern ein paar Inches darüberschwebten. Zusätzlich strömte von irgendwoher Licht wie von einer Fackel. Goldenes Licht. Sie brauchte einen Moment, um zu begreifen. Goldene Lichtstrahlen waren aus ihren Handflächen hervorgebrochen. Die Fackel war sie. Sie selbst.

Was? Doch Adriana hatte keine Zeit, sich weiter zu wundern. Einmal mehr übernahm eine fremde Macht die Kontrolle über ihren Körper. Ihr Kopf wurde zurückgerissen, genau wie ihre Arme und sie schwebte weiter nach oben, bis ihre Füße oberhalb der Reichweite von Edwards Armen in dieser Position verharrten. Lateinische Wörter entwichen ihrem Mund, wobei ihre Lippen die Silben übertrieben genau formten. Abgehackte Bewegungen, die Adriana nicht von sich kannte.

Obwohl sie nie Latein gelernt hatte, verstand sie dennoch die Worte. Eine Warnung, nicht vom eigenen Glauben abzuweichen, seinen Nächsten wie sich selbst zu lieben.

Langsam neigte Adriana den Kopf wieder nach vorn, beobachtete alles unter ihr mit einer großen Portion Gelassenheit. Etwas Mächtiges wogte in ihr, erwachte langsam, sie spürte es ganz deutlich. Mit einem erstickten Keuchen wich Anastasia, die sowieso schon abseits stand, vor Adriana zurück, drehte sich so, dass sie mit ihrem eigenen Körper Smilla abschirmte. Als würde

Adriana ihrem Kind etwas antun, vielleicht göttliche Rache nehmen.

Der Moment, in dem Edda vor Adriana auf die Knie fiel, war auch der, in der Adriana die Stimmen vor der Kirche bemerkte. Ahels Stimme und eine weitere. Amon. Ahel und sein Sohn hatten sie gefunden!

»Adriana, wenn du da drin bist, komm heraus. Du bist zu spät dran für deine eigene Hochzeit!« Verflucht, wie hatte Ahel sie so schnell aufspüren können?

»Bitte, vergib uns!« Wie ein Klageweib schaukelte Edda immer wieder auf ihren Knien vor und zurück. »Verschone uns. Wir meinten es nicht böse.«

Obwohl sie die alte Frau einfach ignorieren und sich abwenden wollte, hielt Adriana inne. Etwas hielt sie auf.

»Euch wird vergeben werden«, hörte sie die fremdartige Stimme tief in ihr. Dunkler, raumgreifender, unbarmherziger. »Wenn ihr den Engel freigebt. Sie wird euch segnen, aber ihr werdet ihr im Gegenzug das Heiligtum dieser Kirche zeigen. Das, weswegen sie gekommen ist.« Und damit schwebte Adriana noch ein wenig höher bis unter die Deckeninschrift. *Ich bin der Anfang und das Ende.*

»Das machen wir!«, versicherte Edward eilig, zog dabei den Kopf zwischen die Schultern. »Beides. Dich gehen lassen. Dir zeigen, was du suchst. Alles, was du verlangst.« Neben ihm war nun auch der Priester auf die Knie gesunken, das Gesicht so weiß wie das Papier aus seinem Drucker.

»Wir hätten Brandpfeile mitbringen sollen«, beschwerte sich Amon vor der Tür. »Dann wären sie schon rausgekommen. Mit Adriana und erhobenen Händen.«

»Halt die Klappe, Amon.«

In dieser Hinsicht konnte Adriana Ahel nur zustimmen. Wenigstens etwas hatten sie gemeinsam.

»Wer ist das da draußen?« Lediglich Anastasia schien ihre Sinne so weit von Adrianas Engelauftritt entfernt zu haben, dass sie mitbekam, was sich auf der anderen Seite der Tür abspielte.

»Was ist das für eine Sprache? Etwa Dämonisch? O Gott, Dämonen!«

Natürlich. Normale Menschen konnten Dämonen nicht verstehen. Ob Anastasia wirklich noch nie einem begegnet war oder arbeitete sie mit einer ausgeklügelten Verdrängungstaktik?

Egal!

Bevor die Dämonen hier alles in Schutt und Asche legten auf der Suche nach Adriana, musste sie schleunigst dieses Heiligtum der Kirche in Augenschein nehmen, und dann nichts wie los zur Kapelle und den ersten Engel finden. Die Stimme in ihr, und Adriana war sich ziemlich sicher, dass es sich dabei um eine göttliche Macht handelte, vielleicht ihr Engels-Ich, wenn es so etwas gab, hatte ihr genau das geraten. Womöglich ein Tipp. Ein Hinweis, der in diesem teuflischen Spiel die Entscheidung bringen konnte. Falls sie Luzifer nur auf dieselbe Art schlagen konnte, wie er es bei ihr getan hatte …

Nur, wenn Adriana in den letzten Tagen eines gelernt hatte, war es, dass sie alles schaffen konnte, selbst auf sich allein gestellt. Und klar wie ein Neujahrsmorgen lag vor ihr die Lösung ihrer Probleme. Also konzentrierte sie sich, versuchte mit aller Macht, die Kontrolle über ihren eigenen Körper zurückzuerlangen. Zu hundert Prozent. Nicht, dass es ihr Angst gemacht hätte, zu schweben, oder diese göttliche Macht, die sie nun schon mehrfach berührt hatte oder gar in sie gefahren war, unangenehm gewesen wäre … Nur brauchte sie jetzt sämtliche Sinne geschärft und unter ihrer eigenen Kontrolle. Tatsächlich funktionierte es. So langsam, wie sie nach oben bis unter die Decke geschwebt war, näherte sie sich jetzt wieder dem Mosaikboden. Erstaunt betrachtete sie ihre Hände, deren goldener Glanz langsam verblasste.

»Bitte hier entlang.« Während Priester Wilkes noch Stoßgebete vor sich hin murmelte, ergriff Edda die Gelegenheit, Adriana den Weg zu weisen. Ihr Kittel war durch den Kniefall etwas in Mitleidenschaft gezogen worden. Dort, wo das Knie der älteren Dame den Boden berührt hatte, schmückte nun ein grauer Fleck den Stoff.

Zögerlich und nur mit ausreichend Sicherheitsabstand zu Edda folgte Adriana ihr die Treppenstufen hinauf.

17

Edda führte sie zu einem goldenen Schrein. Allein der Anblick ließ Adriana stocken. Verschlossen, von zwei Schlössern gesichert und mit Blattgold bestrichen wirkte er geradezu wie aus einer Zeitmaschine dem zwölften Jahrhundert entsprungen.

Nach einer ausladenden Armbewegung stemmte Edda die Hände in die massigen Hüften. Langsam schien ihr Selbstbewusstsein zurückzukehren. »Da wären wir. Unser Heiligtum.«

»Mach es auf«, forderte Adriana mit viel kälterer Stimme, als sie von sich selbst gewohnt war.

Hinter sich hörte sie, wie Anastasia und die vor sich hin jammernde Smilla die Treppe erklommen.

Edda rührte sich nicht, bewegte nicht einen Finger. »Wirst du im Anschluss die Dämonen vor der Kirche verjagen?«

Der abwartende Blick von ihr ließ Adrianas Brust sich selbst zusammenschnüren. Ihre Haut fühlte sich auf einmal zu eng für sie an. Warum konnte Edda nicht einfach tun, um was man sie bat?

»Wenn du mir gibst, was ich will, gebe ich dir, was du willst.«

Die alte Frau neigte den Kopf. »Eine alte Engelsweisheit?«

»Halbengel-Weisheit. Und sie ist neu.«

Daraufhin nickte Edda nur und machte sich dann daran, den Schrein zu öffnen. Beziehungsweise winkte sie den Priester näher, der mit einem Schlüsselbund klapperte. Er brauchte mehrere Versuche, bis er mit zitternden Fingern die jeweils richtigen Schlüssel in die Vorhängeschlösser geschoben bekam. Danach musste man nur einen winzigen Haken lösen, dann ließen sich die Türen aufklappen.

»Hach, dieser Schrein weckt Erinnerungen …«

Hinter Edda hustete Priester Wilkes, und Adriana fiel auf, dass Edward das Geländer an der Treppe so fest umklammerte, dass seine Fingerknöchel wie spitze Hühnerknochen wirkten. Sie zuckten. Dabei war sie sich ziemlich sicher, dass er vorhin noch keine Anzeichen von Parkinson gezeigt hatte. Trotz all der Anspannung in der Luft warf Edda zunächst einen wehmütigen Blick in Richtung von Priester Wilkes, der sich verlegen am Haarkranz um seine Glatze kratzte.

Adriana wollte sich gar nicht vorstellen, was sich zwischen diesen dreien innerhalb der letzten Jahrzehnte abgespielt hatte. Für diese zwischenmenschlichen Dramen hatte sie jetzt sowieso keine Zeit.

»Aufmachen. Sofort.« Ein Stein oder etwas vergleichbar Schweres donnerte von außen gegen die Bretter an der Eingangstür.

Den stechenden Blick von Edda, der wohl besagen sollte, dass sie schon höflichere Dämonen vor dieser Tür gehabt hatte, ignorierte Adriana.

Bevor sie jemand aufhalten konnte, machte sie zwei Schritte vorwärts und öffnete selbst die goldenen Türen des Heiligtums.

Was dahinterlag, hatte sie nicht erwartet, und der Anblick ließ sie auf der Stelle wieder einen Schritt zurückweichen.

Ein Glaskasten, flach, mit einer aufgemalten Szene dahinter. Ein Wolkenmeer aus Engeln und darunter eine Art Hölle mit Wesen, die allesamt Ahel sehr ähnlich sahen. Das Besondere daran waren eindeutig die Edelsteine, mit denen jede Figur geschmückt war. Rubine, Saphire und was noch alles warfen das spärliche Licht tausendfach in allen Regenbogenfarben zurück, sodass es blendete.

»Echte Edelsteine. Daher auch das doppelte Schloss und die Ketten.« Priester Wilkes deutete auf die Beine des Schreins.

»Was soll es darstellen?«, fragte Adriana mit tonloser Stimme.

»Die Erzengel Michael, Raphael, Gabriel, Uriel, Raguel, Sariel und Remiel.« Obwohl es ziemlich klar war, wen er damit meinte, deutete Pastor Wilkes auf die obere Ansammlung an Figuren. »Und darunter: Ahel, Zhut, Volarion, Srilas, Unad, Esriad und Ther. Die sieben Söhne von Luzifer mitsamt ihrer Mutter Lillith.«

Sobald er die Namen ausgesprochen hatte, trat Adriana fasziniert wieder näher an das Bildnis heran, ließ ihre Blicke über die glitzernden Hörner und die rote Haut der Dämonen schweifen. Sieben Engel und sieben Dämonen.

»Du weißt ja, wer Lillith war?«

Adriana nickte. »Adams erste Frau, die aus dem Paradies geworfen wurde. Noch vor Eva. Weil sie sich Adam nicht unterwerfen wollte.« Wie in Trance legte Adriana zwei Finger an die Glasscheibe.

»Das Abbild von Ahel ist nicht mehr aktuell. Er hat sich die Hörner abgesägt«, murmelte sie mehr zu sich selbst.

Zwar merkte sie, wie die anderen um sie herum verwirrte Blicke tauschten, ging aber nicht darauf ein. Edda formte lautlos mit den Lippen den Namen »Ahel«.

Als sie von draußen eindeutige Geräusche wahrnahm, fügte Adriana hinzu: »Und gegenwärtig steht er draußen vor eurer Tür und kloppt sich mit seinem Sohn.«

Sie war sich ziemlich sicher, dass Anastasia daraufhin die Atmung einstellte. Totenstille um sie herum.

»Du verstehst, was sie sagen?«, wollte Priester Wilkes schließlich wissen. Seine Stimme zitterte. Allerdings nicht in einem ängstlichen Tonfall, sondern eher aufgeregt.

»Natürlich. Engel können Dämonen verstehen, sonst hätten sie es noch viel schwerer im großen Himmelskrieg gehabt.«

»Sie hatten es schwer genug. Sind schließlich allesamt ausgerottet worden, die Ärmsten«, brummte Edda.

Ob sie dazu Expertenwissen besaß? Ein Versuch konnte nicht schaden. Obwohl sie eigentlich nur den Abschnitt des Höllenfeuerlieds zitieren wollte, der von den Engeln handelte, kam aus ihrem Mund, sobald sie ihn öffnete, das komplette Lied heraus. In einem übermenschlichen Singsang, raumgreifend und widerhallend. »Und Luzifer zeugte der Kinder sieben …«

Nachdem sie geendet hatte, wirkte Anastasia, als würde sie gleich in Ohnmacht sinken. Sie lehnte sich so weit nach hinten, dass Adriana schon fürchtete, sie würde rückwärts die Treppe hinunterfallen. »Sie ist wirklich ein Engel. So kann nur ein Engel singen.«

Tja, wenn Adriana nur wüsste, wie sich diese Engelssache steuern ließ. Aber dafür hatte sie nun keine Zeit.

»Könnt ihr mir bei der Interpretation helfen? Man sagt über mich, dass es mein Schicksal ist, die anderen Engel zu befreien. Nur, wo finde ich sie?«

Hoffentlich hatte sie damit nicht schon zu viel verraten. Würden sie sie jetzt erst recht bei sich behalten wollen, diese vier Irren?

Nein, eher das Gegenteil war der Fall, wie Adriana feststellte. Denn Edda tippte sich bereits mit dem blassgelb lackierten Fingernagel an die Unterlippe. Ihre Augäpfel schossen dabei in abgehackten Bewegungen von rechts nach links und wieder zurück.

»Ich wusste, es ist etwas Besonderes an dir. Dich hat der Himmel geschickt.«

Nun ja …

»Fällt euch denn irgendetwas ein, eine Bibelstelle vielleicht oder so, die uns in dieser Angelegenheit weiterhelfen könnte?

»Halbblüter zwei? Bedeutet das etwa …« Eddas Augen wurden immer größer. »Du bist eine davon. Denn du stehst hier vor uns, weder tot noch in einem Gefängnis weggeschlossen.«

Wie sie das ausdrückte …

Glücklicherweise befand sich Edda noch voll im Kombinationsmodus und fuhr direkt fort:

»Engel verschleppt von lebenden Teufeln, Engel von Dämonen entführt … Engel im eigenen Gefängnis verendet. Nur aus eigener Kraft herauszuquälen.«

Vor der Tür hörte man Amon fluchen.

»Nicht auf den heiligen Boden, verdammt, Vater!« Es zischte. »Okay, okay, ich schwöre, deinen Anweisungen ab jetzt Folge zu leisten, aber bitte drück mich nicht noch weiter hinein.«

Adriana lauschte. Wenn es nach ihr ging, konnte Ahel seinen Sohn ruhig ein wenig foltern oder am besten gleich um die Ecke bringen, indem er den Kontakt von Amons Körper mit dem heiligen Boden intensivierte.

»Klingt mir danach, als hätte man sie im Himmel irgendwo eingesperrt. Wegen der Stelle *›Im eigenen Gefängnis verendet‹*.« Eddas Falten um die Augenwinkel hüpften.

Bitte nicht. Wie sollte sie es in den Himmel schaffen? Gut, fliegen schien irgendwie zu funktionieren, auch wenn sie nicht wusste, wie man es steuerte. Bloß in den Himmel fliegen? So komplett bis ganz weit oben? Klang irgendwie gruselig bis unmöglich. Oder existierte auch ein Tor in diese Dimension?

»Oder sie sind in ihrer Haut gefangen«, spekulierte Anastasia.

In diese Richtung hatte Adriana auch bereits gedacht. Was war, wenn die Engel in Statuen gefangen waren? Überall in der Stadt waren ihr in den letzten Tagen Engelsstatuen begegnet.

»Oder in ihrem menschlichen Inneren?«, sagte Anastasia, als hätte sie Adrianas Gedankengänge nachvollziehen können.

»Wenn du Glück hast, kannst du sie mit deinem göttlichen Licht befreien.« Edda schielte auf Adrianas Handflächen. Dort, wo vor Kurzem noch goldenes Licht hervorgeströmt war.

»Eine Segnung vielleicht.«

Noch während sie es aussprach, glühte etwas in Adrianas Kopf. Wie ein Faden, der alles zusammennähte. Die Segnung! Wenn sie die Statue segnete, so wie sie es bei der kleinen Helen getan hatte, würde das die Engel retten? Der Gedanke fühlte sich fast zu logisch an. Zu einfach. Aber vielleicht sah man manchmal wirklich den Wald vor lauter Bäumen nicht. Zugegeben, das hatte sie auch gedacht, als sie versucht hatte, mit ihrem Blut das Höllentor zu versiegeln …

Ihr Blick glitt von einem schimmernden Erzengel zum nächsten, danach etwas tiefer. Sie versuchte sich jeden einzelnen Namen der Söhne Luzifers einzuprägen. Ahel (okay, der war einfach), außerdem Zhut: Ivans Vater. Auch nicht allzu schwer zu behalten. Dann war da noch Volarion, angeblich verschollen oder tot. Neu hinzu kamen Srilas, Esriad, Unad und Ther. Ther … hatte Cruz nicht einmal von ihm erzählt? Und davon gesprochen, dass die ihr unbekannten vier Söhne verschollen seien?

»Gebt uns Adriana, oder wir fackeln die Kirche ab!«, brüllten draußen zwei Dämonenstimmen auf Englisch. Hatten die sich abgesprochen? Schade, als sie sich noch gegenseitig die Köpfe eingeschlagen hatten, waren ihr Ahel und Amon sympathischer gewesen. Adriana verdrehte die Augen. Also zurück zur üblichen Dämonentaktik, wenn es um Kirchen ging.

»Ich muss gehen«, erklärte sie den vier Umstehenden, die wie Kirchenmäuse zu ihr aufblickten.

»Noch ein kurzer Segen, in Ordnung?« Eddas Stimme zitterte, aber offenbar wollte sie die Gelegenheit nicht verstreichen lassen. Auch wenn Ahel und Amon ihre Drohung in Eddas Muttersprache und damit gut verständlich für alle ausgesprochen hatten.

Segen. Noch ehe ihr Kopf das Wort komplett in Gedanken geformt hatte, schoss Adrianas Hand bereits nach vorn, legte sich wie automatisch auf Eddas Scheitel.

Vier lateinische Segen später stand Adriana unten am Eingangsportal, drehte am Türschloss.

»Passt auf euch auf und verschließt sofort die Tür hinter mir. Ach ja, eins noch: Bitte sprecht mit niemandem darüber, was heute in dieser Kirche passiert ist.« Sie sah besonders Edda eindringlich an. »Es könnte viel davon abhängen.« Ziemlich viel sogar. Glücklicherweise nickte Edda sogleich. Ein aufrichtiges Nicken.

»Wahrscheinlich brauche ich es nicht zu erwähnen: Aber

kommt morgen Nacht vor der Darkness Hour hierher. Die Dämonen werden erneut auftauchen, soviel wir wissen.«

»Wirst du uns wieder besuchen?« Edward wagte es wohl auch endlich, eine Frage zu stellen.

Adriana zog die Tür auf. Sie ahnte, dass Edda diese Frage für sie beantworten würde, und so war es.

»Nein, Dummerchen. Sie wird die Engel aufspüren.«

Zum Abschied legte Adriana einen Finger an die Lippen. Eine Geste, die gewöhnlich nutzlos bei den Kreaturen der Hölle war. Vor allem bei Beta-Dämonen, die einfach nie die Klappe hielten. Aber nicht wirkungslos bei Menschen. Vor allem nicht bei diesen Menschen.

Niemand sagte daraufhin mehr ein Wort.

Edda nickte ein weiteres Mal, und das war das Letzte, was Adriana von ihr sah.

»Gut, dass du kommst«, begrüßte Ahel sie, der so dicht am Grundstück der Kirche stand, wie der geweihte Boden es zuließ.

»Du bist spät dran für unsere Hochzeit.«

»War mir gar nicht bewusst«, knurrte Adriana.

Ohne auf ihre Unverschämtheit zu reagieren, machte er einen Schritt rückwärts und streckte seine Hand nach ihr aus. Eine rot glänzende, schmierige Hand.

Sie ergriff sie. Immerhin besser als Amon. Ein berechenbares Übel. Nur wäre ihr eine leicht violett schimmernde Hand in diesem Moment deutlich lieber gewesen. Selbstverständlich. Was Cruz wohl gerade machte? Immer noch Luzifers Thronsaal renovieren?

Dennoch musste sie sich zusammenreißen, als Ahel ihr über die Haare strich.

»Aber ich bin dir nicht böse. Ein wenig Lampenfieber vor der Hochzeit ist völlig normal, nehme ich an. Hat dir der Schneider unsere Tradition für das Kleid erklärt? Bist du deshalb davongerannt? Keine Sorge, ich werde dafür einen unwichtigen Menschen opfern.«

Was? Adriana atmete scharf ein, war sich allerdings mehr als bewusst, dass sie sich in dieser Situation nichts anmerken lassen durfte. Völlig perplex unternahm sie noch nicht mal etwas, als Ahel ihr den Arm um die Schultern legte. Nur als er versuchte, ihr über den Hals zu streicheln, schlug sie seine Hand weg. Sollte das heißen, ihre Hochzeit mit Ahel würde ein Menschenopfer fordern?

Neben Ahel schielte Amon auf ihren Oberkörper, murmelte etwas, was nach »Leicht zu habendes Halbblut«, klang.

Womit er ganz offensichtlich nicht gerechnet hatte, war, dass sein Vater bei dieser Bemerkung vollkommen aus der Haut fahren würde.

»Ist das dein Ernst? Sohn, ich verfluche den Tag deiner Geburt!«

Seltsamerweise nahm Amon die Beleidigung ziemlich gelassen auf.

»Tja, hättest du wohl besser nicht mit deiner eigenen Mutter das Bett geteilt, Vater.«

Adriana atmete mit einem Quietschlaut ein. Obwohl sie keine Zeit für diesen Unsinn hatte, überschlugen sich für zwei Sekunden ihre Gedanken. Ahel und Lillith?

Und was bitte machte Amon eigentlich hier? Aber bevor Adriana irgendwelche Fragen stellen konnte, stürzte sich Ahel bereits auf seinen Sohn, rang ihn knurrend nieder.

»Gib endlich deinen Anspruch auf sie auf. Sie wird mich heiraten!«, brüllte Ahel.

Fäuste flogen und dunkles Blut spritzte auf den Bordstein.

»Nein. Du kannst ein anderes Halbblut haben, Luzifer hat noch eins. Ein ganz frisches. Adriana war mir versprochen!«

Okay … Adriana fuhr sich mit der Zungenspitze über ihre Backenzähne. Wieder so eine unwirkliche Szene, die sich ihr bot. Die beiden Dämonen, die abwechselnd ihren, Adrianas Namen und irgendwelche Flüche schrien, rollten auf die Straße, wobei Amon seine Flügel ausbreitete und die Spitze seines rechten Flügels kurz in die Gefahrenzone geriet. Ein Zischen ertönte, als der heilige Boden ihn versengte. Amon kreischte auf, rollte sich zusammen. Allerdings gab er bei dieser Bewegung seine Deckung auf, weswegen Ahel ihn mit zwei Faustschlägen im Magen erwischte.

Adriana konnte kaum glauben, dass sich ihr so früh eine Gelegenheit zur Flucht bot, aber sie beschwerte sich nicht, trabte stattdessen so leise wie möglich in Richtung Höllenportal, entkam ungesehen und ohne dass einer der beiden Dämonen noch einmal ihren Namen rief.

Das schimmernde Portal erkannte sie bereits von Weitem und warf sich hindurch. Direkt durch eine eigentlich massive Mauer. Sie landete in dem Gang, der dieses Mal merkwürdig lang gezogen und düster vor ihr lag.

»Hallo, Adriana«, sagte eine weibliche Stimme.

Nein, oder? Hastig tippte Adriana auf ihr Handy und das schwache Licht ihres Sperrbildschirms tauchte Dakotas Gesicht in einen blauen Schimmer. Direkt vor Adriana. Sie ließ den blauen Schein tiefer wandern bis auf das Messer in Dakotas Hand, das silbrig schimmerte.

»Dakota? Was willst du hier?« Zugegeben, Adriana hatte sich selbst schon intelligentere Fragen stellen hören.

»Du weißt, warum ich hier bin.« Dakota lächelte maskenhaft, drehte dabei das Messer zwischen ihren Fingern.

Und ausgerechnet jetzt hatte Adriana kein Messer mehr in ihrer Tasche. Amon hatte es ihr aus der Hand geschlagen. Verdammt. Wie, um ein wildes Tier zu besänftigen, hob Adriana beide Hände. Unbewaffnet war sie ja so oder so. Nun, egal wie und um welchen Preis, aber sie musste dieses Problem so schnell wie möglich aus der Welt schaffen.

»Warum auch immer … Aber weißt du was, ich könnte dir helfen, dich aus Ivans Kontrolle zu befreien. Eloy will das auch. Er ist heute ganz verzweifelt und hat mich und Rico angefleht, ihm dabei zu helfen, dich zu retten.«

Bei der Erwähnung von Eloys Namen schien der Ausdruck in ihrem Gesicht ganz kurz weicher zu werden.

»Darum geht es hier nicht. Ergib dich einfach, Adriana.«

»Warum? Weil Ivan mich tot sehen will? Ich sag dir mal was: Luzifer wird Ivan dafür hinrichten, dass er mich hat töten lassen, und dann? Du willst mich doch gar nicht umbringen. Wir waren … wir sind Freunde!« Adriana versuchte ihre Stimme betont ruhig zu halten, was ihr zunehmend schwerer fiel.

Dakotas Brust hob sich ein wenig. »Für was lohnt es sich denn noch zu leben? Du bist schuld an der Verdunklung.«

Adriana schluckte. Auf irgendeine Weise hatte Dakota recht.

»Und wenn die Einwohner von Amerika erst erfahren, was du getan hast, wirst du über kurz oder lang sowieso sterben. Sie werden dich nicht am Leben lassen. Ivan sagt, Extremisten werden dich erschießen.«

Das war ja klar, dass Ivan das sagte. Aber da kam Adriana eine Idee.

»Sag mal, wenn Ivan sterben sollte, wer würde dann in seinem Clan nachrücken?« Schließlich hatte Eloy sie gebeten, das in Erfahrung zu bringen, und auf diese Weise konnte Adriana zudem Zeit schinden.

Zunächst zögerte Dakota. »Rhyon würde ich sagen und danach die nächsten Betas. Warum?«

»Eloy glaubt, dich so retten zu können.«

»Eloy?« Wieder dieser verträumte Ausdruck auf ihrem Gesicht. »Er war immer gut zu mir.«

Nun ja, Adriana war das auch gewesen.

»Egal.« Ein Ruck durchfuhr Dakotas Körper. »Schluss mit dem Unsinn. Ich bin hier, um deinem erbärmlichen Leben ein Ende zu bereiten.«

»Ja?« Adriana neigte den Kopf. »Und was glaubst du, würde Eloy dazu sagen?«

»Eloy. Mein Eloy.« Mit der freien Hand fuhr sich Dakota über die Körpermitte. »Ryan … was habe ich getan?«

Ryan? Wer war Ryan? Halluzinierte sie?

»Bitte komm zurück zu uns, Dakota. Schüttel Ivans Kontrolle über dich ab. Werde zur alten Daki. Bitte. Für Eloy!«

»Eloy …« Dakota blinzelte und ihre Augen erschienen nun viel klarer. »Hilf mir, Adriana«, flüsterte sie. »Bitte hilf mir.«

Die alte Dakota. Sie war zurück. Endlich. Mit so traurigen Augen, dass es Adriana fast das Herz brach, trotz allem, was geschehen war. Dakota hatte einiges durchgemacht. Und wahrscheinlich wäre ihr ohne Adriana nichts davon zugestoßen.

»Bitte, hilf mir«, wisperte Dakota erneut.

Helfen, ja natürlich!

»Wir können dich von der Kontrolle befreien, wenn wir das Mal von Ivan herausschneiden. Wo ist es?« Sie machte einen Schritt auf Dakota zu, doch da blitzten deren Augen wieder auf, verengten sich zu Schlitzen. »Keinen Schritt weiter.«

O nein. Das hatte ja nicht allzu lange angehalten. Adriana hob beide Hände. Vielleicht musste sie erneut eine Erinnerung in Dakota wachrufen, um sie zurückzuholen. Einfach weiter mit ihr reden.

»Es gibt eine Chance für dich und für uns alle, da rauszukommen. Du kannst zurück in dein altes Leben. Zu deiner Familie. Du willst doch zurück, oder nicht?«

Eine einzelne Träne rann aus ihrem Augenwinkel.

Daki! Sie war wieder sie!

»Schnell, wo ist dein Mal?«, fragte Adriana.

»Auf der Schulter, wieso?«

»Wir müssen es rausschneiden. Gib mir dein Messer.«

Völlig perplex reichte ihr Dakota das Küchenmesser mit dem Holzgriff. »Er hat mich an der Schulter markiert …«

»Ausziehen, schnell!«

»Ja, Moment …« Dakota zog bereits den Reißverschluss ihrer Jacke herunter, als sich ihr Blick verfinsterte. »Du versuchst mich reinzulegen, elendes Mischblut!«

Verflucht. Schon wieder die besessene Dakota.

»Daki …«

»Nenn mich nicht so!«

Als besäße sie Krallen wie ein Dämon, formte Dakota ihre Finger zu Klauen und ging auf Adriana los.

»Dakota, ich will dir nicht wehtun!« Mit dem Messer versuchte sie ihre Freundin auf Abstand zu halten. Allerdings schien sie das nicht zu jucken. Hastig trat Adriana zur Seite, drückte sich gegen die Wand, entkam so nur um Haaresbreite Dakotas Angriff, die nun an ihr vorbeistolperte, in Richtung Portal.

Für so etwas fehlte Adriana die Zeit. Moment mal … ihr kam ein Gedanke. Das, was Dakota eben preisgegeben hatte, konnte ihr doch nützlich sein. Ihr blieb keine Zeit, weiter darüber nachzudenken. Stattdessen machte Adriana nun einfach ihrerseits einen Satz nach vorn, packte Dakota, die sich gerade wieder gefangen hatte, an den Schultern und schubste sie durchs Portal nach draußen. Oje, das würde eine unsanfte Landung auf der Straße vor der Christ Venia Church geben … Adriana starrte auf das schimmernde Portal, durch das Daki eben völlig still, weil wahrscheinlich zu überrascht, gekippt war. Die Schreier im Portal starrten ihr ebenso stumm entgegen. Da keine Dakota mehr erschien, nahm Adriana an, die Theorie, dass Normalsterbliche das Portal von außen nicht durchqueren konnten, hatte sich damit bestätigt. Und vorerst hatte sie so auch Dakota von Ivan getrennt. Bis er sie wieder zu sich rief. Das Mal auf ihrer Schulter würde sie später herausschneiden. Am besten gemeinsam mit Eloy und Rico.

Entschlossen drehte sich Adriana um. Sie musste nun endlich raus aus diesem Gang und die Engelsstatue segnen!

In der Hölle empfing sie neben der üblichen Hitze Geschrei. Zwei Alpha-Dämonen prügelten sich nicht weit entfernt. Ausgerechnet vor dem Tor, das Adriana zu nehmen gedachte. Seufzend verlangsamte sie ihre Schritte. Typisch ihr Glück. Ob sie doch zu Fuß von der Christ Venia Church aus laufen sollte? Nein, das würde sie zu viel Zeit kosten, zwei oder drei Stunden vielleicht, je nachdem, ob sie auf dem Weg an andere Dämonen geriet. Außerdem waren da noch Ahel und Amon. Der Amon, der Sara und India getötet und ihre Herzen verspeist hatte. Adriana ballte die Fäuste. So fest, dass sich ihre Fingernägel in das Fleisch ihrer Handballen bohrten und dort halbmondförmige Abdrücke hinterließen.

»Das ist nicht dein Revier, Missgeburt.«

Kurz zuckte Adriana zusammen, bevor sie begriff, dass nicht Cruz gemeint war. Nein, dort vorne haute nur ein Alpha einem anderen eine rein und ihre jeweiligen Clans johlten und kreischten um sie herum. Violette Fäuste flogen.

Fantastisch. Wie sollte sie nun unbehelligt an ihnen vorbeigelangen?

Knackend und knirschend segelte dem einen Alpha mit der Narbe an der Augenbraue ein Zahn mitsamt einem Schwall dunkelviolettem Blut aus dem Mund.

»Als Nächstes schiebe ich dir die Faust durchs linke Nasenloch und benutze dein Hirn als Stressball«, kreischte der andere.

»Antistressball«, korrigierte Adriana automatisch.

Natürlich drehten sich daraufhin alle Dämonen zu ihr um. Zwei Omega-Dämonen hüpften immer wieder übereinander, wodurch sie sich in einem Halbkreis um die Gruppe herumbewegten. Bis zur Felswand und wieder zurück. Hoppeldihopp. Der Anblick lenkte Adriana ab, obwohl ihr bewusst war, dass sie nun einen klaren Kopf benötigte.

»Das ist Ahels Braut«, sagte ein Beta mit seiner Kreissägenstimme.

Hatte sich anscheinend bis in die letzte Ecke der Hölle herumgesprochen.

Auf einmal sehnte sich Adriana nach ihrer Mutter.

Andererseits war der Beginn dieses Gesprächs vielleicht die Chance, sich die Dämonen vom Hals zu schaffen. Einer Eingebung folgend, öffnete sie erneut den Mund.

»Wisst ihr, was noch viel mehr stressabbauend wirken würde? Wenn ihr das Portal dort hinten in die nächste Zeitzone nehmt. Frischfleisch. Noch nicht so sehr abgegrast wie Portland durch Ivan und seinen Riesenclan.«

Der Beta-Dämon, der ihr am nächsten stand, wickelte sich eine Bandage, die hinter seinem Ohr hervorlugte, um den Finger. Plötzlich schien der Sand schneller von seinem Körper zu rieseln.

»Sie ist schlau, diese Halbdämonin.« Die anderen Betas und Gammas um ihn herum murmelten. Wenn sich Adriana nicht täuschte, bekundeten sie ihre Zustimmung. Eine völlig neuartige Form der Aufmerksamkeit von einem Dämonenclan. Adriana schmeckte Salz auf ihren Lippen. Eine fast unwirkliche Szene. Spätestens als der Beta hinzufügte: »Ich möchte in deinen Clan wechseln!«

Adriana blinzelte. »Wie bitte?« An ihren Schläfen kitzelte sie der hinabrinnende Schweiß.

»Luzifer sagt, du wirst nachher in deiner Alpha-Dämonengestalt heiraten, weil du ansonsten deinen Pakt brichst. Sobald du ein Alpha bist, möchte ich dein Beta sein.«

Im Ernst? Machte sich Luzifer gern nicht nur über sie, sondern auch über seine niederen Dämonen lustig?

»Ich auch!«

»Ich auch!«

»Bitte wähl mich!«

Immer mehr Betas und Gammas starrten sie aus vor Begeisterung aufgerissenen Augen an. Selbst die Omegas juchzten mit aufgerissenen Schlumpfaugen. Ein Delta kratzte sich mit der Pfote am Ohr.

Die Ironie an der Sache entging ihr nicht, als Adriana die Killermaschinen, die nun um ihre Zuneigung buhlten, musterte. Noch vor fünf Tagen hatten Dämonen sie gejagt, verspottet sogar. Eingehend betrachtete sie die Betas und Gammas vor ihr, ließ ihren Blick über Krallen und Fangzähne schweifen. Gut, solange sie unter ihrer Kontrolle standen, konnten diese Exemplare wenigstens keine Menschen mehr reißen. Ihre, Adrianas Kontrolle? Nein, zu abwegig.

Letztendlich brauchte sie ihre Ruhe, um die Engel zu finden. Obwohl … Ein Gedanke formte sich zu einem Plan in ihrem Kopf. Damit würde sie zwei Fliegen mit einer Klappe schlagen können.

»Wer mir heute Nacht hilft, Ahels Hochzeitsgeschenk zu besorgen, bekommt morgen einen Platz in meinem Clan.«

Geleitschutz für sie bis zur Kapelle und zurück. Das würde vorerst reichen. Und in dieser Zeit würden die Dämonen nicht auf dumme Gedanken kommen, oder nicht? Natürlich war es nicht ganz ungefährlich für sie selbst, mit Dämonen unterwegs zu sein, aber weitaus gefährlicher war es, ohne sie unterwegs zu sein.

Zwei Wortgefechte und eine gebrochene Alpha-Dämonennase später (ihr neuer Clan hatte sich gegen den überlebenden, aber geschwächten Alpha erhoben) trat Adriana aus der Höhle im Wald von Portland.

»Eine Alpha-Dämonin, die vorher Halbdämonin war«, schwärmte einer der Betas immer wieder. »Sie wird die stärkste überhaupt werden. Vielleicht noch stärker als dieser Cruz! Ivan wird uns nie wieder piesacken!«

Wenn sie wüssten …

Tatsächlich begegneten sie auf dem Weg einem anderen Clan, der gerade eine Gruppe Teenager vertilgte. Adriana musste sich zusammenreißen, um nicht zu würgen. Unter keinen Umständen durfte sie nun Anzeichen von Schwäche zeigen. Mit diesen Dämonen war es beinahe so, wie mit einem Löwenrudel umherzuziehen.

Sie grüßten den fremden Clan nicht, fletschten nur ihre Zähne, obwohl die Betas und Gammas ihr zuwinkten und laut ihren Namen schrien.

»Wir müssen uns später neue Omega-Dämonen in der Brutstätte abholen«, stellte der Beta-Dämon fest, der sich ihr als Sylvan vorgestellt hatte und offensichtlich nur allzu gerne als ihr persönlicher Leibwächter und Assistent agierte. Für eine voll bandagierte Mumie zeigte Sylvan sowohl Grips als auch einen Muskelberg auf Rücken und Schultern sowie erstaunlich große, rot glühende Augen. Er war es auch gewesen, der mit der Clan-Idee überhaupt angefangen hatte. Also war Adriana die Strecke bis zur Kapelle mit einem Dämonenclan unterwegs, der sich im Halbkreis um sie geschart hatte und andere Clans aus dem Weg fauchte. Hätte eine üblere Nacht für sie werden können.

»Wir müssen uns beeilen, bevor Ahel mich findet«, erklärte Adriana. »Das Geschenk, das ich mir für ihn wünsche, steckt in der Waldkapelle, die er selbst nicht betreten kann.«

Sylvan nickte, als würde alles, was sie sagte, Sinn ergeben. Tat es vermutlich auch, wenn man es so formulierte. Ein wenig entspannten sich Adrianas Schultern. Automatisch hatten sich ihre Finger bereits auf den Weg in ihre Jackentasche gemacht, um nach Patamon zu tasten. Auf halbem Weg hielt sie inne. Hinter ihr waren die Beta-Dämonen in einen Singsang verfallen. »Unsere Alpha, die stärkste Alpha, unsere Alpha …«

Ihre Alpha …

Vielleicht haben sie damit gar nicht so unrecht, überlegte Adriana. Wenn auch auf andere Weise. Sie war in der Tat stark. Willensstark vor allem. Sie konnte das schaffen, würde sich nicht von Rückschlägen entmutigen lassen. Ihr Blick glitt zur Tür der Kapelle. Wenn der Engel dort drin tatsächlich in der Statue gefangen war, würde er diese Dämonen sofort niederstrecken, sobald sie ihn befreit hatte? Lag durchaus im Bereich des Möglichen.

»Wir unterstützen deinen und Ahels Thronanspruch, sollte es zu einem Umsturz kommen.«

Irritiert warf Adriana Sylvan einen Blick zu. Wie gewählt er sich ausdrückte.

Der Beta zeigte ein schiefes Lächeln. »Das Portal hat zu mir gesprochen.«

Jetzt hoben sich wie in Zeitlupe auch Adrianas Mundwinkel.

Ja, es wäre wirklich schade, wenn der Engel in der Statue Adrianas neuen und ersten Dämonenclan sofort in Asche verwandeln würde …

»Ihr wartet besser hier, wenn ihr nicht gegrillt werden wollt«, sagte Adriana, als sie die Kapelle erreichten. »Ist bereits vorgekommen.«

»Sie hat schon andere Dämonen gegrillt«, flüsterte ein Gamma-Dämon ehrfürchtig.

»Brutus«, sagte Sylvan, der mit Bedacht die Grundstücksgrenze in Augenschein nahm. Sobald er den Kopf nach unten neigte, rieselte eine Menge Sand von seinem Scheitel über die Stirn zu Boden, um gleich darauf in der Erde zu verschwinden. »Davon habe ich gehört.«

Nun ja, genau genommen war es nicht Adriana selbst gewesen, sondern der heilige Boden und der Schutzkreis aus Benzin, den Cruz entzündet und damit Brutus getötet hatte.

Doch Adriana beschloss, diesen Irrtum nicht aufzuklären.

Das quietschende Tor zu öffnen, weckte Erinnerungen an vergangene Nächte in ihr, in denen Cruz an ihrer Seite gewesen war. Ihre Hand gehalten hatte. In manchen Stunden auch mehr als das. Cruz, ach Cruz … Für einen kurzen Moment erlaubte sie sich einen wehmütigen Gedanken an ihn, bevor sie die Schultern zurücknahm und ihr Kinn bewusst anhob. Sie musste sich zusammenreißen. Außerdem war Cruz nicht tot, wurde nur momentan als Arbeitssklave gehalten. Und aus dieser Lage würde Adriana ihn schon bald befreien! Aber eins nach dem anderen. Gleich würde sie an der Seite eines echten Engels die Kapelle verlassen. Der erste Engel seit über vierzig Jahren!

Obwohl sie teils hoffte, teils fürchtete, dass Drym und Savannah mit den Halbdämonenkindern aus Roseburg bereits zurückgekehrt sein könnten, entdeckte sie niemanden im dunklen Inneren. Außer ihren Vorräten und den Isomatten, die sie hiergelassen hatten. Einmal abgesehen von der Marienstatue und dem marmornen Engel direkt dahinter.

Das war gut in der Hinsicht, dass sie sich nicht mit langen Erklärungen aufhalten musste. Wie genau sie vor ihren Freunden und zwei Kindern den Dämonenclan vor der Kapelle hätte rechtfertigen sollen, wusste sie sowieso nicht.

Ein Mondstrahl fiel direkt auf den Speer des Engels, mit dem er auf den Boden deutete. Dieses Mal bemerkte Adriana, dass oberhalb des Handgelenks bereits ein großes Stück Stein abgesplittert war. Risse waren zu sehen wie Adern.

Bei jedem Schritt, den sie auf die Statue zumachte, klopfte ihr Herz schneller. Falls dort drin ein Engel oder gar ein Erzengel gefangen war, würde sie das ihrem Kriegszug gegen Luzifer einen entscheidenden Schritt näherbringen.

Und wo fing man jetzt an mit einer Engelsbefreiung? Und wie? Gab es dazu einen speziellen Segen? So etwas wie »Sesam öffne dich« auf Lateinisch? Leider passierte dieses Mal nichts automatisch. Nicht wie eben noch in der Christ Venia Church.

Zögerlich legte Adriana ihre Hand auf das Haupt der Statue. Auf den Schopf mit den langen Haaren, die halb nach hinten gebunden waren. Noch vor ein paar Nächten hatte sie geglaubt, sie könnte den Erzengel Michael darstellen. Was, wenn er es tatsächlich war? Wenn er nicht an seinem Blutverlust gestorben, sondern die ganze Zeit hier eingesperrt gewesen war? Sein Wiederauftauchen könnte die Welt verändern.

Draußen hörte sie einen Beta-Dämon niesen.

Okay. »Wach auf«, flüsterte Adriana. Nichts geschah.

»Urbi et orbi«, versuchte sie es ein weiteres Mal, indem sie das bisschen Latein zusammenkratzte, das sie aus dem Fernsehen und von Comics gelernt hatte. Der päpstliche Segen.

Leider rührte sich auch daraufhin nicht das kleinste Staubkorn auf der Statue.

»Ich bin der Anfang und das Ende.« Nichts. Kein zehn Sekundenleuchten, nicht mal der kleinste goldene Schimmer.

Warum schaltete ihr Engels-Ich nicht wieder auf Automodus wie bei Helen oder eben in der Kirche?

Als Nächstes versuchte sie es noch mal mit der Hand auf der Schulter des Engels. Danach zwickte sie ihn in den Flügel. Beide Versuche waren nicht von Erfolg gekrönt. Staub wirbelte auf, wirkte im Mondlicht unnatürlich hell, als würde er funkeln.

Toll, nichts funktionierte. Mal wieder war sie die größte Enttäuschung der Welt. Was würde ihre Mutter von ihr denken? Wie betrübt würde Angelina über diesen Misserfolg sein?

Ein letzter Versuch. So entspannt wie möglich legte Adriana dem Engel ihre Hand auf den Kopf, strich mit den Fingerspitzen über den kühlen Marmor.

»Wenn du da drin bist, bitte komm raus. Ich will dich ja befreien, aber du musst mir auch ein wenig helfen.«

Immer noch keine Regung.

Verfluchter Mist!

»Adriana, Ahel kommt. Beeil dich«, hörte sie Sylvans Kratzstimme. Ach, bitte. Wie hatte er sie so schnell schon wieder aufspüren können?

»Lenkt ihn ab, ich brauche noch einen Moment!«

Einen Moment? Sie brauchte ein verdammtes Jahrhundert.

Immer wieder ging sie im Kopf die Zeilen des Höllenfeuerlieds durch.

»Adriana! Schluss mit dem Unsinn. Du verpasst deine eigene Hochzeit. Vergiss unseren Deal nicht!« Ahels Stimme. Merkwürdig vibrierend. Und Sylvan, der auf ihn einredete. Womöglich irritierte ihn Adrianas Clan dort draußen.

Wie könnte sie den Pakt mit Ahel jemals vergessen?

Mit vor Wut glühenden Wangen und geballten Fäusten wirbelte sie herum. Was erwartete dieser Dämon? Leider verfing sich dabei der Schultergurt ihres Rucksacks an der bereits gesplitterten Stelle der Speerhand. Bevor sie wusste, was geschah, riss die Hand vollkommen ab, der Speer schwankte. Entsetzt griff Adriana danach, fasste allerdings nur noch ins Leere. Die Hand mit dem Speer kippte nach vorn und zerschlug auf dem Steinboden in tausend Stücke.

Nein! Geräuschvoll atmete Adriana ein, war sich sicher, dass ihr Herz gerade zwei Takte ausgesetzt hatte. Die Hand des Erzengels! Abgeschlagen von ihr! Nein, nein, nein! Das konnte nicht … Ihre Augen fühlten sich gleichzeitig feucht und trocken an, während sie auf die Marmorbruchstücke hinabstarrte. Ohne sie wäre das alles nicht passiert. Ohne Adriana Astara wäre heute ein ganz normaler erster Tag des Jahres, ein Grund zum Feiern für alle Menschen. Und der Erzengel Michael hätte seine Hand noch.

Am liebsten hätte sie sich ebenfalls in Stein verwandelt. Warum musste das alles immer ihr passieren? Als sie zur Seite taumelte, hätte Adriana um ein Haar auch noch die Statue der Jungfrau Maria umgeworfen. O nein! Im letzten Moment bekam sie die schwankende Statue noch zu fassen. Immerhin war sie nicht lebensgroß dargestellt so wie der Engel. Adriana packte sie mit beiden Händen, stabilisierte sie. Maria mit dem kleinen Jesuskind auf dem Arm. Auf irgendeine verdrehte Art erinnerte sie Adriana an Anastasia und Smilla. Was hatte sie gerade eben in der Christ Venia Church noch gesagt? Anastasia glaubte daran, dass das Höllenfeuerlied eher so zu deuten war, dass die Engel in ihrer eigenen Haut gefangen seien. In ihrem menschlichen Inneren. Verrückt. Diese junge Mutter klang vollkommen verrückt. Ein bisschen so wie ihre Mutter, die auch ziemlich verrückt in ihrer Grube gefangen war und in ihren Wahnvorstellungen durch die Schmerzen. Moment mal!

Ein Gedanke durchzuckte Adrianas Bewusstsein. Konnte das die Lösung sein? Ja: verrückt. Die Lösung lag in diesem einen Wort! Oder besser gesagt in der Formulierung, die sie aus Anastasias Mund gehört hatte. *Gefangen in ihrer menschlichen Haut.*

»Adriana!« Ahel hörte sich doppelt so ungehalten an wie noch vor einer Minute.

»Wenn du jetzt nicht mit mir mitkommst, sehe ich den Pakt als gebrochen an.« Jetzt klang Ahels Stimme der seines Vaters viel zu ähnlich.

Der Pakt.

»Die Konsequenzen sind dir bewusst oder soll ich dir das Schicksal von Cruz und deiner Mutter in dem Fall noch einmal vor Augen führen?«

Adriana konnte geradezu das wutverzerrte Gesicht des Dämons vor sich sehen, obwohl ihr Blick immer noch an Maria haftete. Anastasia, ihre Mom, die irren Männer im Krankenhaus. Das musste die Lösung sein. Schnell schnappte sie sich ein golden gerahmtes Abbild eines Engels aus einer der Wandnischen, außerdem ein neues Taschenmesser aus ihren Vorratstüten, die auf ihrer Isomatte lagerten, tippte eine Nachricht an Rico und trat dann wieder ins Freie. Allein den Dämonen gegenüber. Kühle Luft umspielte ihren Hals, aber sie widerstand dem Drang, ihre Kapuzen-Zipjacke weiter zuzuziehen. Vielleicht war sie ganz allein auf dieser Seite des Zauns. Aber das machte nichts. Vielleicht war sie allein, würde dennoch schon bald wieder bei Rico, Tequila, Cruz und der Seele ihrer Mutter sein. Außerdem hatte sie seit dieser Nacht ihren eigenen Clan. Mitsamt einem ergebenen, cleveren Beta. Adriana hob ihr Kinn, sah Ahel direkt an, der sie in diesem Augenblick wie die aufgehende Sonne anstrahlte.

Ihre Nasenflügel blähten sich unter Adrianas tiefen Atemzügen auf. »Bringt es nicht Unglück, die Braut so kurz vor der Hochzeit zu sehen?«

Ahel kratzte sich über die abgesägten Hörner, als würde es ihn dort jucken. »Nicht da, wo du jetzt hingehst.«

18

Ahel lieferte sie ziemlich wortkarg bei Gesa ab. Aber das war Adriana nur recht. »Kümmer dich um sie. Vater schickt euch gleich die Kiste mit dem traditionellen Kleid, das der Schneider fertiggestellt hat.«

Als sei Ahel nichts weiter als ein frisch geschlüpfter Omega, wedelte Gesa mit der Hand. »Von mir aus.«

Der einzig Pflichtbewusste in dieser Runde war Sylvan, der es sich nicht hatte nehmen lassen, Adriana bis ins Innere von Luzifers Palast zu begleiten.

»Wir werden weitere Omegas rekrutieren und trainieren. Soll ich bei der Trauungszeremonie anwesend sein?«

Omega-Dämonen muss ich um mich scharen … Adriana dachte an die Worte ihrer Mutter. Sie sollte unbedingt die Aufzeichnungen dazu lesen. Die Dokumente, die in ihrem Rucksack lagen. Aber nicht jetzt. Nicht hier, wo ihr nur noch wenig Zeit bis zur Trauung blieb und sie ihre Gedanken zu den Engeln sortieren musste.

In diesem Moment positionierte sich ein weiterer Alpha-Dämon im Türrahmen. Halt, eine Dämonin?

»Ahel!« Die Dämonin verschränkte die Arme vor der Brust und warf Adriana einen vor Abscheu triefenden Blick zu. Und da erkannte Adriana sie wieder. Die Alpha aus der Brutstätte von heute Morgen mit den silbernen Strähnen im Haar. »Ich muss dringend mit dir sprechen.«

»Jetzt nicht, Xenobia. Ich muss mich auf meine Hochzeit vorbereiten.« Ahel sah sie nicht einmal an, was in Adriana einen

Hauch von Mitleid für die Dämonin weckte, die so offenkundig seine Aufmerksamkeit erregen wollte.

»Aber darum geht es ja gerade!« Xenobia, die Dämonin mit einem Zopf, ähnlich wie dem von Gesa, feuerte einen weiteren hasserfüllten Blick in Richtung Adriana und dann auf Gesa ab.

O nein. Adriana wagte nicht, sich zu rühren. Ob Xenobia etwas von ihrem und Gesas Plan mitbekommen hatte?

Sie setzte noch einmal an, um mit Ahel allein reden zu können, doch der schickte sie fort. Vorerst.

Ganz vorsichtig sah sich Adriana nach Gesa um. Ob sie auch dachte, dass ihnen diese Xenobia mit den vielen Muskeln und den silberschwarzen Haaren gefährlich werden konnte?

Doch Gesa wirkte völlig ruhig und starrte lediglich Ahel an.

»Also, soll ich bei der Zeremonie anwesend sein?«, wollte Sylvan erneut wissen.

»Nicht nötig. Die neue Alpha wird euch danach draußen treffen. Ihr dürft auch ein paar Pflastersteine werfen wie gute kleine Dämonen«, antwortete Gesa an Adrianas Stelle.

Daraufhin starrte Sylvan sie böse an. Seine Bandagen zuckten, während von seiner Stirn Sand in abgehacktem Rhythmus rieselte. Wie ein Stakkato.

Er schwieg. Gesa hob beide Augenbrauen. »Oh, da war wohl ein Clownfisch in meinem Sushi.«

Augenrollend packte Ahel Sylvan an den Bandagen. »Komm, wir lassen die Weibsbilder allein. Hab schon gehört, dass die vor Hochzeiten ungenießbar sind.«

»Nein, eigentlich schmecke ich zuckersüß«, rief Gesa den beiden hinterher, die plötzlich nicht schnell genug das Gewächshauszimmer verlassen konnten. »Werdet ihr zwei nur nie erfahren!«

Mit einem gehässigen Seitenblick auf Sylvan zog Ahel ab. Adriana dachte daran, wie er Sylvan und den Clan den ganzen Weg hierher versucht hatte, abzuschütteln. Selbstverständlich hatte er keine Einladung zur Hochzeit ihnen gegenüber ausgesprochen.

»Endlich.« Sobald die Tür ins Schloss gefallen war, wandte sich Gesa zu Adriana um.

Doch Adriana kam ihr zuvor.

»Danke, dass du das für mich tust. Danke für alles und besonders für deinen Plan.«

Gesa, die den Mund schon halb geöffnet hatte, schloss ihn zunächst wieder. Nach kurzem Überlegen begann sie erneut. »Für diejenigen, die mir wichtig sind, würde ich alles tun.«

In diesem Punkt waren sie sich also einig, überlegte Adriana. »Wird Cruz nachher bei der Zeremonie dabei sein?«

In ihrer selbstbewussten Art zupfte Gesa an ihrer Ledertoga. »Cruz war vorhin bei mir, hat nach einem Ausweg für dich gesucht. Leider hat Luzifer ihn hier erwischt und übel zugerichtet. Wir werden uns nach der Hochzeit um ihn kümmern.« Sie schluckte. »Luzifer hat ihn natürlich nur so verletzt, dass er noch weiter für ihn arbeiten kann.« Sie spuckte die Worte wie Galle auf den Torfboden.

Sogleich strömte jedes Gefühl aus Adrianas Gliedmaßen. Sie musste sich an der Wand abstützen. Verletzt? Wie schlimm war es?

»Ich muss dir nicht raten, jetzt nichts Unüberlegtes zu tun?«, fragte Gesa. »Wir sollten uns nach der Hochzeit um ihn kümmern. Hat Ahel nicht eingewilligt, ihn danach aus Luzifers Diensten auszulösen und seine Wunden zu heilen?«

Obwohl Adrianas Mund staubtrocken geworden war, bekam sie gerade noch so die Worte heraus.

»Ja. Und Luzifer hat dem zugestimmt. Unter den gegebenen Voraussetzungen.«

Gesa grinste. »Dann geben wir Luzifer jetzt, was er haben will.«

Eine Weile schwiegen sie. Gesa reinigte sich die Fingernägel mit einem Torfmesser, während Adriana über Gesa und Cruz nachdachte, schließlich das Wort ergriff und Gesa von ihrer Engelstheorie berichtete. Doch bevor sie zum Punkt kommen konnte, hob Gesa eine Hand.

»Nicht hier, die Wände haben Ohren.« Sie sah sie so eindringlich an, dass Adriana glaubte, Gesas Gedanken lesen zu können. Wenn sie belauscht wurden und Luzifer die Engel vor ihnen in die Finger bekam … Im Grunde musste er lediglich einen von ihm kontrollierten Menschen nach Portland schicken und die Engel dort in ihrer menschlichen Gestalt umbringen. Bei dem Gedanken schüttelte es Adriana. Aber sie musste zugeben, dass es das perfekte Versteck war. Engel in Menschengestalt. Und sie war ihnen begegnet und hatte nichts gemerkt. Aber so vieles konnte immer noch schiefgehen.

Zum Beispiel könnte diese Xenobia sie verraten, sollte sie, wie Adriana befürchtete, etwas über die Hochzeit herausgefunden haben …

Es klopfte. Ein grimmig dreinschauender Amon schob eine Kiste durch die Tür, ohne eine Antwort von Gesa abzuwarten.

»Herein«, sagte sie trotzdem, als er schon zwei Schritte weit im Zimmer war.

Amon. Seine linke Gesichtshälfte war geschwollen.

»Das Brautkleid.« Er grinste höhnisch. Warum genau verstand Adriana zwar nicht, aber sie versuchte Gelassenheit in ihren Blick zu legen, mit dem sie ihn bedachte. »Gut. Du kannst jetzt gehen.«

»O nein, den Anblick lasse ich mir nicht entgehen.« Amon deutete mit dem Kinn auf die Holzkiste. Wer transportierte ein Brautkleid eigentlich in so einem sperrigen Ding und was ging es Amon an? Dachte er, sie würde bei dem Anblick vor Freude durch die Gegend hüpfen? War es das, was er so unbedingt sehen wollte? Hatte er so wenig Kontakt mit weiblichen Wesen, dass er sie so einschätzte?

Seine schweißnassen Haarsträhnen kringelten sich im Nacken, während er wie ein gespannter Terrier zwischen ihr und der Kiste hin- und hersah.

»Also gut, dann machen wir das verdammte Ding auf, wenn du danach endlich verschwindest.« Gesa hatte bereits die Hand nach dem Holzdeckel ausgestreckt, doch Amon schlug sie weg.

Seine Haarspitzen strichen über seine Schultern, als er den Kopf schüttelte. »Nein. Adriana muss es tun.«

Okay? Eine merkwürdige Bitte. Adriana fuhr sich mit der Zungenspitze über die Vorderzähne, während in ihrem Hinterkopf eine Warnung pochte. Irgendetwas ging hier vor. Vielleicht ein Streich? Eine Brautentführung oder so etwas? Wollte Amon sie gleich in diese Kiste packen und wegschleppen?

Sie tauschte einen Blick mit Gesa. Zwei gegen einen. In ihrer Jackentasche spürte sie das Gewicht des neuen Taschenmessers. Vorsichtshalber schob Adriana eine Hand in ihre Jacke und ließ die Klinge aufklappen.

»Dein Messer wirst du nicht brauchen.« Amon grinste und reichte ihr stattdessen ein Brecheisen.

Ein Brecheisen? Sie wog es in der Hand. Nun ja, es würde seinen Zweck erfüllen.

So, wie sie es in einem Film gesehen hatte, schob Adriana das kurze Ende unter die Platte, die die Kiste von oben verschloss, hebelte dann das lange Ende des Brecheisens in Richtung Boden. Der erste Nagel sprang sofort ab, dann noch einer, die nächsten zogen sich ein wenig, blieben immer wieder stecken.

Letztendlich riss ein feixender Amon den Deckel einfach mit einer Hand ab. Hätte er ja auch gleich tun können. Ihr Blick glitt auf seine spitz gefeilten Fingernägel. Was tat er bloß den ganzen Tag. Seine Rache an Ahel planen? Seine Nägel an den Brunnensteinen im Palast schleifen?

Ganz offensichtlich erwartete er nun, dass sie hineinsah und ihr Kleid bewunderte. Ungefähr das, was Adriana am gleichgültigsten auf der Welt war. Bloß wollte sie Amon loswerden, und dazu musste sie seine Erwartungen erfüllen.

Also beugte sich über die Kiste.

Zunächst glaubte sie an einen makabren Scherz. Ein weißes Kleid mit einer menschlichen Maske darauf. Allerdings nur in der ersten Sekunde. Danach wurde ihr bewusst, was sie sich da wirklich ansah. Ein abgetrennter Kopf auf einem weißen Brautkleid in der Kiste. Aber nicht irgendeiner. Sämtliche Muskeln in

Adrianas Körper spannten sich an. Dakotas Gesicht. Das da war Dakotas abgehackter Kopf! Dakota, die Adriana aus toten Augen entgegensah, ihren Blick leicht an ihr vorbeigerichtet hatte. Verschmiertes Blut überall.

Eine Mischung aus Übelkeit, Verdrängung und Trauer kroch ihre Speiseröhre nach oben, sackte kurz ab und kroch dann weiter empor bis auf die Oberfläche. Nein, das konnte nicht sein. Ihre Dakota, ihre Freundin! Auf einmal konnte Adriana keinen Muskel mehr rühren.

»Na, gefällt dir das Geschenk?«, wollte Amon neben ihr wissen.

Und das war der Moment, in dem Adrianas Schultern zunächst nach unten fielen, sie aber gleichzeitig von einer unbändigen Wut gepackt wurde. Er hatte ihre beste Freundin getötet! Amon war Dakotas Mörder! Warum hatte sie sie vorhin nicht einfach gerettet? Ihr das Mal herausgeschnitten, sodass Dakota, die alte Dakota in die Christ Venia Church zu Edda und Pastor Wilkes hätte fliehen können! Aber nein, sie hatte sie ja nach draußen, ganz allein, in die Nähe von Ahel und Amon schubsen müssen! Die Tragweite ihrer Entscheidung schien Adriana zu erdrücken. Oh, sie würde Dakota rächen! Adrianas Kinn zuckte voller Wut. Andererseits schärfte die Tragik der Situation ihre Sinne. Sie stand hier direkt neben Dakotas Mörder! Endlich spürte sie ihre Gliedmaßen wieder. Heiße Luft strömte in ihre Atemwege, sobald sie einmal kräftig und tief einatmete. Und jetzt erdreistete sich Amon auch noch, ihr auf den Hintern zu schlagen.

»Hättest du mich als deinen Ehemann erwählt, ich hätte dir Ahels Kopf zu Füßen gelegt.«

Er! Der Griff an ihrem Hintern verfestigte sich. Gleichzeitig spürte Adriana, wie die unbändige Wut in ihr alles andere übertönte. Jeden rationalen Gedanken.

Noch während Adriana zu ihm herumwirbelte, holte sie aus und donnerte Amon das Brecheisen gegen die Schläfe.

Die Wucht, die sie in den Schlag gelegt hatte, überraschte

sie selbst. Spätestens als es knackte, die linke Gesichtshälfte von Amon quasi wegflog, zumindest teilweise. Blut schoss aus seinem Mund. Er taumelte, landete mit einem leisen »Uff« auf dem Torfboden.

»Adriana!«, hörte sie Gesa schreien, war allerdings viel zu beschäftigt, mit einem gewissen Maß an Faszination Amon zu beobachten, der nun mit einem übertrieben unsymmetrischen Gesicht auf dem Boden lag, dieser Mistkerl!

Gurgelnd hob der Dämon seinen Kopf. Eine Blutblase an seinem Mundwinkel wurde immer größer, fast wie eine Kaugummiblase. Dann gesellte sich eine zweite, kleinere Blase hinzu. Dann noch eine und noch eine. Die Fingerspitzen des Alphas zuckten.

»Das Geschenk … eine Warnung von Luzifer. Keine Tricks.« Dann sackte sein Hinterkopf zurück auf den Torfboden, wo er ganz still, aber mit merkwürdig aufgerissenen Augen liegen blieb.

Fluchend baute sich Gesa neben Adriana auf.

»Adriana! Verdammt. Amon war unsere beste Chance, Ahel nach der Hochzeit möglichst schnell um die Ecke zu bringen!«

Das Brecheisen rutschte Adriana aus der Hand. Gesa hatte recht. Mit Amons Tod hatte Adriana den Plan für die Zeit nach der Hochzeit gefährdet. Bedeutend gefährdet.

Tödlich für Luzifers Kinder sind nur deren Kinder … sagte eine leise Stimme in ihrem Kopf. Erst jetzt bemerkte sie die ganzen Blutspritzer an ihren Händen, an ihrem Hals, an ihrem Gesicht. Wie winzige, warme Regentropfen. Na und? Die Welt war besser dran ohne Amon. Für ihn würden sie einen Ersatz finden, schließlich hatte Ahel noch eine Tochter. Was erdreistete sich Gesa überhaupt? Adriana fuhr sich mit dem Jackenärmel über ihr Gesicht. Wie konnte Gesa bloß in dieser Situation daran denken? Dakota war tot, zerstückelt, grausam ermordet worden. Adrianas Augen wurden feucht, wenn sie nur an den Kopf auf dem Brautkleid dachte und an all das Blut. Sie beobachtete, wie Gesa den Deckel auf die Kiste warf, das Brecheisen aufklaubte und obenauf legte, als könne es ein eventuelles Monster aufhalten, das daraus hervorzuspringen drohte.

Ganz langsam erst sickerte die Bedeutung der Worte zu ihr durch. Ahel, die Hochzeit, ein Teil ihres Plans, der vorsah, Ahel in den nächsten Stunden mit Amons Hilfe einen Kopf kürzer zu machen. Vater und Sohn gegeneinander auszuspielen in ihrem Kampf um eine Ehefrau.

»Was hast du angerichtet, Adriana?«

Was sie angerichtet hatte? Was hatte Luzifer getan?

»Luzifer hat mir das angetan. Siehst du nicht, wie er und Amon Dakota …« Sie brach ab. »Er hat uns durchschaut, oder? Eine Warnung, hat Amon gesagt. Luzifer hat Dakota getötet, nicht Amon. Ihn hatte er höchstens angestiftet. Aber Luzifer muss derjenige mit der Idee dazu gewesen sein.« Ihr Blick glitt erst über den toten Alpha-Dämon am Boden, dann zu Gesa, die in Zeitlupentempo den Kopf schüttelte. Ja, das ergab Sinn.

»Eine Warnung«, wiederholte sie flüsternd. »Wohin gehen eigentlich Dämonen nach ihrem Tod?«

»Ihre Seelen kommen in die Felder oder in die Folterkammern. Oder in die Erzhölle, wo sie auf ihre Wiedergeburt warten.« Gesa strich sich mit einer Hand über den Zopf.

Bei ihren Worten dachte Adriana an den finsteren Bereich unterhalb der Hölle, von dem sie gehört hatte.

Nachdenklich begann Gesa auf und ab zu laufen.

»Selbst wenn es eine Warnung von Luzifer war. Es gibt keine Wahl. Was sollen wir machen? Klein beigeben? Niemals. Nein, wir verhandeln nicht mit Terroristen.«

Das sagte sie so leicht. Aber was, wenn Luzifer den Plan für die Hochzeit bereits durchschaut hatte? Oder war er einfach nur besonders sauer, weil sie einen Pakt mit Ahel eingegangen war und nicht mit ihm persönlich?

Sie musste weg von hier.

»Ich gehe jetzt da raus und schließe das Tor. Und wenn es mich den letzten Blutstropfen kostet!«

Sie war bereits über den Leichnam gestiegen, als Gesa ihr

einfach in den Weg trat und eine torfverschmierte Hand nach ihr ausstreckte.

»Verstehst du immer noch nicht? Dabei dachte ich, dass du die Puzzleteile längst zusammengesetzt hast.«

Puzzleteile? Welche Puzzleteile? Aktuell verstand Adriana kaum, wie sie ihren Mageninhalt in sich drin und gleichzeitig den Verstand behalten sollte.

»Nur nach einer Schlacht zwischen Himmel und Hölle lässt sich mit vergossenem Blut das Tor schließen. Das sagt das Höllenfeuerlied doch eindeutig aus. Deine Mom meint das auch. Ich habe mit ihr gesprochen. Vor einer Stunde etwa. Wir brauchen einen Krieg, bevor es sich ein weiteres Mal schließt.«

Ihre Mom? Adriana wurde noch ein wenig schwindliger. Sie musste sich am Türrahmen abstützen. Eine Schlacht zwischen ihnen und Luzifer. Aber es ergab Sinn, je länger sie darüber nachdachte und all die Bruchstückinformationen zu den Mitstreitern zusammensetzte, die sie um sich und Cruz sammeln sollte. Davon sprachen das Höllenfeuerlied und die Seelen in den Portalen. Alles lief auf einen neuerlichen, gigantischen Krieg zwischen Himmel und Hölle hinaus. Wie bei diesem Kinderspiel. Nur diesmal viel realer, viel tödlicher …

Jetzt nur nicht an Dakota denken. Was ihr widerfahren war.

Ihre Mom … Gesa hatte einfach so mit ihr geredet?

»Also, als ich vorhin das Tor geöffnet habe … wie hat das dann funktioniert …?« Sie überlegte einen Moment. »Irgendwie habe ich mit meinem Blut das Blut vom Erzengel Michael überdeckt. Seinen Schutz überschrieben wie bei einer Festplatte?« Sie erinnerte sich an die Textstelle. Gerade diese Stelle hatte sie in den letzten Tagen wieder und wieder gelesen!

Bald ist das Blut des Engels nicht mehr

»Jetzt nicht, Adriana. Wir müssen uns beeilen. Die Zeremonie beginnt gleich.«

Adriana blinzelte ungläubig.

»Du willst mir immer noch helfen?« Falls ja, war Cruz' alte Freundin eine verdammte Heilige.

»Natürlich. Wir tun es. Für Dakota. Für deine Mom. Für Cruz und für dich und natürlich für die ganze Menschheit.«

An der Tür klopfte es.

Cruz. Instinktiv wusste Adriana, dass es Cruz war. Gerade wollte sie eine zitternde Hand nach dem Türknauf ausstrecken, da wurde sie aufgestoßen.

»Adriana!« Flüsternd und zugleich aufbrausend kam das Wort aus seinem Mund.

Er war gekommen. Verschwitzt, schmutzig, mit Wunden an Händen und Schultern. Vom Baumstämme Schleppen vermutlich. An seinen Hüften entdeckte sie Striemen wie von Peitschenhieben. Hastig schloss er die Tür hinter sich, wobei sie einen guten Blick auf seinen Rücken hatte.

Scharf sog Adriana Luft in ihre Lungen. Luzifer, dieser Bastard hatte sich ganz offensichtlich an Cruz' Rücken abreagiert. Striemen. Sowohl tiefe, noch nässende, als auch welche, die mit Schorf überzogen waren. »Du solltest nicht hier sein. Er wird dich bestrafen.«

»Keine Sorge. Ich habe für Ablenkung gesorgt. Niemand wird mich vermissen.«

Gesa räusperte sich. »Ich, ähm kümmere mich dann mal um Amon.«

Erst jetzt wandte sich Cruz Amon zu. »Gute Arbeit. Warte, ich helfe dir, Gesa.«

»Nein.« Abwehrend hob Gesa beide Hände. »Du hast bereits genug getan.«

Schweigen breitete sich zwischen ihnen aus. Adriana bemerkte, wie sich Cruz' Gesichtszüge verhärteten.

Dann seufzte Gesa. »Ich schaffe das sehr gut allein, vielen Dank.«

Als hätte sie so etwas schon öfter getan, packte sie Amon an den Handgelenken und schleifte ihn tiefer in ihr Botanikum hinein. »Hab hier hinten noch ein Beet, das ich sowieso umgraben wollte.«

Adriana sah ihr nach. Den Kopf voller Gedanken weit weg von Amon. Dennoch starrte sie die Leiche wie gebannt an.

»Adriana.« Sie spürte, wie er nach ihrer Hand griff. »Bitte lass dich nicht mit ihm vermählen. Lauf fort von hier, versteck dich in den Feldern des Wahnsinns. Verschaff uns wenigstens noch etwas Aufschub. Bis dahin fällt uns noch etwas ein.«

Ganz langsam drehte sich Adriana zu ihm um, drückte seine Hand. Obwohl ihr die Verzweiflung in seiner Stimme mehr zusetzte, als sie sich eingestehen wollte.

»Du weißt, dass das nicht geht.« Sie lächelte schwach.

Er erwiderte das Lächeln nicht. Stattdessen zog er sie in seine Arme, küsste ihre Schläfe. »Ich ertrage den Gedanken nicht, dass du und Ahel …«

»Gesa hat dir doch erzählt, dass wir einen Plan haben.«

»Schon, aber du weißt, wie die meisten unserer Pläne bisher ausgegangen sind.«

Nur nicht zu optimistisch. Obwohl sie ihm gern alles mit tausend Worten erklärt hätte, ließ sie es bleiben, vertraute darauf, dass er *ihr* vertrauen würde. Worte waren jetzt nicht wichtig. Sie wand sich so in seinen Armen, bis sie beide Hände frei hatte. Gut so. Lächelnd umfasste sie sein Gesicht. Dieses Mal erwiderte er ihr Lächeln. Mehr noch, Cruz beugte sich zu ihr hinunter und küsste sie. Zuerst vorsichtig, als könnte er sich an ihr verbrennen, dann verzweifelter, bis seine Küsse voller Leidenschaft waren.

Ein Kuss, in dem man sich verlieren konnte, und nur zu gern hätte Adriana das getan. Wenn das die richtige Zeit und der richtige Ort gewesen wären.

Er zog sie enger an sich, seufzte dabei leise.

»Cruz«, flüsterte sie an seinen Lippen. »Es wird immer nur dich für mich geben. Ich verspreche es.«

Cruz schluckte, unterbrach den Kuss für einen Moment. »Versprich mir, dass du ihn nicht heiraten wirst.«

»Ich verspreche es.«

Ahel konnte es kaum glauben. Wie in einer Gruselgeschichte für Menschenkinder schritt seine Braut in einem blutigen Kleid den Thronsaal hinab. Mit einem Strauß voll Fingerknochen, der von einem roten Band zusammengehalten wurde. Die violetten Flügel halb ausgebreitet, wie um sich niedere Dämonen vom Leib zu halten, und mit einem Schleier über dem Kopf. Ob sein Vater persönlich nach dem alten Brauch das Kleid mit dem Blut seiner Feinde getränkt hatte? Viel Mühe schien Luzifer sich damit nicht gemacht zu haben. Die Blutschlieren hätten kaum ein unbeständigeres Muster bilden können. Eine Lache direkt vorn, an anderen Stellen fast nichts Rotes.

Obwohl er Luzifer gerne einen genervten Blick wegen dieser Nachlässigkeit zugeworfen hätte, war Ahel froh, seinen Vater von der Hochzeit kurzfristig ausgeladen zu haben. Gesa hatte ihn auf die Idee gebracht. Ohne Luzifer war die Trauung wirklich viel persönlicher und er und Adriana konnten sich entspannen.

Sobald seine Braut die Hälfte des Weges zurückgelegt hatte, vergaß Ahel ohnehin sämtliche Gedanken außer den einen an Adriana. Sie hatte es geschafft, schritt hier und jetzt in ihrer Alpha-Dämonengestalt auf ihn zu. Wunderschön. Zwar etwas steif, wie auf zu hohen Schuhen, die er allerdings unter dem Kleid nicht sehen konnte. Zudem roch sie anders als sonst, nach … war das Wildschweinduft? Irgendwie alles recht abgeschwächt, aber diesen letzten Umstand schrieb er ihrem Neoprenanzug zu. Warum sie den unter dem Kleid immer noch trug, war zwar merkwürdig, aber ihre Sache. Sie gehörte jetzt ihm. Der Gedanke ließ den alten Klumpen in seiner Brust, der das Blut durch seine Adern pumpte, weich werden. Eigentlich gestand er es sich nicht gern ein, aber Adriana war anders als die anderen Dämoninnen, die er kannte, und er sah sie einfach gerne an.

Nur noch ein paar Schritte, dann wäre sie bei ihm. Unwillkürlich hielt Ahel den Atem an.

Dann stand sie neben ihm, was sein Herz irgendwie ins Stolpern geraten ließ. Was war nur los mit ihm? Das hier war nur ein weiterer Pokal in seiner Sammlung. Ein Wertgegenstand, mit dem er sich hervortun konnte. Vor seinen Brüdern und Neffen. Ein Statussymbol, mit dem er Cruz auf einen Schlag all seine Unverschämtheiten der letzten Jahre zurückzahlen konnte. Ja, das Gesicht dieses nervtötenden Alphas würde er wirklich gern in Stein gemeißelt im Palast ausstellen lassen. Mit exakt dem Ausdruck, den Cruz zur Schau stellen würde, sobald er Adriana neben Ahel die Schlossbrücke hinabschreiten sah. Als Ehepaar. Er betrachtete Adriana eingehend. Sie gehörte ihm. Seine Frau, seine Alpha-Dämonin.

19

Eine graue Priesterseele vollzog die Trauung in einer monotonen, leisen Sprechweise, sicher ein »Geschenk« seines Vaters, aber das war egal. Auch dass von den zwanzig Gästen immer mehr ins Schnarchen gerieten.

Kaum zehn Minuten später waren sie getraut. Mann und Frau. Alpha-Dämon und Alpha-Dämonin.

Ein Gefühl wie unbändiger Stolz durchflutete Ahel, ließ seine Brust wie von selbst anschwellen.

Gerade als er seine Hand ausstreckte, um den Schleier zu lüften, packte Adriana sein Handgelenk.

»Du weißt doch noch, was du versprochen hast zu tun, sobald wir verheiratet sind?« Ihre Stimme klang kratzig, als sei sie heiser.

Sie war hartnäckig. Aber Pakt war Pakt

Schmunzelnd hob Ahel einen Mundwinkel. Sie war eben eine Kämpfernatur und etwas anderes hatte er von ihr auch nicht erwartet. Wahrscheinlich würde sie es ihm die ganze Ehe über nicht allzu leicht machen. Gut so.

»Ich werde dich beschützen und alle deine Freunde. Außerdem deine Pläne unterstützen, die Höllentore zu schließen. Deine Mom kommt frei und Cruz ebenso. Außerdem werde ich ihn heilen. Alle seine Wunden.«

»Schwörst du es?«

»Ich schwöre es.«

»Abgemacht.« Sie streckte ihre rechte Hand aus und Ahel schlug ein.

Nachdem sie etwa zwanzig Runden auf und ab gelaufen und verschiedene Notizen an ihrem Handy zu Höllenfeuerliedtheorien durchgegangen war und dabei um Dakota geweint hatte, stürmte Ahel ohne anzuklopfen herein. Torf wirbelte durcheinander und es roch plötzlich nach frischer Erde, als er wie nach einem Fußball nach dem Bodenbelag trat. In seinem Gesicht stand nichts als blanker Hass und kurz faszinierte Adriana dieser Anblick. Geschwollene Lippen, Speichel an seinem Mundwinkel. Falten auf seiner Stirn.

»Du! Du hast mich reingelegt. Ihr zwei Weibsbilder habt mich hintergangen. Habt das gemeinsam ausgeheckt!« Er schubste Gesa, die das blutige Brautkleid trug, durch die Tür. Als Gesa einen Schritt nach vorn machte, lugte ein Bein des Neoprenanzugs darunter hervor. Zusammen mit gewaltigen High Heels, die Gesa so groß wie Adriana machen sollten. Unwillkürlich zog Adriana an der viel zu kurzen Ledertoga über ihren Oberschenkeln.

»Jetzt mach mal halblang, Ehemann.« Gesa schob sich an ihm vorbei, weiter hinein ins Gewächshaus. »Der Pakt besagt wortwörtlich, inklusive Luzifers Zusatzklausel, dass Adriana ihre Mom und einen geheilten Cruz zurückbekommt, wenn deine Braut in Dämonengestalt zum Altar schreitet. Nirgends wird erwähnt, dass die Braut zwingend Adri sein muss.«

Gesa deutete mit ihrem Daumen auf sich, warf dann mit der freien Hand ihren Zopf über die Schulter. Er hatte sich aus dem komplizierten Geflecht aus Wurzeln gelöst, mit dem Adriana ihn vor weniger als einer Stunde erst unter Gesas Schleier versteckt hatte. »Du hast es geschworen, also löse die Abmachung ein, Ehemann!«

»Du!« Zweimal schnaufte Ahel noch, dann wirbelte er herum und rauschte davon. Beinahe meinte Adriana, eine Träne aus seinem Augenwinkel rinnen zu sehen. Aber was sollte es? Jetzt waren andere Dinge wichtig.

»Du hast es wirklich getan. Wie war es? Glaubst du, Ahel löst sein Versprechen ein?« Adriana starrte Gesa voller Ehrfurcht an.

Die drehte sich in Zeitlupe zu ihr um und schenkte Adriana ein Lächeln.

»Natürlich habe ich es durchgezogen. Ich bin jetzt hier die Scheiß Königin der Hölle.«

Adrianas Herz klopfte wie wild. Die nächsten Minuten würden über ihre Zukunft entscheiden. Wenn Ahel jetzt bloß nichts Dummes anstellte!

Keuchend klammerte sich Savannah an Dryms Schulter, half ihm beim Aufstehen. »Alles in Ordnung?«

»Was ist passiert?« Drym hielt sich den Kopf. Kies bohrte sich in seine nackten Fußsohlen und sein Rücken schmerzte unter seinem Versuch, sich aufzurichten.

»Du warst ein paar Minuten ausgeknockt.« Savannah betrachtete ihn aus ihren großen, mitfühlenden Augen, was Drym gleich ein wenig mehr schwanken ließ. Ihre Berührungen fühlten sich gut auf seiner Haut an.

»Ivan und Zhut sind fort, eine Weile schon. Ich glaube, du hast Zhut ein Auge ausgestochen.« Savannah strich über seinen Arm. Ihr Lächeln wurde breiter.

»Gut so.« Während Drym sich ebenfalls an einem Lächeln versuchte und gleichzeitig den schalen Blutgeschmack in seinem Mund herunterzuschlucken versuchte, sah er sich nach den Kindern um.

Rosie saß immer noch auf ihrem Stein, leckte an einem roten Wassereis. Ihr Bruder stand einfach nur hinter ihr. Wie ein kleiner Roboter.

»Ich wusste nicht, wie ich sie sonst beschäftigen sollte«, flüsterte Savannah. »Also habe ich noch mehr Sachen aus den Touri-Snackautomaten geklaut. Du warst ganz schön lange bewusstlos.« Der letzte Satz klang wie ein Vorwurf, und obwohl Drym wohl beleidigt oder vielleicht auch beschämt hätte sein sollen, dass er so lange wie ein Mädchen ohnmächtig auf dem Boden gelegen hatte, konnte er einfach nicht anders, als Savannah anzugrinsen.

»Hast du mich etwa ausgeknockt? Zuzutrauen wäre es dir.«

Daraufhin atmete Savannah scharf ein.

»Natürlich nicht. Als ob ich gewollt hätte, dass du mich mit zwei gruseligen Kindern allein lässt!«, flüsterte sie. »Ivan hat dich von hinten mit einem Stein k.o. gehauen, nachdem du seinen Vater verletzt hattest.«

Langsam setzte die Erinnerung ein, auch die an Rosies Worte. Er wandte sich zu dem kleinen Mädchen um. »Hättest du uns nicht ein wenig früher vor dem Dämonenangriff warnen können?«

Vollkommen gelassen schlürfte das Mädchen an ihrem Eis. »Nein. Ich habe gesehen, dass es genau so kommen wird, und ich fand diese Entwicklung unterhaltsam. Du hast einem Dämon ein Auge ausgestochen. Luzifers Sohn!«

Bevor er antwortete, zwang sich Drym, ganz tief Luft zu holen. Das hier waren Kinder.

»Aha, aber beim nächsten Mal warnst du uns früher.« Nachdem sich niemand rührte, schob er ein »Bitte!« hinterher.

»Ich sehe nicht alles.« Rosie starrte auf einen Tropfen Wassereis, der im Boden versickerte. »Aber vieles. Es ist ein Talent unter Dämonen, so wie euer Freund Cruz das Feuer beherrscht. Ich nenne es *die Sicht*. Aber noch bin ich kein voll entwickelter Dämon.«

Fasziniert betrachtete Drym das Mädchen. Rosie war schon ziemlich weit für ihr Alter.

Als Nächstes wandte sie sich Savannah zu, die unter Rosies Blick steif wie ein Brett dastand.

Obwohl Drym gern eingeschritten wäre, hatte er auf einmal das Gefühl, dass es jetzt an der Zeit war, zu schweigen.

Von Westen kam eine kalte Brise auf, die Savannahs Haare ziemlich durcheinanderbrachte.

Das Eis in Rosies Händen tropfte in immer kürzeren Abständen auf den Boden. »Du willst wissen, ob es stimmt, dass mein Bruder und ich unseren Vater getötet haben, wie es in den Zeitungen stand.«

Drym konnte sehen, wie Savannahs Nasenflügel bebten.

Rosies Lippen verzogen sich zu einem dünnen Strich, und ihre Winzaugen wurden noch kleiner, wenn das überhaupt möglich war. »Die Antwort lautet: Ja, es stimmt. Wir haben ihn getötet, bevor er uns töten konnte.«

Einige Minuten später, vielleicht waren es auch Stunden, genau konnte es Adriana nicht sagen, tauchte Ahel wieder auf. Gerade als Adriana zurück in ihren Neoprenanzug und ihre Jacke geschlüpft war und Gesa wieder die Ledertoga trug.

»Deine Mutter erwartet dich in deinem Zimmer, Adriana. Nein, halt, es ist nun Gesas Schlafzimmer.« Ahel grinste überlegen. »Stand wohl etwas ungenau in der Klausel.«

Adriana schluckte. Und wenn schon. Würde sie eben immer zu Gesas neuem Schlafzimmer gehen müssen, um ihre Mom zu sehen.

»Und hier ist Cruz.« Ahel deutete zur Tür, wo ein ziemlich zerkratzter Ivan Cruz hereinstieß.

Adriana knurrte. Er! Ausgerechnet Ivan! Er musste Dakota an Luzifer ausgeliefert haben. Schließlich hatte Ivan zuletzt die Kontrolle über Dakota gehabt. Hätte sie doch bloß Eloys Rat von heute Nacht befolgt und ihn sowie die ihm nachfolgenden Dämonen seines Clans getötet. Oder wenn sie Dakota einfach Ivans Markierung aus der Schulter herausgeschnitten und sie zur Kirche gebracht hätte … Dann wäre Dakota frei gewesen, zumindest vorübergehend, bis Ivan wieder versucht hätte, sie unter seine Kontrolle zu bringen. Aber diese eine Nacht wäre ihre Freundin bei Pastor Wilkes sicher gewesen. Dann würde Dakota jetzt noch leben. Wenn Eloy das herausfand … Einen Moment schwankte Adriana zwischen Trauer und Wut. Bis sie Ivans verschlagenen Blick bemerkte, der auf ihr ruhte. Sein linkes Auge war geschwollen und es wirkte beinahe, als hätte heute schon jemand seine Wut an Luzifers Enkel ausgelassen. Vielleicht mit einem harten Gegenstand auf ihn eingedroschen. Gut so. Diesem Beispiel würde Adriana gerne folgen. Hitze, doppelt so intensiv wie die Höllenhitze, strömte über ihren Nacken. Am liebsten hätte sie sich auf ihn gestürzt. Ivan zu Kleinholz verarbeitet, ihn mit seiner eigenen Zunge erwürgt! Aber dann bemerkte sie Cruz' Gesichtsausdruck.

»Hast du ihn wirklich geheiratet, Adriana? Du hattest es mir versprochen.«

Wie? Hatte Ahel Cruz belogen? Ihn über Gesas Tauschaktion im Unklaren gelassen? In Adrianas Gehirn schienen Wattebällchen umeinanderzutanzen. Was war das für ein Spiel, das sie hier alle spielten?

Immerhin war Cruz frei und bei ihr. Der Gedanke erleichterte ihr Herz um ein paar Geröllsteine. Ihr Blick strich über seinen geschundenen Körper. Man hatte Cruz ausgepeitscht. Einige Wunden waren frisch, andere fast verheilt. Sie bemerkte, dass seine Füße vollkommen zerquetscht aussahen und er sich kaum auf den Beinen halten konnte. Eine viel zu heftige Wunde. Ihr Mund wurde ganz trocken. Konnte das je wieder zusammenwachsen?

»Du hast versprochen, ihn zu heilen«, kam ihr Gesa zuvor. Ihre Stimme bebte.

»Oh, das habe ich«, verkündete Ahel mit einem diabolischen Grinsen. »Von allen Leiden werde ich ihn erlösen.«

»Wie konntest du nur, Adriana«, wisperte Cruz.

»Nein, ich habe ihn nicht geheiratet.« Welchen Grund konnte Ahel für diese Lüge haben? Cruz glaubte immer noch an ihre Fake-Ehe. Sie sah den Zweifel in seinen Augen. Was hatte Ahel ihm eingeredet?

Doch bevor sie noch etwas hinzufügen konnte, rief Ivan »Klappe!« und trat mit voller Wucht auf Cruz' zerschmetterte Füße. Der Schrei, den Cruz daraufhin ausstieß, stach wie tausend Nadeln in Adrianas Trommelfell. Vor Entsetzen kreischte sie laut auf, vergaß darüber alles andere.

»Ich soll ihn also heilen? Von all seinen Schmerzen?«

»Ja, tu es endlich, Ahel«, verlangte Adriana, biss sich auf die Lippe, bis warmes Blut unter ihren Zähnen hervorquoll. Sicher sah sie aus wie ein schottischer Krieger. Ihr sowie Amons Blut verschmiert auf ihrem Gesicht, ihrem Hals, ihren Händen. Aber das war ihr egal. Alles, was zählte, war Cruz. Allein für ihn hatte sie all das getan. War so weit gekommen. Ihr Blick glitt zu seinen völlig zerschmetterten Füßen, was ihr die Tränen in die Augen trieb. Ahel musste ihn heilen, das war der einzige Weg! Und er sollte sich besser beeilen. Zur gleichen Zeit wusste Adriana, dass sie sich beruhigen und beherrscht wirken musste. Sie versuchte sich mit dem Gedanken zu trösten, dass Cruz im nächsten Moment wieder der Alte sein würde.

»Du hast es wirklich nicht getan?« In seinen Augen blitzte Verwirrung.

»Natürlich nicht. Erinnerst du dich daran, dass Gesa und ich dir erzählt haben, dass wir einen bestimmten Plan verfolgen?«

Ganz langsam hoben sich Cruz' Wangen und Mundwinkel. So viel Liebe lag in seinem Blick, trotz der Umstände, dass Adriana am liebsten die Distanz zwischen ihnen überwunden und ihn umarmt hätte. Sobald er sie in die Arme schloss, würde alles besser werden. Dann würde ein Teil von ihr heilen. Nicht alles natürlich, aber sie wusste, dass er vieles leichter machen würde. Allein seine Nähe tat es bereits. Und ja, Adriana brauchte diese Umarmung von ihm nun mehr als alles andere, sehnte sich so verdammt danach wie ein Ertrinkender nach einem Rettungsring. Ahel musste seine Qualen lindern, sofort!

»Tu es jetzt, verdammt!« Sie wollte zu Cruz, der einer Ohnmacht nahe schien vor lauter Schmerz, doch Ivan trat ihr in den Weg.

»Also gut, gewährt.« Ahel schnipste mit den Fingern.

Gewährt? Damit meinte er hoffentlich *geheilt*. Halb aufgelöst, halb erleichtert, trat Adriana Ivan vors Schienbein und kämpfte sich dadurch den Weg zu Cruz frei. Sobald sie bemerkte, dass seine Füße plötzlich gesund wirkten, komplett normal wie eh und je, lösten sich die unsichtbaren Schnüre um ihren Brustkorb. Geheilt. Cruz war geheilt. Dennoch musste sie den nach hinten taumelnden Cruz auffangen.

»Endlich«, sagte Adriana, weinte schon wieder. Tränen und Blut vermischten sich bereits auf ihren Wangen. Aber jetzt war es sowieso egal, ob Ahel und Ivan ihre Tränen sahen. Es war vorbei. Cruz war frei. Und gesund. Und er glaubte ihr, dass die Hochzeit mit Ahel nur eine Show gewesen war.

»Ach, Cruz, endlich! Bitte halt mich.« Ihr war bewusst, dass ihre Stimme zitterte. »Du kannst dir nicht vorstellen, was geschehen ist. Was Ivan und Luzifer Dakota angetan haben.« Warum verschwanden Ahel und Ivan eigentlich nicht, sondern drückten sich feixend im Türrahmen herum?

Egal, sie war viel zu glücklich darüber, Cruz aus den Fängen der Hölle befreit zu haben, als sich jetzt mit diesen Idioten zu beschäftigen. Er war bei ihr! Obwohl sie sich in den letzten Stunden wie eine unabhängige Kriegerin gefühlt hatte und sich für immer so fühlen wollte, hatte ein Stück von ihr gefehlt. Das Stück von ihrem Herzen, das sie ihm geschenkt hatte. Ach, Cruz! Sie strich ihm die Haare aus der Stirn. Ganz langsam hob er den Blick. Irgendetwas Neues, ihr Unbekanntes schimmerte darin. Wie seltsam. Beinahe in Zeitlupe atmete Adriana ein. Sie konnte spüren, dass sich ihre Stirn von selbst in Falten legte. Etwas stimmte hier nicht. Stimmte mit Cruz nicht. Ein dunkles Gedankenspiel kämpfte sich aus den Tiefen ihres Bewusstseins. Eine Möglichkeit, wie dieses Phänomen zu erklären war, dass Cruz sie so merkwürdig ansah. Beinahe teilnahmslos.

Im selben Moment, als Ahel sagte: »Von allen Schmerzen befreit. Auch von seinem Liebeskummer, den du ihm durch die Hochzeit zugefügt hast«, ahnte sie es. Nein, nein, nein!

Augenblicklich fühlte sich ihr Herz so kalt wie Eis an. Sie erkannte es in Cruz' Augen. An seinem veränderten Gesichtsausdruck. Dennoch schrie sie vor Verzweiflung auf, als Cruz blinzelte und dann ganz leise fragte: »Wer bist du?«

Wie lange wollte diese verfluchte Nacht denn noch dauern? Alle paar Minuten warf er zuerst einen Blick auf seine und dann auf Eloys Uhr, nur um zu überprüfen, ob sie nicht doch den

Geist aufgegeben hatte. Ricos Fingerspitzen spielten mit der grauen Filzdecke von seinem Feldbett. Der raue Stoff kitzelte an seinen Fingerkuppen. Er konnte nicht mehr länger untätig auf dieser Pritsche sitzen. Es ging einfach nicht. Nicht, wenn Adriana gerade wer weiß was durchmachte. Ob sie mit ihrer Theorie über die Engel richtiglag? Waren sie wirklich »in menschlicher Haut« gefangen? Wieder und wieder las er ihre letzte Nachricht.

So schnell wie möglich musste er die Sache mit Adriana erörtern, ihrem Verdacht nachgehen. Sobald die First Daylight Hour eintrat.

Seufzend fuhr er sich mit dem Handrücken über die Nase. Der Gestank nach Angstschweiß und Urin im Bunker ließ ihn kaum mehr klar denken. Seltsam. Die letzten Nächte hatte es keine Geruchsvorfälle gegeben.

Eloy auf der Pritsche neben ihm schien es ähnlich zu gehen, denn er murmelte unablässig seine Theorien zu Dakotas Entführung rauf und runter.

Schrecklich, wie Ivan ihre Freundin markiert und versklavt hatte. Das wollte Rico nicht mal bestreiten, aber Tausenden Menschen da draußen, denjenigen, die ihm nicht hatten zuhören wollen, ging es gerade noch schlechter. Nicht alle hatten sich retten können, so viel war sicher. Ricos Blick wanderte durch den Raum voller aufgelöster Menschen. Manche von ihnen waren in einer Art Schockstarre versunken, aber die große Mehrheit weinte und schluchzte.

Nachdem er Eloys Gejammer endgültig leid war, stand Rico auf, machte ein paar Schritte von seinem Freund weg. Tequila folgte ihm. Hier drinnen konnte Rico kaum etwas tun. Inzwischen hatte die BKOD übernommen. Immerhin. Dennoch. Zum Nichtstun verdammt … Ob Adriana mehr Glück hatte? Hatte sie mehr erreicht als er in dieser Nacht? Vor der First Daylight Hour gab es kaum eine Möglichkeit, das herauszufinden. Das Handynetz war tot, er würde vielleicht erst nach dem Morgengrauen wieder Empfang haben. Wenn der Major ihn wenigstens an einen Computer lassen würde … dann konnte er die Dämonen-App vielleicht hacken und updaten, Warnungen verschicken … warum war er da eigentlich nicht schon früher draufgekommen? Zugegeben, das würde einige Stunden in Anspruch nehmen, wenn nicht Tage.

General Whittaker humpelte auf einer Krücke an ihm vorbei, murmelte immer wieder einen Namen: »Evangelina.« War das seine Enkelin? Rico hatte das Gefühl, der General hätte einmal von seiner Enkelin gesprochen, die sein ganzer Stolz war. Nein, es war Miss Twerbeed gewesen, die das erzählt hatte. Miss Twerbeed, die in dieser Sekunde an einem Tisch Wasser ausschenkte. Tja, nun bereute der General sicherlich, nicht auf ihn gehört zu haben. Augenblicklich schalt sich Rico für diesen unchristlichen Gedanken. Falls die kleine Enkelin dieses Mannes Opfer der Dämonen geworden sein sollte, war das ein furchtbares Unglück und ihre Angehörigen hatten Mitleid verdient.

Ein Soldat eilte auf den General zu und salutierte vor ihm. Rico konnte verstehen, wie er ihm leise eine Information weitergab. Entweder halluzinierte Rico oder hatte er da die Wortfetzen »Dämonen … Luftzufuhr blockiert« aufgeschnappt?

Auch das noch. Seufzend machte Rico ein paar Schritte zur Seite, ließ sich zurück auf sein Feldbett fallen und kratzte sich über die Wade. Wenn die Dämonen die Lüftungsschächte blockierten …

Etwas brummte. Nur mit Verzögerung begriff Rico, dass es sein Handy war. War das Handynetz wieder intakt?

»Ja?« Mit fliegenden Fingern und ohne auf die Nummer auf dem Display zu achten, nahm er ab.

»Hallo.«

Stille.

»Hallo?«, echote Rico.

Neben ihm fuhr Eloys Kopf zu ihm herum. Sicherlich wollte er wissen, ob es Adriana war.

Doch da Rico eine männliche Stimme am anderen Ende der Leitung erkannt hatte, schüttelte er den Kopf.

»Ich bin es. Pryatt Hershley. Sie und Ihre Freunde haben mich in den letzten drei Tagen unablässig kontaktiert.«

Pryatt! Der Halbdämon! Vor Überraschung blieben sämtliche Sätze, die seine Stimmbänder bilden wollten, in Ricos Hals stecken. Pryatt Hershley hatte endlich zurückgerufen. Das war beinahe zu viel Glück im Unglück.

»Ich bin nun bereit, Ihnen zuzuhören.«

Endlich. Vor Erleichterung lehnte sich Rico ein Stück nach hinten auf seiner Pritsche. Was sollte er sagen? Keinesfalls wollte er mit der Tür ins Haus fallen, zu viel auf einmal erzählen. Zu zerbrechlich erschien Rico das Vertrauen dieses Mannes.

Gedankenverloren beugte er sich wieder nach vorn, bis sein Brustkorb seine Knie berührte. Einer seiner Schnürsenkel hatte sich gelöst und lag nun wie ein Regenwurm auf dem grauen Betonboden. Erneut kratzte sich Rico am Bein. Seine Narbe juckte. Dort, wo ihn vor fünf Nächten der Delta-Dämon gebissen hatte. Verblüfft hielt Rico in der Bewegung inne. Das Kribbeln wurde heftiger, seine Wade heiß.

Neben ihm beugte sich Tequila nach vorn, um an seinem Bein zu schnüffeln.

»Hallo? Sind Sie noch dran?«, quakte es aus dem Handy. Nein, das konnte nicht … Noch in dem Moment, in dem er die Kontrolle über seinen Körper verlor, öffnete Rico den Mund, um zu schreien, um Eloy eine Warnung zuzurufen. Doch es war bereits zu spät. Sein Körper erhob sich wie ferngesteuert, ohne dass Rico selbst einen Muskel rühren konnte. Das Handy ging klackernd zu Boden, wobei das Display heraussprang und Pryatts Stimme verstummte. Nein. Nein! Der fremde Antrieb in ihm steuerte Rico wie einen Roboter. Obwohl er es nicht wollte und versuchte, seinen Bewegungen Einhalt zu gebieten, setzten seine Beine doch einen Fuß vor den anderen.

Tequila bellte einmal laut. Dann noch mal. Es klang äußerst alarmiert.

Von außen musste es wirken, als ob Rico in Richtung des Technikraums mit dem Generator und den Computern schlenderte, aber im Grunde war es nicht Rico. Ganz und gar nicht Rico. Etwas anderes hatte die Kontrolle übernommen. Ricos Bewusstsein bis in die hinterste Ecke seines Gehirns vertrieben, in die kaum noch Licht schien. Er hätte es wissen müssen. Warum hatte er nicht nachgedacht? Und dabei hatte er von Adrianas Narbe und dem Zusammenhang die ganze Zeit gewusst. Eloy hatte ihn erst kürzlich darauf gestoßen, dass die Kontrolle über einen Menschen innerhalb eines Clans weitergegeben werden konnte! Das wäre der Moment der Erkenntnis gewesen. Obwohl er wieder und wieder versuchte, dagegenzusteuern, wusste Rico in seinem letzten Bewusstseinszipfel, dass es aussichtslos war, seinen Körper zurückzuerobern. Der Dämon lenkte ihn. Ivan hatte die Kontrolle über die Narbe hergestellt. Die Narbe, die ein Delta aus Ivans Clan ihm vor fünf Nächten zugefügt hatte.

»Rico!«, hörte er Eloys Stimme hinter sich. »Was zum Teufel tust du da?«

Ende Band 2 von 3

Danksagung

Wie? Dieses Buch ist schon wieder vorbei? Und es dauert ein Jahr bis zum nächsten Teil? Verdammt, in eurer Haut möchte ich nicht stecken! :)

Dennoch möchte ich mich ganz herzlich bei dir und allen anderen Lesern bedanken, die Adrianas und Cruz' Geschichte bis hierher verfolgt haben.

(Ich sehe bereits zahlreiche böse Instagram-Leser-Nachrichten vor mir, die mich für dieses Buchende verfluchen.)

Gern geschehen, Leute!

Nein, ohne Spaß: Ich bin so unglaublich dankbar für Leser wie euch. Fühlt euch gedrückt.

Einen großen Dank auch an alle Leser, die zu meinen Lesungen oder Buchmesse-Terminen kommen, an alle, die mir süße oder hasserfüllte Nachrichten auf Facebook und Instagram schicken (ich gelobe Besserung und weniger Cliffhanger … obwohl: naaaaawww). Ihr seid toll!

Außerdem möchte ich der ganzen Welt sagen, wie dankbar ich bin, dass gewisse Menschen an mich und diese Buchreihe glauben. Carsten, Jennifer und alle anderen aus dem Piper Verlag und natürlich meine allerliebste Lektorin und Freundin Isabell Schmitt-Egner.

Zuletzt darf in dieser Auflistung mein großartiges Agenten-Ehepaar nicht fehlen: Tanja Heitmann und Bastian Schlück. Danke für eure Unterstützung!

Meine Testleser haben wie immer fantastische Arbeit geleistet, großen Dank an euch. Vor allem an Saskia, Ania, Denise, Maren, Ingrid, Daisy, Jessica, Katharina, Simon und Elisa, die mir sehr hilfreiches Feedback gegeben haben. Ihr seid großartig! Ganz viel Liebe geht raus an euch.

Außerdem an meine Autorenfreunde, meine Arbeitskollegen und meine Zumba-Gruppe, die sich immer für meine Bücher interessieren. Das bedeutet mir so viel, danke! Einen großen Teil dieses Buches habe ich während des Urlaubs mit der Schreib-WG geschrieben. Nica, Andi und Christian, ihr seid so unfassbar cool, und ich bin stolz, ein Mitglied der Schreib-WG zu sein!

Den allergrößten Teil dieses Buchs habe ich mal wieder in meinem Lieblingscafé in Mainz geschrieben, dem Café Blumen. Lieben Dank an die besten Baristas Pega, Anna, Amelie und Jakob für die Gespräche mit euch und den besten Kuchen der Stadt.

Den letzten Teil dieses Buchs habe ich im Robinson Club Kyllini Beach geschrieben, in traumhafter Strand-Atmosphäre, mit dem besten Writing Buddy Lea (<3) und bei bestem Kaffee und Kuchen von den besten Barkeepern! Danke Nektaria und Athanasia für die konstante Versorgung und den Spaß, den ich mit euch habe! Danke auch an Barkeeper Christos, der mich gebeten hat, ihn in dieser Danksagung zu erwähnen, weil er meinen »Tears of my Readers«-Thermosbecher stets so gewissenhaft gereinigt hat. Epharisto Christos! (Das heißt angeblich *danke* auf Griechisch, und ich hoffe, ich habe das richtig geschrieben.) Wir sehen uns nächstes Jahr wieder!

ENTDECKE
NEUE WELTEN
MIT PIPER FANTASY
Mach mit und gestalte deine
eigene Welt!
PIPER
www.piper-fantasy.de